FREDERICK FORSYTH
Der Veteran

Buch

Auf dem Weg zum Palio, dem legendären Pferderennen, hastet ein amerikanisches Ehepaar durch die verwinkelten Gassen von Siena. Da verletzt sich die Frau am Fuß und muss sich in einem schattigen Innenhof ausruhen. Ein Fremder tritt zu den beiden Touristen und bietet seine Hilfe an. Während er die Frau verarztet, erzählt er die Geschichte von jenem Tag, als Siena von der deutschen Besatzung befreit wurde; als junger Arzt führte er damals in diesem Innenhof einen schier aussichtslosen Kampf um das Leben schwer verletzter Soldaten und erlebte ein Wunder: Eine junge Frau gab den Verletzten durch Handauflegen neue Kraft. Erst später erfuhr der Arzt, dass in demselben Innenhof im Mittelalter die barmherzige Katharina Ärmsten Zuflucht gegeben hatte. Tief berührt lässt das Ehepaar eine großzügige Spende zurück und setzt seinen Weg fort. Da tritt eine junge Frau aus dem Schatten…
Ob Forsyth die heilige Katharina im heißen Siena zu modernen Gaunerehren kommen lässt oder von höchst unfeinen Gepflogenheiten in der feinen Kunstwelt erzählt, ob er einen Staranwalt schildert, der ganz eigene Vorstellungen von Gerechtigkeit hat und vor eigenwilligen Maßnahmen nicht zurückschreckt, oder ob er den Leser in die legendäre Schlacht am Little Bighorn zurückversetzt und eine wunderbar zeitlose Liebesgeschichte zum Leben erweckt – immer legt er gekonnt seine Köder aus, erfasst den Leser mit prickelnder Spannung, lockt ihn in moralische Sackgassen, um ihn am Ende mit einem verblüffenden Showdown aus seinen Erwartungen zu reißen.

Autor

Frederick Forsyth, geboren 1938 in Ashford/Kent, war mit neunzehn Jahren jüngster Pilot der Royal Air Force. Später berichtete er als Journalist aus den Hauptstädten Europas, bevor er mit Büchern wie »Der Schakal« oder »Die Akte Odessa« zum internationalen Bestsellerautor avancierte.

Von Frederick Forsyth außerdem bei Goldmann lieferbar:

Die Faust Gottes. Roman (43394)
Das schwarze Manifest. Roman (44080)
Das Phantom von Manhattan. Roman (45003)

Frederick Forsyth
Der Veteran

Erzählungen

Deutsch von Karl Laurenz
und Kristian Lutze

GOLDMANN

Die Originalausgabe erschien 2001 unter dem Titel
»The Veteran«
bei Bantam Press, London.

»Das Wunder«, »Kunst und Können« sowie »Der Veteran«
wurden von Karl Laurenz übersetzt,
»Whispering Wind« von Kristian Lutze.

Umwelthinweis:
Alle bedruckten Materialien dieses Taschenbuches
sind chlorfrei und umweltschonend.

Der Goldmann Verlag ist ein Unternehmen der
Verlagsgruppe Random House GmbH.

1. Auflage
Taschenbuchausgabe 2003
Copyright © der Originalausgabe 2001 by Frederick Forsyth
Copyright © der deutschsprachigen Ausgabe 2002
by C. Bertelsmann Verlag, München,
in der Verlagsgruppe Random House GmbH
Umschlaggestaltung: Design Team München
Umschlagfoto: Zefa/SIS
Druck: Elsnerdruck, Berlin
Titelnummer: 45616
BH · Herstellung: H. Nawrot
Made in Germany
ISBN 3-442-45616-9

www.goldmann-verlag.de

Das Wunder

Siena, 1975

Die Sonne brannte unbarmherzig vom Himmel. Sie knallte auf die verschachtelten Dächer der toskanischen Stadtfestung und ließ die mittelalterlichen Ziegel aufleuchten. Einige schimmerten rosa, doch die meisten waren unter der ewigen Sonnenglut längst dunkelbraun oder aschgrau geworden. Die oberen Fenster der Häuser lagen im nachtdunklen Schatten der weit vorstehenden Dächer, doch dort, wo die Sonne hinkam, glühten die Wände und uralten Ziegel hell in der Hitze. Die hölzernen Fensterbretter waren aufgeworfen und voller Risse. Auf dem Kopfsteinpflaster der engen Gassenschluchten des ältesten Stadtteils gab es erholsame Schatteninseln, auf die sich die eine oder andere schläfrige Katze geflüchtet hatte. Von den Bewohnern der Stadt jedoch fehlte jede Spur, denn dies war der Tag des Palio.

Durch eine der Altstadtgassen, die kaum breiter als seine Schultern waren, eilte ein amerikanischer Tourist mit hochrotem Gesicht. Er hatte sich im Gewirr der vielen winzigen Gassen verirrt. Die leichte Tropenjacke hing ihm schwer wie eine Decke von der Schulter, und sein kurzärmeliges Baumwollhemd war von Schweiß durchnässt. Hinter ihm stöckelte seine Frau in unpassend hohen und drückenden Plateausandalen.

Die beiden Amerikaner hatten sich zum Höhepunkt der Saison viel zu spät um ein Hotel in der Stadt bemüht und mussten schließlich mit einem Zimmer in Casole d'Elsa vorlieb nehmen. Auf der Fahrt hatte sich der Mietwagen in einen Brutkasten verwandelt, und es hatte lange gedauert, bis sie endlich einen Parkplatz außerhalb der Stadtmauern fanden. Jetzt eilten sie von der Porta Ovile zu ihrem Ziel.

Im Labyrinth der über fünfhundert Jahre alten Gassen hatten sie schon bald die Orientierung verloren. Mit brennenden Füßen hasteten sie über das heiße Kopfsteinpflaster. Ab und zu blieb der Viehzüchter aus Kansas stehen und horchte in die Richtung, aus der das laute Stimmengewirr der Menschenmenge kam. Dort wollte er hin. Seine gut gepolsterte Frau bemühte sich verzweifelt, mit ihm Schritt zu halten, und fächelte sich ständig mit dem Reiseführer Luft zu.

»Warte auf mich!«, rief sie, als sie durch einen weiteren Steinbogen zwischen zwei Stadthäusern eilten, durch den schon Cosimo de' Medici geritten war. Schon zu seiner Zeit waren die Häuser alt gewesen.

»Komm, versuch ein bisschen schneller zu laufen, Schatz«, rief er über die Schulter. »Sonst verpassen wir noch den Umzug.«

Er hatte Recht. Eine Viertelmeile von ihnen entfernt drängte sich die Menschenmenge um die Piazza del Campo. Jeder versuchte, als Erster einen Blick auf den Camparse zu erhaschen. An dem farbenprächtigen Umzug in mittelalterlichen Gewändern nahmen die siebzehn Contraden der Stadt teil, die historischen Stadtteilgemeinschaften, von denen Siena einmal regiert wurde. Nach alter Tradition waren zehn der siebzehn Contraden zu dem Pferderennen zugelassen, dessen Gewinner die Siegestrophäe, das Pallium, mit ins heimische Rathaus nehmen durfte. Doch vor dem Rennen kam erst einmal der Umzug.

Am Vorabend hatte der Amerikaner seiner Frau alles laut vorgelesen: »Die Contraden, die Stadtteile Sienas, entstanden zwischen Ende des zwölften und Anfang des dreizehnten Jahrhunderts.«

»Das war vor Kolumbus«, warf seine Frau ein. Für sie schien die Geschichte erst mit dem Tag zu beginnen, an dem der große Cristobal von den Ufern des Techo in Richtung Westen aufgebrochen war, um dort Ruhm zu erringen oder der Vergessenheit anheim zu fallen. »Richtig. Columbus war 1492. Wir sprechen von einer Zeit dreihundert Jahre vor Columbus. Hier steht, dass es ursprünglich zweiundvierzig Contraden gab. Dreihundert Jahre später waren es nur noch dreiundzwanzig. Seit 1675 sind es die siebzehn, die wir morgen im Umzug sehen werden.«

Doch jetzt marschierten bereits die ersten Reihen der prächtig herausgeputzten Trommler, Musiker und Fahnenschwinger auf den Campo, dessen sechzehn Paläste mit Wappen und Bannern geschmückt waren. In jedem Fenster und auf jedem Balkon drängten sich die Privilegierten über den vierzigtausend Menschen, die unten an der Rennbahn standen.

»Schnell, Schatz!«, rief der Amerikaner wieder, als das Tosen der Menge vor ihm lauter wurde. »Wir haben für dieses Rennen einen weiten Weg auf uns genommen. Jetzt sehe ich schon den verdammten Turm. Endlich.«

Und tatsächlich ragte über den Dächern vor ihnen die Spitze des Torre del Mangia auf. In dem Moment stolperte die Frau und stürzte auf die Straße. In ihren hohen Schuhen war sie auf dem holprigen Pflaster umgeknickt. Als ihr Mann sie aufschreien hörte, drehte er sich um und eilte zu ihr.

»Oh, Schatz, was ist passiert?« Sorgenvoll beugte er sich über sie. Seine Frau hielt sich den Knöchel.

»Ich glaube, ich habe mir den Fuß verknackst«, jammerte sie und begann zu weinen. Alles hatte so schön angefangen, und jetzt war es so ein fürchterlicher Tag geworden.

Ihr Mann sah sich in der Gasse um, doch die schweren alten Holztüren waren alle fest verschlossen. Ein paar Meter weiter entdeckte er in der hohen Mauer, von der die Gasse auf einer Seite begrenzt wurde, einen Bogen.

»Gehen wir da durch. Vielleicht kannst du dich dort irgendwo hinsetzen«, sagte er.

Er zog sie hoch, und sie humpelten auf den Durchgang zu. Er führte in einen mit Steinplatten ausgelegten Innenhof, in dem Rosen in Tonkübeln blühten. Im Schatten einer Wand stand eine Steinbank. Der Amerikaner half seiner Frau zu dem kühlen Stein, auf dem sie erleichtert zusammensank.

In der Ferne verließ das Schwanzende des Umzugs die Piazza

del Duomo, während der Kopf bereits auf dem Campo an den Preisrichtern vorbeimarschierte, die mit strengem Auge Ausstattung, Haltung und Können der Fahnenschwinger begutachteten. Unabhängig vom Ergebnis des Pferderennens würde das am besten ausgestattete Contrade-Team mit dem Masgalano ausgezeichnet werden, einem fein ziselierten Silberteller. Es war eine wichtige Auszeichnung, was allen Anwesenden bewusst war. Der Tourist bückte sich, um das Fußgelenk seiner Frau zu untersuchen.

»Kann ich Ihnen helfen?«, fragte eine ruhige Stimme. Der Amerikaner drehte sich erschreckt um. Hinter ihm stand ein Fremder in der Sonne. Der Tourist richtete sich auf. Der Mann war hochgewachsen und schlaksig und hatte ein unbewegtes, markantes Gesicht. Die beiden Männer waren ungefähr gleich alt, Mitte fünfzig. Das Haar des Fremden begann grau zu werden. In seiner ausgebleichten Leinenhose und dem Jeanshemd sah er wie ein Tramp aus, ein alt gewordener Hippie. Sein Englisch war gut, hatte aber einen Akzent. Vermutlich war er Italiener.

»Ich weiß nicht«, erwiderte der Amerikaner misstrauisch.

»Ihre Frau ist gestürzt. Hat sie sich das Fußgelenk verletzt?«

»Ja.«

Der Fremde kniete sich auf die Steinplatten des Bodens, zog die Sandale aus und massierte mit langsamen Bewegungen den verletzten Knöchel. Seine Finger waren sanft und geübt. Der Mann aus Kansas beobachtete ihn, jederzeit bereit, seine Frau zu verteidigen.

»Er ist nicht gebrochen, aber wahrscheinlich verstaucht«, sagte der Mann.

»Woher wissen Sie das?«, fragte der Amerikaner.

»Ich weiß es eben«, sagte der Mann.

»Ja? Wer sind Sie?«

»Ich bin der Gärtner.«

»Der Gärtner? Hier?«

»Ich kümmere mich um die Rosen, fege den Hof, halte alles in Ordnung.«

»Aber heute ist doch der Palio. Hören Sie es nicht?«

»Ich höre es. Der Fuß muss bandagiert werden. Ich habe ein sauberes T-Shirt, das ich zerreißen kann. Und kaltes Wasser, damit der Fuß nicht anschwillt.«

»Warum sind Sie am Tag des Palio hier?«

»Ich schaue mir nie den Palio an.«

»Warum? Alle gehen zum Palio.«

»Weil er heute stattfindet. Am 2. Juli.«

»Was ist so besonders an dem Datum?«

»Es ist auch der Tag der Freiheit.«

»Was?«

»Heute vor dreißig Jahren, am 2. Juli 1944, wurde Siena von den deutschen Besatzern befreit. Außerdem ist in diesem Hof etwas passiert. Etwas sehr Wichtiges. Ich glaube, es war ein Wunder. Jetzt gehe ich Wasser holen.«

Der Amerikaner aus Topeka war verwirrt. Als guter Katholik ging er regelmäßig in die Kirche und zur Beichte. Er glaubte an Wunder – wenn sie den Segen Roms hatten. Rom zu sehen war einer der Hauptgründe für seine Sommerreise nach Italien gewesen. Nach Siena waren sie erst später gekommen. Er sah sich im leeren Hof um.

Der Hof war ungefähr zwanzig auf dreißig Meter groß. An zwei Seiten wurde er von einer fast vier Meter hohen Mauer umschlossen, durch deren offen stehenden Torbogen sie gekommen waren. Mindestens fünfzehn Meter hohe Hauswände bildeten die anderen beiden Grenzen. Sie waren bis auf ein paar Luftschlitze völlig kahl und gingen in Dächer über. Es mussten die Außenmauern eines riesigen, jahrhundertealten Gebäudes sein. In einer der Hauswände am anderen Ende des Hofs befand sich noch eine Tür. Sie war nicht aus Holzlatten, sondern aus ganzen Balken gezimmert, um jedem Angriff standzuhalten, und sie war fest geschlossen. Das Holz schien so alt wie die Stadt selbst zu sein, und die Sonne hatte es bis auf ein paar dunkle Flecken ausgebleicht.

An einer Hofseite lief eine Arkade oder ein Kreuzgang

entlang, dessen schräges Dach von Steinsäulen gestützt wurde. In ihm herrschte tiefer, kühler Schatten. Der Gärtner kam mit Stoffstreifen und einem kleinen Wassergefäß zurück.

Er kniete wieder nieder und legte einen festen Verband um das verletzte Gelenk an. Dann goss er Wasser über die Stoffstreifen, um die Stelle zu kühlen. Die Frau des Amerikaners seufzte vor Erleichterung.

»Schaffst du es noch bis zum Palio?«, fragte ihr Mann.

Die Frau erhob sich, stellte sich auf den Fuß und stöhnte auf. Es tat weh.

»Was meinen Sie?«, fragte der Tourist den Gärtner. Der zuckte mit den Schultern.

»Die Gassen sind holprig, und in der dichten Menschenmenge wird viel gestoßen und gedrängelt. Ohne Leiter oder einen erhöhten Standplatz werden Sie sowieso nichts sehen. Außerdem wird die ganze Nacht durchgefeiert. Sie können auch später noch dem bunten Treiben in allen Gassen zusehen. Oder Sie kommen im August wieder, dann gibt es noch mal einen Palio. Haben Sie so lange Zeit?«

»Nein. Ich muss mich wieder um mein Vieh kümmern. Nächste Woche geht es zurück nach Hause.«

»Ah. Dann... Vielleicht kann Ihre Frau ja gehen, aber bitte seien Sie vorsichtig.«

»Können wir noch einen Moment warten, Schatz?«, fragte sie.

Der Tourist nickte. Er sah sich noch einmal im Hof um.

»Was für ein Wunder? Ich sehe keinen Altar.«

»Es gibt keinen Altar. Es gibt auch keinen Heiligen. Noch nicht. Aber eines Tages wird es hoffentlich so weit sein.«

»Also, was ist nun vor dreißig Jahren in diesem Hof passiert?«

Die Geschichte des Gärtners

Waren Sie im Zweiten Weltkrieg?«
»Klar. U.S. Navy. Die Pazifik-Theater.«
»Hier in Italien waren Sie nicht?«
»Nein. Aber mein kleiner Bruder war hier. Hat an der Seite von Mark Clark gekämpft.«

Der Gärtner nickte. Sein Blick schien in die Vergangenheit zu schweifen.

»Im Jahr 1944 haben sich die Alliierten Stück für Stück die italienische Halbinsel hochgekämpft, von Sizilien bis in den äußersten Norden an die Grenze zu Österreich. Die deutsche Armee hat in diesem Jahr immer wieder zwischen Angriff und Rückzug, Angriff und Rückzug gewechselt. Es war ein langer Rückzug. Anfangs waren die Deutschen die Verbündeten der Italiener, aber als Italien den Waffenstillstand unterzeichnete, wurden sie zu Besatzern.

Hier in der Toskana haben sie schwer gekämpft. Feldmarschall Kesselring war Oberbefehlshaber der deutschen Truppen. Ihnen gegenüber standen die Amerikaner unter General Clark, die Briten unter General Alexander und die Freien Franzosen unter General Juin. Anfang Juni hatte die Front sich bis an die nördliche Grenze Umbriens und den westlichen Sektor der südlichen Toskana vorgeschoben.

Das Gebiet südlich von Siena ist rau und zerklüftet. Steile Höhenzüge und Täler mit unzähligen Flüssen. Die Straßen schlängeln sich durch die Hügel und bilden die einzige Möglichkeit, diese Gegend mit Fahrzeugen zu durchqueren. Natürlich lassen sich dort leicht Minen vergraben, außerdem kann man die Straßen von der anderen Seite des Tals aus gut unter Beschuss nehmen. Aufklärer, die oben auf den Hügeln stationiert sind, können mit ihren Artilleriegranaten hervorragend auf sie zielen. Auf beiden Seiten gab es schwere Verluste.

Siena wurde ein großes medizinisches Zentrum. Die Sanitätstruppe der Wehrmacht hatte hier mehrere Krankenhäuser, und sie waren immer voll belegt. Als sie nicht mehr ausreichten, wurden Klöster beschlagnahmt. Die Front der Alliierten schob sich unterdessen immer weiter vor. Kesselring ließ alle transportfähigen Verletzten in den Norden bringen. Ganze Kolonnen von Sanitätswagen waren Tag und Nacht unterwegs. Doch wer nicht transportfähig war, musste bleiben. Viele starben an ihren Verletzungen und wurden vor den Toren der Stadt begraben. Für eine Weile besserte sich die Raumnot, doch in den letzten zehn Tagen des Monats ging es wieder los. Sie kämpften jetzt ganz in der Nähe der Stadt, und zwar unerbittlicher als zuvor. In diesen letzten zehn Tagen wurde ein junger deutscher Arzt nach Siena abkommandiert. Er kam frisch von der Universität und hatte kaum Erfahrung. Ihm blieb nichts anderes übrig als zuzuschauen, zu lernen und dann selbst zu operieren. Schlaf war Mangelware, und auch die Vorräte neigten sich dem Ende zu.«

Ein Dröhnen erfüllte den Sommerhimmel, als außer Sichtweite die letzte Contrade auf der Piazza del Campo einmarschierte. Alle rivalisierenden Contraden umrundeten einmal die Rennbahn, die aus Sand auf das Kopfsteinpflaster aufgeschüttet worden war. Mit noch lauterem Geschrei wurde dann der Carroccio begrüßt, der Ochsenkarren mit der begehrten Siegestrophäe, dem Palio.

»In diesem Sektor kämpfte die Vierzehnte Armee der deutschen Wehrmacht unter General Lemelson. Theoretisch mag das beeindruckend klingen, doch viele Einheiten waren nach den monatelangen Gefechten völlig erschöpft und entkräftet. Das Hauptkontingent der Vierzehnten Armee war das Erste Fallschirmjägerkorps unter General Schlemm. Schlemm verlegte alle seine Leute vom Meer in die Berge südlich von Siena. Das war sein rechter Flügel. Weiter im Landesinneren versuchte im linken Flügel die völlig übermüdete Neunzigste Panzergrenadier-Division die Erste US-Panzerdivision von General Harmon aufzuhalten.

Die Freien Franzosen unter General Juin standen kurz vor

Siena, mitten in Mark Clarks Fünfter US Armee. Juin wurde von seiner Dritten algerischen Infanteriedivision auf der einen und der Zweiten marokkanischen Infanteriedivision auf der anderen Seite flankiert. Fünf Tage lang, vom 21. Juni bis zum 26. Juni, leisteten die Deutschen erbitterten Widerstand. Dann durchbrachen die amerikanischen Panzer die deutsche Linie, und die Flanke Siena wurde umfasst, erst im Osten, später dann von den Franzosen im Westen.

Die deutschen Einheiten zogen sich zurück und nahmen ihre Verwundeten mit. Es waren Infanteristen, Panzergrenadiere, Soldaten der Luftwaffe und Fallschirmjäger. Am 29. Juni kam es vor dem endgültigen Durchbruch der Alliierten noch zu einer letzten Schlacht, in der äußerst grausam Mann gegen Mann gekämpft wurde. Im Schutz der Dunkelheit taten die deutschen Sanitäter, was sie konnten. Hunderte von Verwundeten, sowohl Deutsche als auch Amerikaner, wurden nach Siena gebracht. General Lemelson bat Kesselring um die Erlaubnis, die Front begradigen zu dürfen. Da beide deutschen Flanken umfasst waren, musste er das Risiko eingehen, sich mit dem gesamten Ersten Fallschirmkorps in Siena einkreisen zu lassen. Kesselring willigte ein, und die Fallschirmjäger zogen sich in die Stadt zurück. Siena quoll über vor Soldaten. Es gab so viele Verletzte, dass dieser Hof unterhalb der Mauern des alten Klosters zum Übergangsquartier und Lazarett für die hundert zuletzt eingetroffenen Deutschen und alle Verletzten der alliierten Truppen erklärt wurde. Dem jungen deutschen Arzt übertrug man die alleinige Verantwortung. Das geschah am 30. Juni 1944.«

»Hier?«, fragte der Amerikaner. »In diesem Hof war ein Feldlazarett?«

»Ja.«

»Aber es gab doch nichts. Kein Wasser, keinen Strom. Das muss hart gewesen sein.«

»War es auch.«

»Ich befand mich damals auf einem Flugzeugträger. Für die Verletzten gab es ein richtig großes Sanatorium.«

»Da hatten Sie Glück. Hier blieben die Männer an dem Platz liegen, an dem die Sanitäter sie abgestellt hatten. Amerikaner, Algerier, Marokkaner, Engländer, Franzosen und die hundert Deutschen mit den schwersten Verletzungen. Eigentlich waren sie zum Sterben hergebracht worden. Zum Schluss waren es zweihundertzwanzig Männer.«

»Und der junge Arzt?«

Der Mann zuckte mit den Schultern.

»Was sollte er tun? Er machte sich an die Arbeit und gab sein Bestes. Vom Oberstabsarzt waren ihm drei Sanitäter zugeteilt worden. Matratzen, Mäntel – sie haben alles aus den Häusern geholt, was als Unterlage geeignet war. Jedes Laken, jede Decke, die sie finden konnten, haben sie mitgehen lassen. Die Laken brauchten sie als Verbandstoff. In Siena gibt es keinen Fluss, doch haben die Einwohner schon vor Jahrhunderten ein kompliziertes System unterirdischer Brunnen und Kanäle angelegt, um die Stadt mit frischem Wasser aus den Bergen zu versorgen. Die Sanitäter haben eine Eimerkette vom nächsten Brunnenschacht bis in den Hof organisiert.

Aus einem Haus in der Nachbarschaft wurde ein großer Küchentisch geholt und mitten im Hof zwischen den Rosenbüschen als Operationstisch aufgestellt. Medikamente gab es nur wenige, und die hygienischen Verhältnisse waren katastrophal. Am ersten Tag operierte der Arzt bis zum Einbruch der Dunkelheit. Als er nichts mehr sehen konnte, ist er zum nächsten Militärkrankenhaus gelaufen und hat um ein paar Petroleumlaternen gebettelt. Im Schein dieser Laternen machte er weiter. Doch es war hoffnungslos. Er wusste, dass die Männer sterben würden.

Die meisten hatten schreckliche Verwundungen davongetragen, und viele waren traumatisiert. Schmerzmittel gab es keine mehr. Einige Männer waren von Minen zerfetzt worden, die nur wenige Schritte von ihnen entfernt unter dem Körper eines Kameraden explodiert waren. Andere hatten Granatsplitter in sich stecken oder Kugeln in den zertrümmerten

Knochen. Kurz nach Einbruch der Dunkelheit kam das Mädchen.«

»Was für ein Mädchen?«

»Einfach ein Mädchen. Er hielt es für ein italienisches Mädchen aus der Stadt. Eine junge Frau, vielleicht Anfang zwanzig. Sie sah seltsam aus und starrte ihn an. Er nickte ihr zu. Sie lächelte, und er operierte weiter.«

»Was meinen Sie damit, dass sie seltsam aussah?«

»Ein blasses, ovales Gesicht. Sehr ruhig. Sie trug das Haar in einem kurzen Pagenkopf und nicht kinnlang, wie es der Mode der Zeit entsprach. Eine ordentliche, strenge Frisur. Und sie hatte ein hellgraues Baumwollkleid an.«

»Hat sie dem Arzt geholfen?«

»Nein, sie ist weitergegangen. Ganz langsam hat sie sich durch die Reihen der Männer bewegt. Er sah, wie sie ein Tuch nahm und es in einem Wassereimer tränkte. Dann tupfte sie den Männern die Stirn ab. Der Arzt musste weiterarbeiten, denn sie legten ihm ständig neue Verwundete auf den Tisch. Obwohl er wusste, dass es reine Zeitverschwendung war, machte er einfach weiter. Mit seinen erst vierundzwanzig Jahren war er fast noch ein Junge, musste aber schon die Arbeit eines Mannes bewältigen. Hundemüde versuchte er jeden Fehler zu vermeiden und amputierte mit einer in Grappa sterilisierten Knochensäge. Zum Nähen der Wunden benutzte er normales Haushaltsgarn, das er mit Bienenwachs eingefettet hatte. Das zur Neige gehende Morphium musste er streng rationieren. Und sie haben geschrien, oh, wie sie geschrien haben...«

Der Amerikaner starrte ihn an.

»Mein Gott«, flüsterte er. »Sie waren dieser Arzt. Sie sind kein Italiener. Sie waren der deutsche Arzt.«

Der Mann nickte langsam. »Ja, ich war der Arzt.«

»Schatz, ich glaube, meinem Fuß geht es jetzt besser. Vielleicht kriegen wir ja noch den Schluss des Rennens mit.«

»Sei still, Schatz. Nur noch ein paar Minuten. Was ist dann passiert?«

Auf der Piazza del Campo hatte der Festumzug die Rennbahn verlassen, und die Teilnehmer hatten ihre reservierten Plätze auf den Podien vor den Palästen eingenommen. Aus jeder Contrade waren nur ein Trommler und ein Fahnenschwinger auf der Sandbahn geblieben. Jetzt mussten sie ihr Können unter Beweis stellen. Zum Rhythmus der Trommeln webten die Fahnenschwinger komplizierte Muster in die Luft. Es war ihr letzter Gruß an die Menschenmenge und die letzte Chance, den Silberteller zu gewinnen.

Die Geschichte des Arztes

Ich habe die ganze Nacht und bis in die Morgendämmerung hinein durchoperiert. Die Sanitäter waren genauso müde wie ich, doch sie brachten immer neue Männer. Ich tat, was ich konnte. Als der Tag dämmerte, war sie verschwunden. Ich hatte sie nicht kommen sehen, und ich sah sie nicht gehen.

Als die Sonne aufging, machten wir eine Pause. Der Strom von Tragen, die durch den Bogen dort drüben kamen, ließ allmählich nach und versiegte schließlich ganz. Ich konnte mir die Hände waschen und durch die Reihen der Verwundeten gehen, um zu zählen, wie viele in der Nacht gestorben waren und entfernt werden mussten.«

»Wie viele waren es?«

»Kein einziger!«

»Keiner?«

»Es gab keine Toten. In dieser Nacht war niemand gestorben, und auch an jenem Morgen des 1. Juli starb niemand. In der Ecke dort drüben lagen drei Algerier. Brust- und Bauchwunden, einem hatten sie die Beine weggeschossen. Ich hatte sie im Morgengrauen operiert. Sie nahmen es ganz stoisch. Schweigend lagen sie da und starrten in den Himmel. Vermutlich dachten sie an die trockenen Hügel des Maghreb, von denen sie gekommen waren, um für Frankreich zu kämpfen und zu sterben. Sie wussten, dass es mit ihnen zu Ende ging, und warteten, dass Allah kam und sie zu sich rief. Doch sie starben nicht.

Genau dort, wo Ihre Frau jetzt sitzt, lag ein Junge aus Austin, Texas. Als sie ihn brachten, hatte er die Hände fest über dem Bauch verschränkt. Ich zog sie auseinander. Er versuchte, seine Eingeweide zusammenzuhalten, die durch die zerfetzte Bauchdecke quollen. Alles, was ich tun konnte, war, sie wieder hinein an ihren Platz zu drücken, zu klammern und zu nähen. Er hatte viel Blut verloren, und ich besaß keine Plasma.

In der Morgendämmerung hörte ich, wie er weinte und nach seiner Mutter rief. Ich gab ihm bis Mittag, aber er starb nicht. Obwohl die Sonne noch hinter den Dächern verborgen war, stieg die Temperatur am Vormittag schnell an. Wenn die Sonne erst über uns stand, würde dieser Hof zu einem Inferno werden. Ich ließ den Operationstisch in den Schatten des Kreuzgangs tragen, doch für die Männer draußen im Hof gab es wenig Hoffnung. Was Blutverlust und Verletzungen nicht allein ausrichten konnten, würde die Sonne vollenden.

Diejenigen, die unter dem Dach des Kreuzgangs lagen, durften sich glücklich schätzen. Es waren drei Tommies dabei, alle aus Nottingham. Einer bat mich um eine Zigarette. Damals war mein Englisch noch sehr schlecht, doch dieses Wort war international. Ich sagte, eine Zigarette sei wirklich das Letzte, was seine von Granatsplittern zerfetzte Lunge brauchen könne. Er lachte nur und meinte, wenn General Alexander erst da sei, würde er seinen Sargnagel schon bekommen. Verrückter englischer Humor. Aber auch tapfer. Sie wussten, dass sie ihr Zuhause nie mehr wieder sehen würden, und konnten noch immer dumme Witze machen.

Als die Sanitäter aus der Gefechtszone zurückkehrten, bekam ich drei neue Männer zur Unterstützung. Sie waren erschöpft und aufsässig, aber zum Glück überwog die gute alte deutsche Disziplin. Sie lösten meine drei Sanitäter ab, die sich einfach in einer Ecke zusammenrollten und sofort einschliefen.

»Und der Tag ging vorüber?«, fragte der Tourist.

»Der Tag ging vorüber. Ich befahl meinen neuen Männern, in den Häusern der Nachbarschaft nach Garn, Bindfäden, Seilen und mehr Bettlaken zu suchen. Wir spannten die Seile über den Hof und befestigten die Laken mit Wäscheklammern daran, um mehr Schatten zu schaffen. Trotzdem stieg die Temperatur weiter. Wasser, das war die Lösung. Die leidenden Männer lechzten nach Wasser, und meine Sanitäter bildeten wieder eine Eimerkette vom Brunnen, um die Becher so schnell wie möglich nachfüllen zu können. Die Deutschen sagten ›Danke‹, die Franzosen flüsterten ›Merci‹, und die Engländer sagten ›Ta, Kumpel‹.

Ich betete um einen kühlen Wind oder den Sonnenuntergang. Wind gab es keinen, doch nach zwölf Stunden in der Hölle verschwand die Sonne endlich, und es wurde wieder kühler. Am späteren Nachmittag hatte sich ein junger Offizier aus der Truppe von Lemelson in den Hof verirrt. Er blieb stehen, blickte sich mit großen Augen um und bekreuzigte sich. ›Du lieber Gott‹, murmelte er nur und rannte weg. Ich lief hinter ihm her und schrie, dass ich Hilfe brauchte. ›Ich werde sehen, was ich tun kann!‹, rief er über die Schulter zurück. Ich habe ihn nie wieder gesehen.

Doch vielleicht hat er tatsächlich etwas unternommen. Eine Stunde später schickte mir der Generalstabsarzt der Vierzehnten Armee einen Handkarren mit Medikamenten. Verbandzeug, Morphium, Sulfonamide. Immerhin. Nach Sonnenuntergang kamen neue Schwerverletzte, diesmal nur Deutsche. Es waren ungefähr zwanzig, womit die Zahl der Männer im Hof auf über zweihundertzwanzig stieg. Als es dunkel wurde, kam auch sie zurück.«

»Das Mädchen? Das seltsame Mädchen?«

»Ja. Wie schon am Abend zuvor stand sie plötzlich wieder da. Das Artilleriefeuer vor den Mauern der Stadt schien endlich aufgehört zu haben. Vermutlich bereiteten die Alliierten sich auf ihren letzten, endgültigen Schlag vor, die Zerstörung Sienas.

Ich betete, dass wir verschont würden, obwohl ich mir wenig Hoffnung machte. Im Hof war es bis auf das Stöhnen und Weinen und die gelegentlichen Schmerzensschreie still.

Ich kümmerte mich gerade um einen Panzergrenadier aus Stuttgart, der seinen halben Kiefer verloren hatte, als ich ihr Kleid neben mir rascheln hörte. Ich drehte mich um und sah, wie sie ein Handtuch in einen Eimer mit frischem Wasser tauchte. Sie lächelte und begann, durch die Reihen der Männer am Boden zu gehen. Sie kniete nieder, kühlte ihnen die Stirn und berührte sanft ihre Wunden. Ich rief ihr zu, sie solle die Verbände nicht anfassen, aber sie machte einfach weiter.

»War es dasselbe Mädchen?«, fragte der Amerikaner.

»Ein und dasselbe Mädchen. Doch diesmal fiel mir etwas auf, das ich am Vorabend übersehen hatte. Sie trug kein Kleid, sondern eine Art Kutte, wie man sie von Nonnen im Noviziat kennt. Da ging mir auf, dass sie aus einem der Klöster in Siena kommen musste. Auf der Vorderseite ihrer Kutte gab es ein Muster. Dunkelgrau auf hellgrau. Es war ein Kruzifix, aber kein gewöhnliches. Ein Arm des Kreuzes war zerbrochen und hing in einem Winkel von fünfundvierzig Grad herab.«

Von der großen Piazza her dröhnte es laut über die Dächer. Die Fahnenschwinger hatten ihre Vorführung beendet, und die zehn Pferde, die bis zu dem Moment unter strenger Bewachung im Hof des Podesta standen, wurden in den Ring geführt. Sie trugen Zaumzeug, aber keine Sättel, denn das Rennen wurde auf nackten Pferderücken ausgetragen. Als vor dem Richterstand die Palio-Flagge hochgezogen wurde, die dem Sieger des Rennens als Preis winkte, brach wieder Jubel los.

Im Hof erhob sich die Frau des Touristen und versuchte erneut, ihren verletzten Fuß zu belasten.

»Ich glaube, dass ich jetzt langsam gehen kann«, sagte sie.

»Noch ein paar Minuten, Schatz«, erwiderte ihr Mann. »Ich verspreche dir, dass wir gleich gehen und uns in den Trubel stürzen. Und was passierte in der zweiten Nacht?«

»Zuerst operierte ich die letzten zwanzig Neuankömmlinge,

die Deutschen. Dann versuchte ich mit den neuen Medikamenten und Verbänden die Fälle der letzten Nacht besser zu verarzten. Jetzt hatte ich Morphium und Antibiotika. Denen mit den schlimmsten Schmerzen konnte ich wenigstens helfen, in Frieden zu sterben.«

»Und sind welche gestorben?«

»Nein. Sie waren sterbenskrank, aber keiner starb. Nicht in dieser Nacht, in der die junge Nonne von einem Kranken zum anderen ging, ohne auch nur ein Wort zu sagen. Sie lächelte, kühlte ihnen die Gesichter mit frischem Brunnenwasser und berührte ihre Wunden. Die Männer bedankten sich und streckten die Hände nach ihr aus, um sie zu berühren, doch sie lächelte nur, wich zurück und ging weiter.

Vierundzwanzig Stunden lang hatte ich mich mit dem Kauen von Benzedrin wach gehalten, doch in den frühen Morgenstunden gab es nichts mehr für mich zu tun. Meine Medizinvorräte waren aufgebraucht, und die Sanitäter lehnten an der Wand und schliefen. Mein Kittel, meine Hände und mein Gesicht waren voller Blut. Ich saß an dem Tisch, an dem früher einmal eine Familie aus Siena ihre Mahlzeiten eingenommen hatte, stützte den Kopf auf die Arme und schlief ein. Bei Sonnenaufgang wurde ich von einem der Sanitäter wach gerüttelt. Er war auf Raubzug gewesen und brachte mir einen Feldkessel voll mit echtem italienischen Kaffee, den irgendjemand gehortet hatte. Es war der beste Kaffee, den ich in meinem ganzen Leben getrunken habe.«

»Und das Mädchen? Die junge Nonne?«

»Sie war verschwunden.«

»Und die Männer.«

»Ich machte eine schnelle Runde über den Hof und schaute mir jeden Einzelnen an. Alle lebten noch.«

»Das hat Sie bestimmt gefreut.«

»Mehr als gefreut. Ich war verblüfft. Eigentlich war das unmöglich. Meine Ausrüstung war zu schlecht, die Bedingungen waren katastrophal, die Verwundungen zu schwer und meine Kenntnisse zu gering.«

»Es war der zweite Juli, stimmt's? Der Tag der Befreiung?«
»Richtig.«
»Und die Alliierten haben zum letzten Schlag ausgeholt?«
»Falsch. Siena wurde nicht angegriffen. Haben Sie schon mal von Feldmarschall Kesselring gehört?«
»Nein.«
»Meiner Meinung nach gehört er zu den am meisten unterschätzten Kommandanten des Zweiten Weltkriegs. Seinen Marschallsstab erhielt er 1940, doch zu dem Zeitpunkt konnte noch jeder deutsche General an der Westfront siegen. Niederlagen und das ständige Zurückweichen vor dem überlegenen Feind sind viel schwieriger zu bewältigen.

Generäle lassen sich in unterschiedliche Typen einteilen. Der eine kann einen erfolgreichen Vorstoß unternehmen, der andere einen Rückzug planen und ausführen. Rommel hat zur ersten Gruppe gehört, Kesselring zur zweiten. Er musste sich von Sizilien bis nach Österreich zurückkämpfen. 1944 hatten die Alliierten bereits den ganzen Luftraum unter Kontrolle. Sie verfügten über die besseren Panzer, unbegrenzte Mengen Treibstoff und jede Menge Vorräte. Die Bevölkerung war auf ihrer Seite, und sie hätten Italien eigentlich bis zum Sommer zurückerobern müssen. Doch Kesselring ließ sie um jeden Zentimeter Boden ringen.

Anders als die meisten war er kein Barbar, sondern ein kultivierter Mann, der Italien leidenschaftlich liebte. Hitler hatte befohlen, in Rom die Brücken über den Tiber zu sprengen. Es waren architektonische Meisterwerke. Kesselring weigerte sich und unterstützte so den Vorstoß der Alliierten.

Als ich an jenem Morgen hier saß und meinen Kaffee trank, befahl Kesselring General Schlemm, das gesamte Fallschirmspringerkorps aus Siena abzuziehen, ohne auch nur einen Schuss abzufeuern. Nichts sollte beschädigt, nichts zerstört werden. Was ich damals ebenfalls nicht wusste, war, dass Papst Pius XII bei Charles de Gaulle vorgesprochen hatte, dessen Freie Franzosen die Stadt einnehmen sollten. Er bat darum, Siena nicht zu zerstören. Ob es zwischen Lemelson und Juin einen Geheimpakt gegeben hat, werden wir nie erfahren. Sie haben es beide abgestritten, und jetzt sind sie tot. Doch beide bekamen denselben Befehl: Verschonen Sie Siena.«

»Es wurde kein Schuss abgefeuert? Keine Granate? Keine Bombe?«

»Nichts. Am späten Vormittag begannen unsere Fallschirmjäger abzuziehen. Es dauerte den ganzen Tag. Am späten Nachmittag hörten wir aus der Gasse draußen das Geräusch dröhnender Marschschritte, und plötzlich tauchte der Stabsarzt der Vierzehnten Armee auf. Vor dem Krieg war Generalmajor von Steglitz ein berühmter Orthopäde gewesen. Auch er hatte in den letzten Tagen in einem der großen Krankenhäuser ununterbrochen am Operationstisch gestanden und war genauso erschöpft wie ich.

Von Steglitz stand im Torbogen und blickte sich verwundert um. Es arbeiteten jetzt sechs Sanitäter für mich, von denen sich zwei ausschließlich um die Wasservorräte kümmerten. Steglitz sah meinen blutverschmierten Kittel und den Küchentisch, der jetzt wegen des besseren Lichts wieder in der Mitte des Hofs stand. Er schaute auf den stinkenden Haufen amputierter Gliedmaßen in der Ecke dort drüben: Hände, Arme und Beine, von denen einige noch in Stiefeln steckten.

›Was für ein Beinhaus‹, sagte er. ›Sind Sie allein hier, Herr Stabsarzt?‹

›Ja, Sir‹, erwiderte ich.

›Wie viele Verletzte?‹

›Ungefähr zweihundertzwanzig, Herr General.‹

›Nationalität?‹

›Einhundertundzwanzig von uns und ungefähr hundert Soldaten unterschiedlicher Nationalität.‹

›Wie viele Tote?‹

›Bis jetzt keine, Herr General.‹

Er starrte mich an. ›Unmöglich!‹ Dann begann er an den Lagern entlangzuwandern. Er musste keine Fragen stellen. Auf den ersten Blick erkannte er die Art und den Grad der Verwundung und die Überlebenschance. Er war von einem Pater begleitet, der sich niederkniete und allen die letzte Ölung spendete, die den nächsten Morgen nicht überleben würden. Als der Generalstabsarzt mit seiner Inspektionsrunde fertig war, kam er zu mir zurück. Er sah mich lange an. Ich bot einen katastrophalen Anblick. Halbtot vor Müdigkeit, blutbesudelt, stinkend wie eine räudige Katze und seit achtundvierzig Stunden ohne eine feste Mahlzeit.

›Sie sind ein bemerkenswerter junger Mann‹, meinte er schließlich, ›und haben hier Übermenschliches geleistet. Sie wissen, dass wir unsere Truppen abziehen?‹ Ich bejahte. In einer geschlagenen Armee breiten sich Gerüchte in Windeseile aus.

Von Steglitz erteilte seinen Männern Befehle. Ganze Kolonnen von Sanitätern traten aus der Gasse in den Hof. ›Nehmt nur Deutsche mit‹, forderte er sie auf. ›Die Alliierten wollen wir den Alliierten überlassen.‹ Er ging an den deutschen Verletzten vorüber und wählte nur siebzig von ihnen aus, die eine Chance hatten, die lange, anstrengende Fahrt über die Hügel des Chianti bis nach Mailand zu überleben. Dort würden sie dann ordentlich versorgt werden. Die Deutschen, für die es keine Hoffnung mehr zu geben schien, ließ er da. Es waren fünfzig. Von Steglitz kam noch einmal zu mir. Die Sonne war bereits hinter den Häusern verschwunden und würde bald untergehen. Er hatte seine barsche Art abgelegt und sah mit einem Mal nur noch alt und krank aus.

›Irgendjemand muss sich um sie kümmern. Bleiben Sie bei ihnen.‹

›Das werde ich‹, erwiderte ich.

›Das bedeutet, dass Sie in Kriegsgefangenschaft kommen werden.‹

›Ich weiß, Herr General.‹

›Wenigstens war es ein kurzer Krieg für Sie. Ich hoffe, dass wir uns eines Tages in unserem Vaterland wiedersehen.‹

Mehr gab es nicht zu sagen. Er ging durch den Bogen, drehte

sich noch einmal um und salutierte. Können Sie sich das vorstellen? Ein General, der einem Stabsarzt salutiert? Ich trug keine Mütze, deshalb konnte ich den Gruß nicht erwidern. Dann war er verschwunden. Ich habe ihn nie wieder gesehen. Sechs Monate später ist er bei einem Bombenangriff ums Leben gekommen. Jetzt stand ich wieder allein da. Allein mit hundertfünfzig Männern, die fast alle sterben würden, wenn nicht bald Hilfe eintraf. Die Sonne ging unter, die Dunkelheit brach herein, und meine Laternen hatten kein Petroleum mehr. Doch dann ging der Mond auf. Ich ließ Wasser verteilen. Als ich mich umdrehte, war sie wieder da.«

Der Lärm von der Piazza del Campo war zu ununterbrochenem Schreien und Rufen angeschwollen. Die zehn Jockeys, kleine, drahtige Männer, saßen jetzt auf ihren Pferden. Jeder hatte seine Gerte bekommen, einen mörderischen Ochsenziemer, mit dem sie nicht nur auf ihre eigenen Pferde eindreschen würden, sondern auch auf jedes andere Ross oder jeden Jockey, der ihnen zu nahe kam. Sabotage, Behinderung, Verletzungen – zimperlich darf ein Reiter beim Palio nicht sein. Die Wetten sind schwindelerregend hoch, und der Wille zum Sieg ist grenzenlos. Auf der Sandbahn ist alles erlaubt.

Die zehn Pferde wurden auf ihre Startpositionen hinter einem dicken Seil geführt. Jeder Jockey trug die leuchtenden Farben seiner Contrade und einen runden Stahlhelm. Zügel und Reitgerte hielten sie fest in der Hand. Die Pferde tänzelten vor Erwartung. Der *mossiere*, der Startmeister, sah zum Bürgermeister hoch. Sobald das letzte Pferd seinen Platz eingenommen hatte, würde dieser ihn mit einem Kopfnicken auffordern, das Seil fallen zu lassen. Das Gebrüll der Menge erinnerte an Löwen in der afrikanischen Steppe.

»Sie ist zurückgekommen? Auch am dritten Abend?«

»Ein drittes und letztes Mal. Es war fast eine Art Teamarbeit. Hin und wieder habe ich etwas auf Deutsch zu ihr gesagt, das sie natürlich nicht verstand. Sie lächelte nur und schwieg. Näher gekommen sind wir uns nicht. Sie hat sich um die verwundeten Männer gekümmert, während ich mehr Wasser herbeischaffte und Verbände wechselte. Der Generalstabsarzt hatte mir frisches Material dagelassen, zumindest so viel, wie er für mein hoffnungsloses Unterfangen erübrigen konnte. Als der Morgen dämmerte, war sie wieder verschwunden.

An diesem Abend war mir etwas aufgefallen, das ich bisher übersehen hatte. Sie war ein hübsches Mädchen, doch im Licht des Mondes entdeckte ich auf ihren beiden Handrücken schwarze Flecken, jeder ungefähr so groß wie eine Dollarmünze. Damals habe ich mir nichts dabei gedacht, erst Jahre später.«

»Und Sie haben sie nie mehr wiedergesehen?«

»Nein, nie mehr. Kurz nach Sonnenaufgang hingen aus allen Fenstern in der Nachbarschaft Fahnen. Es war nicht mehr der Reichsadler. Die Bürger Sienas hatten die Flaggen der Alliierten zusammengeflickt. Am häufigsten sah man in der Stadt die französische Trikolore. Gegen sieben Uhr hörte ich Marschschritte in der Gasse. Angst ergriff mich. Bis zu diesem Moment hatte ich noch keine alliierten Soldaten mit Gewehr zu Gesicht bekommen, doch Hitlers Propagandamaschine hatte uns eingetrichtert, dass sie alle Mörder seien.

Wenige Minuten später standen fünf Soldaten im Torbogen. Sie waren dunkelhäutig und ihre Uniformen so verdreckt, dass ich kaum erkennen konnte, welcher Einheit sie angehörten. Dann sah ich das Kreuz von Lothringen. Es waren Franzosen, auch wenn die Männer aus Algerien stammten.

Sie riefen mir etwas auf Französisch oder Arabisch zu, das ich nicht verstand. Ich lächelte und zuckte mit den Schultern. Über meinem Wehrmachtshemd und der Hose trug ich den blutverschmierten Kittel, doch sie mussten die Stiefel darunter gesehen haben. Wehrmachtsstiefel. Daran gab es keinen Zweifel. In den Gefechten südlich von Siena hatten die Alliierten hohe Verluste erlitten, und hier stand ich – der Feind. Sie betraten den Hof, schrien mich an und fuchtelten mit ihren Gewehren vor meiner Nase herum. Ich dachte, sie würden mich erschießen. Dann hörte ich einen der algerischen Verletzten leise aus einer Ecke rufen. Die Soldaten gingen zu ihm, und er flüsterte ihnen etwas zu. Als sie zurückkamen, hatte sich ihr Verhalten geändert. Sie zogen eine wirklich ekelerregende Zigarette hervor und zwangen mich, sie als Zeichen unserer Freundschaft zu rauchen.

Um neun Uhr morgens war die ganze Stadt voller Franzosen, die überall euphorisch von Italienern begrüßt wurden. Die Mädchen überhäuften sie mit Küssen. Ich blieb mit meinen mir freundlich gesinnten Soldaten im Hof.

Dann tauchte ein französischer Major auf. Wie ich sprach er ein wenig Englisch. Ich erklärte, dass ich ein deutscher Arzt sei und hier bei meinen Kranken zurückgeblieben wäre, von denen einige Franzosen seien und die meisten anderen ebenfalls Alliierte. Er lief durch die Reihen der am Boden liegenden Kranken, zählte zwanzig seiner Landsleute unter den alliierten Engländern und Amerikanern und stürzte wieder hinaus auf die Gasse, wo man ihn Befehle erteilen hörte. Innerhalb einer Stunde waren alle Verletzten in das mittlerweile fast leere Zentralkrankenhaus abtransportiert worden. Jetzt lagen nur noch ein paar transportunfähige Deutsche im Hof. Ich blieb bei ihnen.

Während ein französischer Armeearzt einen nach dem anderen untersuchte, wurde ich im Zimmer der Oberin eingeschlossen. Mittlerweile lagen alle auf sauberen weißen Laken und wurden von ganzen Heerscharen italienischer Krankenschwestern gewaschen und mit Lebensmitteln versorgt.

Am Nachmittag erschien der Armeearzt in meinem Zimmer. Er wurde von einem französischen General namens de Monsabert begleitet, der Englisch sprach. ›Mein Kollege meint, dass die Hälfte der Männer hier eigentlich tot sein müsste‹, sagte er. ›Was haben Sie mit ihnen angestellt?‹ Ich erklärte, dass ich nichts Besonderes gemacht hätte, nur das, was mir mit der zur Verfügung stehenden Ausrüstung und den Medikamenten möglich gewesen sei.

Sie unterhielten sich auf Französisch. ›Wir müssen für die nächsten Verwandten die Personalien der Männer aufnehmen‹, meinte der General dann. Wo sind die Erkennungsmarken der Verstorbenen? Und zwar aller Nationalitäten.‹ Ich erklärte, dass es keine Erkennungsmarken gebe. Keiner der Männer, die in diesen Hof gebracht worden waren, sei gestorben.

Wieder unterhielten sie sich, wobei der Arzt öfter mit den Schultern zuckte. Dann sagte der General: ›Geben Sie mir Ihr Ehrenwort, hier zu bleiben und mit meinem Kollegen zusammen zu arbeiten? Es ist noch viel zu tun.‹ Natürlich gab ich es ihm. Wohin hätte ich auch gehen sollen? Meine Heimatarmee zog sich schneller zurück, als ich ihr hätte folgen können. Wenn ich es schaffte, bis aufs Land zu gelangen, würde ich dort sicher von Partisanen getötet werden. Als Nächstes fiel ich vor Hunger und Schlafmangel vor ihnen in Ohnmacht.

Nach zwanzig Stunden Schlaf, einem Bad und einer Mahlzeit war ich wieder einsatzbereit. Alle französischen Verletzten der letzten zehn Tage waren in den Süden nach Perugia, Assisi oder sogar bis Rom gebracht worden. Im Krankenhaus von Siena lagen nur noch die Männer aus diesem Hof.

Knochen mussten gerichtet und geschient werden. Wir öffneten halb verheilte Nähte und behandelten innere Verletzungen noch einmal ordentlich. Wunden, die sich eigentlich hätten entzünden müssen, waren auf wundersame Weise verheilt. Zerrissene Arterien schienen sich selbst versiegelt zu haben, und Blutungen hatten einfach aufgehört. Einen Tag und eine ganze Nacht lang operierten wir ohne Unterbrechung. Kein einziger Patient starb.

Die Kriegsfront schob sich weiter in den Norden. Man erlaubte mir, bei den französischen Offizieren zu wohnen. General Juin besuchte das Krankenhaus und dankte mir für alles, was ich für die französischen Soldaten getan hatte. Später musste ich mich dann nur noch um die fünfzig Deutschen kümmern. Nach einem Monat wurden wir alle in den Süden nach Rom evakuiert. Da keiner der Deutschen jemals wieder kämpfen würde, organisierte man über das Rote Kreuz ihre Rückführung ins Heimatland.«

»Sie kamen zurück in die Heimat?«, fragte der Amerikaner.

»Alle«, sagte der Arzt. »Das U.S. Army Medical Corps hat seine Soldaten von Ostia aus zurück in die Staaten verschifft, sobald sie reisefähig waren. Die Jungens aus Virginia kamen zurück an den Shenandoah und die aus Texas in ihren Lone Star State. Auch der junge Mann aus Austin, der in jener Nacht nach seiner Mutter gerufen hatte, ist mit all seinen Eingeweiden nach Hause gefahren, als die Bauchdecke verheilt war. Nachdem Frankreich befreit war, haben auch die Franzosen ihre Männer abgeholt.

Als General Alexander das Krankenhaus in Rom besuchte, in dem wir mittlerweile untergebracht waren, erzählte man ihm von diesem Hof in Siena. Wenn ich mich weiter an mein Ehrenwort halten würde, meinte er, könne ich mich bis Kriegsende in einem Feldlazarett in England um die deutschen Verwundeten kümmern. Ich willigte ein. Deutschland hatte den Krieg sowieso verloren. Im Herbst 1944 war uns das allen klar. Nach der Kapitulation im Mai 1945 herrschte endlich Frieden, und ich durfte wieder heim in meine zerstörte Vaterstadt Hamburg.«

»Aber warum sind Sie dann jetzt, dreißig Jahre später, hier?«

Das Geschrei von der Piazza del Campo war nicht zu überhören. Ein Pferd war gestürzt und hatte sich das Bein gebrochen. Der Jockey lag bewusstlos am Boden, während das Rennen weiterging. Obwohl eine dicke Sanddecke über das Pflaster der Piazza gestreut wurde, kam es bei dem verrückten Tempo immer wieder zu schlimmen Unfällen.

Der blasse Mann zuckte mit den Schultern und blickte versonnen über den Hof.

»Was sich in jenen drei Tagen in diesem Hof ereignet hat, war meiner Meinung nach ein Wunder. Mit mir hatte das nichts zu tun. Ich war ein junger, ehrgeiziger Arzt, aber nicht außergewöhnlich begabt. Es war das Mädchen.«

»Es wird noch andere Palios geben«, sagte der Tourist. »Erzählen Sie mir mehr über das Mädchen.«

»Gut. Im Herbst 1945 wurde ich zurück nach Deutschland geschickt. Hamburg war unter britischer Besatzung. Anfangs arbeitete ich im britischen Krankenhaus, später dann in der Hamburger Zentralklinik. 1949 waren wir dann wieder eine nazifreie Republik, und ich wechselte an ein Privatkrankenhaus. Mit meiner Karriere ging es gut voran. Ich wurde Mitinhaber der Klinik, heiratete ein Hamburger Mädchen, und wir bekamen zwei Kinder. Das Leben wurde leichter, da es Deutschland wirtschaftlich immer besser ging. Nach einiger Zeit gründete ich mein eigenes kleines Krankenhaus. Ich behandelte die Neureichen und wurde selbst reich. Doch diesen Hof hier und das Mädchen in der Nonnenkutte habe ich niemals vergessen.

1965 wurde meine Ehe nach fünfzehn Jahren geschieden. Die Kinder, damals schon im Teenageralter, waren sehr traurig darüber, doch sie verstanden es. Ich besaß Geld, und ich war wieder frei. 1968 beschloss ich, hierher zurückzukommen, um sie zu suchen. Ich wollte mich einfach nur bei ihr bedanken.«

»Und haben Sie sie gefunden?«

»In gewisser Hinsicht schon. Vierundzwanzig Jahre waren vergangen. Sie musste mittlerweile wie ich Ende vierzig sein. Vermutlich war sie noch immer Nonne. Falls sie aber ihren Orden aus irgendeinem Grund verlassen hatte, war sie sicher verheiratet und hatte Kinder. Ich kam also im Sommer 1968 hier an, nahm mir ein Zimmer in der Villa Patrizia und begann meine Suche.

Als Erstes besuchte ich alle Nonnenklöster. Es gab drei, und sie gehörten verschiedenen Orden an. Ich heuerte einen Übersetzer an, der mir half, mich mit den Oberinnen zu verständigen. Zwei von ihnen waren schon während des Kriegs hier gewesen, die dritte war erst später hergekommen. Als ich ihnen die Novizin beschrieb, die ich suchte, schüttelten sie nur den Kopf. Sie befragten jeweils die älteste Schwester der Gemeinschaft, doch von einer solchen Novizin wusste niemand etwas.

Ich beschrieb ihnen genau die Kutte, die sie getragen hatte: hellgrau mit einem dunkelgrauen Stickmuster auf der Vorderseite. Niemand kannte sie. In keinem der Orden wurden hellgraue Kutten getragen.

Ich zog meinen Kreis weiter. Vielleicht war sie ja aus einem Orden außerhalb der Stadt und hatte in den letzten Wochen der deutschen Besatzung nur Verwandte in Siena besucht. Ich suchte in der gesamten Toskana nach ihrem Kloster, aber ohne Erfolg. Mein Übersetzer verlor allmählich die Geduld, während ich herauszufinden versuchte, welche Kuttenformen man in sämtlichen Nonnenklöstern früher getragen hatte und heute trug. Es gab mehrere hellgraue Kutten, doch das Muster eines Kreuzes mit gebrochenem Arm war völlig unbekannt.

Nach sechs Wochen sah ich ein, dass es hoffnungslos war. Niemand hatte jemals von ihr gehört, geschweige denn, sie gesehen. Vierundzwanzig Jahre zuvor hatte sie in drei aufeinander folgenden Nächten diesen Hof besucht. Sie hatte sterbenden Soldaten die Gesichter gekühlt und ihnen Trost gespendet. Sie hatte ihre Wunden berührt, und diese Soldaten waren nicht gestorben. Vielleicht gehörte sie zu den Personen, die durch Handauflegen heilen können. Doch dann war sie in dem kriegszerrissenen Italien verschwunden. Ich hoffte, es würde ihr gut gehen, doch ich wusste, dass ich sie niemals finden würde.«

»Aber Sie haben gesagt, Sie hätten sie gefunden«, warf der Amerikaner ein.

»Ich habe gesagt ›in gewisser Hinsicht‹«, korrigierte ihn der Arzt. »Ich hatte schon meine Sachen für die Abreise gepackt, als ich einen letzten Versuch unternahm. In dieser Stadt gibt es zwei Zeitungen: den *Corriere di Siena* und *La Gazetta di Siena*. In jede setze ich eine Anzeige, die eine Viertelseite groß und sogar illustriert war. Ich hatte das gestickte Muster auf ihrem Kleid nachgezeichnet und diese Zeichnung neben den Text gestellt. Für jede Information zu diesem Symbol stellte ich eine Belohnung in Aussicht. Die Zeitung mit meiner Anzeige erschien an dem Morgen, an dem ich abreisen wollte.

Ich war gerade dabei, mein Gepäck aus dem Zimmer zu bringen, als man mich von der Rezeption aus anrief. Man sagte mir, es wolle mich jemand sprechen. Weil mein Taxi in einer Stunde kommen würde, ging ich mit meinen Koffern nach unten. Das Taxi habe ich dann nicht mehr gebraucht, und meinen Flug verpasste ich.

In der Hotelhalle wartete ein kleiner weißhaariger alter Mann in Mönchskutte auf mich. Es war ein dunkelgraues Gewand, das in der Taille von einer weißen Kordel gehalten wurde. An den Füßen trug er Sandalen. Er hielt eine Ausgabe der Gazetta in der Hand, die auf der Seite meiner Anzeige aufgeschlagen war. Wir begaben uns ins Café des Hotels und ließen uns dort nieder. Er sprach Englisch.

Zunächst fragte er, wer ich sei und warum ich die Anzeige aufgegeben hätte. Ich erklärte ihm, dass ich eine junge Frau aus Siena suchte, die mir vor fast einem Vierteljahrhundert geholfen habe. Dann stellte er sich als Fra Domenico vor und erzählte, dass er aus einem geschlossenen Orden stamme, dessen Angehörige sich ganz dem Fasten, dem Gebet und dem Studium widmeten. Sein persönliches, lebenslanges Studienobjekt sei die Geschichte Sienas und seiner verschiedenen religiösen Orden.

Er wirkte nervös und aufgeregt und bat mich, ihm genau zu schildern, wann und wo ich in Siena dieses besondere Muster auf der Kutte einer jungen Frau gesehen hätte. Ich wandte ein, dass dies eine lange Geschichte sei. ›Wir haben Zeit‹, erwiderte er nur, ›bitte erzählen Sie mir alles.‹ Und das tat ich dann auch.«

Auf der großen Piazza erreichte der Lärm seinen Höhepunkt, als eines der Pferde mit einer halben Länge Vorsprung die Ziellinie passierte. Die Angehörigen der anderen neun Contraden stöhnten enttäuscht auf, während die der siegreichen zehnten Contrade, die den Namen Istrice – Stachelschwein – trug, in Jubelgeschrei ausbrachen. Trotzdem würde auch in den Rathäusern der neun Verlierer in dieser Nacht der Wein in Strömen fließen.

»Fahren Sie fort«, drängte der Amerikaner. »Was haben Sie ihm erzählt?«

»Alles. Er bestand darauf, alles zu hören. Von Anfang bis Ende. Jede kleinste Einzelheit. Das Taxi kam, und ich schickte es wieder fort. Trotzdem hatte ich ein winziges Detail vergessen, das mir erst einfiel, als ich am Ende meiner Geschichte angelangt war. Die Hände, die Hände des Mädchens. Als ich ihm berichtete, dass ich im Mondlicht dunkle Flecken auf beiden Handrücken gesehen hätte, wurde der Mönch so weiß wie sein Haar und begann, seinen Rosenkranz durch die Finger gleiten zu lassen. Er hatte die Augen geschlossen und bewegte lautlos seine Lippen. Damals war ich noch Lutheraner, erst später konvertierte ich zum katholischen Glauben. Ich fragte ihn, was er da mache.

›Ich bete, mein Sohn‹, erwiderte er. ›Für wen?‹, fragte ich. ›Für die Unsterblichkeit meiner Seele und auch für die Ihre. Denn ich glaube, Sie haben das Wirken Gottes gesehen.‹ Dann bat ich ihn, mir alles zu sagen, was er wüsste, und er erzählte mir die Geschichte von der barmherzigen Katharina.

Die Geschichte Fra Domenicos

Kennen Sie sich in der Geschichte Sienas aus?‹, fragte er mich. ›Nein‹, erwiderte ich. ›Fast überhaupt nicht.‹

›Sie geht weit zurück. Die Stadt hat schon viele Jahrhunderte an sich vorüberziehen sehen. Einige waren von Wohlstand und Frieden geprägt, doch in den meisten gab es viel Blutvergießen, tyrannische Herrscher, Fehden, Hungersnöte und die Pest. Die beiden schlimmsten Jahrhunderte waren die zwischen 1355 und 1559.

Sie waren von einem endlosen, sinnlosen und erfolglosen Krieg geprägt. Sowohl im eigenen Land als auch gegen feindliche fremde Mächte. Immer wieder wurde die Stadt von plündernden Söldnerheeren heimgesucht, den gefürchteten Condottieri. Eine starke Regierung, welche die Bürger hätte schützen können, gab es nicht.

Sie müssen wissen, dass es in jenen Tagen kein Italien gab, wie wir es heute kennen. Damals war dieses Land ein Flickenteppich aus verschiedenen Fürsten- und Herzogtümern, Kleinstaaten und Stadtstaaten, die ständig bestrebt waren, einander zu erobern. Siena war ein Stadtstaat, auf den es das Herzogtum Florenz schon seit alters her abgesehen hatte. Unter Cosimo I. aus dem Haus der Medici haben sie uns dann schließlich erobert.

Doch diesem Ereignis ging die schlimmste Periode von allen voraus, die Jahre zwischen 1520 und 1550. In dieser Zeit spielt meine Geschichte. Siena wurde damals von fünf Familienclans regiert, die sich so lange befehdeten, bis die Stadt ruiniert war. Bis 1512 hatte einer ihrer Anführer, Pandolfo Petrucci, die Macht über den Stadtstaat. Er war der brutalste von allen und regierte wie ein Tyrann, aber wenigstens brachte er der Stadt wieder Stabilität. Nach seinem Tod brach in Siena die Anarchie aus.

Die Stadt sollte vom Balia regiert werden, einem Rat, dem Petrucci geschickt und skrupellos vorgestanden hatte. Doch jedes Ratsmitglied gehörte auch einem der verfeindeten Clans an. Statt also zum Wohlergehen der Stadt zusammenzuarbeiten, bekämpften sie einander, bis sie auch Siena in die Knie gezwungen hatten. 1520 wurde einem der unbedeutenderen Sprößlinge des Hauses Petrucci eine Tochter geboren. Auch nach dem Tod Pandolfos wurde die Stadt noch einige Zeit von den Petrucci regiert. Doch als dieses Mädchen vier Jahre alt war, verlor das Haus der Petrucci seine Macht über den Balia, und die verbleibenden vier verfeindeten Clans trugen ihre Fehden wieder ungehemmt aus.

Das Mädchen wuchs zu einer schönen jungen Frau heran. Sie war sehr fromm und mehrte das Ansehen ihrer Familie. Diese lebte in einem großen Palast hier ganz in der Nähe, wo sie von dem Elend und dem Chaos draußen wenig spürte. Doch während andere reiche Mädchen eigenwillig, verwöhnt oder sogar zügellos wurden, blieb Caterina di Petrucci bescheiden und tief gläubig.

Den einzigen Zwist mit ihrem Vater gab es, als es um ihre Eheschließung ging. In jenen Tagen war es normal, dass ein junges Mädchen schon mit sechzehn oder gar fünfzehn heiratete. Doch die Jahre zogen ins Land, und Caterina lehnte zum Kummer ihres Vaters einen Bewerber nach dem anderen ab.

1540 wurden die Stadt Siena und ihr Umland dann von einer Hungersnot, der Pest, Unruhen, Bauernaufständen und inneren Streitigkeiten heimgesucht. Im Schutz der Palastmauern und der Wachen war Caterina kaum davon berührt. Sie verbrachte ihre Zeit mit Handarbeiten, Lesen und regelmäßigen Gottesdiensten in der Familienkapelle. Doch in diesem Jahr geschah etwas, das ihr ganzes Leben verändern sollte. Eines Tages brach sie zu einem Ball auf, doch ist sie nie dort angekommen.

Wir wissen, was passiert ist. Oder zumindest glauben wir es zu wissen, denn es gibt ein auf Latein verfasstes Dokument ihres Beichtvaters, eines alten Priesters, den die Familie für ihre religiösen Bedürfnisse in Dienst genommen hatte. Caterina hatte den Palast in einer Kutsche verlassen. In ihrer Begleitung befanden sich eine Hofdame und sechs Leibwächter, denn auf den Straßen war es gefährlich.

Unterwegs wurde ihrer Kutsche von einer anderen quer über der Straße stehenden der Weg versperrt. Caterina hörte einen Mann vor Schmerzen schreien. Sie widersetzte sich den Anweisungen ihrer Gouvernante, schob den Vorhang zur Seite und sah hinaus.

Die andere Kutsche gehörte einer der verfeindeten Herrscherfamilien. Offensichtlich war ein alter Bettler auf die Straße getaumelt. Die Pferde hatten vor ihm gescheut und waren durchgegangen. Der aufgebrachte Insasse der Kutsche, ein grausamer junger Edelmann, war ausgestiegen und schlug nun mit dem Knüppel eines seiner Wächter wie wild auf den Bettler ein.

Ohne lange zu überlegen sprang Caterina aus der Kutsche in den Matsch der Straße, wo sie sich ihre seidenen Schuhe ruinierte, und schrie den Mann an, er solle sofort aufhören. Er blickte auf, und sie erkannte, dass es einer der jungen Edelmänner war, mit denen ihr Vater sie verheiraten wollte. Als er das Wappen der Petrucci an ihrer Kutschentür erblickte, hörte er auf der Stelle mit dem Prügeln auf und verschwand in seiner Karosse.

Das Mädchen hockte sich im Straßendreck nieder und umfing den Körper des schmutzigen alten Bettlers. Er war so erbarmungslos geschlagen worden, dass er im Sterben lag. Obwohl er voller Parasiten sein musste und nach Schmutz und Exkrementen stank, hielt sie ihn in den Armen, bis er tot war. Die Legende berichtet, sie habe in dem erschöpften, schmerzverzerrten und von Dreck und Blut besudelten Gesicht das Antlitz des sterbenden Christus erkannt. Unser Chronist schreibt, dass der Bettler ihr noch ein paar letzte Worte zugeflüstert habe: ›Kümmern Sie sich um die Meinen.‹

Wir werden nie erfahren, was an jenem Tag wirklich geschehen ist, denn es gab nicht einen Augenzeugenbericht. Wir haben nur die Worte des alten Priesters, der sie Jahre später in einer einsamen Klosterzelle aufgeschrieben hat. Doch was immer es war, es hat ihr Leben verändert. Sie fuhr zurück in den Palast und verbrannte im Hof ihre gesamte Garderobe. Ihrem Vater verkündete sie, sie wolle der Welt entsagen und den Schleier nehmen. Er wollte davon nichts hören und verbat es ihr ausdrücklich.

Sie widersetzte sich seinem Willen, was für die damalige Zeit äußerst ungewöhnlich war, und bewarb sich in allen Klöstern der Stadt um die Aufnahme als Novizin. Doch die Boten ihres Vaters waren ihr zuvorgekommen, weshalb sie überall abgewiesen wurde. Niemand wagte es, der noch verbliebenen Macht der Petrucci zu trotzen.

Doch ihr Vater irrte, wenn er glaubte, sie so von ihrem Vorhaben abbringen zu können. Aus der Schatzkammer der Familie entwendete sie ihre eigene Mitgift, und nach langen geheimen Verhandlungen mit einem verfeindeten Conte rang sie ihm schließlich einen langfristigen Pachtvertrag für einen bestimmten Hof ab. Viel war es nicht. Der Hof gehörte zum Kloster Santa Cecilia, an dessen hohe Mauern er grenzte. Die Mönche brauchten den zwanzig auf dreißig Meter großen Platz mit dem Kreuzgang, der im Schatten der mächtigen Steinmauern lag, nicht.

Um den Hof völlig vom Kloster zu trennen, ließ der Abt im einzigen Durchgang, der vom Klostergebäude in den Hof führte, ein schweres Holztor aus Eichenbalken anbringen und es mit mächtigen Riegeln versehen.

In diesem Hof schuf die junge Frau eine Zufluchtsstätte für die Armen und Notleidenden der Straßen und Gassen. Heute würden wir so eine Einrichtung Suppenküche nennen, aber damals gab es so etwas natürlich noch nicht. Caterina schnitt sich ihr schönes langes Haar ab, trug ein einfaches Gewand aus grauer Baumwolle und ging barfuß.

Die Ärmsten der Armen, die von der Gesellschaft Ausgestoßenen, die Lahmen und Siechen, die Bettler und Obdachlosen, schwangere Dienstmädchen, die man aus ihrer Stellung vertrieben hatte, die Blinden und die von allen am meisten gefürchteten Kranken – sie alle fanden in Caterinas Hof Zuflucht.

Sie lagen zwischen Exkrementen und Ratten, denn sie kannten es nicht anders, doch Caterina säuberte sie und kümmerte sich um ihre Wunden und Gebrechen. Caterina brauchte den Rest ihrer Mitgift für Nahrungsmittel auf, dann bettelte sie in den Straßen um Geld. Ihre Familie hatte sie natürlich enterbt.

Ein Jahr ging vorüber, in dem die Stimmung in der Stadt umschlug. Die Leute sprachen jetzt von ihr als Caterina della Misericordia – der barmherzigen Katharina. Die Wohlhabenden und alle, die ihr Gewissen beruhigen wollten, schickten anonyme Spenden. Ihr Ruhm verbreitete sich in der ganzen Stadt und über deren Mauern hinaus. Eine andere junge Frau aus vornehmer Familie gab ihr Leben im Wohlstand auf und kam zu ihr. Und dann noch eine. Im dritten Jahr waren Caterina und ihr Hof in der ganzen Toskana bekannt. Auch die Kirche wurde auf sie aufmerksam, was weniger gut war.

Sie müssen verstehen, Signore, dass es damals schlecht stand mit der Heiligen Katholischen Kirche. Selbst ich muss das zugeben. Nach zu vielen Jahren der Privilegien, der Macht und des Reichtums war sie korrupt und verlogen geworden. Viele Kirchenfürsten, Bischöfe, Erzbischöfe und Kardinäle lebten wie die weltlichen Herrscher. Sie gaben sich ihrem Vergnügen hin, waren grausam und erlagen den Versuchungen des Fleisches.

Das Volk hatte bereits darauf reagiert und sich neue Fürsprecher gesucht. Es war eine Bewegung, die sich Reformation nannte. In Nordeuropa war die Situation noch schlimmer. Luther hatte bereits seine ketzerischen Thesen verbreitet, und der englische König mit Rom gebrochen. Bei uns in Italien glich der einzig wahre Glaube einem brodelnden Hexenkessel. Nur ein paar Meilen von hier entfernt in Florenz hatte man den Mönch und Prediger Savonarola nach schrecklichen Folterungen auf dem Scheiterhaufen verbrannt, weil er nicht widerrufen wollte. Doch auch nach seinem Tod wurde weiter von Rebellion gemunkelt.

Die Kirche brauchte Reformen, aber kein Schisma, doch viele der Mächtigen sahen das anders. Zu ihnen gehörte Ludovico, der Bischof von Siena. Weil in seinem Palast die Sünden des Fleisches, Völlerei, Korruption und Laster regierten, hatte er besonders viel zu fürchten. Er betrieb einen regen Ablasshandel und sprach die Reichen nur dann für immer von allen Sünden frei, wenn sie sich dafür von ihrem gesamten Besitz trennten. Und doch lebte in seiner eigenen Stadt, ganz in der Nähe der Mauern seines Palastes, ein junge Frau, deren Beispiel ihn beschämen musste. Obwohl sie nicht predigte oder hetzte wie Savonarola, wurde sie für ihn zur Bedrohung.‹«

Auf dem Richterpodium der Piazza del Campo wurde der begehrte Palio feierlich den Führern der siegreichen Contrada überreicht. Unter begeistertem Schwenken der Flaggen mit dem

Wappen des Stachelschweins brach der Zug singend zum Siegesbankett auf.

»Jetzt haben wir alles verpasst, Schatz«, sagte die Frau des Amerikaners. Ihrem Fuß ging es schon sehr viel besser. »Es gibt nichts mehr zu sehen.«

»Nur noch einen Moment. Ich verspreche dir, dass wir uns die Feiern und die Festzüge anschauen werden. Sie dauern bis zum Morgengrauen. Also, wie geht es weiter? Was ist mit der barmherzigen Katharina geschehen?«

»Im darauffolgenden Jahr bekam der Bischof seine Chance. Es war ein mörderisch heißer Sommer. Das Land war vertrocknet, die Flüsse führten kein Wasser mehr, in den Straßen türmten sich menschliche und tierische Abfälle, und die Zahl der Ratten stieg ins Unermessliche. Dann kam die Pest.

In den Straßen ging wieder einmal der gefürchtete Schwarze Tod um, den wir heute als Beulen- oder Lungenpest kennen. Tausende erkrankten und starben. Heute wissen wir, dass die Krankheit von Ratten und Flöhen übertragen wurde, doch damals dachten die Leute, es sei die Strafe eines zürnenden Gottes. Und ein solcher Gott musste mit einem Opfer besänftigt werden.

Caterina hatte mittlerweile ein Symbol entworfen, das sie und ihre drei Gehilfinnen auf ihren Kutten trugen, um sich von den anderen Ordensschwestern der Stadt zu unterscheiden. Es war das Kreuz unseres Herrn Jesus, doch es hatte einen gebrochenen Arm, der für den Schmerz des Herrn über sein Volk stand. Wir wissen heute davon, weil es von jenem Beichtvater, der seine Erinnerungen Jahre später aufzeichnete, genau beschrieben wurde.

Der Bischof erklärte, das Symbol sei eine Gotteslästerung, und hetzte den Mob, den er mit Münzen aus seiner eigenen Schatulle bezahlte, gegen Caterina auf. Die Pest, so behauptete er, sei aus diesem Hof gekommen und von den Bettlern verbreitet worden, die nachts dort schliefen, aber tagsüber durch die Straßen zogen. Die Leute waren froh, jemanden zu haben, der die Schuld an ihrer Krankheit trug. So fielen sie über den Hof her.

Der alte Chronist war zwar nicht dabei, doch er behauptet, dass er aus verschiedenen Quellen über die Geschehnisse unterrichtet worden sei. Als sie den Mob kommen hörten, warfen sich die drei Gehilfinnen alte Decken über ihre Kleider und flüchteten. Caterina aber blieb. Der Pöbel stürmte in den Hof, prügelte auf die Männer, Frauen und Kinder ein, die sich dort aufhielten, und jagte sie bis vor die Stadtmauern, wo sie auf dem von Hungersnöten geplagten Land ihrem Schicksal überlassen wurden.

Die ganz besondere Wut der Meute aber konzentrierte sich gegen Caterina, die sicher noch Jungfrau war. Man hielt sie am Boden fest und vergewaltigte sie mehrmals. Unter den Tätern mussten auch Wachen des Bischofs gewesen sein. Als sie mit ihr fertig waren, kreuzigten sie sie an der schweren Holztür im hinteren Hofteil, wo sie schließlich starb.

Das war die Geschichte«, sagte der blasse Mann, »die mir Fra Domenico vor sieben Jahren in einem Hotelcafé berichtete.«

Das war alles?«, fragte der Amerikaner. »Mehr hat er nicht erzählt?«

»Doch, es gibt noch etwas«, gab der Deutsche zu.

»Erzählen Sie es mir, bitte erzählen Sie mir alles«, bettelte der Tourist.

»Nun, nach den Worten des alten Mönchs ist dann Folgendes passiert: In jener Mordnacht wurde die Stadt von einem fürchterlichen Unwetter heimgesucht. Dunkle Gewitterwolken zogen von den Bergen heran, welche die Sonne und später Mond und Sterne verhüllten. Bald begann es zu regnen. Nie zuvor hatte man hier so heftige Niederschläge erlebt, die drohten, Siena fortzuschwemmen. Das Unwetter dauerte eine ganze Nacht. Am nächsten Morgen verzogen sich die Wolken, und die Sonne kam wieder hervor.

Siena war sauber gewaschen und der Schmutz aus allen

Ecken und Ritzen gespült worden. Mit dem Wasser verschwanden auch die Ratten. Sie wurden fortgespült wie die Sünden des Bösen durch die Tränen Christi.

Schon nach wenigen Tagen begann die Pest abzuklingen und war bald ganz verschwunden. Doch diejenigen, die sich mit dem Mob verbündet hatten, schämten sich für ihre Tat. Einige von ihnen kehrten in den Hof zurück. Er war leer und verlassen. Sie nahmen den geschundenen Leib Caterinas von der Tür und wollten ihn christlich beerdigen. Doch die Priester fürchteten den Bischof, der sie der Häresie beschuldigen konnte. Ein paar Mutige brachten deshalb Caterinas Leichnam aus der Stadt hinaus aufs Land. Dort verbrannten sie ihn und streuten die Asche in einen Gebirgsbach.

Der Beichtvater des Hauses Petrucci, der all dies in Latein aufgeschrieben hat, nannte keine genaue Jahreszahl, geschweige denn einen Monat oder Tag. Doch wir kennen eine andere Quelle, in der die Zeit des großen Regens genauer angegeben wird. Es war im Juli des Jahres 1544. Der Regen ist am Abend des zweiten Tages gekommen.«

Schluss

Der Tag des Palio«, sagte der Amerikaner. »Und der Tag der Befreiung.«

Der Deutsche lächelte.

»Dass der Palio immer am zweiten Juli stattfindet, wurde erst später festgelegt. Und die Wehrmacht zog eher zufällig an genau dem Tag ab.«

»Doch sie ist wiedergekommen. Vierhundert Jahre später ist sie zurückgekommen.«

»Daran glaube ich«, erwiderte der Deutsche ruhig.

»Sie hat sich um die Soldaten gekümmert, obwohl sie selbst von Soldaten vergewaltigt wurde.«

»Ja.«

»Und die Flecken an ihren Händen? Die Male der Kreuzigung?«

»Ja.«

Der Tourist starrte die Eichentür an.

»Die Flecken. Ihr Blut?«

»Ja.«

»O mein Gott«, sagte der Tourist. Er dachte eine Weile nach. »Und Sie kümmern sich um diesen Garten? Zu ihrem Gedenken?«

»Ich komme jeden Sommer, fege den Boden und kümmere mich um die Rosen. Es ist einfach eine Art Dankeschön. Vielleicht weiß sie es, wo immer sie jetzt ist, vielleicht auch nicht.«

»Heute ist der zweite Juli. Wird sie wiederkommen?«

»Vielleicht. Aber eher nicht. Doch eins kann ich Ihnen garantieren. Heute Nacht wird in ganz Siena kein Mensch sterben.«

»Sicher kostet es etwas, den Hof in diesem Zustand zu halten. Wenn ich irgendetwas...«, sagte der Tourist.

Der blasse Mann zuckte mit den Schultern.

»Eigentlich nicht. Dort drüben über der Bank an der Wand gibt es einen Opferstock. Das Geld ist für die Waisenkinder Sienas bestimmt. Ich habe gedacht, das würde ihr gefallen.«

Der Amerikaner war so großzügig wie alle seine Landsleute. Er griff in seine Jackentasche und zog ein dickes Bündel Geldscheine heraus. Vor dem Opferstock zählte er mehrere Scheine ab und stopfte sie hinein.

»Sir«, sagte er, während er seiner Frau auf die Beine half, »ich werde Italien bald verlassen und zurück nach Kansas fliegen. Dort werde ich auf meiner Ranch arbeiten und Vieh züchten. Doch mein Lebtag werde ich nicht vergessen, dass ich in dem Hof gewesen bin, wo sie gestorben ist. Die Geschichte von der barmherzigen Katharina wird mich begleiten, solange ich lebe. Komm Schatz, jetzt stürzen wir uns ins Getümmel.«

Sie verließen den Hof und bogen in die Gasse ein, wo sie dem Lärm der feiernden Menschenmassen folgten. Kurze Zeit später tauchte eine Frau aus den dunklen Schatten des Kreuzgangs auf. Sie hatte die Haare zu Zöpfen geflochten. Um den Hals trug sie eine Kette aus Holzperlen, und über dem Rücken hing eine Gitarre. In ihrer rechten Hand hielt sie einen schweren Militärrucksack und in der linken eine Einkaufstasche.

Sie ging zu dem Mann, fischte einen Joint aus ihrer Tasche, zündete ihn an und nahm einen langen, tiefen Zug. Dann reichte sie ihn an den Mann weiter.

»Wie viel hat er dagelassen?«, fragte sie.

»Fünfhundert Dollar«, erwiderte er. Von dem deutschen Akzent war nichts mehr zu hören, denn jetzt sprach er im Slang der Woodstock-Generation. Er zog das Dollarbündel aus der Holzkiste und steckte es sich in die Hemdtasche.

»Es ist auch wirklich eine großartige Geschichte«, sagte seine Partnerin. »Und du erzählst sie einfach wunderbar.«

»Ja, sie gefällt mir auch«, gab der Hippie bescheiden zu. Dann schulterte er seinen Rucksack und wandte sich zum Gehen. »Und weißt du, was das Schönste ist? Sie fallen jedes Mal drauf herein.«

Kunst und Können

November

Eine dichte Regenwand schob sich langsam durch den Hyde Park und trieb im leichten Westwind als grauer Schleier weiter zur Park Lane, wo sie über der dichten Platanenreihe auf dem Grünstreifen zwischen den beiden Fahrbahnen niederging. Unter den kahlen Bäumen stand ein durchnässter, düster dreinblickender Mann.

Der Eingang zum Ballsaal des Grosvenor House Hotels wurde von mehreren Lichterketten und dem endlosen Blitzen der Kameras hell erleuchtet. Drinnen war es warm, trocken und behaglich, doch vor dem Baldachin des Portals musste eine kurze Strecke nasser Asphalt überwunden werden. Dort standen Hotelportiers in Livree mit Regenschirmen bereit, während unentwegt Limousinen vorfuhren.

Sobald ein Wagen vor dem Baldachin hielt, lief ein Portier herbei, um seinen Regenschirm über die Berühmtheiten oder Filmstars zu halten, die ausstiegen und mit gesenktem Kopf die zwei Meter bis zum Baldachin eilten. Erst wenn sie dort angekommen waren, richteten sie sich auf und strahlten mit einem routinierten Lächeln in die Kameras.

An beiden Seiten des Baldachins standen die Paparazzi. Sie waren bis auf die Haut durchnässt und versuchten so gut wie möglich ihre wertvolle Ausrüstung zu schützen.

»Hierhin, Michael. Schauen Sie her, Roger. Shakira, bitte ein Lächeln. Süß.«

Die Großen und Schönen der Filmwelt nickten ihren Bewunderern wohlwollend zu, lächelten in die Objektive und für die Fans in der Ferne, ignorierten aber die wenigen Autogrammjäger im Anorak. Während die Stars an diesen vorbei ins Hotel schwebten und zu ihren Tischen geführt wurden, blieben sie immer wieder stehen. Sie grüßten, winkten und strahlten, denn es war die alljährliche feierliche Preisverleihung der British Academy of Film and Television.

Der kleine Mann unter den Bäumen beobachtete alles mit unerfüllter Sehnsucht im Blick. Früher hatte er geträumt, dass er einmal dazugehören würde. Als großer Filmstar oder wenigstens als anerkannter Vertreter seines Standes. Doch jetzt wusste er, dass daraus nichts mehr werden würde. Es war zu spät.

Seit über fünfunddreißig Jahren arbeitete er jetzt als Schauspieler und hatte fast ausschließlich in Filmen gespielt. Es waren sicher über hundert gewesen. Angefangen hatte er als stummer Statist, dann ging es weiter mit kleineren Rollen. Einen wirklich großen Auftritt aber hatte er nie bekommen.

Er hatte einen Hotelportier gimimt, an dem Peter Sellers vorbeiging, so dass er wenige Sekunden mit im Bild war. Als Fahrer eines Armeelasters hatte er Peter O'Toole ein Stück weit bis Kairo mitgenommen. Nur wenige Schritte von Michael Palin entfernt hatte er in unbeweglicher Haltung einen römischen Speer gehalten, und als Luftfahrtmechaniker hatte er Christopher Plummer in einen Spitfire geholfen.

Er hatte Kellner, Pförtner und Soldaten sämtlicher Armeen von der Bibel bis zur Ardennenschlacht gespielt. Taxifahrer, Polizisten, einen Restaurantgast, einen Mann, der die Straße überquert, den pfeifenden Straßenhändler – kurzum: alles.

Doch es war immer das Gleiche gewesen. Ein paar Tage am Set, zehn Sekunden auf der Leinwand und dann tschüs. Ganz nahe war er den großen Stars am Filmhimmel gekommen, hatte die Vornehmen und die miesen Schweine kennen gelernt, die Primadonnen und die Unkomplizierten. Er wusste, dass er jede einzelne Rolle absolut überzeugend gespielt hätte, denn er war ein echter Verwandlungskünstler. Doch niemand hatte dieses Talent, von dem er felsenfest überzeugt war, jemals entdeckt.

Und so stand er im Regen, während seine Idole in eine Nacht

voller Glamour entschwebten, um später in ihre Luxusapartments oder Suiten zurückzukehren. Als alle verschwunden und die Lichter verblasst waren, trottete er durch den Regen zur Bushaltestelle Marble Arch, stand tropfnass im Bus, bis dieser ihn eine halbe Meile von seiner billigen Einzimmerwohnung entfernt in den Nebenstraßen zwischen White City und Shepherds Bush wieder ausspuckte.

Zu Hause zog er sich die nassen Klamotten aus, wickelte sich in einen alten Bademantel, den er aus einem Hotel in Spanien hatte mitgehen lassen (»Der Mann von La Mancha« mit Peter O'Toole – er hatte die Pferde gehalten) und schaltete das kleine elektrische Kaminfeuer an. Seine feuchten Kleider dampften leicht und waren am nächsten Morgen noch immer feucht. Er wusste, dass er kein Geld mehr besaß. Er war absolut pleite. Seit Wochen hatte er nicht mehr gearbeitet, und es war auch nichts zu erwarten. In seinem Beruf gab es zu viele kleine Männer in mittleren Jahren. Sie hatten ihm das Telefon abgeschaltet. Wenn er mit seinem Agenten sprechen wollte, musste er ihn schon persönlich aufsuchen. Ein weiteres Mal. Morgen, beschloss er, würde er es wieder versuchen.

Er saß und wartete. Immer musste er sitzen und warten, das war sein Schicksal. Endlich ging die Bürotür auf, und ein Mann trat heraus. Er kannte ihn und sprang auf.

»Hallo, Robert, kennen Sie mich noch? Trumpy.«

Robert Powell reagierte überrascht und konnte sich ganz offensichtlich nicht an das Gesicht erinnern.

»Der Dreh in Italien. Turin. Ich habe das Taxi gefahren, und Sie haben hinten gesessen.«

Die unerschütterliche gute Laune von Robert Powell rettete die Situation.

»Natürlich. Turin. Schon lange her. Wie geht's, Trumpy? Wie läuft das Geschäft?«

»Nicht schlecht, ich kann nicht klagen. Ich wollte nur mal reinschauen, ob Sie-wissen-schon-wer was für mich hat.«

Powell registrierte das abgetragene Hemd und den schäbigen Regenmantel.

»Bestimmt hat er was. Schön, dass wir uns mal wiedergesehen haben. Alles Gute, Trumpy.«

»Ihnen auch, alter Junge. Halten Sie die Ohren steif!«

Sie schüttelten sich die Hände, und Powell ging. Der Agent war freundlich und zuvorkommend, aber Arbeit hatte er keine. In Shepperton wollten sie einen Kostümfilm drehen, doch das Casting war bereits abgeschlossen. Ein wirklich überlaufener Berufszweig, in dem einen nur Optimismus und die Hoffnung auf die große Chance über Wasser hielten.

Zurück in seiner Wohnung, machte sich der verzweifelte Trumpy an eine Bestandsaufnahme. Von der Sozialhilfe bekam er jede Woche ein paar Pfund, doch London war ein teures Pflaster. Gerade erst war er mit seinem Vermieter Mr. Koutzakis aneinander geraten, der ihn zum wiederholten Mal daran erinnert hatte, dass er mit der Miete im Rückstand war und seine Geduld nicht so endlos sei wie der Sonnenschein in seiner Heimat Zypern.

Es stand schlecht um ihn. Genau genommen konnte es eigentlich gar nicht mehr schlechter werden. Als die milchige Sonne hinter den Hochhäusern auf der anderen Seite des Hofs verschwand, ging der alternde Schauspieler zum Schrank und holte ein in Sackleinen gewickeltes Paket heraus. Immer wieder hatte er sich in den letzten Jahren gefragt, warum er überhaupt an dem verfluchten Ding festhielt. Sein Geschmack war es jedenfalls nicht. Vermutlich reine Sentimentalität. Vor fünfunddreißig Jahren, als er noch ein Bürschchen von zwanzig war und durch die Provinz tourte, hatte er es von seiner Großtante Millie geerbt. Damals war er ein viel versprechender, ehrgeiziger junger Schauspieler gewesen und hatte fest an eine große Karriere geglaubt. Er wickelte den Gegenstand aus dem Jutestoff.

Das kleine Gemälde maß ohne den Goldrahmen gerade dreißig mal dreißig Zentimeter. Er hatte es all die Jahre lang eingewickelt gelassen. Von Anfang an war es schmutzig und rußbedeckt gewesen, und die vagen Umrisse der Figuren waren kaum mehr als Schatten. Doch Großtante Millie hatte immer geschworen, es sei sicher ein paar Pfund wert. Na ja, das waren wohl eher die romantischen Vorstellungen einer alten Dame. Über die Geschichte des Bildes aber wusste er nicht das Geringste. Dabei hatte das kleine Ölgemälde durchaus eine Geschichte zu erzählen.

Im Jahr 1870 brach ein dreißigjähriger Engländer, der ein wenig Italienisch sprach und über ein kleines Erbe verfügte, nach Florenz auf, um dort sein Glück zu suchen. Das viktorianische England befand sich damals auf dem Höhepunkt seiner Blüte, und die goldene Zwanzig-Schilling-Münze Ihrer Majestät war eine Währung, die viele Türen öffnete. In Italien hingegen herrschte wie üblich das Chaos.

Innerhalb von fünf Jahren hatte der tatkräftige Mr. Adrian Frobisher vier Dinge erreicht: Er hatte die vorzüglichen Weine aus den Hügeln des Chianti entdeckt, die er bald in großen Fässern in seine englische Heimat exportierte. Damit grub er den traditionellen französischen Weingütern das Wasser ab und legte den Grundstein für ein ansehnliches Vermögen.

Er erwarb ein schönes Stadthaus mit eigener Kutsche und einem Stallburschen, ehelichte die Tochter eines niedrigen Adligen aus der Gegend und erstand neben vielen anderen Dekorationsgegenständen für sein neues Haus in einem Secondhandladen in der Nähe der Ponte Vecchio ein kleines Ölgemälde.

Dieses Bild kaufte er nicht, weil es von einem bekannten Maler stammte oder besonders angepriesen wurde. Ganz im Gegenteil, er hatte es völlig verstaubt im hintersten Winkel des Ladens entdeckt. Er kaufte es nur, weil es ihm gefiel.

Dreißig Jahre lang hing das Bild in seiner Bibliothek. In dieser Zeit wurde er britischer Vizekonsul in Florenz und durfte sich Sir Adrian, Knight Commander of the British Empire nennen. Jeden Abend rauchte er nach dem Dinner seine Zigarre unter dem Bild.

Im Jahr 1900 wütete eine Choleraepidemie in Florenz, der auch Lady Frobisher zum Opfer fiel. Nach der Beerdigung beschloss der mittlerweile sechzigjährige Geschäftsmann, ins Land seiner Väter zurückzukehren. Er verkaufte seinen Besitz in Italien und ging nach England, wo er in Surrey einen hübschen Landsitz erwarb und neun Diener einstellte. Die jüngste dieser neun Angestellten, das Zimmermädchen, war ein Mädchen aus dem Dorf namens Millicent Gore.

Sir Adrian heiratete nicht wieder und starb 1930 im Alter von neunzig Jahren. Aus Italien hatte er fast hundert Kisten mit Umzugsgut mitgebracht. In einer dieser Kisten befand sich ein kleines, mittlerweile verblasstes Ölgemälde in einem Goldrahmen.

Dieses Bild war das erste Geschenk für Lady Lucia gewesen, die es immer geliebt hatte. Jetzt hängte er es wieder in die Bibliothek, wo die Patina aus Zigarrenrauch und Ruß immer dicker wurde und die ehemals brillanten Farben überdeckte, bis die Figuren auf dem Bild kaum noch zu erkennen waren.

Der Erste Weltkrieg kam und ging und veränderte die Welt. Sir Adrians Vermögen schrumpfte, als seine Investitionen in Aktien der Kaiserlich Russischen Eisenbahngesellschaft nach 1917 nichts mehr wert waren. Großbritanniens soziales Gefüge veränderte sich.

Die Dienerschaft wurde verkleinert, doch Millicent Gore blieb und stieg vom Zimmermädchen zur Haushälterin auf. Nach 1921 war sie die einzige Bedienstete im Haus. In den letzten sieben Lebensjahren betreute sie den gebrechlichen Sir Adrian wie eine Krankenschwester. Als er 1930 starb, bedachte er sie mit einem Erbe.

Er sicherte Millicent das lebenslange Wohnrecht in einem kleinen Haus und hinterließ ihr eine Summe, deren Zinsen ihr für die Zukunft ein bescheidenes Auskommen garantierten. Der Rest seiner beweglichen Habe wurde in einer Auktion veräußert, nur ein Gegenstand war in dieser Masse nicht enthalten: das kleine Ölgemälde. Dieses erbte Millicent Gore. Sie war sehr stolz darauf, denn es kam aus einem Land, das sie »fremd« nannte. Sie hängte es in das winzige Wohnzimmer ihres Häuschens, ganz in die Nähe des offenen Kamins, wo es schmutziger und schmutziger wurde.

Miss Gore hatte nie geheiratet. Sie verrichtete gemeinnützige Arbeit für das Dorf und die Kirchengemeinde und starb 1965 im Alter von fünfundachtzig Jahren. Ihr Bruder jedoch heiratete und zeugte einen Sohn, der wiederum Vater eines Sohnes wurde, der einzige Großneffe der alten Dame.

Als sie starb, gab es wenig zu erben, denn das Haus und das übrige Vermögen gingen wieder in die Nachlassmasse ihres Wohltäters ein. Das Ölgemälde aber hinterließ sie ihrem Großneffen. Fünfunddreißig Jahre sollten vergehen, bevor das fleckige alte Kunstwerk in einer feuchten Einzimmerwohnung in Shepherd's Bush ausgewickelt und wieder ans Tageslicht befördert wurde.

Am nächsten Morgen stand sein Besitzer im Empfangsbereich des renommierten Auktionshauses Darcy, das sich auch in der Schätzung von Kunstwerken einen Namen gemacht hatte. Er hielt ein in Sackleinen gewickeltes Paket an sich gedrückt.

»Ich habe gehört, dass man bei Ihnen auch als normaler Bürger einen Kunstgegenstand schätzen lassen kann, wenn man vermutet, dass er einen gewissen Wert haben könnte«, sagte er zu der jungen Frau hinter dem Schreibtisch. Auch sie registrierte das abgetragene Hemd und den schäbigen Regenmantel und schickte ihn zu einer Tür mit der Aufschrift »Schätzungen«. Hinter dieser Tür ging es weniger gediegen zu als im Foyer. An einem Schreibtisch saß ebenfalls ein junges Mädchen. Der Schauspieler wiederholte seine Anfrage. Sie griff nach einem Formular.

»Ihr Name, Sir?«
»Mr. Trumpington Gore. Also, dieses Bild hier...«
»Adresse?«
Er nannte sie.
»Telefon?«

»Ehm, ich habe kein Telefon.«

Sie sah ihn an, als hätte er gesagt, er habe keinen Kopf.

»Und worum handelt es sich bei dem Kunstgegenstand?«

»Um ein Ölgemälde.«

Ihr Gesichtsausdruck wurde zunehmend gelangweilter, als sie ihn nach den Details fragte. Alter: unbekannt. Schule: unbekannt. Stil: unbekannt. Künstler: unbekannt. Herkunftsland: vermutlich Italien.

Die junge Frau in der Abteilung für Schätzungen war bis über beide Ohren in einen jungen Mann aus der Abteilung für klassische Weine verliebt. Sie wusste, dass er um diese Tageszeit seinen Vormittagskaffee im Café Uno einnahm, das sich gleich um die Ecke befand. Wenn nur dieser fade kleine Mann mit seinem alten Schinken endlich gehen würde, dann könnte sie mit ihrer Freundin eine Pause machen und ganz zufällig einen Tisch neben Adonis ergattern.

»Letzte Frage, Sir. Wie hoch würden Sie seinen Wert schätzen?«

»Das weiß ich nicht. Darum habe ich es ja hergebracht.«

»Wir brauchen eine Einschätzung des Kunden, Sir. Aus Versicherungsgründen. Sagen wir hundert Pfund?«

»Sehr gut. Können Sie mir sagen, wann ich von Ihnen hören werde?«

»Zu gegebener Zeit, Sir. Im Lager warten bereits viele Bilder darauf, begutachtet zu werden. So etwas braucht Zeit.«

Sie selbst war ziemlich eindeutig der Ansicht, dass in diesem Fall ein Blick genügen würde. Mein Gott, all der Müll, den die Leute bei ihr ablieferten und dann noch glaubten, sie hätten gerade einen Teller aus der Minghzeit im Geschirrschrank gefunden.

Fünf Minuten später hatte Mr. Trumpington Gore das Formular unterzeichnet, eine Kopie entgegengenommen und das Jutepaket ausgehändigt. Jetzt stand er draußen auf einer Straße in Knightsbridge und hatte noch immer keinen Pfennig in der Tasche. Er ging nach Hause.

Das in Sackleinen gewickelte Gemälde wurde in einen Lagerraum im Keller gebracht und mit einem Etikett versehen: D 1601.

Dezember

Zwanzig Tage verstrichen, und die Nummer D 1601 stand noch immer in ihrer Jutehülle an der Wand des Lagerraums im Keller. Trumpington Gore wartete vergeblich auf eine Antwort. Es gab eine einfache Erklärung für die Verzögerung: Arbeitsüberlastung.

Bei Darcy kamen Gemälde, Porzellan, Juwelen, erlesene Weine, alte Jagdgewehre und Möbel unter den Hammer. Wie bei allen großen Auktionshäusern stammten über neunzig Prozent der Versteigerungsobjekte aus Quellen, die dem Haus bekannt und überprüfbar waren. Oft tauchten im Auktionskatalog Hinweise zur Herkunft oder »Provenienz« auf. Ein schönes Stück wurde gern mit dem Hinweis »Aus dem Besitz eines Gentleman« eingeführt. Auch »Aus dem Nachlass des verstorbenen...« war eine beliebte Formulierung.

Nicht alle waren mit der Praxis des Hauses einverstanden, dem einfachen Publikum kostenlose Schätzungen anzubieten. Man war der Meinung, dass viel zu viel wertloser Schund gebracht wurde, dessen Taxierung Zeit und Arbeitskraft in Anspruch nahm, ohne dem Haus Nutzen zu bringen. Doch weil dieser Service vom Gründer des Auktionshauses, Sir George Darcy, eingeführt worden war, hatte die Tradition überlebt. Manchmal kam es durchaus vor, dass ein unbekannter und unbedeutender Glückspilz in der silbernen Tabaksdose des Großvaters ein wertvolles georgianisches Kunstobjekt erkannte, aber oft geschah das nicht.

In der Abteilung für Alte Meister fand alle zwei Wochen eine Sitzung des Schätzungskomitees statt. Den Vorsitz führte der Abteilungsleiter, der kenntnisreiche und mäklige, immer eine Fliege tragende Sebastian Mortlake. Ihm standen zwei Assistenten zur Seite. Es waren nur noch zehn Tage bis Weihnachten, und sie hatten sich vorgenommen, bis dahin alles Liegengebliebene abzuarbeiten. Dieser Vorsatz hatte sie bereits fünf Tage gekostet, in denen sie fast ununterbrochen konferierten. Jetzt machten sich bei Mortlake und seinen Kollegen erste Ermüdungserscheinungen bemerkbar.

Mr. Mortlake verließ sich auf das umfangreiche Formular, das bei Abgabe des Bildes ausgefüllt wurde. Am liebsten mochte er die Werke, bei denen der Künstler eindeutig identifizierbar war. In dem Fall hatte man bei einem eventuellen Katalogeintrag wenigstens einen Namen und konnte das Werk ungefähr datieren. Der Gegenstand des Bildes war in der Regel auf den ersten Blick klar.

Die Gemälde, die möglicherweise für eine Auktion in Frage kamen, wurden beiseite gestellt. Eine Sekretärin musste den Besitzer anschreiben und ihn fragen, ob er zum vorgeschlagenen Preis verkaufen wolle. Lautete die Antwort »ja«, trat der Paragraph des ersten Formulars in Kraft, der besagte, dass das Gemälde nicht an einem anderen Ort zum Verkauf angeboten werden durfte.

Lautete die Antwort »nein«, wurde der Besitzer gebeten, das Werk unverzüglich abzuholen, denn die Lagerung kostete Geld. Wenn er sich für ein Bild entschieden hatte und die Verkaufseinwilligung des Besitzers vorlag, konnte Mortlake es in die nächste Auktion aufnehmen und einen Katalogeintrag vorbereiten.

Bei unbedeutenden Werken unbedeutender Künstler, die nur knapp an Sebastian Mortlakes kritischem Blick vorbeigeschrammt waren, standen im Text dann Formulierungen wie »charmant«, was gleichbedeutend war mit »wenn Ihnen so etwas gefällt«, oder »ungewöhnlich«, was in Wirklichkeit hieß: »Dieses Werk muss der Künstler nach einem sehr schweren Essen verbrochen haben.«

Nachdem sie fast dreihundert Leinwände begutachtet hatten, plagten sich Mortlake und seine beiden Assistenten mit den Objekten »von der Straße« ab. Zehn von ihnen hatte Mortlake bereits ausgewählt. Eines war ein überraschendes Werk aus der niederländischen Van-Ostade-Schule, obwohl es leider nicht von Adriaen selbst stammte. Nur ein Schüler, aber immerhin.

Objekte, deren Wert er auf unter fünftausend Pfund schätzte, wählte Sebastian Mortlake nur ungern für das Haus Darcy aus. Die großzügigen Räumlichkeiten in Knightsbridge waren nicht billig, und die Verkäuferkommission bei niedrigeren Beträgen würde nicht wesentlich zur Begleichung der enormen Gebäudekosten beitragen. Mochten andere, unbedeutendere Häuser mit Bildern handeln, die für tausend Pfund unter den Hammer kamen, das Haus Darcy jedenfalls nicht! Außerdem versprach die nächste Auktion, die Ende Januar stattfinden sollte, ohnehin besonders großartig zu werden.

Als es am fünften Sitzungstag Zeit für die Mittagspause wurde, streckte Sebastian Mortlake sich und rieb die Augen. Er hatte zweihundertneunzig Beispiele für gemalten Müll begutachtet und vergeblich auf ein unbekanntes Meisterwerk gehofft. Mehr als die zehn »akzeptablen« Werke schienen diesmal nicht dabei zu sein. Wie sagte er doch immer zu seinen Untergebenen: »Unsere Arbeit soll uns Spaß machen, aber wir sind nicht die Wohlfahrt.«

»Wie viele sind es noch, Benny?«, fragte er seinen jungen Assistenten.

»Nur noch vierundvierzig, Seb«, erwiderte der junge Mann. Er benutzte den vertraulichen Vornamen, worauf Mortlake bestand, um in seinem Team eine freundliche Atmosphäre zu schaffen. Sogar die Sekretärinnen gebrauchten den Vornamen, nur die Dienstmänner nannten ihn »Guv«, kurz für »Governor«, obwohl er sie selbst beim Vornamen rief.

»Ist noch was Interessantes dabei?«

»Eigentlich nicht. Nichts mit Zuschreibung, Periode, Alter, Schule oder Herkunft.«

»Anders ausgedrückt: Familienamateure. Kommen Sie morgen noch rein?«

»Ja, Seb, das hatte ich vor. Ich will ein bisschen aufräumen.«

»Sehr gut, Benny. Ich muss jetzt zum Vorstandslunch, und danach verabschiede ich mich in mein Landhaus. Können Sie bitte den Rest für mich durchsehen? Sie kennen sich ja aus. Ein netter, höflicher Brief und ein Taxierungszertifikat. Deidre kann es schnell in den Computer tippen, dann gehen die Sachen alle noch mit der letzten Post raus.«

Mit einem fröhlichen »Schöne Weihnachten, allerseits« war er verschwunden. Wenige Minuten später taten seine beiden Assistenten es ihm gleich. Benny sorgte noch dafür, dass der Stapel Gemälde, den sie gerade begutachtet und abgelehnt hatten, wieder in den Lagerraum gebracht und die letzten vierundvierzig Objekte in den besser beleuchteten Schätzungsraum geholt wurden. Einen Teil davon würde er am Nachmittag besichtigen und den Rest an seinem letzten Arbeitstag vor Weihnachten. Er fischte ein paar Essensbons aus der Jackentasche und ging in die Betriebskantine.

Am Nachmittag schaffte er dreißig der Objekte »von der Straße«. Dann machte er sich auf den Weg zu seiner Wohnung im nördlichen, also billigeren Teil von Ladbroke Grove.

Dass Benny Evans überhaupt bei Darcy arbeitete, verdankte er seiner Hartnäckigkeit. Die Angestellten im Publikumsbereich, die durch die Ausstellungsräume tänzelten und stets in nasalem Tonfall sprachen, waren schick gekleidete Lackaffen. Der weibliche Teil der Belegschaft bestand aus ausgesprochen vorzeigbaren jungen Damen.

Zwischen diesen beiden Gruppen bewegten sich livrierte Portiers, Aufsichtspersonen und die Dienstmänner in ihren Arbeitsoveralls, die Kunstwerke hoben und trugen, stemmten und karrten, brachten und holten.

Hinter den Kulissen wirkten die Experten, unter denen die Schätzer, ohne deren Urteilsvermögen die gesamte Hierarchie zusammenbrechen würde, die Crème de la Crème darstellten.

Mit ihrem Kennerblick und dem hervorragend ausgebildeten Gedächtnis konnten sie auf einen Blick das Gute vom Gewöhnlichen unterscheiden, das Echte vom Falschen und die Spreu vom Weizen.

Unter diesen Oberpriestern agierten Männer wie Sebastian Mortlake wie kleine Monarchen. Das Wissen, das sie in über dreißig Jahren in diesem Geschäft erworben hatten, erlaubte es ihnen, ein wenig exzentrisch zu sein. Doch Benny Evans war anders. Mortlake, der berechnender war als es schien, hatte das gleich erkannt, und deshalb war Benny jetzt hier.

Er verfügte nicht über das richtige Äußere, und das richtige Äußere hat in der Londoner Kunstszene absolut Priorität. Außerdem besaß er keinen Studienabschluss und keinerlei gesellschaftlichen Schliff. Sein Haar stand ihm in struppigen Büscheln vom Kopf, die selbst ein Stylist in der Jermyn Street nicht hätte bändigen können – falls Benny jemals zu einem gegangen wäre.

Als er zum ersten Mal in Knightsbridge auftauchte, war der Bügel seiner Kassenbrille aus Plastik mit Pflaster repariert. Freitags musste er keine lässige Kleidung anlegen, weil er immer lässig gekleidet war. Er sprach mit einem breiten Lancashire-Akzent. Beim Vorstellungsgespräch hatte Sebastian Mortlake den ungewöhnlichen Burschen verblüfft angestarrt. Doch nachdem er seine Kenntnisse in der Kunst der Renaissance überprüft hatte, stellte er ihn trotz der warnenden Blicke und Rippenstöße seiner Kollegen ein.

Benny Evans war der Sohn eines Fabrikarbeiters und kam aus einem kleinen Reihenhaus in Bootle. In der Schule war er nicht weiter aufgefallen. Er hatte einen durchschnittlichen Abschluss gemacht und keine höhere Schulbildung erworben. Denn als er sieben Jahre alt war, geschah etwas, das all dies unnötig machte. Sein Kunstlehrer zeigte ihm ein Buch.

In diesem Buch gab es viele farbige Abbildungen, die das Kind fasziniert betrachtete. Es waren Bilder von jungen Frauen. Jede hielt ein Baby im Arm und über ihnen schwebten Engel.

Der kleine Junge hatte seine ersten Madonnen mit Kind von den Meistern aus Florenz gesehen. Er war auf den Geschmack gekommen, und sein Appetit wurde unersättlich.

Tagelang hockte er in der öffentlichen Bibliothek und starrte auf die Bilder Giottos, Raphaels, Tizians, Botticellis, Tintorettos und Tiepolos. Die Werke des großen Michelangelo verschlang er wie seine Kameraden billige Hamburger.

Als Teenager wusch er Autos, trug Zeitungen aus und führte Hunde spazieren. Mit seinen Ersparnissen trampte er durch ganz Europa, um die Uffizien und den Palazzo Pitti zu besuchen. Nach den Italienern studierte er die Spanier, reiste nach Toledo, wo er sich in der Kathedrale zwei Tage lang die Werke von Velasquez, Zurburan und Murillo ansah. Dann widmete er sich den deutschen, niederländischen und flämischen Meistern. Mit einundzwanzig Jahren hatte er immer noch keinen Pfennig in der Tasche, doch er war eine wandelnde Enzyklopädie für klassische Kunst. Genau das war Sebastian Mortlake aufgefallen, als er den jungen Bewerber durch die Ausstellungsräume führte. Allerdings war selbst dem eitlen und gescheiten Mortlake etwas entgangen. Instinkt – den hatte man, oder man hatte ihn nicht. Der ungepflegte Junge aus Bootle hatte ihn – was er aber selbst genauso wenig wusste wie die anderen.

Als Benny am nächsten Tag erschien, um die letzten vierzehn Werke zu begutachten, war das Gebäude fast leer, obwohl sie offiziell noch geöffnet hatten und der Pförtner an der Tür stand.

Benny Evans nahm sich die vierzehn Bilder vor. Sie waren unterschiedlich groß und verschieden eingepackt. Das drittletzte war in Jutestoff gehüllt. Gelangweilt registrierte er die Nummer D 1601. Als er es inspizierte, war er schockiert über den Zustand des Bildes. All die Schmutzschichten, die über der eigentlichen Darstellung lagen. Man konnte kaum noch das Motiv erkennen.

Er drehte das Bild um. Holz, eine Tafel. Seltsam. Aber sie war nicht aus Eiche – noch seltsamer. Wenn die Nordeuropäer auf

Holz malten, hatten sie meist Eiche benutzt. Doch in Italien gab es keine Eichen. Konnte dies Pappelholz sein?

Er trug das kleine Gemälde an ein Leselicht und versuchte unter der dunklen Patina von über einem Jahrhundert Kamin- und Zigarrenrauch etwas zu erkennen. Eine sitzende Frau, aber kein Kind. Ein Mann beugte sich über sie, und sie schaute zu ihm auf. Ein kleiner, fast winziger Mund wie eine Rosenblüte, eine runde hohe Stirn.

Seine Augen schmerzten unter dem grellen Licht. Er richtete den Lichtstrahl anders aus und betrachtete die Figur des Mannes. Irgendetwas kam ihm eigenartig bekannt vor, die Haltung, die Körpersprache... Der Mann sagte etwas, gestikulierte mit den Händen, und die Frau hörte ihm gebannt zu.

War es die Art, wie sie die Finger verschränkte? Hatte er solche Finger nicht schon einmal gesehen? Doch den Ausschlag gab das Gesicht. Der kleine Rosenmund und die drei winzigen vertikalen Falten auf der Stirn. Vertikal, nicht horizontal. Wo hatte er die schon einmal gesehen? Dass er sie gesehen hatte, wusste er genau. Aber wo und wann? Er nahm sich das Aufnahmeformular zur Hand. Ein Mr. T. Gore. Keine Telefonnummer. Mist. Er klassifizierte die letzten beiden Bilder als wertlos, nahm den Stapel Formulare und ging zu Deirdre, der einzigen Sekretärin in der Abteilung, die noch arbeitete. Er diktierte einen allgemein formulierten Ablehnungsbrief und händigte ihr den Formularstapel aus. Auf jedem war der geschätzte Wert des abgelehnten Gemäldes verzeichnet, außerdem Name und Adresse des Besitzers.

Obwohl es sich um dreiundvierzig Briefe handelte, konnte die Textverarbeitung die jeweiligen Namen und Schätzwerte separat einfügen, während der übrige Text gleich blieb. Benny schaute eine Weile fasziniert zu. Von Computern hatte er kaum Ahnung. Er konnte gerade mal einen anschalten und ein paar Befehle eingeben, doch alles andere war ihm ein Buch mit sieben Siegeln. Schon nach zehn Minuten steckte Deirdre die Briefe mit flinken Fingern in die Umschläge. Benny wünschte ihr frohe

Weihnachten und ging. Wie immer nahm er den Bus bis zum oberen Ende von Ladbroke Grove. Die Luft roch nach Schneeregen.

Als er aufwachte, zeigte die Uhr auf seinem Nachttisch zwei Uhr morgens. Er spürte die Wärme, die Julie neben ihm ausstrahlte. Vor dem Einschlafen hatten sie sich noch geliebt, was normalerweise einen tiefen und traumlosen Schlaf zur Folge hatte. Jetzt war er trotzdem aufgewacht. Tief in seinem Unterbewusstsein musste ein Gedanke rumoren, der ihn aus dem Schlaf gerissen hatte. Er versuchte zu rekonstruieren, woran er vor drei Stunden, kurz vor dem Einschlafen gedacht hatte – außer an Julie. Da tauchte das Bild des in Jute gewickelten Gemäldes vor ihm auf.

Sein Kopf schoss hoch. Julie murmelte ärgerlich im Schlaf. Er setzte sich auf und stieß zwei Worte aus: »Gottverdammte Scheiße!«

Am nächsten Morgen, dem 23. Dezember, ging er noch einmal zu Darcy, doch jetzt war das Gebäude wirklich abgeschlossen, so dass er den Dienstboteneingang benutzen musste.

Sein Ziel war die Bibliothek der Abteilung für Alte Meister. Man gelangte dort nur über einen elektronischen Code hinein, doch er kannte ihn. Er verbrachte eine Stunde in der Bibliothek und kam mit drei Nachschlagewerken wieder heraus, die er in den Taxierungsraum trug. Das in Jute eingeschlagene Gemälde stand noch immer auf dem hohen Regalbrett, auf dem er es tags zuvor deponiert hatte.

Er schaltete noch einmal das starke Leselicht ein und holte sich die Lupe aus Sebastian Mortlakes Schreibtischschublade. Ausgerüstet mit den Büchern und der Lupe verglich er das Gesicht des Mannes auf dem Gemälde mit anderen, die in den Büchern dem Meister zugeschrieben wurden. In einem der Kunstbände war es ein Mönch oder Heiliger. Braune Robe, Tonsur, eine runde hohe Stirn und drei vertikale Falten knapp über und zwischen den Augen, die von Kummer oder tiefer Konzentration herrühren mochten.

Als er fertig war, saß Benny völlig benommen da. Er überlegte, was er tun sollte. Noch war nichts bewiesen. Er konnte sich irren. Das Bild war schrecklich verschmutzt. Aber wenigstens sollte er seine Vorgesetzten informieren.

Er wickelte das Bild wieder ein und legte es auf Mortlakes Schreibtisch. Dann ging er in Deidres Büro, schaltete den Computer ein und versuchte herauszufinden, wie er funktionierte. Nach einer Stunde war er in der Lage, mit zwei Fingern einen Brief zu tippen.

Danach bat er den Computer sehr höflich, ihm zwei Kopien auszudrucken. Er gehorchte. In einer Schublade fand er zwei Kuverts. Eines adressierte er per Hand an Sebastian Mortlake, das andere an den zweiten Vorstandsvorsitzenden und leitenden Geschäftsführer, den Ehrenwerten Peregrine Slade. Den ersten Umschlag legte er neben das Bild auf den Schreibtisch seines Chefs, den zweiten schob er unter der Tür von Mr. Slades abgesperrtem Büro durch. Dann ging er nach Hause.

Dass Peregrine Slade so kurz vor Weihnachten überhaupt noch einmal sein Büro betrat, war ungewöhnlich, doch es gab eine gute Erklärung dafür. Er wohnte nur ein paar Schritte davon entfernt. Seine Frau, Lady Eleanor, hingegen weilte fast immer auf ihrem Anwesen in Hampshire, wo sie mittlerweile sicher von ihrer grässlichen Verwandtschaft umgeben war. Er hatte ihr bereits mitgeteilt, dass er erst an Heiligabend komme. So konnte er das Fegefeuer der Weihnachtsferien abkürzen, in denen er ihrer Familie gegenüber den Gastgeber spielen musste.

Außerdem wollte er den älteren Kollegen ein wenig nachschnüffeln, und dazu brauchte er natürlich Ruhe. Er benutzte denselben Dienstboteneingang, durch den Benny Evans das Haus vor einer Stunde verlassen hatte.

Innerhalb des Gebäudes war es angenehm warm. Es stand nicht zur Debatte, dass die Heizung während der Feiertage heruntergedreht wurde. Die Alarmanlage, die bestimmte Bereiche des Auktionshauses schützte, zu denen auch sein eigenes Büro zählte, war eingeschaltet. Er setzte das System für seine Räume außer Kraft und schritt durch das Vorzimmer der abwesenden Miss Priscilla Bates in sein persönliches Heiligtum.

Dort zog er sein Jackett aus, nahm den Laptop aus seinem Diplomatenkoffer und schloss ihn an das Zentralsystem an. Er hatte zwei E-Mails bekommen, die er für später beiseite legte. Erst einmal wollte er sich einen Tee machen.

Normalerweise war das natürlich die Aufgabe von Miss Bates, aber da sie nicht da war, musste er die Sache selbst in die Hand nehmen. Auf der Suche nach einem Kessel, dem Earl Grey, einer Porzellantasse und einer Zitronenscheibe durchstöberte er ihren Schrank. Als er sich nach einer Steckdose für den Wasserkessel umsah, entdeckte er auf dem Teppichboden vor der Tür den Brief. Während das Wasser im Kessel siedete, deponierte er ihn auf seinem Schreibtisch.

Nachdem er endlich mit der Teetasse zurück in seinem Büro war, las er die beiden E-Mails. Nichts Wichtiges, es hatte alles Zeit bis zum neuen Jahr. Er tippte einige Benutzernummern und Kennwörter in den Laptop und begann die Datenbanken seiner Abteilungsleiter und Vorstandskollegen durchzusehen.

Als er genügend Material hatte, widmete er sich wieder seinen privaten Problemen. Obwohl er sehr gut verdiente, war Peregrine Slade nicht reich. Als jüngerer Sohn eines Earls konnte er zwar einen Titel führen, geerbt hatte er allerdings nichts.

In der Überzeugung, eine gute Partie zu machen, hatte er die Tochter eines Herzogs geheiratet. Diese erwies sich schon bald als launisches und verwöhntes Geschöpf mit der Einstellung, nur auf einem großen Anwesen in Hampshire mit einer Koppel voller Rassepferde standesgemäß leben zu können. Lady Eleanor war anspruchsvoll und kostspielig, doch sie verschaffte ihm Zutritt zur feinen Gesellschaft, was sich für sein Geschäft des öfteren als sehr vorteilhaft erwies.

Neben dem Anwesen in Hampshire besaß er noch eine elegante Wohnung in Knightsbridge, von der er behauptete, sie für seine Arbeit bei Darcy zu brauchen. Seinen Posten dort hatte er dem Einfluss seines Schwiegervaters zu verdanken, ebenso die

Beförderung zum stellvertretenden Vorstandsvorsitzenden unter dem steifen und scharfzüngigen Herzog von Gateshead.

Mit ein paar geschickten Investitionen hätte er durchaus ein wohlhabender Mann werden können, doch Peregrine Slade bestand darauf, seine Finanzen selbst zu verwalten, womit er sicherlich nicht gut beraten war. Er hatte nicht begriffen, dass man die ausländischen Kapitalmärkte besser den Börsenprofis überließ, die sich damit auskannten, und eine nicht unerhebliche Summe in den Euro investiert. Dann hatte er zusehen müssen, wie der Wert innerhalb von knapp zwei Jahren um dreißig Prozent fiel. Das Schlimmste aber war, dass er sich für diese Spekulation hoch verschuldet hatte und seine Gläubiger mittlerweile ganz dezent das Wort »Zwangsvollstreckung« fallen ließen. Kurzum: Er steckte in der Klemme.

Zu guter Letzt gab es da noch seine Londoner Geliebte, ein kleines, geheimes Laster, eine Besessenheit, von der er nicht lassen mochte, die ihn aber ziemlich viel kostete. Da fiel sein Blick erneut auf den Brief. Es war ein Darcy-Umschlag, er musste also aus dem Haus kommen. Die Handschrift darauf kannte er jedoch nicht. Konnte der Esel keinen Computer bedienen oder diese Arbeit an eine Sekretärin delegieren? Der Schreiber hatte den Brief vermutlich im Lauf des Tages hier deponiert, denn am vorangegangenen Abend hätte Miss Bates ihn sicher entdeckt. Jetzt war er neugierig geworden. Wer arbeitete bei Darcy die Nacht durch? Wer war vor ihm im Haus gewesen? Er riss den Umschlag auf.

Mit Textverarbeitung kannte der Schreiber sich offensichtlich nicht aus. Die Absätze waren nicht korrekt eingezogen, und die Anrede »Lieber Mr. Slade« stand in Handschrift über dem Brief. Unterzeichnet war er von einem Benjamin Evans. Er kannte diesen Mann nicht und schaute auf den Briefkopf: Abteilung für Alte Meister.

Wahrscheinlich irgend so eine blödsinnige Beschwerde aus der Belegschaft. Er begann zu lesen. Als er beim dritten Absatz angelangt war, stutzte er.

»Ich glaube nicht, dass es sich um ein Fragment handelt, das von einem wesentlich größeren Altarbild stammt. Dagegen spricht die Form, außerdem gibt es am Rand der Tafel keinerlei Spuren, die darauf hinweisen, dass es von einem größeren Werk abgetrennt wurde.

Es könnte sich eher um ein einzelnes Andachtsbild handeln, das ein wohlhabender Kaufmann für sein Privathaus erstand. Selbst unter dem jahrhundertealten Ruß- und Schmutzfilm lassen sich Ähnlichkeiten mit bekannten Werken von ... «

Als er den Namen las, musste Peregrine Slade unfreiwillig würgen, und er spuckte einen Schluck Earl Grey über seine Sulka-Krawatte.

»Trotz der hohen Kosten lohnt es sich meiner Meinung nach, das Bild reinigen und restaurieren zu lassen. Sollten die Ähnlichkeiten dann noch deutlicher zu Tage treten, könnte man Professor Colenso hinzuziehen und ihn bitten, es zu überprüfen und gegebenenfalls die Echtheit zu bescheinigen.«

Slade las den Brief noch dreimal. In dem dunklen Gebäude in Knightsbridge brannte nur noch sein Licht. Er überlegte, was er tun sollte. Über seinen Computer brachte er in Erfahrung, wer das Gemälde abgegeben hatte. T. Gore. Ein Mann ohne Telefonnummer, ohne Fax und ohne E-Mail-Adresse, der in einer ärmlichen Gegend lebte, in der es vor allem billige Einzimmerwohnungen gab. Demnach war er arm und bestimmt auch ungebildet. Damit blieb nur noch Benjamin Evans. Hmm. Unter der Unterschrift enthielt der Brief noch eine Zeile: cc Sebastian Mortlake. Peregrine Slade erhob sich.

Zehn Minuten später kam er mit dem in Jute gehüllten Gemälde und der Briefkopie aus der Abteilung für Alte Meister zurück. Den Brief konnte er später noch verbrennen. Dies war eindeutig eine Angelegenheit für den stellvertretenden Vorstandsvorsitzenden. In dem Moment klingelte sein Handy.

»Perry?«

Er erkannte die Stimme sofort. Ein bisschen affektiert, aber kehlig und tief. Sein Mund wurde trocken.

»Ja.«
»Du weißt, wer hier spricht, oder?«
»Ja, Marina.«
»Was hast du gesagt?«
»Entschuldigung. Ja, Miss Marina.«
»Schon besser, Perry. Ich mag es nicht, wenn man meine Anrede vergisst. Dafür wirst du büßen müssen.«
»Es tut mir wirklich sehr Leid, Miss Marina.«
»Du hast mich schon über eine Woche lang nicht mehr besucht.«
»Der Weihnachtsstress.«
»Und in dieser Zeit bist du sicherlich sehr böse gewesen, nicht wahr, Perry?«
»Ja, Miss Marina.«
Seine Handflächen wurden feucht, er begann zu schwitzen.
»Dann wird es höchste Zeit, dass wir etwas dagegen tun, Perry.«
»Wenn Sie meinen, Miss Marina.«
»Das meine ich durchaus, Perry. Punkt sieben, mein Junge. Verspäte dich nicht. Du weißt, ich warte nicht gern, wenn ich meine kleinen Kitzler ausgepackt habe.«

Sie legte auf. Seine Hände zitterten. Sie schüchterte ihn immer so fürchterlich ein, selbst über das Telefon. Aber genau darum ging es. Und um das, was später im Schulzimmer geschehen würde.

Januar

Mein lieber Perry, ich bin beeindruckt. Und neugierig. Womit habe ich diese großzügige Einladung zum Lunch verdient? Und das so früh im Jahr? Nicht dass ich mich beklagen will.«

Sie saßen in Peregrine Slades Club in der St. James Street. Es war der vierte Januar, und die Nation schleppte sich nach Tagen der Völlerei zurück an die Arbeit. Slade hatte eingeladen, und Reggie Fanshawe, der Besitzer der Fanshawe Galerie in der Pont Street, betrachtete zufrieden das Menü, das er bestellt hatte.

Slade lächelte, schüttelte den Kopf und bedeutete seinem Gast, dass die anderen Speisenden für absolute Vertraulichkeit ein wenig zu nahe waren. Fanshawe verstand den Wink.

»Jetzt ist meine Neugierde grenzenlos. Muss ich bis zum Kaffee warten, bis sie gestillt wird?«

Den Kaffee nahmen sie in der Bibliothek im Obergeschoss ein, wo sie unter sich waren. Slade beschrieb in knappen Worten, wie vor sechs Wochen ein völlig Unbekannter bei Darcy aufgekreuzt war und in der Hoffnung, es könne einen gewissen Wert haben, ein unsäglich verschmutztes altes Gemälde abgeliefert hatte. Einem glücklichen Zufall und der Arbeitsüberlastung in der Abteilung für Alte Meister sei es zu verdanken, dass nur ein Mensch außer ihm das Bild gesehen habe. Ein junger, aber offensichtlich sehr kluger Taxator.

Er reichte dem Galeriebesitzer den Bericht von Evans. Fanshawe las ihn und stellte dabei sein Glas mit dem edlen Portwein ab, um nichts zu verschütten.

»Mein Gott!« Für den Fall, dass der Allmächtige ihn nicht gehört hatte, wiederholte er den Anruf gleich noch einmal.

»Du musst auf jeden Fall auf seinen Vorschlag eingehen.«

»Nicht ganz«, erwiderte Slade. Vorsichtig erläuterte er seinen Plan. Fanshawes Kaffee wurde kalt, und sein Port blieb unberührt.

»Doch offensichtlich gibt es eine Kopie des Briefs. Was wird Seb Mortlake dazu sagen?«

»Verbrannt. Seb ist schon einen Tag vorher aufs Land gefahren.«

»Aber es wird eine Notiz im Computer geben.«

»Auch nicht mehr. Gestern hatte ich einen IT-Crack da. Dieser Teil der Datenbank existiert nicht mehr.«

»Wo befindet sich das Gemälde jetzt?«

»In meinem Büro. Sicher hinter Schloss und Riegel.«

»Wann findet bitte noch einmal eure nächste Auktion für Alte Meister statt?«

»Am vierundzwanzigsten.«

»Was ist mit diesem jungen Mann? Er wird es merken und sich bei Seb Mortlake beschweren, der ihm glauben könnte.«

»Nicht, wenn er sich zu der Zeit im Norden Schottlands befindet. Ich habe dort oben jemanden, den ich um eine Gefälligkeit bitten könnte.«

»Doch wenn das Bild nicht abgelehnt und an den Besitzer zurückgeschickt wurde, muss es einen Bericht und eine Taxierung geben.«

»Die gibt es.«

Slade zog einen weiteren Papierbogen aus der Tasche und reichte ihn Fanshawe. Der Galeriebesitzer las den manipulierten Text, der sich auf ein Gemälde bezog, vermutlich frühes Florenz. Künstler, Titel und Herkunft unbekannt. Sein Wert wurde zwischen fünftausend und siebentausend Pfund geschätzt. Er lehnte sich zurück und prostete Slade mit seinem Portweinglas zu.

»Es muss doch zu etwas gut gewesen sein, dass ich dich in der Schule immer verprügelt habe, Perry. Du bist kaltblütig wie ein hypnotisiertes Kaninchen. Also, einverstanden.«

Zwei Tage später erhielt Trumpington Gore einen Brief. Umschlag und Briefkopf stammten vom Auktionshaus Darcy. Der Brief selbst trug keine Unterschrift, sondern lediglich den Stempel der Abteilung für Alte Meister. Man bat Gore, ein beigelegtes Formular zu unterschreiben, mit dem er in die Versteigerung seines Gemäldes einwilligte, dessen Wert man auf fünftausend bis siebentausend Pfund geschätzt hatte. Es gab auch einen frankierten Rückumschlag. Die angegebene Adresse würde den Brief direkt und ungeöffnet auf Peregrine Slades Schreibtisch leiten, doch das konnte Trumpington Gore nicht wissen.

Er war begeistert. Mit fünftausend Pfund konnte er sich sechs Monate lang über Wasser halten, und in dieser Zeit würde es sicher wieder ein Engagement für ihn geben. Im Sommer drehten sie gern unter freiem Himmel. Er unterschrieb das Einwilligungsformular und schickte es zurück.

Am Zwanzigsten des Monats rief Peregrine Slade den Chef der Abteilung für Alte Meister an.

»Seb, ich stecke in einer dummen Situation und wollte dich fragen, ob du mir einen Gefallen tun könntest.«

»Aber natürlich, Perry, wenn ich dazu in der Lage bin. Worum handelt es sich?«

»Ich habe einen sehr alten Freund, der ein Anwesen in Schottland besitzt. Er ist ein bisschen vergesslich und hat einfach verschusselt, dass der Versicherungsschutz für seine Gemäldesammlung ausgelaufen ist. Ab Monatsende muss er sie neu versichern, aber das Schwein in der Versicherungsgesellschaft ist ein bisschen unangenehm geworden. Ohne eine neue, aktuelle Schätzung wollen sie die Bilder nicht mehr versichern.«

Alle großen Londoner Auktionshäuser boten den Service an, wertvolle oder auch weniger wertvolle Kunstsammlungen für Versicherungszwecke zu taxieren. Natürlich geschah das nicht umsonst, sondern für eine ordentliche Summe. Normalerweise wurden die Anfragen aber viel weiter im Voraus gestellt.

»Das kommt jetzt wirklich sehr ungelegen, Perry. In vier Tagen haben wir die große Auktion. Wir können uns vor Arbeit kaum retten. Hat das nicht noch etwas Zeit?«

»Nein, eigentlich nicht. Was ist mit dem jungen Burschen, den du vor ein paar Jahren eingestellt hast?«

»Benny? Was soll mit ihm sein?«

»Ist er erfahren genug, um den Auftrag allein abzuwickeln? Es ist keine große Sammlung, hauptsächlich alte jakobinische Porträts. Er könnte unsere letzte Schätzung mitnehmen, ein bisschen was draufschlagen und fertig. Es ist ja nur für die Versicherung.«

»Oh, na gut.«

Am Zweiundzwanzigsten fuhr Benny Evans mit dem Nachtzug nach Caithness im Norden von Schottland. Dort würde er eine Woche bleiben.

Am Morgen der Auktion, die Slade persönlich leiten wollte, erwähnte er Mortlake gegenüber, dass sie noch ein zusätzliches Los aufgenommen hätten, ein nachgeschobenes Werk, das nicht im Katalog aufgelistet war. Mortlake war verblüfft.

»Was für ein zusätzliches Werk?«

»Eine unbedeutende kleine Kleckserei, vielleicht florentinische Renaissance. Eines der letzten Werke von der Straße, die dein junger Freund Meister Evans noch begutachtet hat, als du schon in den Weihnachtsferien warst.«

»Das hat er mir gegenüber gar nicht erwähnt. Ich dachte, sie seien alle an die Besitzer zurückgeschickt worden.«

»Es ist einzig und allein meine Schuld. Ich habe es völlig vergessen. Ich war kurz vor Weihnachten noch im Haus, um ein paar Sachen aufzuarbeiten, und habe ihn im Flur getroffen. Er sagte, du hättest ihn gebeten, die letzten vierundvierzig eingereichten Werke zu begutachten.«

»Stimmt. Das habe ich.«

»Nun, eins davon hielt er für interessant. Ich habe es in mein Büro gestellt, um es mir selbst anzusehen, wurde dann aber abgelenkt und habe es völlig vergessen.«

Er zeigte Mortlake die bescheidene Schätzung, die angeblich von Benny Evans stammte und auch dessen Unterschrift trug, und nahm sie wieder an sich, nachdem der Chef der Abteilung für Alte Meister sie gelesen hatte.

»Sind wir überhaupt dazu berechtigt?«

»Ja, natürlich. Als ich das verdammte Ding gestern in meinem Büro entdeckte, habe ich sofort den Besitzer angerufen. Er war mehr als glücklich über mein Angebot und hat noch gestern Abend die Genehmigung durchgefaxt.«

An diesem Morgen gab es Dinge, die Seb Mortlake mehr beschäftigten als eine anonyme Schmiererei ohne Signatur, deren Schätzwert knapp über seinem persönlichen Minimum von fünftausend Pfund lag. Sein bestes Los war ein Veronese, außerdem gab es einen Di Rodolfo und einen Sano di Pietro. Er brummte zustimmend und eilte in den Auktionssaal, um dort die richtige Aufstellung der Lose zu überwachen. Um zehn Uhr bestieg Peregrine Slade seine Kanzel, nahm den Hammer in die Hand, und die Auktion begann.

Bei den wichtigsten Auktionen übernahm er gern selbst die Rolle des Auktionators. Er liebte die erhöhte Position, die Macht und Kontrolle, die er von seiner Kanzel aus hatte. Wenn ihm die bekannten Kunsthändler, Bieter und Kollegen aus dem inneren Kreis der schicken Londoner Kunstszene augenzwinkernd zunickten und er die schweigende Anerkennung von Agenten spürte, die irgendeinen megareichen Sammler vertraten, der sich niemals persönlich dazu herablassen würde, die Arena zu betreten, war er ganz in seinem Element.

Es war ein guter Tag. Die Preise lagen hoch. Der Veronese ging für mehr als den doppelten Schätzwert an eine große amerikanische Galerie. Als der Di Rodolfo seine Taxe gar vierfach übersprang, musste manch einer im Saal ein Keuchen unterdrücken.

Als die letzten zwanzig Minuten der Auktion anbrachen, registrierte Slade Reggie Fanshawe, der sich wie vereinbart leise auf einen Seitenplatz in einer der hinteren Reihen setzte. Als das letzte Objekt aus dem Katalog den Zuschlag bekam, verkündete Slade dem bereits weniger gewordenen Publikum: »Wir haben noch ein zusätzliches Objekt, das nicht aufgeführt ist. Es wurde erst eingereicht, als der Katalog schon im Druck war.«

Ein Dienstmann schritt feierlich vor und platzierte ein sehr schmutziges Gemälde in einem angeschlagenen Goldrahmen auf der Staffelei. Mehrere Köpfe neigten sich vor, um zu erkennen, was sich hinter all dem Schmutz verbarg.

»Ein kleines Rätsel. Vermutlich florentinische Renaissance, Tempera auf Holz, eine Art Andachtsbild. Künstler unbekannt. Höre ich tausend Pfund?«

Schweigen. Fanshawe zuckte mit den Schultern und nickte.

»Ich habe eintausend Pfund. Bietet jemand mehr als tausend?«

Sein Blick glitt über den Saal, bis er in den hinteren Reihen, und zwar auf der Fanshawe gegenüberliegenden Seite, ein Signal registrierte. Niemand sonst sah es, denn in Wirklichkeit war gar kein Gebot gemacht worden, aber da man auch mit einem Augenzwinkern bieten konnte, war niemand überrascht.

»Eintausendfünfhundert gegen den Herrn auf der linken Seite.«

Fanshawe nickte wieder.

»Zweitausend Pfund. Höre ich mehr als... zweitausendfünfhundert... und dreitausend...«

Fanshawe bot gegen den nicht vorhandenen Rivalen, bis er bei sechstausend Pfund den Zuschlag bekam. Als bekannter Galeriebesitzer genoss er Vertrauen und durfte das Bild gleich mitnehmen. Drei Tage später, viel schneller als gewöhnlich, erhielt Mr. Trumpington Gore einen Scheck über fünftausend Pfund – der Zuschlagpreis abzüglich Kommission und Steuer. Er war entzückt. Am Monatsende kam Benny Evans aus Caithness zurück nach London und war deutlich erleichtert, der düsteren Festung des eiskalten Schlosses im Januar entronnen zu sein. Das schmutzige Bild erwähnte er Seb Mortlake gegenüber mit keinem Wort. Da sein Chef selbst nichts sagte, nahm Evans an, dass er nicht seiner Meinung war und dies durch sein Schweigen zum Ausdruck brachte.

April

Anfang April schlug die Neuigkeit wie eine Bombe in der Kunstszene ein. Das Schaufenster der Fanshawe Galerie war ganz mit schwarzem Samt ausgeschlagen. Hinter dem Glas stand allein auf einer kleinen Staffelei nur ein Gemälde. Es wurde von zwei Spotlights dezent, aber hell beleuchtet und von zwei großen, muskulösen Sicherheitskräften Tag und Nacht bewacht. Der angeschlagene Goldrahmen war verschwunden.

Das Gemälde, Tempera auf Pappel, sah jetzt wieder so aus, wie der Künstler es vollendet haben musste. Die Farben leuchteten frisch wie am Tag der Fertigstellung vor über fünfhundert Jahren.

Die Jungfrau Maria saß gebannt da, den Blick zum Himmel gerichtet, während der Erzengel Gabriel ihr verkündete, dass sie bald den Sohn Gottes empfangen würde. Vor zehn Tagen hatte Professor Guido Colenso, die weltweit anerkannte Autorität zur sienesischen Malerei, die Echtheit des Gemäldes ohne lange zu zögern bestätigt. Und dem Urteil eines Colenso wagte niemand zu widersprechen.

Auf der kleinen Tafel unter dem Gemälde stand nur: SASSETTA 1400-1450. Stefano di Giovanni di Consolo, bekannt als Sassetta, gehörte zu den ersten großen Vertretern der italienischen Frührenaissance. Er begründete die Sienesische Schule und beeinflusste die ihm folgenden zwei Generationen sienesischer und florentinischer Malerei.

Nur wenige seiner Werke waren erhalten geblieben, hauptsächlich Tafeln von größeren Altarbildern, und ihr Wert war astronomisch hoch. Die Fanshawe Galerie erlangte mit einem Schlag weltweites Ansehen. Schließlich hatte man dort nichts Geringeres entdeckt als die erste als eigenständiges Bild gemalte Verkündigung des großen Meisters.

Zehn Tage zuvor hatte Reggie Fanshawe die Verkündigung für über zwei Millionen Pfund an eine private Sammlung verkauft. Der Abschluss wurde diskret in Zürich abgewickelt und veränderte die finanzielle Situation der beiden Beteiligten enorm.

Die Kunstwelt war mehr als verblüfft über diese Entdeckung. Und das war auch Benny Evans. Er blätterte noch einmal den gesamten Katalog der Auktion vom vierundzwanzigsten Januar durch, fand aber nichts. Als er sich erkundigte, was in der Auktion genau geschehen war, berichtete man ihm von dem Bild, das noch in letzter Minute aufgenommen wurde. Die Atmosphäre im Hause Darcy war vergiftet, und er erntete viele vorwurfsvolle Blicke. Man redete.

»Sie hätten es mir zeigen sollen«, zischte der blamierte Sebastian Mortlake. »Was für ein Brief? Ich habe keinen Brief bekommen. Erzählen Sie mir nichts. Ich habe Ihren Bericht mit der Taxierung an den zweiten Vorsitzenden gesehen.«

»Dann müssen Sie auch gesehen haben, dass ich vorgeschlagen habe, Professor Colenso zu konsultieren.«

»Colenso? Erwähnen Sie mir gegenüber nicht den Namen Colenso. Auf die Idee mit Colenso ist dieser Scheißkerl Fanshawe gekommen. Sie haben das vergeigt, mein Freund. Das Bild war hier. Fanshawe hat es erkannt und Sie nicht.«

Im Obergeschoss des Hauses fand eine außerplanmäßige Vorstandssitzung statt. Der verstimmte Herzog von Gateshead saß im Vorstandssessel und Peregrine Slade auf der Anklagebank. Um den Tisch hatten sich acht weitere Vorstandsmitglieder versammelt, die unverwandt ihre Fingerspitzen anstarrten. Ihnen allen war klar, dass das Haus Darcy nicht nur eine Viertelmillion Pfund Kommission in den Sand gesetzt hatte. Schlimmer noch, sie hatten einen echten Sassetta in Händen gehalten, um ihn für sechstausend Pfund einem Mann mit besserem Blick zu überlassen.

»Ich leite diesen Laden und übernehme die Verantwortung«, sagte Peregrine Slade mit leiser Stimme.

»Ich denke, das wissen wir alle, Perry. Bevor wir weitere Entscheidungen fällen, würden wir nur gern von Ihnen hören, wie es dazu gekommen ist.«

Slade atmete tief durch. Er wusste, dass es jetzt um seine Karriere ging. Sie brauchten einen Sündenbock, doch den wollte er nicht abgeben. Gleichzeitig war ihm klar, dass er es sich nicht leisten konnte, laut zu werden oder andere zu beschuldigen.

»Sicher wissen Sie alle, dass wir der Öffentlichkeit einen kostenlosen Taxierungsservice anbieten. Das war schon immer so und gehört zur Tradition des Hauses Darcy. Einige sind damit einverstanden, andere nicht. Man kann zu dieser Sache stehen, wie man will, eines ist sie ganz sicher: extrem zeit- und arbeitsaufwendig.

Es ist tatsächlich schon vorgekommen, dass uns auf diesem Weg ein echter Kunstschatz in die Hände fiel, den wir als solchen identifiziert haben. Wir haben uns die Echtheit bescheinigen lassen und ihn für einen hohen Preis verkauft, wobei für uns natürlich eine ordentliche Gebühr abfiel. Doch ein Großteil der Objekte, die man uns bringt, ist völlig wertlose Ware.

Wegen der hohen Arbeitsbelastung, insbesondere in der Vorweihnachtszeit, müssen wir den billigsten Trödel von jungen Assistenten schätzen lassen, denen natürlich die Erfahrung von dreißig oder mehr Jahren in diesem Geschäft fehlt. Genau das ist in diesem Fall geschehen.

Das Bild, über das wir sprechen, wurde von einem völlig unbekannten Menschen eingereicht. Der Mann hatte nicht die geringste Ahnung davon, was er in Händen hielt, sonst hätte er uns das Bild nicht gebracht. Es befand sich in einem schlechten Zustand und war so schmutzig, dass man unter der Rußschicht fast nichts mehr erkennen konnte. Es wurde von einem sehr jungen Assistenten begutachtet. Hier ist sein Bericht.«

Er verteilte Kopien der Schätzungsurkunde, die einen Betrag zwischen fünftausend und siebentausend Pfund nannte. Er hatte sie selbst angefertigt und dafür bis spät in die Nacht am Computer gesessen. Die neun Vorstandsmitglieder lasen sie mit düsterer Miene.

»Wie Sie selbst sehen, war Mr. Benny Evans der Meinung, das Bild könne aus der florentinischen Schule stammen. Die Zeit schätzte er auf ungefähr 1550 ein, den Maler als unbekannt, weshalb er dem Objekt nur einen bescheidenen Wert zuschrieb. Leider hat er sich geirrt. Das Bild gehört zur Sienesischen Schule, stammt ungefähr aus dem Jahr 1450 und wurde von einem Meister angefertigt. Unter all dem Schmutz hat er dies einfach nicht erkannt. Zugegeben, die Begutachtung des jungen Mannes war ausgesprochen oberflächlich, wenn nicht sogar schlampig.

Trotzdem bin ich es, der dem Vorstand jetzt seinen Posten zur Verfügung stellt.«

Zwei der Anwesenden starrten an die Zimmerdecke, während die anderen sechs den Kopf schüttelten.

»Nicht angenommen, Perry. Und den schlampigen jungen Mann sollten wir vielleicht am besten Ihnen überlassen.«

Peregrine Slade zitierte Benny Evans noch am selben Nachmittag in sein Büro. Er bot dem jungen Mann keinen Platz an. In seiner Stimme schwang Verachtung.

»Ich muss Ihnen das Ausmaß der Katastrophe, die diese Affäre für das Haus Darcy bedeutet, nicht schildern. Sie konnten es ja den Zeitungen entnehmen. Es war ein gefundenes Fressen für die Presse. Alle haben darüber berichtet.«

»Aber ich verstehe das nicht«, protestierte Benny Evans. »Sie müssen doch meinen Bericht erhalten haben. Ich habe ihn unter Ihre Tür geschoben. Und da stand alles über meine Vermutung drin, es könne sich um einen echten Sassetta handeln. Ich habe vorgeschlagen, ihn zu reinigen und zu restaurieren, um dann Professor Colenso hinzuzuziehen. Es stand alles da.«

Slade reichte ihm mit unbewegter Miene einen einzelnen Papierbogen mit Darcy-Briefkopf. Evans las ihn verständnislos.

»Aber das stammt nicht von mir. Das habe ich nicht geschrieben.«

Slade erblasste vor Wut.

»Evans, Ihre Nachlässigkeit ist schlimm genug. Unwahrheit aber kann ich nicht tolerieren. Für einen Mann, der mir so jämmerliche Lügen auftischt, gibt es in diesem Hause keinen Platz mehr. Draußen sitzt Miss Bates. Sie hat Ihre Unterlagen. In einer Stunde haben Sie Ihren Schreibtisch ausgeräumt und sind verschwunden. Mehr habe ich nicht zu sagen.«

Benny versuchte mit Sebastian Mortlake zu sprechen. Der freundliche Abteilungsleiter hörte ihm eine Weile zu und ging dann zu Deirdres Schreibtisch.

»Bitte suchen Sie mir die Datei mit einem Bericht und einem Schätzungszertifikat vom zweiundzwanzigsten oder dreiundzwanzigsten Dezember.« Gehorsam nannte der Rechner eine Reihe von Dateien, eine davon zum Objekt D 1601. Es war derselbe Text, den Benny Evans gerade im Büro von Slade gelesen hatte.

»Computer lügen nicht«, sagte Mortlake. »Jetzt verschwinden Sie.«

Benny Evans hatte vielleicht kein Abitur und nur wenig Ahnung von Computern, aber dumm war er nicht. Er stand noch nicht ganz draußen auf der Straße, da wusste er schon, was genau geschehen war und wer dahinter steckte. Außerdem war ihm klar, dass alle gegen ihn waren und er nie wieder in der Kunstszene arbeiten könnte.

Doch er war trotzdem nicht allein. Er hatte noch seine Freundin Julie Day. Sie war eine Cockney und mit ihrer Punkfrisur und den grünen Fingernägeln nicht unbedingt eine klassische Schönheit. Viele hätte das abgeschreckt, nicht aber Benny. Er mochte sie, und sie mochte ihn. Sie hörte ihm eine Stunde lang zu, bis er genau erklärt hatte, was passiert war.

Julies Kunstkenntnisse hätten auf einer Briefmarke Platz gehabt, doch sie besaß ein anderes Talent, mit dem sie die absolute Gegenposition zu Benny einnahm. Julie war ein Kind der Computergeneration. Selbst ein neugeborenes Entchen kann schwimmen, sobald man es ins Wasser wirft. Julie war zum ersten Mal in der Schule bei Computerspielen mit dem Cyberspace in Berührung gekommen. Sie war sofort in ihrem Element gewesen. Jetzt, mit zweiundzwanzig, konnte sie mit Computern so genial umgehen wie Yehudi Menuhin mit einer Stradivari.

Julie arbeitete in der kleinen Firma eines ehemaligen, jetzt geläuterten Computerhackers. Sie entwarfen Sicherheitssysteme, die Computerprogramme vor unberechtigtem Zugriff schützen sollten. Und so wie man sich am besten an einen Schlosser wendet, wenn man eine Tür aufbrechen will, kann einem ein Programmierer von Sicherheitsbarrieren im Computer am besten helfen, solche zu umgehen. Julie Day programmierte solche Barrieren.

»Und was willst du jetzt machen, Benny?«, fragte sie, als er mit seiner Geschichte fertig war.

Benny mochte zwar aus einer Seitenstraße von Bootle kommen, doch sein Urgroßvater hatte zu den berüchtigten »Bootle Lads« gehört, die 1914 die Rekrutierungsbüros stürmten. Sie endeten bei der Lancashire Infanterie. In Flandern kämpften sie wie die Löwen und starben wie Helden. Von den zweihundert, die losgezogen waren, kehrten nur Bennys Urgroßvater und sechs weitere Männer zurück. Starke Gene setzen sich immer wieder durch.

»Ich will mich an Slade rächen. Ich will ihn fertigmachen«, sagte Benny.

Nachts im Bett kam Julie plötzlich eine Idee.

»Es muss da draußen noch jemanden geben, der genau so wütend ist wie du.«

»Wer?«

»Der ursprüngliche Besitzer.«

Benny setzte sich auf.

»Du hast Recht, Mädchen. Man hat ihn um zwei Millionen betrogen, und er weiß es vielleicht noch nicht einmal.«

»Wer ist es?«

Benny dachte nach.

»Ich habe den Einlieferungsschein nur kurz gesehen. Jemand mit dem Namen T. Gore.«

»Telefonnummer?«

»War keine angegeben.«

»Adresse?«

»Die habe ich mir nicht gemerkt.«

»Wo könnte sie gespeichert sein?«

»In einer Datenbank. In der Verkäufer- oder der Lagerliste.«

»Hast du Zugang dazu? Oder ein persönliches Passwort?«

»Nein.«

»Wer hat denn Zugang?«

»Alle leitenden Angestellten, glaube ich.«

»Mortlake?«

»Auf jeden Fall. Seb hat zu allem Zugang, was er braucht.«

»Los, Benny Schatz, aufstehen. Wir machen uns an die Arbeit.«

Sie brauchte zehn Minuten, um sich in die Datenbank von Darcy einzuloggen, und gab einen Befehl ein. Die Datenbank wollte den Benutzernamen wissen.

Julie hatte eine Liste neben sich liegen. Wie genau konnte sich Sebastian Mortlake nennen? Benutzte er nur ein »S«, die Kurzform »Seb« oder den vollen Namen? Kleinbuchstaben, Großbuchstaben oder gemischt? Gab es einen Punkt oder einen Bindestrich zwischen Vor- und Nachnamen oder nichts?

Jedes Mal, wenn Julie ein anderes Format ausprobierte und falsch lag, wurde sie wieder aus der Datenbank geschmissen. Sie hoffte, dass die Zahl der Falscheingaben nicht begrenzt war und dann ein Alarmsystem bei Darcy die Anwendung ganz schließen würde. Doch glücklicherweise hatte der Programmierer, der das System eingerichtet hatte, in Betracht gezogen, dass die Kunstexperten bei Darcy in Sachen Computer vergesslich genug waren, sich nicht an ihre eigenen Kennwörter zu erinnern. Die Verbindung blieb erhalten.

Beim fünfzehnten Versuch schaffte sie es. Der Abteilungsleiter der Alten Meister nannte sich »seb-mort«: Nur Kleinbuchstaben, abgekürzter Vorname, Bindestrich, halbierter Nachname. Die Darcy-Datenbank akzeptierte die Einwahl von »seb-mort« und bat um sein Kennwort.

»Die meisten Menschen benutzen etwas, das unmittelbar mit ihnen zu tun hat oder ihnen am Herzen liegt«, hatte sie Benny erklärt. »Den Namen der Ehefrau, des Hundes oder des Stadtteils, in dem sie leben. Oder irgendwelche Berühmtheiten, die sie bewundern.«

»Seb ist Junggeselle und hat keine Haustiere. Er lebt nur für die Welt der Malerei.«

Sie fingen mit der italienischen Renaissance an, dann kamen die Niederländer und Flamen, schließlich die spanischen Meister. Um zehn nach vier an einem sonnigen Frühlingsmorgen hatte Julie es geschafft. Mortlake war »seb-mort« und GOYA sein Kennwort. Jetzt stand ihr die Datenbank offen. Julie fragte nach dem Besitzer des Lagerstücks D 1601.

Der Computer in Knightsbridge durchsuchte seine Festplatte und nannte ihr Mr. T. Gore. Adresse: Cheshunt Gardens 32, White City, W12. Julie tilgte alle Spuren ihrer Einwahl und schaltete den Computer aus. Dann holten sie noch drei Stunden Schlaf nach.

Die Adresse befand sich nur eine Meile von Bennys Wohnung entfernt. Auf seinem Motorroller knatterten sie durch die erwachende Stadt, bis sie vor einem schäbigen Block mit Einzimmerwohnungen landeten. Mr. T. Gore wohnte im Kellergeschoss. Er öffnete ihnen in seinem alten spanischen Bademantel.

»Mr. Gore?«

»Der bin ich, Sir.«

»Mein Name ist Benny Evans. Das hier ist meine Freundin Julie Day. Ich bin… ich habe im Auktionshaus Darcy gearbeitet. Sind Sie der Mann, der Ende November letzten Jahres ein kleines altes Bild in einem angeschlagenen Goldrahmen zum Verkauf angeboten hat?«

Trumpington Gore sah besorgt aus.

»Ja, das bin ich. Ist etwas nicht in Ordnung? Das Bild ist im Januar versteigert worden. Es war doch hoffentlich keine Fälschung?«

»Nein, nein, Mr. Gore, es war keinesfalls eine Fälschung. Ganz im Gegenteil. Es ist ein bisschen kalt hier draußen. Könnten wir hineingehen? Ich möchte Ihnen etwas zeigen.«

Der gastfreundliche Trumpy bot ihnen von seinem Frühstückstee an. Seit ihm vor drei Monaten über fünftausend Pfund in den Schoß gefallen waren, musste er die Teebeutel nicht mehr zweimal verwenden. Während seine beiden jungen Besucher ihren Tee tranken, las er den ganzseitigen Artikel aus der Sunday Times, den Benny mitgebracht hatte. Ihm blieb der Mund offen stehen.

»Das ist es?« Er deutete auf die farbige Abbildung des Sassetta.

»Das ist es, Mr. Gore. Ihr altes Bild in dem braunen Jutesack. Gereinigt, restauriert und als echter, ausgesprochen seltener Sassetta zertifiziert. Siena, um 1425.«

»Zwei Millionen Pfund«, keuchte der Schauspieler. »So ein Unglück. Wenn ich das gewusst hätte. Wenn sie es bei Darcy nur gewusst hätten.«

»Das haben sie«, sagte Benny. »Zumindest haben sie es vermutet. Ich habe das Bild selbst taxiert und meine Vorgesetzten gewarnt. Man hat Sie betrogen, Mr. Gore, und mich hat man vernichtet. Dahinter steckt ein Mann, der mit dieser Kunstgalerie ein Privatgeschäft gemacht hat.«

Er schilderte alles der Reihe nach und begann bei den letzten eingereichten Bildern und dem Abteilungsleiter, der es nicht mehr erwarten konnte, in die Weihnachtsferien zu kommen. Als er fertig war, starrte der Schauspieler das Bild in der Zeitung an.

»Zwei Millionen Pfund«, sagte er leise. »Dafür hätte ich den Rest meines Lebens sorgenfrei leben können. Sicherlich gibt es rechtliche...«

»Nichts gibt es«, unterbrach ihn Julie. »Es wird heißen, dass dem Hause Darcy ein Irrtum unterlaufen sei. Ein Fehlurteil. Fanshawe habe seinem Gefühl nachgegeben und damit den richtigen Riecher gehabt. So etwas kommt vor. Sie haben keinerlei rechtliche Ansprüche mehr.«

»Eine Frage«, sagte Benny. »In dem Formular, das Sie ausgefüllt haben, ist als Beruf »Schauspieler« angegeben. Stimmt das? Sind Sie wirklich Schauspieler?«

»Ich bin seit fünfunddreißig Jahren im Filmgeschäft, junger Mann, und habe in fast hundert Filmen mitgespielt.«

Dass die meisten seiner Auftritte nur ein paar Sekunden gedauert hatten, erwähnte er nicht.

»Ich meine, könnten Sie sich einfach als irgendjemand ausgeben und damit durchkommen?«

Trumpington Gore richtete sich so würdevoll, wie es in seinem abgetragenen alten Bademantel möglich war, im Stuhl auf.

»Sir, ich komme überall durch. In jeder Gesellschaft. Mir nimmt man jede Rolle ab. Das ist mein Beruf. Genau genommen ist es das Einzige, was ich wirklich kann.«

»Wissen Sie was«, sagte Benny, »ich habe eine Idee.«

Dann redete er zwanzig Minuten. Als er fertig war, dachte der mittellose Schauspieler einen Moment lang nach.

»Rache«, murmelte er. »Die Rache ist ein Gericht, das man am besten kalt genießt. Es stimmt, auch die Spur ist mittlerweile kalt geworden. Slade wird nicht mehr mit uns rechnen. Ich glaube, mein junger Freund Benny – wenn ich Sie so nennen darf –, dass Sie gerade einen Verbündeten gefunden haben.«

Er streckte die Hand aus. Benny schlug ein, und Julie legte ihre Hand über die beiden anderen Hände.

»Einer für alle und alle für einen.«

»Genau, das gefällt mir.«

»D'Artagnan«, sagte Trumpy.

Benny schüttelte den Kopf.

»Mit den französischen Impressionisten hatte ich schon immer Probleme.«

Den Rest des Aprils hatten sie viel zu tun. Sie legten ihr Geld zusammen und vervollständigten ihre Recherchen. Benny musste an die Datei mit der Privatkorrespondenz von Peregrine Slade gelangen und alle privaten E-Mails überprüfen.

Julie wollte versuchen, über Slades Privatsekretärin Miss Priscilla Bates in das Computersystem zu kommen. Sie brauchte nicht lange, um ihren Benutzernamen herauszufinden. In der Datenbank firmierte Miss Bates unter dem Namen P-Bates. Das Problem war ihr Kennwort.

Mai

Trumpington Gore verfolgte Miss Bates wie ein Schatten, und das in so vielen verschiedenen Verkleidungen, dass sie keinerlei Verdacht schöpfte. Benny hingegen, der ihre Privatadresse im Stadtteil Cheam herausgefunden hatte, durchstöberte nachts ihre Abfalltonne und nahm einen ganzen Sack voll Müll mit nach Hause. Er verriet ihnen nur wenig.

Miss Bates, eine alleinstehende ältere Dame, führte ein unbescholtenes und redliches Leben. Ihre kleine Wohnung blitzte vor Sauberkeit. Zur Arbeit in Knightsbridge fuhr sie mit der U-Bahn und ging die letzten fünfhundert Meter zu Fuß. Sie las den *Guardian* – natürlich versuchten sie es mit »Guardian« als Kennwort, leider erfolglos – und verbrachte den Urlaub bei ihrer Schwester und ihrem Schwager in Frinton.

Das erfuhren sie aus einem alten Brief, den sie aus dem Müll gefischt hatten, doch auch »Frinton« funktionierte nicht. Im Müllsack fanden sie außerdem noch sechs leere Whiskas-Dosen.

»Sie hat eine Katze«, sagte Julie. »Wie heißt sie?«

Trumpy seufzte. Er musste wohl noch einmal nach Cheam rausfahren. Sein Auftritt fand an einem Samstag statt, weil sie an dem Tag sicher zu Hause war. Diesmal hatte er sich als Vertreter für Haustierzubehör verkleidet. Zu seiner Freude fand Miss Bates Interesse an einem Kratzbaum für gelangweilte Katzen, der verhindern sollte, dass die lieben Tiere sich über die Polsterbezüge hermachten.

Trumpy stand mit falschem Gebiss und dicker Brille in der Tür, als ein scheckiger Kater aus dem Wohnzimmer kam und ihn voller Verachtung anblickte. Er brach in Begeisterung über die Schönheit des Tieres aus und nannte es »Mieze«.

»Komm her, Alamein, komm zu Mami!«, rief sie.

Alamein war der Ort in Nordafrika, wo 1942 die Schlacht stattgefunden hatte, bei der ihr Vater ums Leben kam. Miss Bates war damals gerade ein Jahr alt gewesen. In Ladbroke Grove versuchte Julie noch einmal ihr Glück. »P-Bates«, wie sich Miss Priscilla Bates, die diskrete Privatsekretärin von Peregrine Slade, in der Datenbank von Darcy nannte, bekam über ihr Kennwort ALAMEIN Zugang zu allen privaten E-Mails ihres Arbeitgebers. Als P-Bates gelang es Julie, über hundert Privatbriefe aus der Datenbank zu kopieren.

Es dauerte eine Woche, bis Benny alles durchgearbeitet hatte.

»Er hat einen Freund, der für die Kunstseiten im *Observer* zuständig ist, Charlie Dawson. Wir haben insgesamt drei Briefe von diesem Mann. Manchmal hört Dawson, was bei Christie's oder Sotheby's los ist und gibt Slade den einen oder anderen Wink. Er kommt uns genau recht.«

Mit ihren Cyberkünsten produzierte Julie einen Brief von Charlie Dawson an Peregrine Slade, den sie später noch brauchen würden. Benny studierte unterdessen den Katalog für die nächste große Auktion. Am zwanzigsten Mai sollten alte Niederländer und Flamen unter den Hammer kommen. Schließlich tippte Benny auf die Abbildung eines kleinen Ölgemäldes auf Leinwand.

»Dieses hier«, sagte er. Julie und Trumpy betrachteten es. Ein Stillleben, das eine Schüssel voller Himbeeren zeigte. Es war eine blau-weiße Schüssel aus Delfter Porzellan, um die ein paar Muscheln verstreut lagen. Eine seltsame Kombination. Die Schüssel stand am Rand eines alten, angeschlagenen Tisches.

»Wer, zum Teufel, ist Coorte?«, fragte Trumpington Gore. »Noch nie von ihm gehört.«

»Da sind Sie nicht der Einzige, Trumpy. Er ist ziemlich unbedeutend. Schule von Middleburg, Holland, Mitte siebzehntes Jahrhundert. Ein winziges Œuvre, nicht mehr als sechzig Bilder weltweit. Deshalb selten. Er hat immer das Gleiche gemalt. Erdbeeren, Himbeeren, Spargel und manchmal Muscheln. Schrecklich langweilig, doch er hat seine Liebhaber. Schauen Sie mal auf den Schätzwert.«

Im Katalog wurden hundertzwanzig- bis hundertfünfzigtausend Pfund vorgeschlagen.

»Warum dann Coorte?«, fragte Julie.

»Weil es einen holländischen Bier-Tycoon gibt, der von Coorte besessen ist. Seit Jahren versucht er, den Weltmarkt aufzukaufen. Natürlich wird er nicht persönlich anwesend sein, sondern einen Bevollmächtigten schicken. Und der wird einen Blankoscheck dabei haben.«

Am Vormittag des zwanzigsten Mai herrschte im Hause Darcy geschäftiges Treiben. Peregrine Slade wollte auch diese Auktion persönlich leiten und befand sich bereits im Auktionssaal, als Miss Bates bemerkte, dass er noch eine E-Mail erhalten hatte. Es war neun Uhr morgens, und die Auktion würde erst um zehn beginnen. Sie las die Nachricht an ihren Vorgesetzten und hielt den Inhalt für wichtig. Nachdem sie eine Kopie aus dem Laserdrucker gelassen hatte, schloss sie das Büro ab und eilte ihrem Chef nach.

Slade überprüfte gerade Position und Funktionstüchtigkeit seines Mikrofons auf dem Podium. Er dankte ihr und überflog den Brief. Er kam von Charlie Dawson und konnte unter Umständen wichtig sein.

»Lieber Perry, beim Dinner gestern Abend habe ich gehört, dass ein gewisser Martin Getty in der Stadt aufgetaucht ist. Er logiert bei Freunden und will unerkannt bleiben. Sicher weißt du, dass er zu den führenden Vollblutzüchtern in Kentucky gehört. Außerdem besitzt er eine ganz private Kunstsammlung, die noch nie jemand gesehen hat. Ich habe das Gefühl, dass er nicht ohne Grund in der Stadt ist. Gruß, Charlie.«

Slade schob den Brief in die Jackentasche und ging zu dem Tisch vor der Tür des Auktionssaals, an dem die Bieternummern vergeben wurden. Ist ein Bieter bei einer Auktion dem Haus nicht gut bekannt, füllt er gewöhnlich ein Formular aus und bekommt dann eine kleine Plastiktafel mit einer Nummer ausgehändigt. Diese Tafel kann er hochhalten, um ein Gebot abzugeben, vor allem aber kann man über die Nummer den siegreichen Bieter identifizieren. Der Protokollführer muss dann nur die Nummer notieren, hinter der sich Name, Adresse und Bankverbindung verbergen.

Es war noch früh, erst neun Uhr fünfzehn. Bis jetzt waren nur zehn Formulare ausgefüllt worden und keines unter dem Namen Martin Getty. Trotzdem reichte der Name allein, um Slade den Mund wässrig zu machen. Er besprach sich mit den drei hübschen Mädchen hinter dem Tisch und ging in den Auktionssaal zurück.

Um Viertel vor zehn erschien ein kleiner, nicht besonders elegant aussehender Mann am Tisch.

»Möchten Sie bieten, Sir?«, fragte eines der Mädchen und reichte ihm ein Formular.

»Das möchte ich in der Tat, junge Dame.«

Sein Südstaatenakzent zog sich träge wie Zuckersirup.

»Ihr Name, Sir?«

»Martin Getty.«

»Adresse?«

»Hier oder zu Hause?«

»Ihre vollständige Heimatadresse, bitte.«

»Gestüt The Beecham, Louisville, Kentucky.«

Als alle Spalten ausgefüllt waren, nahm der Amerikaner seine Tafel und ging in den Saal. Peregrine Slade wollte gerade das Podium betreten, als jemand an seinem Ellbogen zupfte. Er blickte sich um und sah in aufgeregt funkelnde Augen.

»Martin Getty. Ein kleiner Mann mit grauem Haar, Spitzbart und schäbigem Mantel. Nicht besonders elegant.« Sie sah sich um. »Dritte Reihe von hinten, am Hauptgang, Sir.«

Slade strahlte vor Zufriedenheit und bestieg seinen persönlichen Olymp. Die Auktion begann. Der Klaes Molenaer unter der Losnummer 18 wechselte für eine anständige Summe den Besitzer. Der Protokollführer notierte alle Details. Die Dienstmänner trugen die bedeutenden und weniger bedeutenden Meisterwerke herbei und stellten sie eines nach dem anderen auf die Staffelei, die sich seitlich unter Slades Podium befand. Der Amerikaner gab kein einziges Gebot ab.

Unter den Hammer kamen zwei Bilder von Thomas Heeremans und ein Cornelis de Heem, um den ein wilder Streit entbrannte, bis er schließlich den doppelten Schätzwert erzielte. Der Amerikaner jedoch hatte noch immer kein Gebot abgegeben. Slade kannte mindestens zwei Drittel der Anwesenden und hatte auch den jungen Kunsthändler aus Amsterdam entdeckt. Jan de Hooft. Doch worauf hatte es der megareiche Amerikaner abgesehen? Mein Gott, wie er aussah, in seinem schäbigen Mantel! Glaubte er etwa, den alten Fuchs vor sich täuschen zu können? Ihn, den großen Peregrine Slade? Der Adriaen Coorte hatte die Losnummer 102. Er wurde kurz nach elf Uhr fünfzehn aufgerufen.

Anfangs gab es sieben Bieter. Bei hunderttausend Pfund stiegen fünf von ihnen aus. Dann hob der Holländer erstmals die Hand. Slade glühte vor Begeisterung. Er wusste genau, wessen Strohmann De Hooft war. Die Hunderte von Millionen, die sich mit schäumendem Lagerbier verdienen ließen. Bei hundertzwanzigtausend Pfund stieg der nächste Mitbieter aus. Jetzt gab es neben dem abgeklärten Holländer nur noch einen Bieter, einen Londoner Agenten. Doch De Hooft hatte ihn bald abgehängt. Er wusste, dass er über das dickere Scheckbuch verfügte.

»Wir sind bei hundertfünfzigtausend Pfund. Höre ich mehr als hundertfünfzigtausend Pfund?«

Der Amerikaner blickte auf und hielt seine Bieternummer hoch. Slade erstarrte. Getty wollte den Coorte für seine Sammlung in Kentucky. Welch Freude, welch ungezügelte Lust. Ein Getty gegen Van Den Bosch. Er wandte sich an den Holländer.

»Gegen Sie, Sir. Ich habe hundertsechzigtausend von der anderen Seite.«

De Hooft verzog keine Miene. Seine Körpersprache drückte beinahe Verachtung aus. Er schaute zu dem Mann auf der anderen Seite des Saals und nickte.

»Mein kleiner Holländerjunge«, dachte er. »Du hast ja keine Ahnung, mit wem du dich da einlässt.«

»Einhundertundsiebzigtausend, Sir, höre ich...«

Die Tafel des Amerikaners ging hoch, und er nickte. Die Gebote kletterten höher und höher. De Hoofts Haltung war jetzt nicht mehr ganz so gelassen. Er runzelte die Stirn und verspannte sich. »Kaufen Sie es«, hatte sein Auftraggeber nur gesagt, doch sicher gab es eine Grenze. Als sie bei einer halben Million angelangt waren, zog er ein kleines Handy aus der Tasche, tippte hastig elf Nummern und murmelte etwas in Holländisch.

Slade wartete geduldig. Man sollte Trauernde in ihrem Schmerz nicht stören. De Hooft nickte.

Als sie bei achthunderttausend waren, glich der Auktionssaal einer Kirche. Slade ging jetzt in Schritten von zwanzigtausend Pfund hoch. De Hooft, der den Raum schon blass betreten hatte, war jetzt schneeweiß. Hin und wieder murmelte er etwas in sein Handy, bevor er weiterbot. Bei einer Million Pfund siegte in Amsterdam die Vernunft. Der Amerikaner sah auf und nickte. Der Holländer schüttelte den Kopf.

»Den Zuschlag bekommt für eins Komma eins Millionen die Nummer achtundzwanzig«, sagte Slade. Ein kollektives Aufatmen ging durch den Raum. De Hooft schaltete sein Handy aus, funkelte den Mann aus Kentucky wütend an und verließ den Saal.

»Los 103«, setzte Slade die Auktion mit einer Gelassenheit fort, die nicht seinen Gefühlen entsprach. »Eine Landschaft von Anthonie Palamedes.«

Der Amerikaner, auf dem jetzt alle Augen ruhten, erhob sich und verließ den Saal. Eine lebhafte junge Schönheit begleitete ihn.

»Gut gemacht, Sir«, plapperte sie, »Sie haben ihn bekommen.«

»Was für ein Vormittag«, sagte der Mann aus Kentucky mit schleppender Stimme. »Könnten Sie mir sagen, wo ich die, ehm, die Männertoilette finde?«

»Oh, das WC. Ja, einfach geradeaus, die zweite Tür rechts.«

Sie sah ihn mit der Einkaufstasche, die er schon den ganzen Morgen mit sich herumtrug, in der Toilette verschwinden und blieb, wo sie war. Sobald er wieder auftauchte, musste sie ihn in die Rechnungsabteilung begleiten, wo die langweiligen Formalitäten abgewickelt wurden.

In der Toilette zog Trumpington Gore einen Diplomatenkoffer aus Kalbsleder aus der Einkaufstüte und ein paar schwarze Oxfordschuhe. Innerhalb von fünf Minuten waren der Spitzbart und die graue Perücke verschwunden, ebenso die braune Hose und der schäbige Mantel. Er stopfte alles in die Einkaufstasche, die er aus dem Fenster in den Hof nach unten schmiss. Dort fing Benny sie auf und verschwand.

Zwei Minuten später verließ ein piekfeiner Londoner Geschäftsmann die Toilette. Das dünne schwarze Haar hatte er mit Pomade zurückgekämmt. Er war ungefähr fünf Zentimeter größer als der Amerikaner und trug eine goldene Brille, einen elegant geschnittenen, aber geliehenen Nadelstreifenanzug, ein Thomas-Pink-Hemd und eine Brigade-of-Guards-Krawatte. Langsam marschierte er an dem wartenden Mädchen vorbei.

»Verdammt gute Auktion, nicht wahr?« Er konnte es sich einfach nicht verkneifen. »Haben Sie gesehen, wie der Amerikaner sein Bild ersteigert hat?«

Er nickte zur Toilettentür und ging weiter. Das Mädchen starrte weiter auf die Tür.

Es dauerte eine Woche, bis die Mühlen zu mahlen begannen, doch dann verbreitete sich die Neuigkeit in Windeseile.

Nach wiederholten Anfragen war man zu der Erkenntnis gelangt, dass der Getty-Dynastie zwar viele Familienmitglieder angehörten, aber keines mit dem Namen Martin. Ein Gestüt in Kentucky besaß auch niemand in der Familie. Als die Geschichte die Runde machte, lachte die ganze Stadt über das Haus Darcy. Die besondere Zielscheibe des Spotts aber war Peregrine Slade.

Der unglückliche Vizevorsitzende versuchte dem überbotenen Jan de Hooft, der den alten Van Den Bosch vertrat, das Bild für eine Million anzubieten. Keine Chance.

»Ohne Ihren Betrüger hätte ich das Bild für hundertfünfzigtausend Pfund haben können«, erklärte ihm der holländische Händler am Telefon. »Zu der Summe bin ich bereit zu kaufen.«

»Ich werde mit dem Verkäufer sprechen«, sagte Slade.

Der Verkäufer war die Nachlassverwaltung eines kürzlich verstorbenen deutschen Adligen, eines während des Kriegs in Holland stationierten Panzeroffiziers der SS. Diese Tatsache hatte schon immer einen Schatten auf die Frage geworfen, wie er zu seiner Sammlung alter Holländer gekommen war. Der alte Graf jedoch behauptete sein Leben lang hartnäckig, er habe alle seine holländischen Meister vor dem Krieg erworben und konnte dies mit perfekt gefälschten Rechnungen beweisen. Und eins ist die Kunstwelt ganz sicher: flexibel.

Der Nachlass wurde von einer Stuttgarter Anwaltskanzlei verwaltet, mit der Peregrine Slade jetzt verhandeln musste. Ein wirklich aufgebrachter deutscher Anwalt ist selten ein angenehmer Anblick, und der über einsneunzig große Kanzleileiter Bernd Schliemann flößte schon Respekt ein, wenn er bester Laune war. Am selben Morgen hatte er erfahren, was mit dem Bild seines Klienten in London geschehen war. Slades Angebot von hundertfünfzigtausend Pfund gab ihm den Rest. Er explodierte.

»Nein«, brüllte er durchs Telefon. »Nein. Völlig ausgeschlossen. Ziehen Sie das Bild zurück.«

Peregrine Slade war natürlich kein Volltrottel. Schon als er von der leeren Toilette erfuhr, in die das Mädchen nach einer halben Stunde einen männlichen Kollegen geschickt hatte, hatte er Verdacht geschöpft. Das Mädchen konnte den einzigen Menschen, der die Toilette in dieser Zeit verlassen hatte, gut beschreiben. Doch damit hatten sie zwei völlig unterschiedliche Männer.

Charlie Dawson war verblüfft, als man ihn auf seine Rolle

in der Geschichte ansprach. Er hatte keine Nachricht geschickt und den Namen Martin Getty noch nie gehört. Man zeigte ihm die E-Mail. Sie stammte eindeutig aus seiner Textverarbeitung, doch der Mann, der bei Darcy das gesamte System installiert hatte, räumte ein, dass ein echter Computerfreak diese Herkunft auch vortäuschen konnte. Danach wusste Slade endgültig, dass ihm jemand ein Bein gestellt hatte. Aber wer? Und warum?

Er hatte gerade die Anweisung herausgegeben, sämtliche Computersysteme des Hauses Darcy so sicher wie Fort Knox zu machen, als er mit einer knappen Aufforderung ins Privatbüro des Herzogs von Gateshead zitiert wurde.

Seine Durchlaucht war vielleicht nicht so laut wie Herr Schliemann, dafür aber genauso wütend. Als Peregrine Slade auf sein »Herein« das Büro betrat, stand der Vorstandsvorsitzende mit dem Rücken zur Tür und schaute durch das Fenster auf die Dächer von Harrods, die nur fünfhundert Meter entfernt waren.

»Wir sind nicht glücklich über diese Geschichte, Perry«, begann er. »Ganz und gar nicht glücklich. Zu den vielen Dingen im Leben, die uns nicht gefallen, gehört es, lächerlich gemacht zu werden.«

Er drehte sich um und setzte sich an seinen Schreibtisch, wo er mit den Fingerspitzen auf das georgianische Mahagoni trommelte und sich leicht vorbeugte, um seinen Untergebenen aus hasserfüllten blauen Augen anzublicken.

»Da geht ein Mann in seinen Club und wird ausgelacht. In aller Öffentlichkeit. Was halten Sie davon, mein Lieber?«

Die freundliche Floskel blitzte auf wie ein Dolch in der Sonne.

»Sie werfen mir Inkompetenz vor?«, fragte Slade.

»Sollte ich das nicht?«

»Es war Sabotage«, erwiderte Slade und reichte ihm fünf Papierbögen. Der Herzog schaute ein wenig überrascht, zog seine Brille aus der Jacketttasche und überflog die Seiten.

Einer von ihnen war der gefälschte Brief von Charlie Dawson. Der zweite eine eidesstattliche Erklärung von Dawson, dass er diese Nachricht niemals verschickt habe, und der dritte eine Erklärung des besten Computerexperten der Stadt, die besagte, dass ein echtes Computergenie so einen Brief fälschen und in Slades private E-Mail einschleusen könne.

Die Bögen vier und fünf stammten von zwei Mädchen, die am fraglichen Tag vor dem Auktionssaal saßen. Die eine beschrieb ausführlich, wie der angebliche Mann aus Kentucky sich vorgestellt hatte, und die andere, wie er verschwunden war.

»Haben Sie ein Idee, wer dieser Gauner sein könnte?«, fragte der Herzog.

»Noch nicht, aber ich habe vor, das herauszufinden.«

»Das sollten Sie, Perry. Und zwar sofort. Und wenn Sie ihn haben, sollten Sie dafür sorgen, dass er lange hinter Gitter kommt. Wenn das nicht möglich ist, schicken Sie ihm jemanden, der so mit ihm spricht, dass er sich sein Lebtag nicht mehr in unsere Nähe wagt. In der Zwischenzeit werde ich versuchen, den Vorstand zu beruhigen. Wieder einmal.«

Slade wollte schon gehen, als Seine Durchlaucht noch etwas hinzufügte.

»Erst die Sassetta-Affäre und nun dies. Wir brauchen jetzt schon etwas ziemlich Spektakuläres, um unseren Ruf wiederherzustellen. Halten Sie Augen und Ohren nach so einer Möglichkeit offen. Andernfalls und ohne Aufdeckung dieses Schwindels könnte der Vorstand eine kleine ... ehm ... Umstrukturierung erwägen. Das wäre alles, mein lieber Perry.«

Als Peregrine Slade das Zimmer verließ, hatte sich das nervöse Zucken unter seinem linken Auge, das sich immer bemerkbar machte, wenn er sehr angespannt war oder von starken Gefühlen überwältigt wurde, zu einem heftigen Flattern gesteigert.

Juni

Slade war nicht ganz so ahnungslos, wie er getan hatte. Irgendjemand hatte dem Hause Darcy bewusst beträchtlichen Schaden zugefügt. Warum? Um sich selbst zu bereichern? Doch das brachte keinerlei Vorteil, außer vielleicht der Tatsache, dass der Coorte jetzt in ein anderes Auktionshaus wanderte. Steckte also ein Konkurrent dahinter? Kaum vorstellbar.

Wenn Profit nicht das Motiv war, dann vielleicht Rache. Aber wer konnte so wütend auf ihn sein? Und wer kannte die Kunstszene gut genug, um zu wissen, dass ein Händler von Van Den Bosch im Saal sein würde, der dank seines Blankoschecks bereit war, den Coorte in so lächerliche Höhen zu treiben?

Er hatte bereits an Benny Evans gedacht, auf den beide Punkte zutrafen. Nur war dieser »Martin Getty«, den er im Auktionssaal gesehen hatte, eindeutig nicht Benny Evans. Allerdings schien der Mann klare Anweisungen zu haben. Er hatte still auf seinem Platz gesessen, bis genau dieses Bild unter den Hammer kam. Handelte es sich also um mehrere Täter? Oder war er einfach nur gekauft worden? Oder stand jemand völlig anderes dahinter? Jemand, der eine alte Rechnung begleichen wollte?

Am zweiten Juni saß Peregrine Slade in einem Büro im Lincoln's Inn, einer der vier großen Londoner Anwaltsinnungen. Er hatte einen der angesehensten Anwälte Englands aufgesucht. Sir Sidney Avery legte die kurze Zusammenfassung des Falls auf seinen Schreibtisch und kniff die Augen zusammen.

»Verstehe ich Ihr Anliegen richtig? Sie wollen wissen, ob dieser Mann ein Verbrechen begangen hat, das kriminalrechtlich verfolgt werden kann?«

»Genau.«

»Er hat sich als eine Person ausgegeben, die es gar nicht gibt.«

»So war es.«

»Das ist leider nicht strafbar, es sei denn, er tat es in betrügerischer und gewinnsüchtiger Absicht.«

»Dieser Maskerade ging ein eindeutig gefälschter Brief voraus, ein Einführungsschreiben.«

»Ein Wink, genau genommen. Aber zugegebenermaßen gefälscht.« Insgeheim amüsierte Sir Sidney sich köstlich über diese Gaunerei. Das war genau die Art Geschichte, die beim gemeinsamen Dinner der Anwaltsinnung gut ankam. Zur Schau trug er jedoch eine Miene, als sprächen sie über einen Massenmörder.

»Hat der Mann zu irgendeinem Zeitpunkt behauptet, ein Mitglied der berühmten reichen Getty-Familie zu sein?«

»Nicht direkt.«

»Sie haben das nur angenommen?«

»Ich fürchte, so war es.«

»Hat er zu irgendeinem Zeitpunkt versucht, dieses holländische Bild oder irgendein anderes mitzunehmen?«

»Nein.«

»Haben Sie eine Vermutung, wer hinter dieser Maske steckte?«

»Nein.«

»Gibt es vielleicht einen sehr verstimmten ehemaligen Mitarbeiter, der sich die ganze Geschichte ausgedacht haben könnte?«

»Nur einen, aber der war nicht im Saal.«

»Sie haben diesen Mitarbeiter entlassen?«

»Ja.«

»Aus welchem Grund?«

Das Letzte, wovon Slade erzählen wollte, war der Sassetta-Schwindel.

»Inkompetenz.«

»War der Mann ein Computerfreak?«

»Nein. Er konnte kaum einen Computer bedienen. Aber er war eine wandelnde Enzyklopädie über die Alten Meister.«

Sir Sidney seufzte.

»Es tut mir leid, Sie entmutigen zu müssen, Sir, aber ich

glaube nicht, dass sie damit vor Gericht Erfolg hätten. Die Beweislage ist einfach miserabel. Erst ist Ihr verkleideter Bursche ein grauhaariger Mann aus Kentucky mit Spitzbart, amerikanischem Akzent und schäbigem Mantel und im nächsten Moment ein strammer ehemaliger Gardeoffizier im Nadelstreifenanzug. Wen immer Sie auch verdächtigen, Sie haben keine Beweise. Oder hat er Fingerabdrücke hinterlassen? Eine deutlich lesbare Unterschrift?«

»Nur ein unleserliches Gekritzel.«

»Genau. Er wird alles abstreiten, und die Polizei hat nichts in der Hand. Ihre entlassene Enzyklopädie braucht nur zu behaupten, sie wisse gar nicht, wovon Sie reden. Es läuft immer wieder aufs Gleiche hinaus: nicht das geringste Beweismittel. Außerdem muss es im Hintergrund noch irgendeinen Computercrack geben. Es tut mir wirklich Leid.«

Er erhob sich und streckte die Hand aus.

»Ich an Ihrer Stelle würde die Sache vergessen.«

Doch Peregrine Slade hatte keinesfalls vor, irgendetwas zu vergessen. Als er in den gepflasterten Hof der Anwaltsinnung trat, fiel ihm ein Begriff ein, den Sir Sidney Avery benutzt hatte. Wo hatte er das Wort »Schauspieler« in letzter Zeit schon einmal gehört oder gelesen?

Als er wieder im Büro war, ließ er sich die Angaben über den ursprünglichen Verkäufer des Sassetta geben. Da stand es: Beruf, Schauspieler. Er engagierte ein Team aus Londons diskretester Privatdetektei. Sie waren zu zweit, beide ehemalige Detective Inspectors der Metropolitan Police. Für schnelle Ergebnisse hatte er ihnen das doppelte Honorar versprochen. Nach einer Woche meldeten sie sich bei ihm, konnten aber nur wenig Neues berichten.

»Wir haben den Verdächtigten Evans fünf Tage lang verfolgt. Er scheint ein unspektakuläres Leben zu führen und sucht gerade Arbeit. Einer unserer jüngeren Kollegen ist im Pub mit ihm ins Gespräch gekommen. Von der Geschichte mit dem holländischen Bild schien er noch nie gehört zu haben.

Er lebt noch immer unter der alten Adresse. Zusammen mit einer Punkerin: wasserstoffgebleichte Stachelfrisur und genug Metall im Gesicht, um einen Kreuzer zu versenken. Kaum der Typ, der über viel Computerwissen verfügt.

»Der Schauspieler hingegen scheint sich in Luft aufgelöst zu haben.«

»Wir leben im Jahr zweitausend«, protestierte Slade. »Da kann man sich nicht einfach in Luft auflösen.«

»Das haben wir auch gedacht«, erwiderte der Schnüffler. »Wir können jedes Bankkonto aufspüren, Kreditkarten, Autopapiere, Führerschein, Versicherungspolicen, die Nummer der Sozialversicherung – was Sie wollen. Eines der Papiere, und wir haben auch die aktuelle Adresse des Besitzers. Doch in diesem Fall: Fehlanzeige. Der Mann ist so arm, dass er auch keine Papiere besitzt.«

»Überhaupt nichts?«

»Gut, er bekommt Arbeitslosenhilfe, oder hat sie zumindest früher bekommen. Und die Adresse, die sie bei der Sozialversicherung haben, ist dieselbe, die Sie uns gegeben haben. Außerdem ist er Mitglied der Schauspielergewerkschaft, ebenfalls unter dieser Adresse. Aber sonst? Seltsam, heutzutage sind doch die Daten von uns allen erfasst, nur nicht die von Mr. Trumpington Gore. Er ist einfach durch eine Lücke im System geschlüpft und verschwunden.«

»Die Adresse, die ich Ihnen gegeben habe. Waren Sie dort?«

»Natürlich, Sir. Gleich zu Anfang. Als Männer von der Gemeindeverwaltung, die wegen ausstehender Steuerschulden nachfragen wollten. Er ist einfach spurlos verschwunden. In der kleinen Wohnung lebt jetzt ein Pakistani, ein Minicarfahrer.«

Damit war für Slade das Ende einer sehr teuren Ermittlung erreicht. Er nahm an, dass der unsichtbare Schauspieler sich mit seinen fünftausend Pfund in der Tasche ins Ausland abgesetzt hatte. Das passte zu allem, was die Privatdetektive über ihn herausgefunden – oder besser nicht herausgefunden – hatten.

In Wahrheit aber saß Trumpington Gore nur eine Meile von ihm entfernt zusammen mit Benny und Julie in einem Café an der Portobello Road. Die drei begannen sich Sorgen zu machen. Ihnen war klar geworden, wie viel Druck ein wütender Angehöriger der Oberschicht ausüben konnte, wenn er nur wohlhabend und einflussreich genug war.

»Slade muss uns auf den Fersen sein«, sagte Benny. »Vor ein paar Tagen bin ich im Pub angesprochen worden. Meine Güte, das stank ganz schön nach Privatdetektiv. Der Typ wollte unbedingt mit mir darüber reden, was bei der Darcy-Auktion passiert ist. Ich habe mich einfach dumm gestellt. Vermutlich hat er es mir abgenommen.«

»Mich haben zwei Typen verfolgt«, meinte Julie. »Abwechselnd. Ich konnte zwei Tage lang nicht zur Arbeit gehen. Aber ich glaube, jetzt haben sie aufgegeben.«

»Wie willst du das wissen?«, fragte Trumpy.

»Irgendwann habe ich mich zu dem Jüngeren umgedreht und ihn gefragt, ob ich ihm für zwanzig Mäuse einen blasen soll. Der ist davongeschossen wie ein Wiesel auf Rollschuhen. Danach waren sie vermutlich endgültig der Meinung, dass ich keine Ahnung von Computern haben kann. In der Computerszene geht kaum jemand anschaffen.«

»Ich befürchte, hinter mir waren sie auch her«, murmelte Trumpington Gore. »Zwei Privatschnüffler.« (Er sprach im Tonfall von Sir John Gielgud, so dass der Ausdruck etwas seltsam aus seinem Mund klang). »Sie haben mich in meiner bescheidenen Behausung aufgesucht. Behaupteten, sie kämen von der Gemeindeverwaltung. Zum Glück praktizierte ich gerade meine Kunst. Ich spielte einen pakistanischen Minicarfahrer. Aber vielleicht sollte ich besser umziehen.«

»Ganz abgesehen davon, geht uns das Geld aus, Trumpy. Meine Ersparnisse sind aufgebraucht, die Miete ist fällig und von dir will ich nichts mehr annehmen.«

»Mein lieber Junge, wir haben unseren Spaß gehabt. Die Rache war süß. Vielleicht sollten wir es dabei belassen.«

»Ja«, wandte Benny ein. »Nur, dass der Scheißkerl Slade, der meine Karriere zerstört und eine Million Pfund eingesackt hat, noch immer auf seinem Platz sitzt. Hört mal, ich weiß, das ist jetzt ein bisschen viel verlangt, aber ich habe eine Idee.«

Juli

Am ersten Juli erhielt der Chef der Abteilung für britische Moderne und viktorianische Malerei im Auktionshaus Darcy einen höflichen Brief, der offensichtlich von einem vierzehnjährigen Schüler stammte. Der Junge erklärte, dass er sich gerade auf seinen mittleren Schulabschluss vorbereite und sich besonders für die Präraffaeliten interessiere. Er wollte wissen, wo er sich am besten die Werke von Rossetti, Millais und Holman Hunt anschauen konnte.

Mr. Alan Leigh-Travers war ein höflicher Mensch und diktierte sofort einen Brief, in dem er alle Fragen des Schülers ausführlich beantwortete. Nachdem er getippt war, unterschrieb er ihn persönlich: Mit freundlichen Grüßen, Alan Leigh-Travers.

Das Colbert-Institut war ganz ohne Zweifel die renommierteste Einrichtung in ganz London für das Begutachten, Identifizieren und Zuschreiben von Kunstwerken. Im Keller des Instituts befand sich ein wissenschaftliches Labor mit einer Ehrfurcht gebietenden technischen Ausstattung. Es wurde von Professor Stephen Carpenter geleitet. Auch er erhielt einen Brief. Er kam von einer Studentin der Kunstgeschichte, die an ihrer Abschlussarbeit schrieb.

Die junge Dame führte aus, dass ihr Thema die großen Kunstfälschungen im 20. Jahrhundert seien. Dabei gehe es ihr vor allem um den entscheidenden Beitrag, den die Wissenschaft bei der Aufdeckung von Betrügereien geleistet habe.

Mr. Carpenter war es ein Vergnügen, der jungen Studentin zu antworten. Er schlug ihr vor, seine eigene Abhandlung zu genau diesem Thema zu lesen, die sie im Buchladen des Instituts erwerben könne. Auch er unterschrieb seinen Brief persönlich.

Am Siebten des Monats hatte Benny Evans zwei Originalunterschriften und damit zwei Handschriftproben.

Julie Day wusste, dass ihr Chef einmal zu den berüchtigtsten und besten Computerhackern des Landes gehört hatte. Nach seiner Zeit im Knast war er dazu übergegangen, seine Fähigkeiten innerhalb des legalen Rahmens zu nutzen. Er entwickelte Schutzprogramme, die verhinderten, dass Hacker in die Systeme seiner Kunden eindrangen.

Eines Tages fragte ihn Julie beim Lunch, ob er in der Zeit, als er Gast Ihrer Majestät war, jemals einem bestimmten Typ Fälscher über den Weg gelaufen sei. Er zuckte nur ratlos die Schultern und gab vor, niemanden aus diesem Gewerbe zu kennen. Aber der Mann hatte einen ganz eigenen Sinn für Humor und ein ausgezeichnetes Gedächtnis.

Drei Tage später fand Julie Day einen Zettel zwischen den Tasten ihres Bürocomputers. Darauf stand nur: Peter the Penman – Peter der Schreiber. Und eine Telefonnummer. Zwischen beiden fiel kein Wort mehr über diese Angelegenheit.

Am Zehnten des Monats betrat Trumpington Gore das Auktionshaus Darcy durch eine Hintertür. Es war eine selbst schließende Tür, die in den Ladehof führte und von außen nur über einen elektronischen Code geöffnet werden konnte. Doch da Benny diese Tür oft benutzt hatte, um in das billige Café zu gelangen, in dem er seine Mittagspause machte, konnte er sich noch an die Nummer erinnern.

Der Schauspieler trug einen Arbeitskittel mit dem Logo von Darcy auf der Brusttasche. Er sah genauso aus wie die anderen Dienstmänner und trug ein Ölgemälde unterm Arm. Es war um die Mittagsstunde.

Trumpy brauchte ungefähr zehn Minuten und mehrere Entschuldigungen, bis er ein leeres Büro fand, hineinging und die Tür hinter sich verriegelte. Dann durchstöberte er den Schreibtisch in dem Raum. Als er das Haus auf demselben Weg wieder verließ, hatte er zwei Briefumschläge mit Darcy-Logo und zwei Papierbögen mit Darcy-Briefkopf in der Tasche.

Als Nächstes besuchte er als Tourist verkleidet das Colbert-Institut, um sich die Arbeitskittel anzusehen, die dort getragen wurden. Vier Stunden später tauchte er dann als Colbert-Dienstmann wieder auf und besorgte sich auch hier Briefumschläge und Papier. Kein Mensch schaute sich nach ihm um.

Bis Ende Juli hatte Peter the Penman für ein bescheidenes Honorar von einhundert Pfund zwei schöne Briefe und einen Laborbericht geschrieben.

Benny verbrachte einen Großteil des Monats damit, einen Mann aufzuspüren, von dem er vor Jahren einmal gehört hatte. In den Korridoren der Kunstwelt wurde der Name dieses Mannes nur mit Entsetzen geflüstert. Zu Bennys großer Erleichterung lebte der alte Herr noch und fristete ein kümmerliches Dasein in Golders Green. In der Geschichte der Kunstfälschungen aber stellte Colley Burnside so etwas wie eine Legende dar.

Vor vielen Jahren war er ein begabter junger Künstler gewesen, der sich in der Nachkriegsbohème von Muriel Belchers Colony Club bewegte und in den Künstlerlokalen am Queensway und den Ateliers von Bayswater verkehrte.

Er hatte sie alle persönlich gekannt: Freud, Bacon, Spencer, sogar den kleinen Hockney. Doch sie wurden berühmt und er nicht. Dann entdeckte er, dass er ein verbotenes Talent besaß. Wenn die Leute nicht seine eigenen Werke kaufen wollten, konnte er die von anderen schaffen.

Er studierte die Maltechniken vergangener Jahrhunderte, die Chemikalien in den Farben, das Eigelb in der Tempera und wie sich die Altersspuren von Jahrhunderten auch mit Tee und Wein herstellen ließen. Vom Tee hatte er dann irgendwann die Finger gelassen, bloß beim Wein war er leider geblieben.

In seinen besten Zeiten hatte er den Unersättlichen und Gierigen über hundert Leinwände und Tafeln von Veronese bis Van Dyke geliefert. Und noch kurz bevor sie ihn erwischten, hieß es, er könne einem bis zum Lunch einen ziemlich guten Matisse malen.

Problematisch wurde es nach dem Lunch, und zwar wegen des »kleinen Freundes«, mit dem er es einnahm. Colleys große Liebe war von rubinroter Farbe, flüssig und wurde in den Hügeln von Bordeaux angebaut. Er flog auf, weil er etwas zu verkaufen versuchte, das er nach dem Lunch gemalt hatte.

Die wütende und blamierte Kunstwelt bestand darauf, ihn die ganze Kraft des Gesetzes spüren zu lassen. Colley wurde in ein großes graues Gebäude mit Gittern vor den Fenstern gebracht, wo ihn die Wärter und auch die harten Kerle wie einen lieben alten Onkel behandelten.

Es dauerte Jahre, bis sich herausstellte, wie viele Burnsides an den Wänden der Galerien hingen. Nachdem er ihnen alle verraten hatte, gestand man ihm einen deutlichen Strafnachlass zu. Als er den Knast verließ, geriet er in Vergessenheit und bestritt seinen kärglichen Lebensunterhalt mit dem Zeichnen von Touristen.

Benny hatte Trumpy mit zu dem alten Herrn genommen, weil er dachte, die beiden würden sich gut verstehen. Und genauso war es: Zwei verkannte Talente. Colley Burnside hörte ihnen zu und genoss dabei den Haut Médoc, den Benny ihm mitgebracht hatte. Eine willkommene Abwechslung zu dem chilenischen Merlot aus dem Tesco-Supermarkt, den er gewöhnlich trank.

»Ungeheuerlich, mein Junge, wirklich ungeheuerlich«, zischte er, nachdem Benny fertig war und Trumpy die Geschichte von dem Zwei-Millionen-Betrug bestätigt hatte. »Und mich haben sie einen Betrüger genannt! Dabei habe ich in der Liga nie gespielt. Aber was die alten Tage angeht: Die Zeiten sind vorbei. Dafür bin ich zu alt.«

»Natürlich nur gegen ein Honorar«, meinte Trumpy.

»Ein Honorar?«

»Fünf Prozent«, sagte Benny.

»Fünf Prozent wovon?«

Benny beugte sich vor und flüsterte ihm etwas ins Ohr. Colley Burnsides Triefaugen leuchteten auf. Er hatte die Vision von einem Chateau Lafitte, der im Licht des Kaminfeuers wie Granat glühte.

»Für dieses Honorar, mein Junge, male ich Ihnen ein Meisterwerk. Was sage ich, zwei Meisterwerke. Colleys letzter Streich. Meine Herren, sollen sie doch alle zur Hölle fahren.«

Es gibt Gemälde, die zwar extrem alt und auf Holztafeln gemalt sind, aber vom Zahn der Zeit so zerstört wurden, dass von der Originalfarbe kaum noch etwas übrig geblieben ist. Solche Bilder sind dann fast wertlos. Nur die alte Holztafel stellt noch einen geringen Wert dar, und so eine Holztafel erstand Benny, nachdem er über hundert Läden durchstöbert hatte, die sich zwar als Antiquitätengeschäfte ausgaben, in Wahrheit aber nur uralten Trödel verkauften.

Außerdem erwarb er für zehn Pfund ein viktorianisches Ölbild, das ungefähr aus derselben Zeit stammte und von ausnehmender Hässlichkeit war. Auf ihm waren zwei tote Fasane abgebildet, die an einem Haken hingen, und eine doppelläufige Schrotflinte, die gegen die Wand gelehnt stand. Das Bild trug den Titel: »Jagdbeute«. Colley Burnside würde keine Probleme haben, es zu kopieren, allerdings musste er sich anstrengen, es so völlig talentlos wie das Original hinzukriegen.

Am letzten Julitag betrat ein Schotte mit rotblondem Backenbart und einem ziemlich breiten Akzent die Niederlassung des Auktionshauses Darcy in Bury St. Edmunds in der Grafschaft Suffolk. Obwohl es keine große Niederlassung war, war sie für drei Grafschaften in East Anglia zuständig.

»Hier mein Mädchen«, sagte er zu der Dame am Empfang, »habe ich ein außerordentlich wertvolles Kunstwerk. Mein eigener Großvater hat es vor über hundert Jahren gemalt.«

Mit großer Geste hielt er ihr die »Jagdbeute« hin. Die junge Frau war keine Expertin, doch selbst für sie sahen die Fasane so aus, als seien sie von einem Trecker überfahren worden.

»Möchten Sie es schätzen lassen, Sir?«

»Allerdings, das möchte ich.«

In der Niederlassung von Bury gab es keine Schätzer, denn Schätzungen wurden nur in London gemacht. Doch sie konnte das Werk entgegennehmen und sich die Angaben des Verkäufers notieren. Er willigte ein. Mr. Hamish McFee behauptete, aus Sudbury zu kommen, und es gab keinen Grund, ihm das nicht zu glauben. Die Adresse, die er nannte, war die eines kleinen Zeitungsgeschäftes in Sudbury, dessen Besitzer eingewilligt hatte, gegen eine Entschädigung von zehn Pfund pro Monat bis auf Widerruf die Post für Mr. McFee entgegenzunehmen und für ihn aufzubewahren. Mit dem nächsten Lieferwagen wurde der viktorianische Schinken nach London transportiert.

Bevor er das Büro verließ, vergewisserte sich Mr. McFee noch, dass der Geniestreich seines Großvaters die Lagernummer F 608 bekommen hatte.

August

Der August schwappte über das Londoner Westend wie ein Eimer voll Chloroform. Die Touristen gewannen die Oberhand, während diejenigen, die sonst in der Stadt lebten oder arbeiteten, das Weite suchten. Für die leitenden Angestellten des Hauses Darcy bedeutete »das Weite« eine Vielzahl exquisiter Ziele: Villen in der Toskana, Landhäuser in der Dordogne, Schweizer Chalets oder Yachten in der Karibik.

Mr. Alan Leigh-Travers war in seiner Freizeit ein passionierter Hochseesegler. In den britischen Virgin Islands hatte er eine eigene Ketch liegen, die, wenn er sie nicht nutzte, in einer kleinen Bootswerft hinter Trellis Island aufgebockt stand. Für seine drei Urlaubswochen hatte er einen großen Törn geplant, der in Richtung Süden bis Grenada führen sollte.

Peregrine Slade glaubte zwar, dafür gesorgt zu haben, dass das Computersystem im Hause Darcy jetzt bombensicher war, doch leider irrte er. Der Experte, den er mit der Systemsicherung betraut hatte, installierte eines der Programme, das Julies Chef erfunden und entwickelt hatte. Julie selbst hatte geholfen, die letzten Details auszufeilen. Jemand, der ein System entwickelt hat, kann es auch umgehen. Genau das tat Julie. Benny brauchte sämtliche Urlaubslisten für den August, komplett mit Urlaubsort und der Adresse für Notfälle. Julie kopierte alles aus der Datenbank.

Benny wusste jetzt, dass Leigh-Travers in der Karibik segeln würde. Er hatte zwei Telefonnummern hinterlassen: seine weltweit gültige Handynummer und die Funkfrequenz seines Yachtradios. In beiden Nummern veränderte Julie nur eine Zahl. Obwohl er noch nichts von seinem Glück wusste, würde Mr. Leigh-Travers einen wirklich ruhigen Urlaub ganz ohne Störungen verleben.

Am sechsten August stürmte der rotbärtige Schotte die Darcy-Niederlassung in London und verlangte sein Bild zurück. Niemand hatte etwas dagegen. Da er selbst die Lagernummer nennen konnte, hatte ein Dienstmann es innerhalb von zehn Minuten aus dem Keller geholt und ihm ausgehändigt.

Am Abend las Julie in der Computer-Datenbank, dass das Gemälde am einunddreißigsten Juli in der Niederlassung von Bury St. Edmunds abgegeben wurde, aber vom Besitzer bereits am sechsten August wieder abgeholt worden sei.

Den letzten Teil der Notiz veränderte sie. Dem neuen Eintrag zufolge war das Bild wie beauftragt von einem Lieferwagen des Colbert-Instituts abgeholt worden. Am Zehnten des Monats verabschiedete sich Mr. Leigh-Travers, der von der »Jagdbeute« noch nie gehört, geschweige denn, sie gesehen hatte, in Richtung Heathrow und Miami. Von dort brachte ihn ein Anschlussflug nach St. Thomas und Beef Island, wo seine Ketch bereits auf ihn wartete.

Der Ehrenwerte Peregrine Slade gehörte zu den Menschen, die es vorzogen, im August nicht zu reisen. Seiner Meinung nach waren die überfüllten Straßen, die Flughäfen und Ferienorte ein Albtraum. Doch auch er blieb nicht in London, sondern zog sich auf seinen Landsitz in Hampshire zurück. Lady Eleanor wollte den Urlaub in der Villa von Freunden in Porto Ercole verbringen und würde bald abreisen. Dann hatte er den beheizten Swimmingpool, seine Ländereien und die wenigen, aber effizienten Angestellten ganz für sich allein. Auch seine Ferienadresse und Telefonnummer waren auf der Urlaubsliste verzeichnet, so dass Benny wusste, wo er sich aufhielt.

Am achten August brach Slade nach Hampshire auf. Am elften erhielt er dort einen handgeschriebenen Brief, der in Heathrow abgeschickt worden war. Slade erkannte die Handschrift und die Unterschrift sofort. Es war die seines Kollegen Alan Leigh-Travers.

»Mein lieber Perry, ein paar eilige Zeilen aus der Abflugslounge. Im Stress der letzten Vorurlaubswochen, in denen ich noch alles für die Septemberauktion vorbereitet habe, vergaß ich, Ihnen etwas Wichtiges mitzuteilen.

Vor zehn Tagen reichte in unserer Niederlassung in Bury ein Unbekannter ein Bild ein, das er schätzen lassen wollte. Als es hier in London ankam, habe ich einen Blick darauf geworfen. Offen gestanden ist es ein ziemlich scheußliches spätviktorianisches Ölgemälde mit zwei toten Fasanen und einer Flinte. Eine absolute Pfuscherei, die ich normalerweise sofort zurückgeschickt hätte. Doch irgendetwas kam mir seltsam vor, so dass ich mich ausführlicher mit dem Bild beschäftigte.

Sie wissen bestimmt, dass die Spätviktorianer eigentlich nicht auf Holz malten, sondern fast immer auf Leinwand. Doch dieses Gemälde war auf Holz gemalt, und zwar auf eine Holztafel, die sicherlich schon damals mehrere Jahrhunderte alt war.

Ich habe solche Holztafeln schon öfter gesehen, meist in Sebs Abteilung. Doch diese Tafel war nicht aus Eiche, sondern sah eher nach Pappel aus, was mich endgültig neugierig machte. Schließlich kam mir der Gedanke, dass irgendein viktorianischer Vandale ein wesentlich älteres Werk übermalt haben könnte.

Ich weiß, dass es nicht billig wird, und wenn wir damit nur unsere Zeit verschwenden, entschuldige ich mich schon jetzt vielmals dafür. Doch ich habe das Bild ins Colbert-Institut geschickt und Steve Carpenter gebeten, es zu inspizieren und röntgen zu lassen. Weil ich ab sofort nicht mehr da bin und auch Steve demnächst in Urlaub geht, habe ich ihn gebeten, seinen Bericht direkt nach Hampshire zu schicken.

Wir sehen uns Ende des Monats wieder, Alan.«

Peregrine Slade hatte es sich in einem Liegestuhl am Pool bequem gemacht. Während er am ersten Pink Gin des Tages nippte, las er den Brief ein zweites Mal. Auch seine Neugierde war geweckt. Jahrhundertealte Pappel war von britischen Malern auch in Zeiten, als sie noch auf Holz malten, nie verwendet worden. In Nordeuropa benutzte man Eiche. Auf Pappel malten nur die Italiener. Der Durchmesser der Holztafel sagte auch etwas über ihr Alter aus. Man konnte es auf die einfache Formel »Je dicker, je älter« bringen, da man vor vielen Jahrhunderten noch nicht über die Sägetechniken verfügte, um dünne Tafeln zu schneiden.

Übermalungen von älteren Gemälden waren nichts Ungewöhnliches. Immer wieder hatte es in der Kunstgeschichte Fälle gegeben, in denen ein unbegabter Idiot ein viel wertvolleres älteres Bild überpinselt hatte.

Dank der modernen Technologie war man heute in der Lage, das Alter von winzigen Holzsplittern, Leinwandfetzen oder Farbresten zu bestimmen. Mehr noch, man konnte auch das Herkunftsland und manchmal sogar die Schule bestimmen. Um zu erkennen, was sich unter ihnen verbarg, wurden Übermalungen geröntgt.

Leigh-Travers hatte richtig entschieden. Man konnte nicht vorsichtig genug sein. Am nächsten Tag wollte Slade nach London fahren, um Marina einen exquisit schmerzensreichen Besuch abzustatten. Vielleicht sollte er auch einen Blick ins Büro werfen und die Daten zu dem Bild überprüfen.

Die Daten bestätigten alles, was in dem Brief aus Heathrow

stand. Ein gewisser Hamish McFee hatte in der Niederlassung von Bury ein viktorianisches Stillleben mit dem Titel »Jagdbeute« eingereicht. Es hatte die Lagernummer F 608 bekommen.

Den Lagerlisten entnahm Slade, dass das Ölgemälde am ersten August in London eintraf und am sechsten ins Colbert Institut gebracht wurde. Slade schaltete den Computer aus. Er würde mit Spannung den Bericht des legendären Stephen Carpenter abwarten, den er nicht persönlich kannte.

Er sah auf seine Armbanduhr. Es war sechs Uhr abends in London oder ein Uhr mittags in der Karibik. Eine geschlagene Stunde lang versuchte er, Leigh-Travers über sein Handy oder den Funksender des Yachtradios zu erreichen, doch dauernd antwortete ein Fremder. Schließlich gab er es auf und ging zu seinem Rendezvous mit Marina.

Am achtzehnten August kam ein kleingewachsener Dienstmann im Arbeitskittel des Colbert-Instituts durch den Haupteingang des Auktionshauses Darcy und sprach am Empfangsschalter vor. Er hatte ein kleines Ölgemälde dabei, das in schützende Luftblasenfolie gewickelt war.

»Morgen, mein Mädchen. Hier ist eine Sendung aus dem Colbert.«

Die junge Frau hinter dem Schreibtisch blickte ihn verständnislos an. Der Dienstmann fischte einen Lieferschein aus der Kitteltasche und las ihn vor.

»Darcy-Lagernummer F 608.«

Ihr Gesicht hellte sich auf. Jetzt hatte sie eine Nummer für den Computer auf dem Tisch hinter ihr.

»Moment, bitte.« Sie drehte sich um und konsultierte die Quelle aller Weisheit. Das Orakel beantwortete alle ihre Fragen. Sie erfuhr, dass das Objekt unter dieser Nummer auf Veranlassung des abwesenden Chefs der Abteilung für Britische Moderne und Viktorianische Kunst zur Untersuchung ins Colbert-Institut geschickt worden war. Jetzt wurde es wieder zurückgebracht. Sie rief einen der eigenen Dienstmänner herbei.

Innerhalb weniger Minuten hatte sie den Einlieferungsschein des Colbert-Mitarbeiters unterzeichnet, und das eingewickelte Gemälde stand wieder im Lagerraum.

»Wenn ich noch mehr Zeit in diesem Gebäude verbringe«, dachte Trumpington Gore, als er wieder auf die glühend heiße Straße hinaustrat, »muss ich ihnen wohl langsam Miete zahlen.«

Am zwanzigsten August traf der Bericht von Professor Stephen Carpenter auf Peregrine Slades Landsitz in Hampshire ein. Er wurde ihm gebracht, als er nach einem erfrischenden Bad im Pool bei einem späten Frühstück saß. Beim Lesen des Briefs wurden seine Eier kalt, und auf dem Kaffee bildete sich eine Haut.

»Lieber Mr. Slade«, hieß es in dem Brief, »sicher wissen Sie mittlerweile, dass Alan Leigh-Travers mich vor Urlaubsbeginn gebeten hat, ein kleines, vermutlich spätviktorianisches Ölgemälde zu begutachten, das hier in England gemalt wurde.

Ich kann Ihnen versichern, dass sich dieser Auftrag zu einem der schwierigsten und letztendlich aufregendsten meines Berufslebens entwickelt hat.

Auf den ersten Blick schien das Bild mit dem Titel »Jagdbeute« von wirklich beeindruckender Hässlichkeit und ohne jeden Wert zu sein. Eine ungefähr hundert Jahre alte Schmiererei von einem völlig untalentierten Amateur. Alan war jedoch auf die Holztafel aufmerksam geworden, und darum habe auch ich mich zunächst mit der Tafel beschäftigt.

Ich habe sie aus dem viktorianischen Rahmen gelöst und genauer untersucht. Es handelt sich eindeutig um sehr altes Pappelholz. An den Rändern entdeckte ich Spuren von uraltem Harz oder Klebstoff, was darauf hindeutet, dass die Tafel wahrscheinlich einmal Teil eines viel größeren Werkes war. Es könnte sich um ein Altarbild handeln, von dem sie losgebrochen wurde.

Von der Rückseite der Tafel entnahm ich einen kleinen Holzsplitter und untersuchte ihn auf Alter und Herkunft. Sie wissen sicher, dass sich die Jahresringchronologie nicht auf Pappelholz anwenden lässt, da die Maserung dieses Baums nicht wie bei der Eiche Ringe hat, an denen sich das Alter ablesen lässt. Doch die moderne Wissenschaft kann noch andere Tricks aus dem Ärmel schütteln.

So konnte ich nachweisen, dass dieses Holzstück mit an Sicherheit grenzender Wahrscheinlichkeit aus der Gegend zwischen Siena und Florenz kommt und von einem Baum stammt, der ungefähr im Jahr 1425 gefällt wurde. Weitere Untersuchungen unter dem Spektralmikroskop deckten kleine Kerben und Splitterungen auf, die von der verwendeten Bügelsäge verursacht wurden. Eine winzige Unregelmäßigkeit im Blatt der Säge hatte Spuren hinterlassen, die sich auch in anderen Holztafeln der Zeit und Gegend finden. Damit können wir beweisen, dass das Holz aus demselben Werk in der Toskana kommt, in dem damals die größten Meister der Epoche kauften.

Das viktorianische Gemälde mit den beiden toten Fasanen und der Schrotflinte wurde zweifelsohne über ein wesentlich älteres Werk gemalt. Ich habe eine winzige Spur der Ölfarbe entnommen, was sich mit bloßem Auge gar nicht erkennen lässt, und konnte nachweisen, dass sich unter der Ölschicht Temperafarbe befindet.

Für eine weitere Untersuchung unter dem Spektralmikroskop entnahm ich eine noch winzigere Spur der Temperafarbe. Ich entdeckte, dass sie aus genau der Mischung von Zutaten bestand, die viele Meister der Zeit benutzt haben. Schließlich habe ich das Gemälde geröntgt, um herauszufinden, was sich darunter befindet.

Es handelt sich um eine Temperamalerei. Wegen der grob und dick aufgetragenen Ölfarbe des anonymen Viktorianers konnte ich leider nicht sehr viel erkennen.

Im Hintergrund des Bildes ist eine Landschaft aus mehreren sanft geschwungenen Hügeln und einem Glockenturm zu erkennen, wie sie für die genannte Periode typisch ist. In der Bildmitte scheint ein Weg oder eine Wagenspur aus einem flachen Tal zu führen.

Im Vordergrund sieht man eine Figur, vermutlich aus der Bibel, die den Betrachter direkt anblickt.

Ich bin leider nicht in der Lage, den Künstler genau zu identifizieren, doch möglicherweise handelt es sich hier um ein verborgenes Meisterwerk, das aus der Zeit und dem engeren Umfeld von Cimabue, Duccio oder Giotto stammt.

Mit freundlichen Grüßen, Stephen Carpenter.«

Peregrine Slade saß wie vom Donner gerührt da. Der Brief lag vor ihm auf dem Tisch. Cimabue... Mein Gott. Duccio... Bei den Tränen des Erlösers. Giotto... O Hölle und Verdammnis.

Das nervöse Zucken unter seinem linken Auge begann wieder. Mit dem Zeigefinger versuchte er ihm Einhalt zu gebieten. Was sollte er jetzt tun?

Er musste an die beiden letzten Entdeckungen denken, die zu seinem Leidwesen beide Sotheby's gelungen waren. Einer ihrer Schätzer hatte in der alten Waffenkammer eines Landguts an der Küste von Suffolk genau so eine Holztafel gefunden und darauf den Pinselstrich eines Meisters erkannt. Das Bild entpuppte sich als Cimabue, einer der seltensten von allen. Vor gar nicht allzu langer Zeit hatte ein anderer Angestellter von Sotheby's die Bestände von Castle Howard taxiert. Aus einer Mappe mit vergessenen und für wertlos gehaltenen Bildern hatte er das Porträt einer trauernden Frau gezogen, die den Kopf in den Händen vergrub. Der Schätzer ließ weitere Expertenurteile einholen. Das über dreihundert Jahre lang unbeachtete Bild erwies sich als echter Michelangelo. Der Wert betrug acht Millionen Pfund. Und jetzt sah es so aus, als hätte auch er ein Kunstwerk von unschätzbarem Wert, das sich unter zwei toten Fasanen verbarg.

Ein zweiter Schwindel zusammen mit Reggie Fanshawe war ausgeschlossen. Den jungen Assistenten Benny Evans loszuwerden war nicht besonders schwer gewesen, aber Alan Leigh-Travers war ein anderes Kaliber. Der Vorstand würde Alan glauben, selbst wenn er sich keine Kopie des Briefs vom Flughafen gemacht hatte. Nein, mit Fanshawe konnte er nicht noch einmal gemeinsame Sache machen, so leichtgläubig war die Kunstwelt nun auch wieder nicht.

Doch er konnte und wollte etwas für seinen Namen und seinen Ruf tun und Darcy wieder zu einem der renommiertesten Auktionshäuser machen. Wenn ihm das keine sechsstellige Weihnachtsprämie einbrachte, was dann? Innerhalb einer Stunde hatte sich Peregrine Slade gewaschen und angekleidet und lenkte seinen Bentley Azure in Richtung London.

Im Lagerraum war niemand, so dass er ungestört nach dem Objekt mit der Nummer F 608 suchen konnte. Unter der Luftblasenfolie erkannte er die Umrisse von zwei toten Fasanen am Haken. Er nahm das Bild in sein Büro mit, um es sich dort genauer anzusehen.

Mein Gott, dachte er, als er es auswickelte, ist das scheußlich. Und trotzdem verbarg sich darunter... Natürlich stand überhaupt nicht zur Debatte, dass er es im Auktionssaal verkaufte, möglicherweise noch für eine unbedeutende Summe. Das Haus selbst musste das Bild erwerben und dann zufällig entdecken, was es damit auf sich hatte.

Das Problem war Professor Carpenter. Er war ein unbescholtener Mann und besaß bestimmt eine Kopie seines Schreibens. Sicher würde er empört protestieren, wenn ein armer Prolet wie der Originalbesitzer des Schinkens von einem gewissen Peregrine Slade übers Ohr gehauen wurde.

Andererseits hatte Carpenter ja nicht behauptet, dass es sich bei dem übermalten Bild um ein Meisterwerk handle, sondern nur, dass es möglich wäre. Es gab keine Regel, die einem Auktionshaus verbot, auch einmal ein Risiko einzugehen. Und Risiko war gleichbedeutend mit Ungewissheit – es musste sich nicht zwangsläufig auszahlen. Wenn er also dem Besitzer einen fairen Preis anbot, bei dem man natürlich diese Ungewissheit berücksichtigen musste...

Er öffnete die Datei mit den Einträgen zu den Verkäufern und fand schließlich Mr. Hamish McFee aus Sudbury in Suffolk. Es war eine Adresse angegeben. Slade schrieb einen Brief, in dem er dem erbärmlichen McFee die Summe von fünfzigtausend Pfund für die »höchst interessante Komposition« seines Großvaters anbot. Um die Sache geheim zu halten, nannte er seine private Handynummer, frankierte den Brief selbst und gab ihn auch eigenhändig auf. Er war ziemlich zuversichtlich, dass der Dummkopf auf sein Angebot eingehen würde. Die Geldüberweisung nach Sudbury würde er ebenfalls persönlich übernehmen.

Zwei Tage später klingelte sein Telefon. Eine tief beleidigte Stimme mit breitem schottischen Akzent meldete sich.

»Mein Großvater war ein großer Künstler, Mr. Slade. Zu Lebzeiten wurde er nicht beachtet, doch so ist es schließlich auch van Gogh ergangen. Wenn die Welt sein Werk erst sieht, wird sie endlich sein Talent anerkennen. Ich kann Ihr Angebot nicht annehmen, doch ich mache Ihnen meinerseits eins: Das Werk meines Großvaters wird entweder in der nächsten Auktion für viktorianische Meister Anfang nächsten Monats angeboten, oder ich ziehe es zurück und bringe es zu Christie's.«

Als Slade den Hörer auflegte, zitterte er. Van Gogh? War der Mann noch bei Verstand? Doch er hatte keine andere Wahl. Die Auktion für viktorianische Kunst war für den achten September angesetzt. Für einen Katalogeintrag war es schon zu spät, denn der befand sich längst im Druck und würde in zwei Tagen vorliegen. Er musste die beiden elenden Fasane als späten Beitrag aufnehmen, was ja nichts Ungewöhnliches war. Außerdem besaß er eine Kopie des Briefs an McFee und hatte ihre Unterhaltung am Telefon aufgezeichnet. Das Angebot über fünfzigtausend Pfund musste Professor Carpenter mehr als zufrieden stellen, und der Vorstand von Darcy würde bei späterer Kritik voll und ganz hinter ihm stehen.

In der Auktion würde er das Gemälde »für das Haus« erstehen, was bedeutete, dass ein Bietender im Saal genau nach seinen Anweisungen handeln musste, aber nicht als Darcy-Mitarbeiter erkannt werden durfte. Er würde Bertram einsetzen, den ältesten Dienstmann, der kurz vor seiner Pensionierung stand und sich in seinen vierzig Arbeitsjahren bei Darcy als absolut loyal und völlig phantasielos erwiesen hatte. Doch immerhin konnte er Befehle ausführen.

Am anderen Ende der Leitung hatte Trumpington Gore ebenfalls den Hörer eingehängt und sich zu Benny umgedreht.

»Mein lieber Junge, ich hoffe, du weißt, was du da tust. Fünfzigtausend Pfund sind verdammt viel Geld.«

»Vertrau mir«, erwiderte Benny. Er klang zuversichtlicher, als er wirklich war. Stündlich betete er zu dem zynischen Gott der alten Meister, dass Slade zu habgierig sein würde, um den gnadenlos ehrlichen Professor Carpenter in seine Pläne einzubeziehen.

Gegen Ende des Monats waren alle leitenden Angestellten aus dem Urlaub zurück, und die Vorbereitungen für die erste große Auktion des Herbstes am achten September, in der viktorianische Meister unter den Hammer kommen sollten, liefen auf Hochtouren.

Peregrine Slade ließ über seine eigenen Pläne für diesen Tag nichts verlauten und war sehr erfreut, dass auch Alan Leigh-Travers vorbildliche Diskretion an den Tag legte und die ganze Geschichte mit keinem Wort erwähnte. Trotzdem blinzelte Slade ihm jedes Mal, wenn sie sich im Gang begegneten, verschwörerisch zu.

Leigh-Travers begann sich Sorgen zu machen. Schon immer war ihm der stellvertretende Vorstandsvorsitzende ein wenig halbseiden vorgekommen. Er hatte gehört, dass Männer mittleren Alters, die mit einer freudlosen Ehe gestraft waren, dazu neigten, sich am anderen Ufer umzusehen. Als vierfacher Vater hoffte er nur, dass Slade nicht ausgerechnet ein Auge auf ihn geworfen hatte.

Am Morgen des achten September herrschte im Haus die

für Auktionstage übliche aufgeregte und geschäftige Stimmung. Auf die Mitarbeiter der Kunstwelt wirkte so eine Auktion wie ein Adrenalinschub, der für alle Mühsal des Alltags und die unendlichen Sichtungen von wertlosem Plunder entschädigte.

Slade hatte den ehrwürdigen Chefdienstmann Bertram gebeten, schon früh da zu sein, und ihn bis ins letzte Detail instruiert. Bertram stand schon über vierzig Jahre in Diensten des Hauses Darcy und hatte fünf verschiedene Besitzer kommen und gehen sehen. Als junger Mann war er nach dem Militärdienst in die Fußstapfen seines Vaters getreten. Er hatte sogar noch die Pensionsfeier des mittlerweile verstorbenen Mr. Darcy miterlebt, des letzten Vertreters der Darcy-Dynastie. Der war noch ein echter Gentleman gewesen und hatte auch noch den jüngsten Dienstmann zu seiner Party eingeladen. Doch solche Männer gab es jetzt nicht mehr.

Bertram war der Einzige im Haus, der noch immer einen Bowler zur Arbeit trug. In all den Jahren hatte er Gemälde im Wert von Billionen durch die Gänge getragen, ohne jemals eins mit dem Fuß auch nur berührt zu haben.

An diesem Tag saß er in seinem winzigen Büro und trank eine Tasse Tee nach der anderen. Sein Auftrag war einfach. In seinem blauen Anzug und mit einer Bieternummer in der Hand würde er im hinteren Teil des Auktionssaals sitzen und nur für ein einziges Werk bieten. Damit er es auf keinen Fall mit irgendeinem anderen Stillleben verwechselte, hatte man ihm die beiden verdreckten Fasane an ihrem Haken gezeigt. Ihm war eingeschärft worden, sich den Titel »Jagdbeute« gut zu merken. Mr. Slade würde ihn dann laut und deutlich auf dem Podium ankündigen.

Um ganz sicher zu gehen, dass alles wie geplant lief, hatte Slade ihn außerdem noch angewiesen, auf sein Gesicht zu achten. Wenn er bieten sollte und aus irgendeinem Grund zögerte, würde Slade ihm mit dem linken Auge zublinzeln. Das Signal für das alte Faktotum, die Bieternummer hochzuhalten. Bertram trank noch eine Tasse Tee und leerte dann zum vierten Mal seine Blase. Sicher wollte Slade nicht, dass sein Handlanger im entscheidenden Moment auf die Toilette verschwand.

Alan Leigh-Travers hatte eine ansehnliche Auswahl von Bildern zusammengestellt. Die Stars der Show waren zwei Präraffaeliten, ein Millais aus dem Nachlass eines kürzlich verstorbenen Sammlers und ein Holman Hunt, den man schon seit Jahren nicht mehr in der Öffentlichkeit gesehen hatte. Dann folgten zwei Pferdebilder von John Frederick Herring und ein Segelschiff in stürmischer See von James Carmichael.

Die Auktion begann um Punkt zehn Uhr. Es wurde munter geboten, und der Saal war so voll, dass einige Besucher sogar an die hintere Wand gelehnt standen. Slade besaß drei Stillleben in Öl, auf denen Wild und Waffen zu sehen waren, und er hatte beschlossen, das schottische Gemälde in diese Serie mit aufzunehmen. Das würde niemanden überraschen und die ganze Geschichte wäre in wenigen Minuten vorbei. Als er die Versammelten begrüßte, war er bester Stimmung.

Alles lief hervorragend. Hinten im Saal saß Bertram und starrte mit der Bieternummer im Schoß vor sich hin. Noch hatte er das Zauberwort »Jagdbeute« nicht gehört.

Auf dem Podium versprühte Peregrine Slade gute Laune, ja sogar Jovialität, denn die Lose wechselten alle für die Höchsttaxe oder mehr den Verkäufer. Die meisten der Bietenden kannte er vom Sehen, doch es gab ungefähr ein Dutzend Besucher, die ihm unbekannt waren. Manchmal leuchteten im Licht der Scheinwerfer die dicken Gläser der Brille eines Mannes auf, der in einen dunklen Anzug gekleidet in der drittletzten Reihe saß.

In einer kurzen Pause, während ein Bild aus dem Saal getragen und das nächste auf die Staffelei gestellt wurde, winkte Slade eine der Assistentinnen im Saal zu sich. Er flüsterte ihr etwas zu.

»Wer ist der Japaner in der drittletzten Reihe auf der linken Seite?« Das Mädchen verschwand.

Als das nächste Bild gewechselt wurde, kam sie wieder und

drückte ihm einen kleinen Zettel in die Hand. Er nickte ihr dankbar zu und las ihn.

»Mr. Yosuhiro Yamamoto von der Osaka-Galerie in Tokio und Osaka. Er hat eine Bonität über eine Billion Yen vorgewiesen, ausgestellt von der Bank von Tokio.«

Slade strahlte. Der Japaner konnte also zwei Millionen Pfund ausgeben. Wunderbar. Er war sich sicher, den Namen Yamamoto schon einmal gehört oder gelesen zu haben. Und das hatte er auch, denn es war der Name des Admirals, der Pearl Harbor bombardierte. Nur konnte Slade nicht ahnen, dass dieser Namensvetter in ähnlicher Mission nach Knightsbridge gekommen war, genauso wenig wie er wusste, dass die Bonität der Bank von Tokio eine von Julie Days Computerkreationen war.

Zu Beginn der Auktion bot Mr. Yamamoto mehrmals für Lose mit, blieb aber nie lange genug dabei und gab anderen den Vortritt, bevor ein Gemälde den Zuschlag erhielt. Trotzdem hatte er sich hinter seinen undurchdringlichen Gläsern bereits als Bieter mit ernsthaften Absichten zu erkennen gegeben.

Jetzt wurde das erste der vier Stillleben aufgerufen. Die drei im Katalog aufgeführten Bilder stammten allesamt von eher unbedeutenden Künstlern und bekamen für Summen zwischen fünf- und zehntausend Pfund den Zuschlag. Als das dritte von ihnen seinen Käufer gefunden hatte, sagte Slade mit verschmitztem Humor: Wir haben hier noch ein viertes Stillleben, das nicht in Ihren Katalogen verzeichnet ist, weil es uns zu spät eingereicht wurde. Ein charmantes kleines Stück von Collum McFee, einem Künstler aus den Highlands.«

Colley Burnside hatte der Versuchung nicht widerstehen können, wenigstens einen Teil seines Vornamens in den Künstlernamen einzubauen. Es war die einzige öffentliche Anerkennung, die ihm für dieses Werk widerfahren sollte.

»Es trägt den Titel ›Die Jagdbeute‹«, sagte Slade langsam und deutlich. »Was wird mir geboten? Höre ich eintausend?«

Bertram hielt seine Nummer hoch.

»Eintausend aus den hinteren Reihen. Höre ich mehr?«

Eine weitere Nummer schoss hoch. Der Mann musste kurzsichtig sein. Die übrigen Bietenden, Kunsthändler, Sammler, Agenten und Galeriebesitzer, starrten das Bild ungläubig an.

»Zweitausend Pfund gegen Sie, Sir«, sagte Slade und starrte Bertram an. Er ließ sein linkes Augenlid eine Idee sinken. Bertram hielt seine Nummer hoch.

»Dreitausend Pfund«, sagte Slade. »Höre ich viertausend?«

Im Saal wurde es still. Dann nickte der Japaner. Slade war verwirrt. Er konnte das dichte schwarze, von grauen Strähnen durchzogene Haar sehen, doch die Mandelaugen verbargen sich hinter den flaschendicken Gläsern der Brille.

»War das ein Gebot, Sir?«

»Hai«, sagte Mr. Yamamoto und nickte erneut. Seine Stimme klang wie die von Toshiro Mifune in »Shogun«.

»Wenn Sie so gütig wären, Ihre Bieternummer hochzuhalten, Yamamoto-san«, sagte Slade. Er bildete sich etwas darauf ein, auch einen Japaner in seiner Muttersprache anreden zu können. Der Mann aus Tokio erwiderte deutlich: »Ah, so«, und hob seine Karte hoch.

»Viertausend Pfund«, sagte Slade. Seine Haltung war nach wie vor perfekt, obwohl er niemals erwartet hätte, dass jemand den gleichmütigen Bertram überbieten würde. Auf das richtige Stichwort hin hielt dieser wieder seine Bieternummer hoch.

Die allgemeine Verblüffung im Saal war nichts im Vergleich zu den Gefühlen von Alan Leigh-Travers, der an der Wand im hinteren Saalende lehnte. Er hatte die »Jagdbeute« noch nie gesehen und auch nichts über sie gehört. Andernfalls hätte sie schon am nächsten Tag die Heimreise nach Suffolk angetreten. Warum hatte Slade ihm gegenüber nicht erwähnt, dass er lange nach Redaktionsschluss des Katalogs noch ein weiteres Los in die Auktion aufnehmen wollte? Und wer war dieser McFee? Er hatte noch nie von ihm gehört. Vielleicht war es ja der Ahne von irgendeinem Jagdkameraden Slades. Wer auch immer, sie waren jetzt bereits bei fünftausend Pfund. Aber warum, wusste nur Gott allein. Fünftausend waren ein anständiger Preis, und für diese Schmiererei ein wahres Wunder. Immerhin würde die Kommission dafür sorgen, dass den Abteilungsleitern in nächster Zeit der Bordeaux nicht ausging.

Nach dreißig weiteren Minuten aber war es um den Gleichmut von Alan Leigh-Travers geschehen. Der japanische Galeriebesitzer, von dem er nur den Rücken und den Hinterkopf sah, hörte nicht auf zu nicken und »Hai« zu sagen. Und irgendwo außerhalb seiner Sichtweite saß hinter einer Säule jemand, der den Preis ebenfalls in die Höhe trieb. Was, zum Teufel, ging hier vor? Bei dem Bild handelte es sich eindeutig um eine völlig talentlose, grauenvolle Schmiererei, das konnte doch jeder sehen! Im Saal war es jetzt totenstill geworden. Der Preis hatte die Fünfzigtausend-Pfund-Marke überschritten.

Langsam schob sich Leigh-Travers an der hinteren Wand entlang, bis er an die Säule kam und um sie herumschauen konnte. Beinahe wäre ihm das Herz stehen geblieben. Der mysteriöse Bieter war Bertram! Das konnte nur bedeuten, dass Slade für das Haus kaufte.

Mit aschfahlem Gesicht gelang es Leigh-Travers, Augenkontakt mit Slade aufzunehmen. Slade grinste ihn an und klimperte ihm wieder kokett zu. Das reichte. Jetzt wusste er, dass der stellvertretende Vorsitzende verrückt geworden war. Leigh-Travers eilte aus dem Saal und an den Tisch vor der Tür, wo die Mädchen mit den Bieternummern saßen, schnappte sich ein Telefon und rief den Vorstand an. Von der Vorzimmerdame Phyllis ließ er sich als dringenden Notfall durchstellen.

Als er wieder zurück im Auktionssaal war, hatten die Bietenden hunderttausend Pfund überschritten. Mr. Yamamoto zeigte jedoch noch keine Müdigkeitserscheinungen. Slade ging jetzt in Schritten von zehntausend Pfund weiter und war nicht mehr ganz so gelassen.

Nur er allein wusste, dass sich hinter den beiden Fasanen Millionen von Pfund verbargen, was sollten also diese Gebote des Japaners? Ob er etwas wusste? Das war unmöglich, schließlich kam das Bild direkt aus Bury St. Edmunds. Oder hatte Professor Carpenter irgendwo im Fernen Osten geplaudert? Genauso unmöglich. Vielleicht gefiel Yamamoto das Bild einfach. Ob er so wenig Geschmack hatte und glaubte, die Reichen und Mächtigen Tokios und Osakas würden ihm in seiner Galerie die Türen einrennen, um diesen Schinken zu kaufen?

Etwas war schief gelaufen, aber was? Er musste die Gebote des Japaners annehmen, schließlich befanden sie sich in einem Auktionssaal, aber ihm blieb nichts anderes übrig, als auch Bertram weitermachen zu lassen. Er wollte das Bild nicht an Japan verlieren.

Den restlichen Auktionsbesuchern war längst aufgefallen, dass hier etwas äußerst Eigenartiges vor sich ging. Noch nie hatten sie Vergleichbares erlebt. Auf der Staffelei stand eine scheußliche Schmiererei, wie man sie normalerweise auf Flohmärkten fand, und zwei Bieter trieben den Preis in astronomische Höhen. Der eine war ein komischer alter Kauz mit Walrossschnäuzer, der andere ein unnachgiebiger Samurai. »Insiderinformationen« war das Erste, das jedem der Zuschauer dazu einfiel.

Sie alle wussten, dass in der Kunstwelt harte Sitten herrschten. Es wurden Tricks angewendet, mit denen verglichen ein korsischer Messerstecher wie ein Vikar wirkte. Alle alten Hasen im Saal erinnerten sich an die wahre Geschichte von den beiden Händlern, die eine armselige Versteigerung in einem heruntergekommenen alten Gutshaus besuchten. In einem Treppenhaus entdeckten sie ein Stillleben, auf dem ein toter Hase zu sehen war. Es war noch nicht einmal in die Versteigerung aufgenommen worden. Der tote Hase erwies sich später als das letzte noch verzeichnete Werk von Rembrandt. Doch sicherlich hatte der gute alte Harmenszoon nicht halb gelähmt auf dem Totenbett noch diese fürchterlichen Fasane verbrochen. Unmöglich. Und so schauten und schauten sie, suchten nach den Spuren des verborgenen Talents, fanden aber nichts. Die Versteigerung ging weiter.

Bei zweihunderttausend Pfund gab es im Haupteingang eine

Störung. Die Leute machten Platz, um die imposante Gestalt des Herzogs von Gateshead vorbeizulassen. Wie ein Kondor, der es auf ein Stück Lebendbeute abgesehen hatte, lauerte er an der Hinterwand, jederzeit bereit, sich auf sein Opfer zu stürzen.

Bei zweihundertvierzigtausend Pfund begann Slades Selbstkontrolle zu bröckeln. Schweißperlen standen ihm auf der Stirn und spiegelten das grelle Licht. Seine Stimme war um mehrere Oktaven gestiegen. Ein Teil von ihm schrie danach, dieser Farce ein Ende zu bereiten, doch er konnte nicht. Sein sorgfältig geschriebenes Drehbuch war völlig außer Kontrolle geraten.

Bei einer Viertelmillion begann das Zucken an seinem linken Auge schlimmer zu werden. Bertram am anderen Ende des Saals registrierte dieses unaufhörliche Zwinkern und hörte nicht auf zu bieten. Mittlerweile wollte auch Slade aussteigen, doch Bertram befolgte treu seine Anweisungen: Ein Zwinkern, ein Gebot.

»Gegen Sie, Sir«, kreischte er die dicke Brille aus Tokio an. Eine lange Pause trat ein. Slade betete, dass der Albtraum endlich ein Ende haben möge, da sagte Mr. Yamamoto klar und deutlich »Hai«. Slades linkes Auge flackerte jetzt wie das Blinklicht eines Rettungswagens, so dass Bertram erneut seine Bieternummer hochhielt.

Bei dreihunderttausend flüsterte ein aufgebrachter Leigh-Travers dem Herzog etwas ins Ohr, und der Kondor begann sich die Wand entlang auf seinen Untergebenen Bertram zuzuschieben. Im Saal war es totenstill, und alle Augen ruhten auf dem Japaner. Der erhob sich plötzlich, warf seine Bieternummer auf den Stuhl, verbeugte sich förmlich vor Peregrine Slade und ging zur Tür. Die Menge im Saal teilte sich wie das Rote Meer für Moses.

»Zum ersten«, sagte Slade mit zitternder Stimme, »zum zweiten...«

Sein Hammer klopfte aufs Holz, und im Saal brach die Hölle los. Wie immer, wenn eine unerträgliche Spannung sich auflöst, wollte jeder etwas zu seinem Nachbarn sagen. Slade gewann seine Fassung zurück, wischte sich die Stirn ab und übergab den Rest der Auktion an Leigh-Travers. Dann stieg er vom Podium.

Bertram, der endlich von seiner Pflicht befreit war, braute sich in seinem winzigen Büro einen Tee.

Der Herzog neigte den Kopf zu seinem stellvertretenden Vorsitzenden und zischte ihm etwas ins Ohr.

»In meinem Büro. In fünf Minuten, bitte.«

»Peregrine«, hob er an, als sie dort allein waren. Nicht mehr »Perry« oder »altes Haus«. Selbst der Anschein von Liebenswürdigkeit war verschwunden.

»Darf ich mir die Frage erlauben, was zum Teufel Sie da unten gemacht haben?«

»Eine Auktion geleitet.«

»Halten Sie mich nicht zum Narren, Sir. Ich will wissen, was es mit diesem scheußlichen Bild mit den zwei Fasanen auf sich hatte. Das war doch völlig wertlos.«

»Auf den ersten Blick.«

»Sie haben es gekauft. Für das Haus. Warum?«

Aus seiner Brusttasche zog Slade einen zweiseitigen Brief und den Bericht von Professor Carpenter aus dem Colbert.

»Ich hoffe, dies hier erklärt alles. Ich hätte gewiss nicht mehr als fünftausend Pfund zahlen müssen, wenn dieser Japaner nicht gewesen wäre.«

Der Herzog von Gateshead las den Brief sorgfältig im Sonnenlicht, das durchs Fenster fiel, und sein Gesichtsausdruck veränderte sich. Seine Ahnen hatten auf ihrem Weg zu Macht und Einfluss gemordet und geplündert, und wie bei Benny Evans setzten sich die alten Gene immer wieder durch.

»Das sieht schon anders aus, altes Haus, vollkommen anders. Wer weiß noch davon?«

»Niemand. Der Bericht ist letzten Monat bei mir zu Hause eingetroffen, und ich habe keiner Menschenseele davon erzählt. Also nur Stephen Carpenter, jetzt Sie und ich. Das sind alle. Je weniger, je besser, habe ich gedacht.«

»Und der Besitzer?«

»Irgendein dummer Schotte. Um uns abzusichern, habe ich ihm fünfzigtausend Pfund angeboten, doch der Narr hat abgelehnt. Ich habe eine Kopie meines Briefs und einen Mitschnitt seines Anrufs, in dem er mein Angebot ablehnte. Natürlich wünsche ich mir jetzt, er hätte es angenommen. Doch mit diesem verrückten Japaner heute Morgen konnte ich wirklich nicht rechnen. Der hätte uns das Bild beinahe abgenommen.«

Der Herzog dachte einen Moment lang nach. Eine Fliege summte am Fenstersims, und in der Stille klang sie laut wie eine Kettensäge.

»Cimabue«, murmelte er. »Duccio. Meine Güte, so etwas hatten wir schon seit Jahren nicht mehr im Haus. Sieben, acht Millionen? Sehen Sie zu, dass Sie sofort alles mit dem Besitzer regeln. Sie haben mein Einverständnis. Wen wollen Sie mit der Restauration beauftragen? Das Colbert?«

»Das Colbert ist ein sehr großes Institut mit vielen Angestellten. Die Leute werden zu reden beginnen. Ich würde mich lieber an Edward Hargreaves wenden. Er gehört zu den besten Restauratoren der Welt, arbeitet allein und ist verschwiegen wie ein Grab.«

»Gute Idee. Legen Sie los, und geben Sie mir Bescheid, sobald die Restauration abgeschlossen ist.«

Edward Hargreaves arbeitete tatsächlich allein. Er war ein wortkarger Eigenbrötler mit einem Privatstudio in Hammersmith. In der Restauration von beschädigten oder übermalten Alten Meistern jedoch konnte ihm niemand das Wasser reichen.

Er las den Bericht von Carpenter und hätte gern mit dem Professor Kontakt aufgenommen, um sich mit ihm zu besprechen. Doch er musste damit rechnen, dass der Chefrestaurator des Colbert tief beleidigt reagieren würde, wenn er erfuhr, dass jemand anderes den faszinierenden Auftrag bekommen hatte. Das war nur menschlich. Hargreaves beschloss also, die Sache für sich zu behalten. Doch er kannte das Briefpapier des Colbert und die Unterschrift des Professors und konnte dessen Bericht als Basis für seine eigenen Untersuchungen verwenden.

Als der stellvertretende Vorstand des Hauses Darcy das schottische Stillleben persönlich bei ihm ablieferte, sagte er ihm, er werde in zwei Wochen fertig sein.

Er stellte das Bild auf eine Staffelei am Nordfenster und starrte es zwei Tage lang einfach an. Die dicke viktorianische Ölschicht würde er mit äußerster Sorgfalt abtragen müssen, um das Meisterwerk darunter nicht zu beschädigen. Am dritten Tag machte er sich an die Arbeit.

Zwei Wochen später nahm Peregrine Slade seinen Anruf entgegen.

»Und, mein lieber Edward?«

»Ich bin fertig. Das Bild unter dem Stillleben ist jetzt ganz freigelegt.«

»Und die Farben? Sind sie so frisch wie an dem Tag, als das Bild gemalt wurde?«

»Zweifelsohne«, sagte die Stimme am Telefon.

»Ich schicke Ihnen einen Wagen.«

»Vielleicht sollte ich Ihnen das Gemälde lieber persönlich bringen«, sagte Hargreaves vorsichtig.

»Wunderbar«, strahlte Slade. »Mein Bentley steht in einer halben Stunde vor Ihrer Tür.«

Er rief den Herzog von Gateshead an.

»Hervorragende Arbeit«, sagte dieser. »Lassen Sie uns die Wiederentdeckung feiern. In meinem Büro, um zwölf Uhr.«

Um fünf vor zwölf stellte ein Dienstmann eine Staffelei im Büro des Vorstands auf und ging wieder. Um Punkt zwölf betrat Edward Hargreaves in Begleitung von Peregrine Slade das Zimmer. Er trug ein in ein weiches Tuch gehülltes Tempera-auf-Holz-Gemälde unter dem Arm und stellte es auf die Staffelei.

Der Herzog hatte eine Flasche Dom Perignon geöffnet und bot jedem Gast ein Glas an. Slade nahm es an, Hargreaves lehnte ab.

»Nun«, strahlte der Herzog, »was haben wir hier? Einen Duccio?«

»Ehm, diesmal nicht.«

»Überraschen Sie mich«, sagte Slade. »Einen Cimabue?«
»Nicht ganz.«
»Ich kann es nicht mehr erwarten«, drängte der Herzog. »Also los, lüften Sie das Tuch.«

Hargreaves gehorchte. Das Gemälde entsprach tatsächlich den Beschreibungen des Briefs aus dem Colbert. Es war wunderschön und ganz im Stil der italienischen Frührenaissance ausgeführt.

Den Hintergrund stellte eine mittelalterliche Landschaft dar. Sanft geschwungene Hügel und in der Ferne ein alter Glockenturm. Im Vordergrund des Bildes befand sich das einzige Lebewesen. Ein Esel, ein typisch biblischer Esel, der den Betrachter dumpf anstarrte.

Sein langes Organ hing schlaff fast bis zum Boden, als wäre vor nicht allzu langer Zeit kräftig daran gezogen worden.

In der Bildmitte war tatsächlich ein Tal zu sehen, durch das eine Wagenspur verlief. Auf dieser Spur fuhr ein Fahrzeug aus dem Tal heraus. Es war ein kleiner, aber deutlich zu erkennender Mercedes-Benz.

Hargreaves fixierte einen imaginären Punkt in der Ferne. Slade glaubte, auf der Stelle von einem tödlichen Herzanfall dahingerafft zu werden, dann hoffte er es, dann befürchtete er, dieser Fall könne nicht eintreten.

Im Inneren des Herzogs von Gateshead kämpften fünf Jahrhunderte vornehmer Herkunft und Erziehung um Kontrolle. Die gute Erziehung trug schließlich den Sieg davon, und er stolzierte ohne ein Wort zu verlieren aus dem Zimmer.

Eine Stunde später verließ der Ehrenwerte Peregrine Slade das Gebäude. Es sollte sich um eine dauerhafte Abwesenheit handeln.

Epilog

In den letzten Septemberwochen überstürzten sich die Ereignisse.

Nachdem man täglich telefonisch bei ihm angefragt hatte, bestätigte der Zeitschriftenhändler in Sudbury, dass für Mr. McFee ein zweiter Brief mit dem Stempel des Auktionshauses eingetroffen war. Als rotbärtiger Schotte verkleidet, fuhr Trumpy mit dem Zug nach Sudbury, um auch diesen Brief abzuholen. Der Umschlag enthielt einen Scheck aus dem Hause Darcy über zweihundertfünfundsechzigtausend Pfund.

Mit Hilfe einiger wunderschön gestalteter E-Dokumente von Julie eröffnete Trumpy bei der Barclays Bank in St. Peter Port auf der Kanalinsel Guernsey ein Konto. Es war einer der letzten steuerfreien Häfen Großbritanniens. Nachdem er den Scheck eingereicht hatte und die Summe seinem Konto gutgeschrieben war, flog er selbst auf die Insel und eröffnete bei der Royal Bank von Canada, die sich nur ein paar Schritte die Straße entlang befand, ein weiteres Konto auf den Namen Trumpington Gore. Dann ging er zur Barclays Bank und überwies die Summe vom Konto des Mr. Hamish McFee auf das Konto von Mr. Gore in derselben Straße. Auch wenn der leitende Angestellte bei Barclays sich ein wenig wunderte, wie schnell das Konto eröffnet und wieder gekündigt wurde, machte er keine Schwierigkeiten.

Bei den Kanadiern, die sich um britische Steuergesetze herzlich wenig scherten, ließ Trumpy sich zwei Bankschecks ausstellen.

Den einen über die Summe von dreizehntausendzweihundertfünfzig Pfund auf den Namen Colley Burnside, der seinen Lebensabend zufrieden in einem Meer aus gutem Bordeaux treibend verbringen würde.

Für sich selbst hob Trumpy tausendsiebenhundertfünfzig Pfund Bargeld als Taschengeld ab. Der zweite Scheck über die Summe von hundertfünfzigtausend Pfund war für Benny Evans und Julie Day. Die restlichen hunderttausend Pfund legten die hilfsbereiten Kanadier gern so an, dass die Zinsen ihm für den Rest seines Lebens eine monatliche Rente von ungefähr tausend Pfund einbrachten.

Benny und Julie heirateten und zogen in Bennys Heimat Lancashire, wo er eine kleine Kunstgalerie eröffnete und sie als freischaffende Progammiererin arbeitete. Nach einem Jahr war ihr peroxydgebleichtes Haar ausgewachsen und das Metall aus ihrem Gesicht verschwunden. Dafür war sie die stolze Mutter von Zwillingsjungen.

Als Trumpy von den Kanalinseln zurück nach Hause kam, fand er einen Brief der Produktionsfirma EON vor. Darin hieß es, Pierce Brosnan, mit dem zusammen er in einer winzigen Rolle in »Golden Eye« vor der Kamera gestanden hatte, habe den Wunsch geäußert, man solle ihm im nächsten Bondfilm eine größere Rolle geben.

Irgendjemand spielte Charlie Dawson ein paar Informationen zu, und zusammen mit dem amüsierten Professor Carpenter deckte er den Kunstskandal des Jahrzehnts auf.

Die Polizei suchte immer noch nach Hamish McFee und Mr. Yamamoto, doch bei Scotland Yard machte man sich wenig Hoffnungen.

Marina verkaufte ihre Memoiren an die *News of the World*, woraufhin Lady Eleanor sofort eine längere Unterredung mit Fiona Shackleton hatte, Londons bester Scheidungsanwältin. Man einigte sich auf eine Abfindung, die es dem Ehrenwerten Peregrine erlaubte, seine Manschettenknöpfe zu behalten.

Er verließ London, und das Letzte, was man von ihm hörte,

war, dass er eine Bar in Antigua betrieb. Der Herzog von Gateshead muss sich auch heute noch seine Drinks bei White's selbst kaufen.

Der Veteran

Erster Tag – Dienstag

Der Besitzer des kleinen Lebensmittelgeschäfts hatte alles gesehen. Zumindest behauptete er das.

Er war im Laden gewesen, in der Nähe des vorderen Schaufensters, wo er die ausgestellten Waren neu arrangierte. Als er von seiner Arbeit hochblickte, war ihm der Mann auf der anderen Straßenseite aufgefallen. Es war nichts Besonderes an ihm, und der Ladenbesitzer hätte gleich wieder weggeschaut, wäre da nicht das Hinken gewesen. Später würde er aussagen, dass sonst niemand auf der Straße gewesen sei. Es war ein heißer Tag, und die Luft unter der dünnen grauen Wolkenschicht war drückend und schwül. Der absurderweise so benannte Paradise Way lag trostlos und schäbig wie immer da. Eine Einkaufsstraße inmitten einer heruntergekommenen und von Kriminalität verwüsteten Wohnsiedlung, wie sie mit ihren Wandschmierereien für die Gegend zwischen Leyton, Edmonton, Dalston und Tottenham typisch sind.

Als die Anlage vor dreißig Jahren mit einem öffentlichen Festakt eingeweiht wurde, hatte man Meadowdene Grove – das Wiesental Wäldchen – als neue, preiswerte Form sozialen Wohnungsbaus für die Arbeiterschicht gepriesen. Der Name allein hätte den Schwindel verraten müssen. Meadowdene Grove war weder Wiese noch Tal, und Wälder gab es hier schon seit dem Mittelalter nicht mehr. Die Realität war ein grauer Betongulag, gebaut von einem Stadtrat, über dessen Rathaus einmal die rote Flagge des Weltkommunismus wehte. Die Architekten, die Meadowdene Grove geplant hatten, lebten selbst in von Geißblatt umrankten Landhäusern außerhalb der Stadt.

Mit Meadowdene Grove war es schneller bergab gegangen als mit der Tour de France in den Pyrenäen. Im Jahr 1996 bot das Labyrinth der Straßen, Unterführungen und Wege zwischen den düsteren Wohnblöcken einen traurigen Anblick. Alles starrte vor Schmutz und stank nach Urin. Nur in der Nacht, wenn die Jugendlichen – allesamt arbeitslos oder nicht vermittelbar – in Cliquen herumhingen und sich bei den Drogenhändlern ihren Stoff besorgten, erwachte die Gegend zum Leben. Die pensionierten Arbeiter, die ihren Ruf verzweifelt verteidigten und sich noch immer an die alten Werte klammerten, den beruhigenden Sicherheiten ihrer Jugend, lebten aus Angst vor dem Pack in den Straßen hinter verbarrikadierten Türen.

Zwischen den sieben Stockwerke hohen Häuserblocks, vor denen offene Gänge mit verschmierten Treppenhäusern an beiden Enden zu den Wohnungstüren führten, waren noch einzelne Flecken eines ehemals grünen Rasens zu sehen. Die inneren Straßen des Viertels, in denen ein paar ausgeschlachtete Schrottautos vor sich hin rosteten, liefen in kleinen Freizeitanlagen zusammen oder zweigten zum Paradise Way ab. In der Haupteinkaufsstraße hatte es einmal eine Reihe florierender Einzelhandelsgeschäfte gegeben, doch die meisten Ladenbesitzer hatten den ständigen Kampf gegen Ladendiebstahl, mutwillige Zerstörung, eingeschlagene Fensterscheiben und rassistische Parolen längst aufgegeben. Über die Hälfte der Läden war jetzt mit Sperrholzplatten vernagelt, und die wenigen, in denen man nach wie vor einkaufen konnte, versuchten sich durch Stacheldrahtwälle zu schützen.

Mr. Veejay Patel gehörte mit seinem Laden an der Straßenecke zu denen, die die Stellung gehalten hatten. Als zehnjähriger Junge war er mit seinen Eltern vor den Greueltaten Idi Amins aus Uganda geflüchtet. Großbritannien hatte seine Familie aufgenommen. Er war dankbar dafür und liebte sein Adoptionsland auch heute noch. Alles in allem war Veejay Patel ein rechtschaffener, guter Bürger, der dem kontinuierlichen Niedergang der Werte in den Neunzigern mit Unverständnis gegenüberstand.

Im von der Polizei als »Nordost-Quadrant« bezeichneten Teil Londons gibt es Gegenden, die ein Fremder besser meiden sollte. Der hinkende Mann war ein Fremder. Er hatte sich noch keine fünfzehn Meter von dem Eckgeschäft entfernt, als zwei Männer aus einem asphaltierten Weg traten, der zwischen zwei verbarrikadierten Läden auf die Straße mündete. Sie versperrten dem Fremden den Weg. Mr. Patel sah wie gelähmt zu. Es waren recht unterschiedliche Typen, doch beide wirkten bedrohlich. Mr. Patel kannte diese Sorte nur zu gut. Einer von ihnen war ein bulliger Kerl mit rasiertem Schädel und Schweinsgesicht. Selbst aus dreißig Metern Entfernung konnte Patel den Ring erkennen, der in seinem linken Ohrläppchen aufblitzte. Der Mann trug ausgebeulte Jeans und ein schmutziges T-Shirt. Ein Bierbauch schob sich über den schweren Ledergürtel. Breitbeinig baute er sich vor dem Fremden auf, der keine andere Wahl hatte als stehen zu bleiben.

Der zweite Mann war schmächtiger und trug ausgebleichte Armeehosen und eine graue Windjacke mit Reißverschluss. Das strähnige fettige Haar hing ihm bis über die Ohren. Er stellte sich hinter das Opfer und wartete.

Der Bullige hob die rechte Faust und hielt sie dem Mann unter die Nase. Mr. Patel sah Metall aufblitzen. Verstehen konnte er zwar nichts, doch er sah, wie sich der Mund des Bulligen bewegte, als er etwas zu dem Fremden sagte. Das Opfer hätte einfach nur seine Brieftasche, die Armbanduhr und was er sonst an Wertsachen bei sich trug, abliefern müssen. Mit etwas Glück hätten die beiden Straßenräuber ihre Beute an sich gerissen und wären schnell verschwunden. Das Opfer hätte den Überfall unversehrt überlebt.

Was der Mann stattdessen tat, war vermutlich dumm. Die Angreifer waren in der Mehrzahl und stärker als er. Seinem grauen Haar nach zu urteilen war er jenseits der Fünfzig und mit seinem Hinken auch nicht besonders beweglich. Doch er kämpfte. Mr. Patel sah, wie die rechte Faust des Fremden mit überraschender Geschwindigkeit hochfuhr. Er schien sich leicht in der Hüfte zu drehen, um dem Schlag durch die veränderte Position seiner Schultern noch mehr Kraft zu verleihen. Den Bulligen traf er voll auf die Nase. Die bislang geräuschlose Pantomime wurde von einem Schmerzensschrei unterbrochen, den Mr. Patel sogar hinter den Scheiben seines Spiegelglasfensters hören konnte.

Der Bullige taumelte zurück und schlug sich beide Hände vors Gesicht. Mr. Patel sah Blut durch seine Finger rinnen. Als er später seine Aussage machte, musste der Ladenbesitzer sich kurz unterbrechen, um sich genau an die Abfolge der weiteren Ereignisse erinnern zu können. Der Mann mit dem strähnigen Haar schlug dem älteren Mann von hinten brutal in die Nieren und trat ihm dann in die Kniekehle seines gesunden Beins. Das reichte. Das Opfer ging zu Boden.

Die gängige Schuhmode in Meadowdene Grove waren entweder Turnschuhe – zum Rennen – oder schwere Stiefel – zum Treten. Diese beiden Männer trugen Stiefel. Der Fremde hatte sich auf dem Boden wie ein Embryo zusammengerollt, um seine Organe zu schützen, doch sie traten mit vier Stiefeln auf ihn ein. Der Bullige, der sich noch immer die Nase hielt, nahm sich den Kopf vor.

Später schätzte der Ladenbesitzer, dass sie ungefähr zwanzig Tritte gebraucht hatten, vielleicht auch mehr, bis das Opfer aufhörte, sich zu regen. Der Strähnige beugte sich über den Mann und langte in die Innentasche seiner Jacke.

Mr. Patel sah die Hand mit einer Brieftasche zwischen Zeigefinger und Daumen wieder auftauchen. Dann drehten sich beide Männer um und rannten zurück auf den asphaltierten Weg, um im Labyrinth der Gassen zu verschwinden. Vorher zog der Bullige jedoch noch sein T-Shirt aus der Jeans, um es sich auf die noch immer blutende Nase zu drücken.

Der Ladenbesitzer schaute den beiden hinterher, bis nichts mehr von ihnen zu sehen war, und lief dann hastig zur Verkaufstheke, wo sein Telefon stand. Er wählte die 999 und nannte der Vermittlung, die darauf bestand, weil sie andernfalls keine Notfälle aufnehmen könne, seinen Namen und seine Adresse. Nachdem die Formalitäten erledigt waren, forderte Mr. Patel die Polizei und einen Krankenwagen an. Dann trat er wieder ans Ladenfenster.

Der Mann lag noch immer wie leblos auf dem Gehsteig. Niemand kümmerte sich um ihn. Dies war eine Gegend, in der die Leute am liebsten in Ruhe gelassen werden wollten. Mr. Patel wäre über die Straße gelaufen, um dem Mann beizustehen, aber er hatte keine Ahnung von erster Hilfe und befürchtete, mit einer falschen Bewegung einen Fehler zu machen. Außerdem hatte er Angst um sein Geschäft und vor den Straßenräubern, die vielleicht noch einmal zurückkamen. Also blieb er, wo er war.

Der Streifenwagen traf als Erstes ein. Weniger als vier Minuten waren vergangen. Die beiden Streifenpolizisten hatten mit ihrem Wagen nur eine halbe Meile entfernt in der Upper High Road gestanden, als sie den Funkruf hörten. Beide kannten die Wohnsiedlung und den Paradise Way, wo sie bei den Rassenunruhen im Frühjahr im Einsatz gewesen waren. Als der Wagen mit quietschenden Reifen zum Stehen kam und die Sirene ausging, sprang ein Police Constable heraus und rannte zu der Gestalt am Boden. Der andere Polizist blieb hinter dem Lenkrad sitzen und vergewisserte sich über Funk, dass ein Rettungswagen unterwegs war. Mr. Patel beobachtete, wie beide Beamten über die Straße zu seinem Laden blickten. Wahrscheinlich überlegten sie, woher der Notruf gekommen war. Doch keiner von beiden tauchte im Laden auf. Das hatte Zeit. Als der Rettungswagen mit Blaulicht und Sirenengeheul um die Ecke bog, wandten die Beamten den Blick von seinem Laden ab. Auf beiden Seiten des Paradise Way hatten sich ein paar Gaffer eingefunden, die sich aber bewusst auf Distanz hielten. Später würde die Polizei versuchen, sie als Zeugen zu verhören. Reine Zeitverschwendung, denn in Meadowdene Grove gaffte man zum Vergnügen, aber man half den Bullen nicht.

Die beiden Sanitäter waren tüchtige, erfahrene Männer, die

sich wie die Polizisten an ihre Routine hielten. »Sieht nach einem Raubüberfall mit Körperverletzung aus«, bemerkte der Constable, der neben dem Opfer kniete. »Wahrscheinlich hat's ihn schlimm erwischt.« Die Sanitäter nickten und machten sich an die Arbeit. Da es keine Blutungen zu stillen gab, musste als Erstes der Nacken stabilisiert werden. Wenn bei einem Unfallopfer oder einem Menschen mit Schädeltrauma auch die Halswirbelsäule verletzt ist, kann ein einziger falscher Handgriff fatale Folgen haben. Die beiden Männer legten dem Opfer mit schnellen, geübten Griffen eine Manschette an, um den Kopf daran zu hindern, zur Seite zu rollen.

Als Nächstes galt es, den Mann auf eine Vakuummatratze zu legen, um auch dem Rücken Halt zu geben. Das geschah noch direkt an der Unfallstelle. Erst dann hoben die Sanitäter das Opfer auf eine Trage und schoben sie in den Rettungswagen. Sie waren schnell und effizient gewesen. Fünf Minuten, nachdem sie am Straßenrand angehalten hatten, waren sie schon wieder aufbruchbereit.

»Ich muss mitfahren«, sagte der Constable auf dem Gehweg. »Er könnte eine Aussage machen.«

Leute mit Erfahrung in Rettungseinsätzen wissen meist ziemlich genau, wer was wann und warum zu tun hat. Das spart Zeit. Der Sanitäter nickte. Für den Rettungswagen war er verantwortlich, doch auch die Polizei musste ihre Arbeit tun. Aber die Chancen, dass der Verletzte auch nur ein Wort sagen würde, waren gleich null, weshalb er nur murmelte: »Aber stehen Sie nicht im Weg rum. Wir haben hier einen Schwerstverletzten.«

Der Constable kletterte in den Wagen und setzte sich ganz nach vorn an die Wand zum Fahrerabteil. Der Fahrer knallte die Türen zu und rannte auf seine Autoseite, während sein Kollege sich über den Mann auf der Trage beugte. Zwei Sekunden später raste der Rettungswagen an den gaffenden Zuschauern vorbei den Paradise Way entlang und bog in den verstopften Highway, wo er sich mit durchdringendem Sirenengeheul einen

Weg bahnte. Der Constable hielt sich fest und sah dem Sanitäter bei der Arbeit zu.

Atemwege – als Erstes immer für freie Atemwege sorgen. Ein Blut- oder Schleimpfropfen in der Luftröhre kann einen Patienten genauso schnell töten wie eine Kugel. Mit der Saugpumpe brachte der Sanitäter eine kleine Menge Schleim hervor, wie sie für einen Raucher typisch war, aber kaum Blut. Die Atemwege waren jetzt frei, und der Mann atmete flach, aber ausreichend. Sicherheitshalber klemmte der Sanitäter aber eine Sauerstoffmaske über das angeschwollene Gesicht. Das schnelle Anschwellen des Gesichts machte ihm Sorgen – er kannte dieses Anzeichen nur zu gut.

Der Puls war regelmäßig, aber zu schnell, was ebenfalls auf eine Gehirnverletzung deutete. Die Glasgower Komaskala misst die menschliche Gehirntätigkeit auf einer Skala von eins bis fünfzehn. Bei einem völlig wachen, aufmerksamen Menschen ist der Wert fünfzehn zu fünfzehn. Der Sanitäter machte einen Test, dessen Ergebnis elf zu fünfzehn war; Tendenz fallend. Die Zahl drei bedeutet tiefes Koma, alles darunter den Tod.

»Ins Royal London!«, schrie er über die heulende Sirene hinweg. »Wir haben einen neurochirurgischen Notfall.«

Der Fahrer nickte, schoss bei Rot über eine größere Kreuzung, während Autos und Lkws zur Seite wichen, und schlug dann die Richtung nach Whitechapel ein. Das Royal London Hospital in der Whitechapel Road verfügte über eine fortschrittliche neurochirurgische Abteilung, die im nächstgelegenen Krankenhaus nicht vorhanden war. Wenn aber eine Neurochirurgie gebraucht wurde, war es die paar Extraminuten Fahrt wert.

Der Fahrer sprach mit der Einsatzzentrale und gab seine genaue Position in South Tottenham durch. Er nannte ihre voraussichtliche Ankunftszeit und bat darum, dass sich ein vollständiges Unfall-Notaufnahmeteam bereithielt. Der Sanitäter hinten im Wagen hatte Recht. Eines der möglichen Anzeichen eines schweren Schädeltraumas, insbesondere nach so einem Angriff, war das schnelle Anschwellen der weichen Gewebeteile des Gesichts und des Kopfes zu einer grotesk aufgeblähten Maske. Das Gesicht des Mannes hatte schon auf der Straße zu schwellen begonnen, und als der Rettungswagen vor der Rampe der Notaufnahme des Royal hielt, war es bereits groß wie ein Fußball. Die Türen krachten auf, und die Trage wurde dem Notfallteam übergeben. Es bestand aus dem das Ganze leitenden Facharzt Carl Bateman und drei weiteren Ärzten – einem Anästhesisten und zwei Assistenzärzten. Außerdem waren drei Krankenschwestern anwesend.

Sie übernahmen die Trage, hoben den Patienten, der noch immer auf der Vakuummatratze lag, auf einen ihrer Wägen und rollten ihn fort.

»Ich brauche meine Matratze!«, rief ihnen der Sanitäter nach, doch niemand hörte ihn. Er würde sie am nächsten Tag abholen müssen. Der Polizist kletterte aus dem Wagen.

»Wo muss ich hin?«, fragte er.

»Da rein«, erwiderte der Sanitäter. »Aber stehen Sie nicht im Weg rum.«

Der Constable nickte gehorsam und trottete durch die Schwingtüren. Er hoffte noch immer auf eine Aussage. Doch die Einzige, die ihm etwas sagte, war eine Oberschwester. »Setzen Sie sich hier hin«, fuhr sie ihn an, »und stehen Sie nicht im Weg rum.«

Eine halbe Stunde später herrschte im Paradise Way hektische Geschäftigkeit. Ein uniformierter Inspector vom Polizeirevier Dover Street, das in dieser Gegend nur kurz der Dover-Knast hieß, hatte sich an die Arbeit gemacht. Der Tatort war in beide Straßenrichtungen mit gestreiftem Plastikband abgeriegelt worden. Ein Dutzend Polizeibeamte durchkämmten die Gegend. Sie konzentrierten sich auf die Läden an der Straße und die sechs Stockwerke Wohnungen darüber. Besonders interessant waren für sie die auf der dem Tatort gegenüberliegenden Straßenseite. Jeder, der aus dem Fenster und nach unten schaute, hätte alles sehen müssen. Es war eine mühselige Arbeit. Die Reaktionen reichten von ehrlich gemeinten Entschuldigungen über unwilliges Schweigen bis hin zu offenen Beschimpfungen. Die Beamten mussten weiter Klinken putzen.

Der Inspector hatte sofort nach einem gleichrangigen Kollegen vom CID, dem Criminal Investigation Department, verlangt. Dies war eindeutig Arbeit für einen Detective. Im Dover-Knast saß Detective Inspector Jack Burns gerade vor einem halb ausgetrunkenen, ehrlich verdienten Becher Tee in der Kantine, als er zu Detective Superintendent Alan Parfitt gerufen wurde. Er sollte den Raubüberfall im Paradise Way übernehmen. Burns protestierte, er habe es gerade mit einer Serie von Autodiebstählen zu tun und müsse am nächsten Morgen in einem Fall von Unfallflucht vor Gericht aussagen. Es nutzte nichts. Personalmangel. August, verdammter August, knurrte er im Gehen.

Burns und sein Kollege Detective Sergeant Luke Skinner trafen fast zeitgleich mit dem POLSA-Team am Tatort ein. Die Arbeit der POLSA, der polizeilichen Spurensicherung, ist alles andere als angenehm. In strapazierfähigen Overalls und Schutzhandschuhen müssen sie das Umfeld eines Tatorts auf Spuren und mögliche Beweismittel untersuchen, wobei nicht immer auf den ersten Blick klar ist, was sich später als Beweismittel herausstellen könnte. Deshalb lautet die Devise der Spurensicherung: Sammeln, einsacken und später genauer untersuchen. Außerdem kann es bei der POLSA ziemlich schmutzig zugehen, da die Spurensicherer manchmal auf allen vieren durch eher unangenehmes Terrain kriechen müssen. Und die Wohnsiedlung Meadowdene Grove war eher unangenehmes Terrain.

»Wir haben eine fehlende Brieftasche, Jack«, informierte ihn der uniformierte Inspector, der bereits mit Mr. Patel gesprochen hatte. »Und einem der Angreifer wurde die Nase blutig geschlagen. Er hat sich den Zipfel seines T-Shirts vors Gesicht gehalten, während er weglief. Möglicherweise haben wir Blutspritzer auf der Straße.«

Burns nickte. Während die POLSA-Leute auf Händen und

Knien die stinkenden Wege zwischen den Betonblocks abtasteten und die uniformierten Beamten weiterhin nach Augenzeugen suchten, betrat Jack Burns den Laden von Mr. Veejay Patel.

»Detective Inspector Burns«, stellte er sich vor und zeigte seinen Ausweis. »Und dies hier ist D.S. Skinner. Mir wurde mitgeteilt, dass Sie die 999 angerufen haben.«

Mr. Patel überraschte Jack Burns, der aus Devon stammte und erst seit drei Jahren bei der Metropolitan Police im Dover-Knast arbeitete. In Devon war es normal, dass sich die Bürger der Polizei gegenüber jederzeit hilfsbereit zeigten. Der Nordosten Londons war deshalb ein Schock für ihn gewesen. Mr. Patel erinnerte ihn an die Menschen in Devon. Der Ladenbesitzer meinte es ernst und wollte wirklich helfen. Was er sagte, war prägnant und präzise. D.S. Skinner nahm eine längere Aussage auf, in der Patel genau erklärte, was er gesehen hatte. Er konnte die Täter gut beschreiben. Jack Burns begann ihn sympathisch zu finden. Wenn es doch in allen Fällen Zeugen wie Veejay Patel aus Entebbe und Edmonton gäbe. Als Patel die handgeschriebene Aussage von D.S. Skinner unterzeichnete, hatte es über Meadowdene Grove zu dämmern begonnen.

»Es wäre schön, Sir, wenn Sie mit aufs Revier kommen könnten, um sich ein paar Fotos anzuschauen«, sagte Burns schließlich. »Vielleicht finden Sie ja diese beiden Männer darunter. Es würde uns enorm viel Zeit sparen, wenn wir genauer wüssten, nach wem wir suchen müssen.«

Mr. Patel entschuldigte sich: »Bitte nicht heute Abend. Ich bin allein im Geschäft und schließe erst um zehn. Aber morgen kommt mein Bruder zurück. Er hat Urlaub gemacht, verstehen Sie. August. Morgen früh könnte ich mich frei machen.«

Burns überlegte. Um halb elf hatte er einen Gerichtstermin. Ein Antrag auf Untersuchungshaft. Er würde Skinner hinschicken.

»Elf Uhr? Kennen Sie das Polizeirevier in der Dover Street? Fragen Sie an der Rezeption einfach nach mir.«

»Solche Männer sind selten geworden«, meinte Skinner, als sie über die Straße zu ihrem Auto gingen.

»Mir gefällt er«, erwiderte Burns. »Ich glaube, wir haben gegen diese Mistkerle etwas in der Hand, wenn wir sie erwischen.«

Während sie zurück in die Dover Street fuhren, fand D.I. Burns über Funk heraus, wohin der Verletzte gebracht worden war und welcher Constable bei ihm Wache hielt. Fünf Minuten später hatte er Kontakt mit ihm aufgenommen.

»Ich will alles, was er bei sich trug: Kleider, persönliche Habe und so weiter. Packen Sie's ein, und schicken Sie alles in den Knast«, befahl er dem jungen Beamten. »Und eine Identifizierung. Wir wissen immer noch nicht, um wen es sich handelt. Wenn Sie alles haben, können Sie anrufen, dann schicken wir Ihnen eine Ablösung.«

Name und Adresse des Mannes vor ihm interessierten Carl Bateman herzlich wenig. Im Moment war ihm auch egal, wer dem Opfer diese Verletzungen zugefügt hatte. Er wollte zunächst nur dessen Leben retten. Von der Rampe der Notaufnahme war die Rollliege direkt in den Wiederbelebungsraum geschoben worden, wo das Notfallteam sich an die Arbeit machte. Mr. Bateman wusste, dass es sich um viele verschiedene Verletzungen handelte, doch die Vorgehensweise war klar: erst die lebensbedrohenden Verletzungen, dann der Rest. Deshalb ging er zunächst das Notfall-ABC durch:

A für Atmung. Der Sanitäter hatte gute Arbeit geleistet. Die Atemwege waren frei, obwohl er ein leicht pfeifendes Geräusch ausmachte. Der Nacken war ruhig gestellt. Bateman ließ dem Mann Jacke und Hemd aufschneiden und horchte den Brustkorb von beiden Seiten mit dem Stethoskop ab. Er entdeckte ein paar gebrochene Rippen, doch die waren wie die zerquetschten Knochen der linken Hand und die ausgeschlagenen Zähne nicht lebensbedrohlich und konnten warten. Der Atem ging trotz der gebrochenen Rippen noch gleichmäßig.

B für Bewusstsein. Hier sah es schlecht aus. Gesicht und Kopf des Mannes waren kaum mehr als menschlich zu bezeichnen und die Glasgow Skala zeigte jetzt einen Wert von sechs zu fünfzehn mit besorgniserregender Tendenz nach unten. Der Mann hatte schwere Hirnschäden davongetragen. Noch einmal dankte Carl Bateman im Stillen dem unbekannten Sanitäter, der sich die paar Extraminuten Zeit genommen hatte, um den Mann ins Royal mit seiner neurochirurgischen Abteilung zu bringen.

C für Circulation – Kreislauf. In weniger als einer Minute hatte Mr. Bateman zwei intravenöse Katheter gelegt. Aus dem einen zog er zwanzig Milliliter Blut, das sofort ins Labor gebracht wurde. Während er den Patienten weiter untersuchte, ließ er in jeden Arm Elektrolytlösung laufen.

Bateman rief in der Ultraschallabteilung an und gab Bescheid, dass er in fünf Minuten mit seinem Patienten da sein würde. Dann rief Bateman seinen Kollegen Paul Willis an, den leitenden Arzt in der Neurochirurgie.

»Ich glaube, ich habe hier ein schweres intrakraniales Hämatom, Paul. Glasgow ist jetzt bei fünf, Tendenz fallend.«

»Bring ihn mir, sobald du ein Ultraschallergebnis hast«, sagte der Neurochirurg.

Als er zusammengeschlagen wurde, hatte der Mann Socken, Schuhe, Unterhosen, ein am Kragen offenes Hemd, eine Hose mit Gürtel, Jackett und einen leichten Regenmantel getragen. Alles unterhalb der Taille war kein Problem und wurde ihm einfach ausgezogen, doch um Nacken und Kopf zu schützen, mussten sie Regenmantel, Jackett und Hemd aufschneiden. Dann wurde alles komplett mit Tascheninhalt eingepackt und dem erfreuten Constable, der draußen wartete, überreicht. Die Ablösung traf bald ein, und er konnte seine Trophäen in die Dover Street bringen und dem wartenden Jack Burns überreichen.

Der Ultraschall bestätige Carl Batemans schlimmste Befürchtungen. Der Mann hatte ein subdurales Hämatom, das mit zunehmender Kraft auf das Gehirn drückte, was sich bald als tödlich oder irreversibel erweisen könnte.

Um Viertel nach acht wurde der Patient zu einer Schädeloperation in den OP geschoben. Mit Hilfe der Ultraschallaufnahmen konnte Paul Willis genau erkennen, von wo der intrakraniale Druck ausgeübt wurde. Er öffnete die Kopfschwarte mit einem einzigen Schnitt und bohrte als Nächstes drei Löcher in den Schädel, die mit der Säge zu einem kleinen Dreieck verbunden wurden – die übliche Vorgehensweise.

Das Knochendreieck wurde entfernt. Jetzt konnte man das Hämatom, das den Druck verursachte, ausräumen. Die verletzten Arterien, aus denen es in die Hirnhöhle blutete, wurden abgebunden. Nachdem das Hämatom verschwunden war, nahm der Druck ab, und das Gehirn konnte sich wieder ausbreiten und seinen normalen Raum einnehmen.

Nun wurde das Knochendreieck wieder eingesetzt und die Schädelhaut darüber vernäht. Ein fester Verband würde den Hinterkopf stabilisieren, bis die Wunde auf natürlichem Weg verheilt war. Obwohl es sich um eine schwere Verletzung handelte, war Mr. Willis zuversichtlich, noch rechtzeitig eingegriffen zu haben.

Der menschliche Körper ist ein komplizierter Mechanismus. Er kann an einem Bienenstich sterben oder sich von schwersten Verletzungen wieder erholen. Wenn ein Hämatom entfernt wird und das Gehirn sich wieder zu seiner normalen Größe ausdehnt, kann ein Patient innerhalb kürzester Zeit das Bewusstsein wiedererlangen und nach wenigen Tagen völlig normal agieren. Doch was genau passieren würde, würden sie frühestens in vierundzwanzig Stunden wissen, wenn die Narkose nachließ. Sollte nach einem Tag keine Besserung eingetreten sein, sah es schlecht aus. Mr. Willis zog sich die OP-Handschuhe aus, kleidete sich um und fuhr heim in sein Haus in St. Johns Wood.

»Verdammte Scheißkerle«, murmelte Jack Burns und starrte auf die Kleider und die persönliche Habe des Mannes. Letztere bestand aus einer halb leeren Zigarettenschachtel, einer halb leeren Streichholzschachtel, ein paar Münzen, einem schmutzigen Taschentuch und einem einzelnen Schlüssel an einem Band, der offensichtlich in irgendeine Wohnungstür gehörte. Alles hatte er in den Hosentaschen gefunden. Im Jackett war nichts. Was das Opfer sonst noch bei sich getragen hatte, war vermutlich in der Brieftasche gewesen.

»Ein ordentlicher Mann«, meinte Skinner, der sämtliche Kleidungsstücke untersucht hatte. »Die Schuhe sind billig und geflickt, aber auf Hochglanz poliert. Die Hose billig und abgetragen, aber mit akkuraten Bügelfalten. Das Hemd an Kragen und Manschetten ausgefranst, aber ebenfalls gebügelt. Ein armer Mensch, der versuchte, den Schein zu waren.«

»Mir wäre lieber, wir hätten eine Kreditkarte oder einen an ihn adressierten Brief in der Gesäßtasche gefunden«, sagte Burns, der sich immer noch durch die endlosen Formulare kämpfte, die von einem Polizisten heutzutage auszufüllen waren. »Jetzt muss ich ihn erstmal als UAM führen.«

Die Amerikaner nennen ihn »John Doe«, und bei der London Metropolitan Police spricht man von einem »Unidentified Adult Male« – einem nicht identifizierten Erwachsenen männlichen Geschlechts. Als die beiden Detectives die Papiere wegschlossen, war es noch immer warm, obwohl draußen bereits dunkle Nacht herrschte. Sie beschlossen, noch auf ein Glas Bier zu gehen.

Eine Meile entfernt lag der ordentliche Mann in der Intensivabteilung des Royal London. Er atmete flach, aber regelmäßig, obwohl sein Puls immer noch zu schnell ging und ständig von der Nachtschwester kontrolliert wurde.

Jack Burns nahm einen langen Zug aus dem Bierglas.

»Wer, zum Teufel, ist er?«, fragte er in den Raum hinein.

»Keine Sorge, Guv, das kriegen wir schon noch raus«, erwiderte Luke Skinner.

Er sollte sich irren.

Zweiter Tag – Mittwoch

D.I. Jack Burns stand ein mehr als anstrengender Tag bevor. Er hielt zwei Triumphe bereit, zwei große Enttäuschungen und einen Haufen noch immer unbeantworteter Fragen. Doch das gehörte nun mal dazu. Wann bekam ein Detective einen Fall schon wie ein Weihnachtsgeschenk eingewickelt auf den Schreibtisch gelegt?

Der erste Erfolg war Mr. Patel. Um Punkt elf stand der Ladenbesitzer hilfsbereit wie immer an der Rezeption.

»Ich würde Ihnen gern ein paar Fotos zeigen«, sagte Burns, nachdem sie vor einem Bildschirm Platz genommen hatten, der wie ein Fernseher aussah. In seinen ersten Dienstjahren hatte man die Fotosammlung des Criminal Records Office, bei der Polizei kurz Kopfbildliste genannt, noch hinter Plastikfolien in einem oder mehreren dicken Alben aufbewahrt. Burns fand die alte Methode nach wie vor besser, weil sie dem Zeugen ermöglichte, vor- und zurückzublättern, bis er seine Wahl getroffen hatte. Doch jetzt ging es nun mal elektronisch, und die Gesichter flimmerten über den Bildschirm.

Die erste Sammlung umfasste hundert Fotos. Es waren einige der »harten Burschen«, die der Polizei in unmittelbarer Umgebung des Londoner Nordost-Quadranten bekannt waren. Auch wenn deren Zahl die Hundert weit übertraf, begann Burns mit einer Auswahl der Typen, mit denen sie im Dover-Knast einschlägige Erfahrungen hatten. Mr. Veejay Patel erwies sich als Traum eines jeden Detectives.

Als Foto Nummer achtundzwanzig auf dem Bildschirm erschien, sagte er: »Das ist er.«

Sie blickten in ein brutales Gesicht, in dem sich Dummheit und Boshaftigkeit die Waage hielten. Bullig, rasierter Schädel, Ohrring.

»Sind Sie sicher? Haben Sie ihn noch nie zuvor gesehen? Vielleicht war er ja mal bei Ihnen im Geschäft?«

»Nein, dieser hier nicht. Aber er war derjenige, der eins auf die Nase gekriegt hat.«

»Mark Price« stand unter dem Bild, und es gab eine Erkennungsnummer. Unter der Nummer siebenundsiebzig erkannte Patel den zweiten Mann, den mit dem langen, hageren Gesicht und dem über die Ohren hängenden, strähnigen Haar. Harry Cornish. Bei beiden Gesichtern war Patel sich seiner Sache hundertprozentig sicher. Auf keinem der anderen Fotos hatte er länger als eine oder zwei Sekunden verweilt. Burns schaltete den Bildschirm aus. Der CRO würde ihm bald die Akten über die beiden Männer liefern.

»Wenn ich diese Männer aufgestöbert und festgenommen habe, werde ich Sie zu einer Gegenüberstellung bitten«, sagte Burns. Der Ladenbesitzer nickte. Er war dazu bereit.

»Wirklich, Guv, von seiner Sorte könnten wir ein paar mehr vertragen«, bemerkte Luke Skinner, nachdem Patel gegangen war.

Während sie darauf warteten, dass der Computer des CRO ihnen die vollständigen Daten zu Price und Cornish lieferte, schaute Jack Burns im Büro des CID vorbei. Der Mann, den er suchte, brütete über seinem Schreibtisch. Noch mehr Formulare.

»Charlie, hast du eine Minute Zeit?«

Obwohl er älter als Burns war und schon seit über fünfzehn Jahren im Dover-Knast arbeitete, war Charlie Coulter noch immer ein Detective Sergeant. Aber wenn es um die Ganoven der Gegend ging, kannte er sich aus.

»Die beiden?«, schnaubte er. »Das sind Tiere, Jack. Ein ganzes Register Vorstrafen. Nicht von hier. Sind beide erst vor drei Jahren hergezogen. Meist kleinere Sachen, die wenig Intelligenz erfordern: Taschendiebstahl, Überfälle, Ladendiebstahl und Schlägereien. Außerdem sind sie als Fußball-Hooligans bekannt. Es gibt sogar ein paar Anklagen wegen Körperverletzung. Haben beide schon gesessen. Warum?«

»Diesmal geht es um schwere Körperverletzung«, sagte

Burns. »Gestern haben sie einen älteren Mann ins Koma getreten. Hast du eine Adresse?«

»Nicht zur Hand«, erwiderte Coulter. »Das Letzte, was ich gehört habe: Sie teilen sich eine Wohnung irgendwo an der High Road.«

»Nicht im Grove?«

»Glaube nicht. Das ist eigentlich nicht ihr Revier. Vermutlich waren sie auf Besuch dort, auf Diebestour.«

»Gehören sie zu einer Bande?«

»Nein. Einzelgänger. Hängen immer zu zweit herum.«

»Schwul?«

»Dafür haben wir keinen Anhaltspunkt. Wahrscheinlich nicht. Cornish hatte mal was wegen sexueller Belästigung am Hals. Bei einer Frau. Ist aber nichts draus geworden. Die Dame hat ihre Meinung geändert. Ist vermutlich von Price eingeschüchtert worden.«

»Drogen?«

»Da ist nichts bekannt. Alkohol scheint mehr ihr Ding zu sein. Mit einer besonderen Vorliebe für Kneipenschlägereien.«

In dem Moment klingelte Coulters Telefon, und Burns ließ ihn in Ruhe. Die Daten vom CRO waren mittlerweile durchgekommen und lieferten sogar eine Adresse. Burns suchte seinen Vorgesetzten auf, Chief Superintendent Alan Parfitt, und holte sich die Erlaubnis für sein weiteres Vorgehen. Um zwei Uhr nachmittags hatte er einen richterlich unterzeichneten Durchsuchungsbefehl für die genannte Adresse. Zwei Beamte mit entsprechender Lizenz hatten sich Seitenwaffen aus der Waffenkammer besorgt. Zusammen mit Burns, Skinner und sechs anderen, von denen einer einen Rammbock mit sich trug, ergab das ein Team von zehn Leuten.

Der Einsatz begann um drei. Es war ein altes, heruntergekommenes Gebäude, das abgerissen werden sollte, sobald der Besitzer den ganzen Block gekauft hatte. Bis dahin hatte man es verbarrikadiert und Gas, Wasser und Elektrizität abgedreht.

Die Haustür, deren Anstrich abblätterte, widerstand einem ersten, eher zaghaften Stoß, dann brach der Rammbock das Schloss auf, und die Beamten rannten die Treppe hinauf. Die beiden Ganoven hausten in zwei Zimmern im ersten Stock, die noch nie viel hergemacht hatten, jetzt aber eine reine Müllhalde waren. Keiner der beiden Männer war zu Hause. Die bewaffneten Beamten steckten ihre Gewehre weg. Die Suche konnte beginnen.

Sie suchten nach allem. Einer Brieftasche, deren ehemaligem Inhalt, Kleidern, Stiefeln. Viel Rücksicht nahmen sie dabei nicht. Die Wohnung war schon vor ihrer Ankunft eine Müllkippe gewesen, nachdem sie gegangen waren, sah es nicht aufgeräumter aus. Allerdings machten sie nur einen echten Fund. Hinter einem schäbigen alten Sofa fanden sie ein zusammengerolltes, schmutziges T-Shirt, dessen Vorderseite blutverkrustet war. Sie steckten es in einen Beutel und beschrifteten ihn. Das Gleiche taten sie mit allen anderen Kleidungsstücken. Wenn sie im Labor der Forensischen irgendwo Fasern fanden, die von der Kleidung des Opfers stammten, hätten sie die beiden. Es wäre der Beweis, dass sie zur Tatzeit am Tatort und dort in Körperkontakt zu dem hinkenden Mann getreten waren. Das reichte.

Während die Spurensicherer ihre Arbeit verrichteten, nahmen sich Burns und Skinner die Straße vor. Die meisten Nachbarn kannten die beiden Männer vom Sehen. Besonders beliebt waren sie nicht, vor allem, weil sie die Angewohnheit hatten, in den frühen Morgenstunden sturzbetrunken und laut grölend nach Hause zu taumeln. Wo sich die beiden an diesem Augustnachmittag aufhielten oder aufhalten könnten, wusste niemand.

Als sie wieder im Revier waren, setzte sich Jack Burns sofort ans Telefon. Er bat um eine vollständige Blutanalyse des Fremden, sprach kurz mit Dr. Carl Bateman, dem Arzt in der Notaufnahme des Royal London, und rief dann noch in den Notaufnahmen von drei weiteren Krankenhäusern an. Ein Assistenzarzt im Hospital an der Queen Anne's Road war die Trumpfkarte.

»Hab ihn!«, rief Burns, als er den Hörer wieder auflegte. Jeder gute Detective verfügt über einen Jagdinstinkt und kennt den Adrenalinstoß, wenn die Beweismittel sich langsam zu einem Gesamtbild fügen.

»Fahr ins St Anne's«, wandte er sich an D.S. Skinner, »und such dort in der Notaufnahme nach einem Dr. Melrose. Lass ihn eine vollständige Aussage unterschreiben, und nimm ein Foto von Mark Price zur Identifikation mit. Und besorg dir eine Fotokopie der Aufnahmekartei mit sämtlichen Unfällen, die gestern im Lauf des Nachmittags eingegangen sind. Und dann bring mir alles her.«

»Was ist passiert?«, fragte Skinner, auf den die Stimmung übergriff.

»Gestern Nachmittag ist dort ein Mann mit kaputter Nase aufgekreuzt. Die Beschreibung passt zu Price. Dr. Melrose hat die Nase untersucht und festgestellt, dass sie an zwei Stellen gebrochen ist. Wenn wir ihn finden, lassen wir ihm den Zinken wieder gerade biegen und ordentlich festkleben. Außerdem wird Melrose uns eine hieb- und stichfeste Identifizierung liefern.«

»Wann war das genau, Guv?«

»Rate mal. Um fünf Uhr gestern Nachmittag.«

»Drei Stunden nach dem Überfall im Paradise Way. Jetzt haben wir ihn.«

»Ja, Kollege, das glaube ich auch. Jetzt mach dich auf den Weg.«

Als Skinner gegangen war, bekam Burns einen Anruf von dem Sergeant, der den Einsatz des POLSA-Teams geleitet hatte. Was er zu berichten wusste, war enttäuschend. Am Vortag hatte sein Team bis Sonnenuntergang auf Händen und Knien jeden Zentimeter der Wohnsiedlung abgesucht. Sie waren in jeden Ritz und in jede Spalte gekrochen, hatten alle Wege, Gassen und feuchten Rinnsteige kontrolliert und jedes magere Grasbüschel zerpflückt. Auch die fünf öffentlichen Abfalleimer – mehr gab es in der ganzen Siedlung nicht – hatten sie ausgeleert und durchstöbert.

Eine Sammlung benutzter Kondome, schmutziger Spritzen und fettiger Lebensmitteltüten war ihre ganze Ausbeute. Von Blut oder einer Brieftasche keine Spur.

Es war niederschmetternd. Sicher hatte Cornish sich die gestohlene Brieftasche in die Hosentasche gesteckt, bis er sie in Ruhe untersuchen konnte, dann vermutlich das Geld an sich genommen und ausgegeben und die Brieftasche anschließend weggeworfen. Irgendwo, nur nicht im Meadowdene Grove. Er lebte eine halbe Meile von dort entfernt in einem großen Wohngebiet. Es war zu groß: zu viele Mülltonnen und Abfallkörbe, zu viele Gassen, zu viele Baustellen. Die Brieftasche konnte überall sein. Oder – Freude über Freude – noch in seiner Hosentasche. Denn große Geistesleuchten waren weder Cornish noch Price.

Indem er sich das T-Shirt auf die blutende Nase drückte, hatte Price immerhin verhindern können, dass sein Blut auf die Straße tropfte. Trotzdem waren ein wunderbarer Augenzeuge und eine gebrochene Nase im St Anne's Hospital keine schlechte Ausbeute für einen Tag Arbeit.

Als Nächstes rief Dr. Bateman an. Wieder eine Enttäuschung, wenn auch nicht ganz so niederschmetternd. Der letzte Anruf war der beste. Er kam von D.S. Coulter, der mehr Spitzel dort draußen hatte als irgendjemand sonst. Einer von ihnen hatte ihm zugetragen, dass Cornish und Price in einem Salon in Dalston Billard spielten.

Burns lief sofort die Treppe hinunter. In der Eingangshalle begegnete er Luke Skinner, der gerade von seinem Auftrag zurückkam. Er hatte eine vollständige Aussage von Dr. Melrose dabei, eine positive Identifikation und eine Kopie der Patientenkartei, in die Price sich unter seinem echten Namen hatte eintragen lassen. Burns bat seinen Kollegen, die Beweismittel wegzuschließen und dann zu ihm ins Auto zu steigen.

Als die Polizei eintraf, spielten die beiden Ganoven noch immer Billard. Burns hielt es kurz und geschäftsmäßig. Zur Verstärkung hatte er einen Polizeibus mit sechs uniformierten Beamten mitgenommen, die jetzt alle Ausgänge blockierten. Die anderen Billardspieler schauten nur mit der interessierten Neugier von Unbeteiligten zu, die sich daran weideten, wenn es jemanden erwischt hatte.

Price starrte Burns aus kleinen Schweinsäuglein an, unter denen sich ein breites Pflaster über den Nasenrücken zog.

»Mark Price, ich verhafte Sie aufgrund des dringenden Verdachts der schweren Körperverletzung an einem nicht identifizierten Erwachsenen männlichen Geschlechts. Tatzeit ungefähr vierzehn Uhr zwanzig gestern Nachmittag im Paradise Way, Edmonton. Sie müssen nichts sagen, aber es kann für Ihre Verteidigung von Nachteil sein, wenn Sie bei der Befragung etwas unerwähnt lassen, das Sie später bei Gericht vorbringen. Alles, was Sie sagen, kann gegen Sie verwandt werden.«

Price warf Cornish, der offensichtlich der Kopf des Duos war, einen panischen Blick zu. Cornish schüttelte fast unmerklich den Kopf.

»Verpiss dich, du Dreckskerl«, sagte Price. Doch da hatte man ihn schon gepackt, und er wurde in Handschellen abgeführt. Cornish folgte ihm zwei Minuten später. Beide kamen zu den sechs Polizisten in den Bus, dann fuhr die kleine Kolonne zurück in den Dover-Knast.

Vorschriften, immer nur Vorschriften. Noch im Auto rief Burns den FMO an, den *force medical officer*. Er sagte dem Polizeiarzt, es handle sich um einen Notfall. Was er wirklich nicht brauchen konnte, war die Behauptung, die Nase sei ein Ergebnis polizeilicher Brutalität. Außerdem brauchte er eine Blutprobe, um es mit dem Blut auf dem T-Shirt zu vergleichen. Wenn auf dem T-Shirt auch Blutspuren des Opfers waren, hätten sie sowieso gewonnen.

Während er auf die Blutanalyse des Mannes im Koma wartete, musste er eine weitere Enttäuschung hinnehmen. Es ging um seine Anfrage wegen der rechten Faust des Mannes.

Es würde eine lange Nacht werden. Die Festnahme war um neunzehn Uhr fünfzehn gewesen. Damit hatte er vierundzwanzig Stunden, bevor ihm entweder sein Chief Superintendent oder der Richter im Stadtteilmagistrat noch zwölf Stunden Haftverlängerung gaben.

Als festnehmender Beamter würde er einen weiteren Bericht schreiben müssen. Außerdem brauchte er eine eidesstattliche Erklärung des Polizeiarztes, die bestätigte, dass beide Männer in verhörfähigem Zustand waren. Und fürs Labor benötigte er jeden Zentimeter Kleidung der Verdächtigen und alles, was sie in den Taschen getragen hatten.

Luke Skinner, der ihn aus Habichtsaugen beobachtete, hatte bereits dafür gesorgt, dass keiner der Männer während der Festnahme und auf dem Weg vom Billardsalon zum Polizeibus etwas wegwerfen konnte. Dass Cornish von den Polizeibeamten einen Anwalt verlangte, und zwar schnellstens, hatte jedoch niemand verhindern können. Bevor er nicht mit einem Anwalt gesprochen habe, so Cornish, würde er kein Wort sagen. Womit er weniger die Polizeibeamten meinte als seinen Komplizen, dem er einen Wink geben wollte. Und der war klar und deutlich bei Price angekommen.

Der Papierkram kostete Burns eine Stunde. Es dämmerte bereits. Der Polizeiarzt war gegangen und hatte die Bestätigung hinterlassen, dass beide Männer verhörfähig seien. Außerdem hatte er festgehalten, in welchem Zustand sich die Nase von Price zum Zeitpunkt der Verhaftung befand.

Die beiden Ganoven wurden in getrennten Zellen untergebracht. Beide trugen jetzt Einweg-Overalls und hatten eine Tasse Tee bekommen. Später würde es noch ein aufgewärmtes Kantinenessen für sie geben. Alles genau nach Vorschrift, immer schön nach Vorschrift.

Burns schaute bei Price vorbei.

»Ich will einen Anwalt«, verlangte Price. »Vorher hören Sie nichts von mir.«

Bei Cornish war es das Gleiche. Er lächelte nur und bestand auf einem Anwalt.

Der Pflichtverteidiger war Mr. Lou Slade. Obwohl er beim

Abendessen gestört wurde, bestand er darauf, seine Mandanten noch am selben Abend zu sehen. Wenige Minuten vor neun kam er in der Dover Street an. Er suchte seine neuen Mandanten auf und unterhielt sich mit jedem von ihnen ungestört eine halbe Stunde in einem Verhörzimmer.

»Wenn Sie wollen, können Sie jetzt in meiner Gegenwart mit dem Verhör beginnen, Detective Inspector«, sagte er, als er wieder auftauchte. »Allerdings kann ich Ihnen gleich sagen, dass meine Mandanten keine Aussage machen werden. Sie weisen die Beschuldigung zurück und behaupten, zur fraglichen Zeit noch nicht einmal in der Nähe des Tatorts gewesen zu sein.«

Slade war ein erfahrener Anwalt und mit solchen Fällen vertraut. Er hatte sich seine beiden Mandanten angehört und ihnen kein Wort geglaubt, doch dies war schließlich sein Beruf.

»Wie Sie wollen«, erwiderte Burns. »Doch das Beweismaterial ist erdrückend. Wenn sich die beiden für ein Geständnis entscheiden würden, könnte ich ihnen sogar glauben, dass das Opfer im Sturz mit dem Kopf gegen den Bordstein geprallt ist. Bei ihren Vorstrafen macht das vielleicht ein paar Jahre im ›Ville‹.«

Natürlich wusste Burns, dass der Verletzte eindeutig Trittspuren trug, und Slade wusste, dass er das wusste.

»Üble Kerle, Mr. Burns. Ich glaube gar nichts. Sie haben vor, alles abzustreiten, deshalb brauche ich sämtliche Unterlagen zu dem Fall.«

»Alles zu seiner Zeit, Mr. Slade. Und ich muss bald wissen, ob es ein Alibi gibt. Doch Sie kennen die Regeln genauso gut wie ich.«

»Wie lange können Sie die beiden festhalten?«, fragte Slade.

»Bis morgen Abend, Viertel nach sieben. Zwölf Stunden Verlängerung von meinem Chef werden mir nicht reichen. Deshalb werde ich morgen höchstwahrscheinlich beim Magistrat eine Aufrechterhaltung der Untersuchungshaft beantragen. So gegen fünf, letzter Fall des Tages.«

»Ich werde keinen Einspruch erheben«, sagte Slade. Er wusste, dass das nur Zeitverschwendung gewesen wäre. Hier handelte es sich um zwei ausgekochte Ganoven, die einen Mann fast umgebracht hatten. Der Magistrat würde der Aufrechterhaltung der Untersuchungshaft zustimmen, ohne auch nur mit der Wimper zu zucken. »Was Ihr Verhör angeht: Vermutlich bestehen Sie darauf, auch wenn die beiden auf meinen Rat hin nichts sagen werden.«

»Fürchte, so ist es.«

»Doch wir haben beide noch ein Zuhause. Darf ich morgen früh um neun vorschlagen?«

Sie einigten sich auf diese Zeit. Slade fuhr heim, und Price und Cornish wurden über Nacht in ihre Zellen gesperrt. Burns wollte noch einen Anruf erledigen. Als man ihn mit dem Royal London verbunden hatte, verlangte er nach der Dienst habenden Nachtschwester in der Intensivstation. Vielleicht war der Verletzte wieder zu Bewusstsein gekommen.

Auch Dr. Paul Willis machte an diesem Abend noch Überstunden. Er hatte einen jungen Motorradfahrer operiert, der offenbar versucht hatte, den landesweiten Geschwindigkeitsrekord für den Archway Hill zu brechen. Der Neurochirurg hatte getan, was er konnte, aber insgeheim gab er dem Motorradfahrer nur eine Chance von fünfzig Prozent, dass er die Woche überlebte. Er erfuhr von Burns' Anruf, nachdem die Nachtschwester den Hörer wieder aufgelegt hatte.

Die vierundzwanzig Stunden seit Beginn der Narkose waren verstrichen. Eigentlich hätte Willis jetzt mit ersten Anzeichen von Bewegung gerechnet. Bevor er sich auf den Nachhauseweg machte, schaute er noch einmal zu dem hinkenden Mann hinein.

Es gab keine Veränderung. Die Monitoren zeigten regelmäßige Herztöne an, doch der Blutdruck war immer noch zu hoch, und das war eines der Zeichen für eine Gehirnverletzung. Der Wert der Glasgow Skala betrug drei zu fünfzehn – tiefes Koma.

»Warten wir noch einmal sechsunddreißig Stunden«, sagte er zu der Dienst habenden Schwester. »Eigentlich wollte ich dieses

Wochenende verreisen, doch ich komme Samstagmorgen noch einmal rein. Außer es gibt Anzeichen für eine Besserung, in dem Fall schenke ich es mir. Würden Sie bitte eine Notiz hinterlassen, dass ich sofort hier oder zu Hause informiert werden will, sobald es eine positive Veränderung gibt? Falls sich bis Samstagmorgen, neun Uhr, nichts geändert hat, werde ich noch mal einen Ultraschall machen. Bitte tragen Sie es für mich ein.«

Der zweite Tag ging zu Ende. Price und Cornish lagen voll gestopft mit Resten aus der Kantine in ihren Zellen im Dover-Knast und schnarchten, dass sich die Balken bogen. Das Opfer lag, angeschlossen an drei Monitoren, unter blauem Dämmerlicht und war in eine weit entfernte Welt in seinem Inneren abgetaucht.

Mr. Willis verbannte eine Zeit lang jeden Gedanken an Patienten aus seinem Kopf und schaute sich in seinem schicken Haus in St. John's Wood Terrace einen alten Italo-Western mit Clint Eastwood an. D.S. Luke Skinner kam gerade noch rechtzeitig zu seiner Verabredung mit einer hübschen Theaterstudentin von der Hampstead School, die er vor einem Monat in der Pause eines Beethoven- Konzerts an der Sektbar kennen gelernt hatte. Das war eine seiner Vorlieben (Beethoven, nicht die Mädchen), über die er ganz sicher nicht in der Kantine des Dover-Knasts diskutieren wollte.

D.I. Jack Burns fuhr heim in ein leeres Haus in Camden Town, um sich eine Portion Baked Beans auf Toast zu zaubern. Er wünschte, Jenny und die Jungen wären schon aus ihrem Urlaub in Salcombe in seiner Heimat Devon zurück, wohin er nur zu gerne mitgefahren wäre. August, dachte er, verdammter August.

Dritter Tag – Donnerstag

Das Verhör von Price und Cornish erwies sich als völlig überflüssig, was nicht an Jack Burns lag, der ein begabter und erfahrener Vernehmungsbeamter war. Als Erstes nahm er sich Price vor, der von den beiden der Begriffsstutzigere war. Während Lou Slade schweigend neben seinem Mandanten saß, versuchte Burns es mit der guten alten Vernunft.

»Schauen Sie, Marc, alles spricht gegen Sie. Wir haben einen Zeugen, der die ganze Sache gesehen hat. Alles. Von Anfang bis Ende. Und er *wird* aussagen.«

Er wartete. Nichts.

»Für das Band: Mein Mandant verweigert die Aussage«, murmelte Slade.

»Dann hat er Ihnen eins auf die Nase gegeben, Marc. Ihnen den alten Zinken gebrochen. Klar, dass Sie da die Beherrschung verloren haben. Wie kommt so ein alter Knabe nur auf so etwas?«

»Weiß nicht«, hätte Price nur murmeln müssen, oder »Blöder Hund«. Das wäre bei der Jury gut angekommen. Das Eingeständnis, dass sie am Tatort waren – und schon wäre das beste Alibi hinfällig gewesen. Doch Price glotzte ihn nur schweigend an.

»Und dann die Sache mit dem Blut, das Ihnen aus der gebrochenen Nase geflossen ist. Wir haben Bluttests gemacht, mein Freund.«

Er achtete darauf, nicht zu verraten, dass er nur Blut vom T-Shirt hatte und nichts von der Straße. Das war schließlich keine Lüge. Price warf einen ängstlichen Blick zu Slade hinüber, der ebenfalls sorgenvoll schaute. Der Anwalt wusste, dass die Verteidigung keine Chance haben würde, wenn ein DNA-Test die Blutstropfen, die in der Nähe des zusammengeschlagenen Mannes auf der Straße gefunden worden waren, eindeutig Price zuordnete. Doch im Notfall hatte er immer noch Zeit, die Strategie seiner Verteidigung zu ändern. Die Regeln gaben vor, dass er alles einsehen konnte, was Burns an Beweismaterial besaß, und zwar lange vor der Gerichtsverhandlung. Deshalb schüttelte er einfach nur den Kopf, und Price schwieg weiter.

Burns widmete jedem Angeklagten eine Stunde, in der er sich redlich bemühte, dann gab er auf.

»Ich werde jetzt definitiv einen Antrag auf Aufrechterhaltung der Untersuchungshaft stellen«, sagte er zu Slade, als Price und Cornish wieder in ihren Zellen waren. »Heute Nachmittag um vier?«

Slade nickte. Er würde da sein, aber mehr oder weniger schweigen. Im Moment gab es sowieso nichts zu sagen.

»Und für morgen früh werde ich zwei Gegenüberstellungen in der St. Anne's Road ansetzen. Wenn ich zweimal Erfolg habe, erhebe ich offiziell Anklage und schicke die beiden zurück in die Untersuchungshaft.« Slade nickte nur und ging.

Während er in sein Büro zurückfuhr, dachte der Pflichtverteidiger über den Fall nach. Er hatte wenig Zweifel daran, dass es schlecht um seine Mandanten stand. Burns machte seine Sache gut, gewissenhaft und gründlich. Er neigte nicht zu dummen Fehlern, die von der Verteidigung später ausgeschlachtet werden konnten. Und ehrlich gesagt hielt er seine Mandanten selbst für verdammt schuldig. Er hatte ihr Vorstrafenregister gesehen, das am Nachmittag auch dem Magistrat vorliegen würde. Wer immer der geheimnisvolle Zeuge sein mochte, wenn es eine ehrbare Person war, die bei ihrer Aussage blieb, würden Price und Cornish lange kein Tageslicht mehr sehen.

Früher hatte die Polizei die Gegenüberstellungen direkt auf dem Revier stattfinden lassen. Seit die neue Methode eingeführt war, gab es an verschiedenen Stellen der Stadt eigene Einrichtungen dafür. Die dem Dover-Knast nächstgelegene war in der St. Anne's Road, gleich in der Nachbarschaft des Krankenhauses, in dem Dr. Melrose arbeitete und Price sich die Nase hatte verarzten lassen. Es war das effizientere System. Jede Einrichtung war nach dem neusten Standard ausgestattet: Beleuchtung und blinde Spiegel garantierten, dass bei den Gegenüberstellungen schwere Burschen nicht mit den Zeugen in Blickkontakt treten und sie so einschüchtern konnten. Außerdem hatten sie ein festes Team von verschieden großen Männern und Frauen, die unterschiedliche Typen abdeckten und kurzfristig zur Gegenüberstellung gebeten werden konnten. Diesen Freiwilligen wurde fünfzehn Pfund pro Auftritt gezahlt. Dafür mussten sie nur kommen, sich in eine Reihe stellen und wieder gehen. Burns hatte um zwei Gegenüberstellungen um elf Uhr morgens gebeten und seine Häftlinge genau beschrieben.

Die Medien, gegen die Burns eine tiefe Abneigung hegte, überließ er Luke Skinner. Außerdem machte der D.S. die Sache einfach besser. Er war ein ausgesprochen seltenes Phänomen: ein Polizist, der eine Privatschule besucht und dort Manieren gelernt hatte, für die er in der Kantine verspottet wurde. Manchmal erwiesen sich diese Manieren jedoch als äußerst nützlich.

Alle Presseanfragen gingen über Scotland Yard, wo es eine eigene Abteilung für Öffentlichkeitsarbeit gab. Von dort waren sie um einen kurzen Bericht gebeten worden. Bis jetzt war es noch ein relativ uninteressanter Fall, doch immerhin gab es neben der schweren Körperverletzung noch den Aspekt eines vermissten Menschen. Skinners Problem war, dass er weder über eine genaue Beschreibung noch über ein Foto des Verletzten verfügte, da dieser mit seinem aufgedunsenen, bandagierten Kopf schlicht unidentifizierbar war.

Es blieb Skinner also nichts anderes übrig, als nach jedem zu suchen, der am vergangenen Dienstag nicht nach Hause oder in die Arbeit gekommen war und seither vermisst wurde. Ein Mann im Alter von fünfzig bis fünfundfünfzig Jahren mit einem deutlichen Hinken. Kurzes graues Haar, mittelgroß, mittelschwer. Was spannende Nachrichten anging, gab der August meist wenig her. Möglicherweise stiegen die Medien auf die Geschichte ein, wenn auch nicht sehr intensiv.

Immerhin gab es eine Zeitung, die sich stärker für die Geschichte interessieren könnte, und Skinner hatte dort Kontakte.

Er traf sich zum Lunch mit einem Reporter des *Edmonton and Tottenham Express*, dem Lokalblatt, das über den gesamten Einzugsbereich des Dover-Knasts berichtete. Der Reporter machte sich Notizen und versprach, sein Bestmögliches zu tun.

Die Zivilgerichte mochten im Sommer längere Ferien machen, aber das Netzwerk der Strafgerichte stellt seine Arbeit nie ein. Über neunzig Prozent aller Strafverfahren werden im Magistrat verhandelt, der erstinstanzlichen Gerichtsbarkeit. Verhandlungen müssen das ganze Jahr über an allen sieben Tagen der Woche stattfinden können. Einem Großteil dieser Verfahren sitzen Laienrichter vor, die ehrenamtlich und ohne Bezahlung arbeiten. Sie übernehmen die unzähligen kleineren Straftaten und Verkehrsdelikte, geben Haft- und Hausdurchsuchungsbefehle heraus, sind für die Erweiterung von Alkohollizenzen zuständig und urteilen über kleinere Diebstähle und Schlägereien. Auch Anträge auf Aufrechterhaltung der Untersuchungshaft fallen in ihren Zuständigkeitsbereich. Wenn vor dem Magistrat schwerere Fälle verhandelt werden, übernimmt neuerdings ein Berufsrichter, meist ein dazu autorisierter Anwalt, als Einzelrichter den Vorsitz.

An diesem Nachmittag standen dem Gerichtshof Nummer drei an der Highbury Corner drei Laienrichter vor. Den Vorsitz hatte Mr. Henry Spellar, ein pensionierter Schuldirektor. Der Fall war so klar, dass sie nur wenige Sekunden brauchten.

Als alles vorbei war, wurden Price und Cornish aus dem Saal geführt und wieder in die Dover Street gefahren. Burns informierte Detective Superintendent Parfitt über den Stand der Dinge.

»Wie geht es voran, Jack?«, fragte der Chef des Criminal Investigation Department in der Dover Street.

»Es ist frustrierend, Sir. Anfangs lief alles wie am Schnürchen, und wir haben einen wunderbaren Zeugen, der alles gesehen hat. Ein angesehener Geschäftsmann und guter Bürger. Er hat die beiden identifiziert, ohne auch nur einen Moment zu zögern, und ist bereit, vor Gericht auszusagen. Was mir fehlt, ist die Brieftasche des Opfers. Außerdem Ermittlungsergebnisse, die Price und Cornish mit dem Tatort und der fraglichen Zeit in Verbindung bringen. Dafür habe ich die gebrochene Nase von Price, die er sich nur drei Stunden nach der Tat im St. Anne's Hospital behandeln ließ. Was perfekt zur Aussage des Augenzeugen passt.«

»Was hält Sie dann noch auf?«

»Ich brauche die Brieftasche als Verbindungsglied zu den Tätern. Ich will, dass sie sich im Labor der Forensischen beeilen, und ich würde gern das Opfer identifizieren. Er ist noch immer ein UAM.«

»Werden Sie Anklage erheben?«

»Wenn Mr. Patel sie morgen bei der Gegenüberstellung identifiziert, ja. Diesmal lasse ich sie nicht laufen. Sie sind beide schuldig, und zwar verdammt schuldig.«

Alan Parfitt nickte.

»In Ordnung, Jack. Ich werde versuchen, in der Forensischen Dampf zu machen. Halten Sie mich und den CPS auf dem Laufenden.«

Im Royal London ging ein weiterer Tag zu Ende, von dem der Mann in der Intensivabteilung nichts mitbekommen hatte. Seit der Operation waren achtundvierzig Stunden vergangen, und er hatte noch nicht einmal mit der Wimper gezuckt. Er befand sich nach wie vor tief in seiner eigenen Welt.

Vierter Tag – Freitag

Luke Skinner war zufrieden mit dem Raum, den seine Geschichte in der Tageszeitung einnahm. Es war gleich der zweite Leitartikel auf der Titelseite. Der Reporter hatte die Schlagzeile »Hinkender Unbekannter – Die Polizei fragt: Wer ist dieser Fremde?« gewählt. Er hatte den Überfall geschildert und zwei Männer aus der Gegend erwähnt, von denen »die Polizei bei ihren Ermittlungen unterstützt wurde«. Was lediglich eine dieser abgenutzten Phrasen war, die man mit Krankenhausbulletins vergleichen konnte, in denen Schwerstverletzten ein stabiler Zustand attestiert wird. Jeder wusste, dass genau das Gegenteil gemeint war. Dann wurde das Opfer mit Größe, Körperbau, Haarfarbe und dem Hinken detailliert beschrieben. Den Schluss bildete eine Frage in fettgedruckten Großbuchstaben: HAT IRGENDJEMAND DEN HINKENDEN MANN GESEHEN?

D.S. Skinner schnappte sich ein Exemplar der Zeitung und nahm es mit zum Frühstück in die Kantine. Er konnte sich nicht beschweren. In einer zusätzlichen kleinen Notiz wurde gemeldet, dass die Untersuchungshaft um weitere vierundzwanzig Stunden verlängert worden war.

Um elf Uhr wurden Price und Cornish mit dem Polizeibus zur Gegenüberstellung in die St. Anne's Road gefahren. Burns und Skinner folgten ihnen zusammen mit Mr. Patel. Es gab zwei Gegenüberstellungen. In jeder stand der jeweilige Tatverdächtige zwischen acht anderen Männern, die ihm entfernt ähnlich sahen. Wegen der Nase von Price mussten auch die anderen acht bulligen Männer in seiner Reihe einen großen Streifen Pflaster im Gesicht tragen.

Mr. Patel zögerte nicht lange. Innerhalb von zwanzig Minuten hatte er beide Männer identifiziert und nochmals bestätigt, seine Aussage auch vor Gericht wiederholen zu wollen. Burns war glücklich. Die Beschuldigten hatten seinen Zeugen nicht gesehen, und keiner von ihnen gehörte einer Bande an. Mit etwas Glück würde niemand Mr. Patel einschüchtern.

Sie fuhren ihn ins Geschäft zurück. Die Freiwilligen bei der Gegenüberstellung bekamen ihren Lohn ausgezahlt und gingen. Price und Cornish wurden wieder in ihre Zellen gebracht, wo Burns nach seiner Rückkehr offiziell Anklage gegen sie erheben wollte.

Doch als er mit Skinner den Dover-Knast betrat, rief ihn der Dienst habende Sergeant zu sich.

»Jack, es hat jemand für dich angerufen.« Er studierte seinen Notizblock. »Eine Miss Armitage. Eine Blumenhändlerin.«

Burns war verwirrt. Er hatte keine Blumen bestellt. Andererseits würde Jenny in einer Woche heimkommen. Ein Blumenstrauß würde die Angelegenheit ein bisschen romantischer machen. Gute Idee.

»Es ging um einen hinkenden Mann«, fuhr der Sergeant fort.

Burns notierte die Adresse und ging mit Skinner sofort wieder zum Auto.

Die beiden Missis Armitage, nicht mehr ganz junge Zwillingsschwestern, betrieben einen Blumenladen in der Upper High Road. Die eine Hälfte ihrer Ware befand sich im Laden, die andere war auf dem Gehweg draußen ausgestellt. Diese Blumen fochten einen schweren Kampf gegen die Abgaswolken der Schwerlastzüge aus, die in Richtung Süden nach Highbury oder in Richtung Norden in die Industriegebiete der Midlands donnerten.

»Es könnte der Mann sein«, sagte Miss Verity Armitage. »Er scheint zu Ihrer Beschreibung zu passen. Dienstagmorgen haben Sie gesagt, oder?«

D.I. Burns bestätigte, dass Dienstagmorgen ungefähr passen könnte.

»Er hat einen Blumenstrauß gekauft. Keinen teuren. Genau genommen sogar den billigsten, den wir im Laden hatten. Ein halbes Dutzend Margeriten. So, wie er aussah, hatte er nicht viel Geld, der Arme. Und in der Zeitung hieß es, er sei verletzt worden?«

»Schwer verletzt, Madam. Er kann nichts sagen, denn er liegt im Koma. Wie hat er bezahlt?«

»Oh, bar.«

»Mit Münzen aus der Hosentasche?«

»Nein. Er hat eine Fünf-Pfund-Note rausgezogen. Aus der Brieftasche. Ich weiß noch, dass er sie fallen ließ. Ich habe sie für ihn aufgehoben. Wegen seinem Bein.«

»Wie sah die Brieftasche aus?«

»Billig. Aus Plastik. Schwarz. Dann habe ich sie ihm zurückgegeben.«

»Haben Sie gesehen, wo er sie hingesteckt hat?«

»In seine Tasche. Die innere Jackentasche.«

»Könnten Sie mir so einen Strauß Margeriten zeigen?«

Mittags aßen sie in der Kantine der Dover Street. Burns brütete niedergeschlagen vor sich hin. Mit einer Kreditkarte hätten sie einen Namen gehabt. Und von der Kreditkartengesellschaft hätten sie die Adresse oder die Kontonummer bei einer Bank erfahren. Wenigstens irgendetwas. Aber Bargeld...

»Was würden Sie an einem Augustnachmittag mit einem Blumenstrauß anstellen?«, fragte er Skinner.

»Ihn einer Freundin schenken? Oder der Mutter?«

Beide Männer schoben ihre Teller beiseite und grübelten über ihren Teetassen.

»Sir?«

Die Stimme klang schüchtern und kam vom anderen Ende des langen Tisches. Sie gehörte einer sehr jungen Wachpolizistin, frisch von der Schule. Jack Burns schaute zu ihr hinüber.

»Mmm?«

»Nur eine Idee. Sprechen Sie über den Hinkenden?«

»Ja. Und eine gute Idee könnte ich brauchen. Wie lautet Ihre?«

Eine verlegene Röte stieg ihr ins Gesicht. Für einen neuen Police Constable gehörte es sich eigentlich nicht, einen Detective Inspector zu unterbrechen.

»Wenn er dort langging, wollte er vermutlich zur High Road, die ungefähr fünfhundert Meter weiter vorn liegt. Außerdem sind dort auch die Bushaltestellen. Doch fünfhundert Meter hinter ihm befand sich der Friedhof.«

Burns stellte seine Tasse ab.

»Was machen Sie gerade?«, fragte er das Mädchen.

»Ablage, Sir.«

»Das hat Zeit. Wir werden uns den Friedhof ansehen. Kommen Sie mit.«

Skinner saß wie immer am Steuer. Die Polizistin, die aus der Gegend stammte, wies ihm den Weg. Es war ein großer Friedhof mit Hunderten von Gräbern in langen Reihen. Sie waren in staatlichem Besitz und schlecht gepflegt. Die Polizisten begannen an einer Ecke und durchkämmten den Friedhof Reihe für Reihe. Sie brauchten fast eine Stunde. Das Mädchen fand das Grab.

Die Blumen in dem Marmeladenglas mit abgestandenem Wasser waren natürlich schon verwelkt, doch es handelte sich eindeutig um Margeriten. Dem Grabstein entnahmen sie, dass unter ihm die sterblichen Überreste von Mavis June Hall ruhten. Es gab ein Geburtsdatum, ein Todesdatum und die drei Buchstaben RIP – Rest In Peace. Sie war schon zwanzig Jahre tot und im Alter von siebzig gestorben.

»Schau dir das Geburtsdatum an, Guv. August 1906. Letzten Dienstag war ihr Geburtstag.«

»Aber was hatte sie mit dem Hinkenden zu tun?«

»Vielleicht seine Mutter.«

»Möglicherweise. Dann könnte er Hall heißen«, sagte Burns.

Auf dem Heimweg fuhren sie am Blumenladen der Schwestern Armitage vorbei. Miss Verity identifizierte die Margeriten als fast sicher aus ihrem Laden stammend. Im Dover-Knast fragte Skinner bei der Stelle für vermisste Personen nach dem Namen Hall. Es gab drei: zwei Frauen und ein Kind.

»Irgendjemand muss diesen Kerl doch gekannt haben. Warum melden sie ihn nicht als vermisst?«, sagte Burns verärgert. Eine Enttäuschung nach der anderen.

Die hübsche, aufgeweckte Polizistin machte sich wieder an ihre Akten. Burns und Skinner gingen zu den Zellen, wo sie gegen Price und Cornish offiziell Anklage wegen schwerer Körperverletzung an einem nicht identifizierten Erwachsenen männlichen Geschlechts erhoben. Um Viertel vor vier brachen sie zur Highbury Corner auf. Der leitende Verwaltungsbeamte hatte für sie ausnahmsweise noch eine kurzfristige Lücke im Sitzungsplan gefunden. Diesmal würden die beiden Verbrecher nicht in die Dover Street zurückgeschickt werden. Burns wollte sie für eine Woche Untersuchungshaft in einem richtigen Gefängnis unterbringen. Vermutlich im Pentonville, das in der Gegend nur das »Ville« hieß.

Bei Gericht hatte sich einiges verändert. Diesmal waren sie im Saal Nummer eins, wo die Anklagebank direkt in der Mitte des Raums den Richtern gegenüber lag und nicht in einer Ecke. Außerdem hatten sie es jetzt mit einem Berufsrichter in Gestalt des erfahrenen und qualifizierten Mr. Jonathan Stein zu tun.

Price und Cornish wurden wieder im Polizeibus vorgefahren, doch ein anderer Bus in den Farben des HM Prison Service, des königlichen Gefängnisdienstes, wartete schon vor der Tür, um sie ins Gefängnis zu bringen. Mr. Lou Slade saß bereits auf seinem Platz gegenüber der Richterbank. Die Anklage wurde von einer jungen Anwältin vertreten. Sie würde den Antrag auf Aufrechterhaltung der Untersuchungshaft stellen.

Früher hatte die Polizei bei Verhandlungen im Magistrat selbst die Rolle der Anklage übernommen, und viele hätten es lieber dabei belassen. Doch schon seit einiger Zeit wurde die Anklage von der ersten Verhandlung bis zum abschließenden Prozess durch den Crown Prosecution Service vertreten. Zu dessen Aufgaben zählte es auch einzuschätzen, ob ein von der Polizei vorbereiteter Fall eine realistische Chance hatte, von einem Richter und einer Jury verurteilt zu werden. War der CPS gegenteiliger Meinung, wurde der Fall zurückgezogen. Für manchen Detective, der missmutig mitansehen musste, wie ein Fall von der Liste gestrichen wurde, an dem er lang und hart gearbeitet hatte, um einen Schurken zu überführen, hieß der CPS deshalb auch Criminal Protection Service, Service zum Schutz Krimineller. Die Beziehung zwischen beiden Seiten war nicht immer ungetrübt.

Ein großes Problem des CPS war, dass er nur über geringe Mittel verfügte, völlig überlastet war und seine Mitarbeiter miserabel bezahlte. Wie zu erwarten, diente er den jungen Berufsanfängern lediglich als Karrieresprungbrett, bevor sie sich in einer Privatkanzlei niederließen oder eine bessere Position fanden.

Miss Prabani Sundaran war sehr begabt und sehr hübsch, der Augapfel ihrer aus Sri Lanka stammenden Eltern. Dies war ihr erster größerer Fall, was eigentlich kein Problem darstellen musste.

Der Antrag auf Aufrechterhaltung der Untersuchungshaft war eine reine Formsache. Es war nicht abzusehen, dass Mr. Stein Price und Cornish gegen Kaution freilassen würde. Die Gewalttaten in ihrem Vorstrafenregister waren abschreckend genug, außerdem sah er die beiden vor sich. Die Untersuchungshaft konnte immer nur für eine Woche verlängert werden, sie würden es also noch öfter miteinander zu tun bekommen, bis die Verteidigung gewählt war und sich vorbereiten konnte. Dann kam das Überstellungsverfahren, in dem die Anklage alle Beweismittel vorlegen musste. Der Magistrat würde die Angeklagten dann zur Hauptverhandlung an die nächst höhere Instanz, den Crown Court, überstellen. Doch bis dahin war Miss Sundaran sicherlich schon Beisitzerin an einem Obersten Gerichtshof oder möglicherweise sogar eine Queen's Counsel, eine Kronanwältin, die der CPS engagieren würde, um im Prozess einen Schuldspruch zu erwirken. Sie musste einfach nur das Routineprogramm abspulen und die Prozessvorschriften beachten. Vorschriften, immer nur Vorschriften.

Auf ein Nicken von Mr. Stein hin erhob sie sich, las aus ihren Papieren vor und umriss den Fall so knapp wie möglich. Slade stand auf.

»Meine Mandanten streiten die Anklage ab und werden zu gegebener Zeit eine vollständige Strafverteidigung einreichen.«

»Wir beantragen die Aufrechterhaltung der Untersuchungshaft für eine Woche«, sagte Miss Sundaran.

»Mr. Slade?« Der Richter wollte wissen, ob Mr. Slade vorhatte, eine Haftaussetzung gegen Kaution zu beantragen. Slade schüttelte den Kopf. Mr. Stein lächelte frostig.

»Sehr klug. Die Untersuchungshaft wird für eine Woche aufrechterhalten. Ich werde...« Über seine Halbbrille hinweg blickte er beide Anwälte an. »Legen Sie mir den Fall nächsten Freitagmorgen wieder vor.«

Alle im Gericht wussten, was er damit meinte. Er würde sich nochmals einen Antrag auf Aufrechterhaltung der Untersuchungshaft anhören und dem stattgeben. So würde es weitergehen, bis Anklage und Verteidigung so weit waren, dass er den Fall an den Crown Court überstellen konnte. Price und Cornish, die noch immer Handschellen trugen, jetzt aber von Gefängnisbeamten begleitet wurden, verschwanden in Richtung »Ville«. Mr. Slade fuhr in sein Büro zurück. Bis Montagmorgen würde er eine Antwort auf seinen Antrag auf Rechtsbeistand haben. Seine Mandanten verfügten eindeutig nicht über die Mittel, um für ihre Verteidigung zu bezahlen. Er musste also in einem der vier Inns of Court einen Barrister finden, einen Anwalt mit Zulassung beim höheren Gericht, der bereit war, den Fall gegen ein geringes Honorar zu übernehmen.

Er hatte bereits ein paar Kammern der Anwaltsinnung im Auge, deren allmächtige Vorstände den Antrag nicht sofort abweisen würden, doch er wusste auch, dass er entweder irgendeinen Neuling im Geschäft bekommen würde, der Berufserfahrung brauchte, oder einen alten Aufschneider, der das Geld nötig hatte. Egal. In einer immer gewaltsamer werdenden Welt war das nichts Neues.

Jack Burns kehrte in die Dover Street zurück. Auf seinem Schreibtisch stapelten sich die Papiere. Er hatte noch andere Fälle zu bearbeiten, die in den letzten Tagen liegen geblieben waren. Und auch was den Hinkenden anging, gab es noch das eine oder andere Problem zu lösen.

Fünfter Tag – Samstag

Wie versprochen schaute Dr. Paul Willis am Samstagmorgen im Krankenhaus vorbei. Bei seinem Patienten hatte es keinerlei Veränderungen gegeben, und er begann sich ernsthaft Sorgen zu machen. Die zweite Ultraschalluntersuchung war schnell gemacht, und der Arzt studierte die Ergebnisse genau.

Die Ursache für das anhaltende Koma war eindeutig kein neues Hämatom. Nachblutungen hatte es nicht gegeben. Das Gehirn hatte sich wieder zu seiner vollen Größe ausgebreitet. Auch an anderen Stellen waren keine neuen Druckquellen entstanden.

Und trotzdem waren der intrakraniale und der Blutdruck nach wie vor zu hoch. Er sah den Albtraum eines jeden Neurochirurgen auf sich zukommen. Schwere, diffuse axonale Verletzungen durch die Tritte konnte er nicht auf dem Ultraschall erkennen. Doch wenn der Gehirnstamm oder die Hirnrinde irreversibel verletzt waren, würde der Mann entweder so lange in einem rein vegetativen Status verharren, bis sie die lebenserhaltenden Maßnahmen einstellten, oder er würde sterben. Bateman beschloss, nach dem Wochenende den Gehirnstamm neurologisch zu testen. Unten im Auto wartete nämlich seine Frau, die sich sehr auf die Lunchparty in Oxfordshire freute, wo sie die Leute wiedertreffen würden, die sie auf Korfu kennen gelernt hatten. Er warf einen letzten Blick auf seinen Patienten und ging.

Der Ansturm kam aus der verlassenen Gegend in der Nähe der alten Steinfestung. Es waren Hunderte. Er hatte sie in diesem erbitterten Geheimkrieg, an dem er im Bataillon B teilnahm, schon einmal gesehen. Damals waren es jedoch nur Schemen von jeweils ein oder zwei Menschen vor den fernen graubraunen Hügeln gewesen. Doch das hier war ein regelrechter Massenangriff. Die fanatischen Scheißkerle schwärmten aus allen Richtungen auf sie zu.

Sie selbst, er und seine Kameraden, waren nur zu zehnt. Dann gab es noch fünfzig Askaris aus dem Norden, die Polizisten aus der Gegend und ein paar unausgebildete Söldner, die wild um sich feuerten. Zu seinem Haufen gehörten zwei Fähnriche, »Ruperts« genannt, zwei Feldwebel, ein Unteroffizier und fünf Kavalleristen. Den feindlichen Ansturm schätzte er bereits jetzt auf über zweihundert Mann stark, und sie kamen von allen Seiten.

Er lag flach auf dem Dach ihres Truppenquartiers und blinzelte durch die Kimme seines Selbstladegewehrs. Noch bevor der Feind überhaupt wusste, aus welcher Richtung das Feuer kam, hatte er bereits drei von ihnen umgelegt. Kein Wunder, dass sie nichts hörten, denn das Donnern der Mörser und Granaten und das Rattern der kleineren Waffen war gnadenlos.

Hätte sich vor einer Stunde, als die Rebellen über den Stützpunkt bei Jebel Ali jagten, nicht ein einzelner Schuss gelöst, wäre alles längst vorbei gewesen. Als der Alarm losging, blieben ihnen nur wenige Minuten, um ihre Stellungen einzunehmen. Die erste Angriffswelle schwappte bereits auf sie zu. So wie es aussah, verwandelte allein die Anzahl der Feinde die Situation von beschissen in ausweglos.

Weiter unten sah er einen Askari mit dem Gesicht im Matsch der Fahrrinne liegen, die als Hauptstraße galt. Captain Mike versuchte noch die vierhundert Meter offenes Feld bis zu Cpl. Labalaba abzudecken. Dem todesmutigen Fidschianer hatten sie bereits den halben Kiefer weggeschossen, doch er feuerte noch immer mit seinem veralteten, fünfundzwanzig Pfund schweren Feldgeschütz direkt in die Wand der Eingeborenen, die sich auf ihn zubewegte.

Rechts von ihm tauchten hinter dem Fort zwei Köpfe mit Keffiya auf. Er schoss beide nieder. Von der niedrigen Hügelkette auf seiner Linken kamen drei weitere. Sie hatten es auf den ausweichenden und sich duckenden Captain auf dem offenen Feld abgesehen. Er feuerte den Rest seines Magazins auf sie ab, erwischte einen und verjagte die beiden anderen.

Dann rollte er sich herum, um das Magazin zu wechseln. In dem Moment schwirrte eine verdammt große Rakete aus einer Carl Gustav über seinen Kopf hinweg. Keine zehn Zentimeter, und sie hätte Hackfleisch aus ihm gemacht. Unter den Dachsparren, auf denen er lag, hörte er seinen Fähnrich am Funkgerät einen Jagdbomber vom Typ Strikemaster anfordern. Ein Schlag, und es wäre mit dem Haufen da unten vorbei.

Mit dem neuen Magazin erledigte er noch ein paar Männer in dem Ansturm, bevor sie bis zu Captain Mike gelangen konnten, der gerade in den Schützengraben abgetaucht war, um sich mit dem Sanitätsunteroffizier Tobin um die beiden Fidschianer zu kümmern.

Er wusste in dem Moment noch nicht, was er später erfahren würde, nämlich dass sie dem unerschrockenen Labalaba eine zweite Kugel durch den Kopf gejagt hatten, die er nicht überlebte. Genauso wenig wusste er, dass auch Tobin tödlich verletzt worden war, nachdem er den Kavalleristen Ti versorgt hatte, der drei Kugeln abbekommen hatte, aber immer noch lebte. Zufälligerweise entdeckte er den Terroristen, der die Carl Gustav bediente, die ihn beinahe umgebracht hätte. Er kauerte zwischen zwei Sandhaufen direkt neben dem zerfetzten Feldkabel. Er zielte genau und jagte ihm eine schöne NATO 7.62 aus Kupfernickel direkt durch den Hals. Die Carl Gustav verstummte, doch die ohrenbetäubenden Stöße aus den Mörsern und dem anderen rückstoßfreien Geschütz der Terroristen donnerten weiter.

Endlich kamen die Strikemaster. Keine fünfzig Meter hoch rasten sie unter den Wolken vom Meer herbei. Bomben und Bordwaffen brachen schließlich den Kampfwillen des Feindes. Die Angreifer fielen zurück und zerstreuten sich in alle Richtungen. Sie begannen zu rennen und schleppten ihre Verwundeten und die meisten Toten mit. Später würde er erfahren, dass er mit seinen Kameraden einem Ansturm von drei- bis vierhundert Männern standgehalten und dabei fast hundert von ihnen ins Jenseits geschickt hatte.

Als der Lärm der Waffen langsam verebbte, lag er noch immer auf dem Dach. Er lachte vor Erleichterung und fragte sich, was Auntie May wohl jetzt zu ihm sagen würde.

Auf der Intensivstation des Royal London war der hinkende Mann noch immer ganz weit weg.

Sechster Tag – Sonntag

Jack Burns war ein Mann, der sich gelegentlich ein simples Vergnügen gönnte, zum Beispiel Sonntags lang im Bett zu bleiben. An diesem Tag sollte es ihm verwehrt werden. Um sieben Uhr fünfzehn klingelte das Telefon. Es war der Dienst habende Sergeant im Dover-Knast.

»Hier ist gerade ein Mann reingekommen, der immer frühmorgens mit seinem Hund spazieren geht«, sagte der Sergeant.

Burns überlegte schlaftrunken, wie lange er brauchen würde, um den Sergeant zu erwürgen.

»Er hält eine Brieftasche in der Hand«, fuhr der Sergeant fort. »Behauptet, sein Hund habe sie auf einem unbebauten Grundstück aufgestöbert. Es liegt ungefähr eine Viertelmeile von der Wohnsiedlung entfernt.«

Burns war jetzt hellwach. »Billig, aus Plastik, schwarz?«

»Sie haben sie schon gesehen?«

»Halten Sie den Mann fest. Lassen Sie ihn nicht gehen. Ich bin in zwanzig Minuten da.«

Der Mann mit dem Hund war Rentner, ein Mr. Robert Whittaker. Aufrecht und ordentlich saß er in einem der Verhörzimmer und hielt eine Tasse Tee in den Händen.

Mr. Whittaker machte seine Aussage, unterschrieb sie und ging wieder. Burns rief das POLSA-Team an und bat den verdrießlichen leitenden Beamten um eine akribische Durchkämmung des gut zweitausend Quadratmeter großen Grundstücks. Bis Sonnenuntergang sollte der Bericht auf seinem Schreibtisch liegen. Es hatte jetzt seit vier Tagen nicht mehr geregnet, doch der Himmel sah grau und verhangen aus. Er wollte verhindern, dass die Sachen, die vielleicht aus der Brieftasche herausgefallen waren, aufgeweicht wurden.

Dann endlich nahm er die Brieftasche genauer unter die Lupe. Er entdeckte die leichten Einbuchtungen durch die Hundezähne und eine Spur Hundespeichel. Welche Hinweise würde sie ihnen noch liefern? Er nahm die Brieftasche mit einer Pinzette und steckte sie in einen Plastikbeutel. Dann rief er in der Abteilung für Fingerabdrücke an. Ja, er wisse, dass Sonntag sei, wiederholte er, aber dies sei wirklich dringend.

An diesem Tag füllten die Spurensicherer acht Müllsäcke mit Abfällen von dem verlassenen, von verdorrtem Gras überwucherten Grundstück an der Mandela Road. Die Auswertung des Materials dauerte bis in die Nacht hinein.

Doch sie fanden nichts, was aus der Brieftasche hätte stammen können, die, wie Mr. Whittaker ausgesagt und Burns sich überzeugt hatte, vollkommen leer gewesen war.

Siebter Tag – Montag

Er lag ängstlich zusammengekauert in dem fast dunklen Raum. Das einzige flackernde Nachtlicht am Ende des Zimmers warf seltsam huschende Schatten an die Decke. In den Betten des Waisenhausschlafsaals hörte er andere Jungen im Schlaf murmeln oder manchmal aus einem schlimmen Traum aufschluchzen. Er wusste nicht, was aus ihm werden und wo er hin sollte, jetzt, wo Mum und Dad nicht mehr da waren. Er wusste nur, dass er in dieser neuen Umgebung allein war und Angst hatte.

Wahrscheinlich wäre er irgendwann eingedöst, doch als die Tür aufging und ein Rechteck aus Licht vom Flur ins Zimmer fiel, schreckte er hoch. Dann beugte sie sich über ihn. Sanfte

Hände steckten die Decke um ihn fest und strichen ihm das verschwitzte Haar aus dem Gesicht.

»*Was ist, mein Junge? Schläfst du immer noch nicht? Jetzt sei ein braves Kind und schlaf ein. Gott und alle seine Engel werden über dich wachen, bis Auntie May morgen früh wiederkommt.*«

So getröstet glitt er endlich in die warme Dunkelheit einer endlosen Nacht.

Es war die Dienst habende Schwester auf der Intensivstation im Royal London. Sie hatte es schon im Dover-Knast versucht, doch Burns hatte der Abteilung auch seine Privatnummer hinterlassen, unter der sie ihn notfalls erreichen konnten.

»D.I. Burns? Hier ist das Royal London. Ich muss Ihnen leider mitteilen, dass der Patient, für den Sie sich interessieren – der nicht identifizierte Mann in der Intensivstation – heute Morgen um zehn nach sechs gestorben ist.«

Jack Burns legte den Hörer auf und blickte einem weiteren anstrengenden Tag entgegen. Jetzt hatte er es mit einem Mordfall zu tun. Wenigstens bekam er damit auf der Dringlichkeitsskala eine wesentlich bessere Position. Es würde eine Autopsie geben, der er beiwohnen wollte. Die beiden Tiere aus dem »Ville« mussten zurück nach Highbury gebracht werden, wo die neue Anklage gegen sie erhoben werden würde.

Das bedeutete, dass er den Magistratsvorsitzenden informieren musste und auch den Verteidiger Lou Slade. Vorschriften, mehr Vorschriften, doch man musste sich daran halten und sie genau beachten. Nur so konnte er vermeiden, dass Price und Cornish ungeschoren davonkamen, weil ein gerissener Anwalt einen kleinen technischen Verfahrensfehler aufdeckte. Burns wollte die beiden für viele Jahre hinter graue Steinmauern bringen.

Das Royal London hatte eine eigene kleine Leichenhalle und eine pathologische Abteilung. Dort fand gegen Mittag die Autopsie statt. Sie wurde von Mr. Laurence Hamilton, dem Pathologen des Innenministeriums, durchgeführt.

Für Burns waren alle Gerichtspathologen schräge Vögel. Sie verrichteten eine Arbeit, die ihn anekelte. Einige von ihnen waren dabei betont fröhlich und plauderten entspannt, während sie ihre Leichen aufschnitten und zersägten. Andere gingen es wissenschaftlicher an und reagierten auf jede Entdeckung mit der kindlichen Begeisterung eines Schmetterlingsammlers, der ein seltenes neues Exemplar gefunden hat. Wieder andere waren mürrisch und einsilbig. Mr. Hamilton gehörte zur ersten Gruppe. Für ihn war das Leben wunderschön und sein Job der beste, den es gab.

Obwohl Jack Burns im Lauf seiner Karriere schon an mehreren Autopsien teilgenommen hatte, kam ihm bei dem Geruch von Äther und Formaldehyd immer noch das Würgen. Als die Kreissäge sich in den Schädel grub, drehte er sich weg und starrte die Schautafeln an der Wand an.

»Mein Gott, den haben sie ordentlich in der Mangel gehabt«, sagte Hamilton, als er den bleichen, mit Blutergüssen übersäten Körper des Mannes auf dem Seziertisch in Augenschein nahm.

»Sie haben ihn totgetrampelt«, sagte Burns. »Letzten Dienstag. Er hat acht Tage gebraucht, um zu sterben.«

»›Tod infolge schwerer Tritte‹ – ganz so werde ich es nicht formulieren.« Er begann zu schneiden und diktierte seine Diagnosen dem Pathologieassistenten, der ihm das Mikrofon eines Diktiergeräts an den Mund hielt, während er sich um den Tisch bewegte.

Es dauerte eine gute Stunde. Es gab viele Verletzungen, und Mr. Hamilton widmete sich lange der alten Wunde. Der rechte Oberschenkel und die Hüfte, die vor vielen Jahren zertrümmert worden waren, wurden von Stahlschrauben und Nägeln zusammengehalten. Deshalb hatte der Mann hinken müssen.

»Sieht so aus, als wäre er von einem Lkw überfahren worden«, stellte Hamilton fest. »Es war eine sehr schwere Verletzung.« Er deutete auf die groben Narben an den Stellen, wo die Knochen aus der Haut getreten waren, und die feineren, über die der Chirurg sich Zugang verschafft hatte.

Alles andere, und das war nicht wenig, stammte vom letzten Dienstag. Die zertrümmerte linke Hand, die sie ihm in die Straße getreten hatten, die eingeschlagenen Schneidezähne, drei gebrochene Rippen, ein gebrochenes Wangenbein. Burns sah sich die rechte Hand an, doch Carl Bateman hatte Recht gehabt. Sie war unverletzt. Seltsam.

»Todesursache?«, fragte er schließlich.

»Nun, Mr. Burns, Sie werden alles in meinem offiziellen Bericht lesen.« Natürlich. Bei der Verhandlung würde er zu den wichtigsten Zeugen der Anklage gehören. »Doch unter uns gesagt: Es war eine schwere axonale Gehirnverletzung. Der Neurochirurg hat sein Bestes getan, aber dies hier konnte er nicht sehen. Es ist auf dem Ultraschall nicht zu erkennen. Diese Hirnschädigung konnte zusammen mit dem allgemeinen Trauma durch die vielen verschiedenen Verletzungen, die jede für sich nicht lebensbedrohlich gewesen wären, nur tödlich wirken. Ich nähe ihn für die Verwandten wieder zusammen. Hat er Familie?«

»Ich weiß es nicht«, sagte Burns. »Ich weiß noch nicht einmal, wer er war.«

Den Nachmittag über erledigte er alle Formalitäten für den kommenden Tag und informierte den Magistrat, das Gefängnis und den Verteidiger. Lou Slade legte angemessenes Bedauern an den Tag. Seinem Antrag auf Rechtshilfe war stattgegeben worden, und er hatte den Vormittag damit verbracht, einen Barrister für seine Mandanten zu finden. Genau wie Burns war er auf das Augustsyndrom gestoßen: Fast die Hälfte der Leute, bei denen er angerufen hatte, waren im Urlaub. Im King's Bench Walk, einer der vier Innungen, hatte er dann aber einen Juniorpartner gefunden, der bereit war, den Fall zu übernehmen. Immerhin ging es jetzt um Mord, was auf größeres öffentliches Interesse hoffen ließ. Alles hat auch seine guten Seiten...

»Ich muss sie trotzdem verteidigen«, sagte er.

»Machen Sie sich nicht zu viel Mühe«, erwiderte Burns und legte auf.

An diesem Nachmittag gab es eine schlechte Nachricht, die aber von einer guten wieder wettgemacht wurde. Nachdem Detective Chief Superintendent Parfitt zur Eile angetrieben hatte, übermittelte die Forensische Burns ihre Ergebnisse. Auf den Kleidungsstücken von Price und Cornish gab es keinerlei Blut- oder Faserspuren, die eine Verbindung zu dem Toten herstellten. Das Blut auf dem T-Shirt stammte nur von Price.

Burns nahm es philosophisch. Wenn es zwischen den beiden Männern eine körperliche Auseinandersetzung gegeben hatte, hätte man auf den Kleidungsstücken Faserspuren des jeweils anderen finden müssen. Price und Cornish waren sicher zu dumm, um von den ungeheuren Fortschritten zu wissen, die in den letzten zwanzig Jahren in der forensischen Technologie gemacht worden waren. Heute verfügte man über Beweismittel, die in den Zeiten, als Burns noch ein junger Streifenpolizist in Paignton war, niemals entdeckt worden wären.

Doch der Hinkende war durch einen Schlag und einen Tritt in die Kniekehle zu Boden gegangen. Als er dann auf der Straße lag, hatten sie ihn nur noch mit den Stiefeln bearbeitet. Die Stiefel, die man Price und Cornish vierundzwanzig Stunden später ausgezogen hatte, waren staubig und von einem weiteren Tag abgenutzt. Sie lieferten nichts, was vor Gericht standhalten konnte.

Doch dann kam der Anruf aus der Abteilung für Fingerabdrücke. Sie hatten auf der Brieftasche den Hundespeichel und drei verschiedene Fingerabdrücke identifiziert. Einer passte zu dem Toten, dem eindeutigen Besitzer der Brieftasche. Der andere gehörte Mr. Whittaker, der nach seiner Aussage pflichtbewusst eingewilligt hatte, sich seine Fingerabdrücke abnehmen zu lassen. Der dritte gehörte Harry Cornish. Burns war so aufgeregt, dass er mit dem Telefonhörer in der Hand aufsprang.

»Sind Sie sicher? Jeder Irrtum ausgeschlossen?«

»Jack, für ein perfektes Ergebnis müssen sich die verglichenen Abdrücke in sechzehn Punkten entsprechen. Ich habe einundzwanzig. Mehr als hundert Prozent sicher.«

Der Fingerabdruckspezialist würde ebenfalls als wichtiger Zeuge auftreten. Burns dankte ihm und legte auf.

»Jetzt haben wir dich, du Bastard«, sagte er zu der Topfblume.

Doch es gab noch eine letzte Frage, die ihm nicht aus dem Kopf ging. Wer war der Tote? Weshalb hatte es ihn nach Edmonton verschlagen? Nur weil er ein paar billige Blumen aufs Grab einer Frau stellen wollte, die schon lange tot war? Hatte er Familie? Vielleicht irgendwo weit weg an der Küste, wie er selbst? Hatte er eine Arbeit und Kollegen? Warum hatte ihn niemand als vermisst gemeldet? Wie hatte er der Nase von Price einen so gewaltigen Schlag versetzen können, ohne die geringsten Spuren auf den Knöcheln und dem Handrücken davonzutragen? Und warum hatte er sich überhaupt gewehrt? Wegen einer schäbigen Brieftasche, in der höchstens ein paar Scheine steckten?

Dann hatte Luke Skinner eine Idee.

»Der Polizist, der als Erster beim Tatort war. Er hat sich über den Mann gebeugt und sein Gesicht gesehen, bevor es anzuschwellen begann. Und der Sanitäter, der sich noch auf der Straße und dann im Rettungswagen um ihn gekümmert hat. Wenn wir die beiden mit einem Polizeizeichner zusammenbringen...«

Über den London Ambulance Service spürte Burns den Sanitäter auf. Als der Mann hörte, dass sein Patient gestorben war, willigte er ein zu helfen. Am nächsten Tag hatte er Frühschicht, wollte aber um zwei Uhr mittags, wenn sein Dienst zu Ende war, gern vorbeikommen.

Der Police Constable stammte direkt aus dem Revier Dover Street und wurde über den Dienstplan und das Dienstbuch ermittelt. Beim Scotland Yard fanden sie einen begabten Polizeikünstler, der sich bereit erklärte, am nächsten Tag um zwei vorbeizuschauen.

Eine ausführliche Strategiesitzung mit Alan Parfitt bildete den Abschluss dieses Tages. Burns legte seinem Chef alle Beweismittel vor, und dieser prüfte sie sorgfältig. Schließlich willigte er ein.

»Ich glaube, wir haben Aussicht auf Erfolg, Sir. Wir haben die Zeugenaussage von Mr. Patel, der außerdem beide Männer in der Gegenüberstellung identifiziert hat. Dann haben wir die kaputte Nase und Dr. Melrose, der sie drei Stunden später verarztet hat. Und wir haben die Brieftasche. Damit könnten wir lebenslänglich erreichen.«

»Ja, ich denke schon«, sagte Parfitt. »Sie haben meine Unterstützung. Morgen treffe ich ein hohes Tier im CPS. Möglicherweise kann ich ihn davon überzeugen, dass wir mit diesem Fall durchkommen.«

Es gab Aussagen, Aussagen und noch mehr Aussagen. Die Akte zu diesem Fall war gute zehn Zentimeter dick, obwohl sie den vollständigen Autopsiebericht und die Beweismittel aus der Abteilung für Fingerabdrücke noch gar nicht enthielt. Beide Männer waren sich einig, dass die Sache bei Gericht durchgehen würde, und Parfitt glaubte fest daran, davon auch die Leute im CPS überzeugen zu können.

Achter Tag – Dienstag

Am nächsten Tag saßen Price und Cornish wieder auf der Anklagebank des Gerichtssaals Nummer eins an der Highbury Corner. Den Vorsitz führte Mr. Stein, und Miss Sundaran repräsentierte die Krone. Hinter der Glasscheibe zur Zuschauergalerie beobachteten ihre Eltern voller Stolz, wie sie in ihrem ersten Mordfall plädierte. Mr. Slade wirkte ein wenig bedrückt.

Mr. Stein machte es kurz und bündig. Der Gerichtsbeamte las die neue Anklage vor – Mord. Wie immer erhob sich Mr. Slade, um zu sagen, dass seine Mandanten alles abstritten und sich ihr Recht auf Verteidigung vorbehielten. Mr. Stein zog eine Augenbraue hoch und blickte Miss Sundaran an, die für die Aufrechterhaltung der Untersuchungshaft um eine weitere Woche plädierte.

»Mr. Slade?«, fragte er.
»Kein Antrag auf Kaution, Sir.«
»Stattgegeben, Miss Sundaran. Die nächste Anhörung wird für nächsten Dienstag, elf Uhr vormittags, festgesetzt. Abführen.«

Price und Cornish wurden wieder in den Gefängnisbus gebracht. Miss Sundaran hielt jetzt die vollständige Akte über die beiden in Händen, worüber sie sehr erfreut war. Im Büro hatten sie ihr gesagt, dass dieser Fall sicherlich vor ein höheres Gericht kommen würde, zusammen mit ihr. Innerhalb der nächsten vierundzwanzig Stunden würde das CPS die Akte an Mr. Slade weiterleiten. Dann konnte die Verteidigung mit den Prozessvorbereitungen beginnen.

Eine undankbare Aufgabe, diese Verteidigung, dachte Slade schon jetzt. Wenn ich die beiden da durchkriegen will, brauche ich ein Genie mit Perücke.

Das Treffen mit dem Polizeizeichner verlief erfreulich. Der Sanitäter und der Police Constable einigten sich schnell, wie der Mann, der vor einer Woche auf der Straße gelegen hatte, ungefähr ausgesehen hatte, und der Künstler machte sich an die Arbeit. Es war echte Teamarbeit. Der Künstler zeichnete, radierte und zeichnete neu. Ein Gesicht entstand. Die Stellung der Augen, die kurzgeschnittenen grauen Haare, der Schwung des Kiefers. Beide Männer hatten das Opfer nur mit geschlossenen Augen gesehen. Der Zeichner öffnete sie nun – und schon blickte sie ein Mann an, der noch vor kurzem gelebt hatte. Bloß dass er jetzt nur noch aufgeschnittenes und wieder zusammengenähtes Fleisch in einer Gefrierschublade war.

Luke Skinner übernahm den Rest. Er hatte Kontakt zu einem der leitenden Beamten im Pressebüro von Scotland Yard. Am nächsten Tag sollte die Geschichte groß im *Evening Standard* herauskommen. Am späteren Abend setzten sich die beiden mit dem zuständigen Kriminalkorrespondenten der Zeitung zusammen. Sie alle wussten, dass der August in der Presse als »Saure-Gurken-Zeit« galt. Es gab wenig Neues, aber jetzt hatten sie eine echte Story anzubieten. Der Kriminalkorrespondent biss an. Er sah die Headline bereits vor sich: ZU TODE GETRAMPELT. KENNEN SIE DIESEN MANN? Unter der Zeichnung dann eine genauere Beschreibung des Mannes, mit besonderer Betonung des zertrümmerten rechten Beins und der Hüfte, die ein starkes Hinken verursachten. Skinner wusste, dass sie mehr nicht erwarten konnten. Es war ihre letzte Chance.

Neunter Tag – Mittwoch

Der *Evening Standard* ist Londons einzige Abendzeitung. Zu ihrem Einzugsbereich gehört neben der Hauptstadt fast der gesamte Südosten Englands. Skinner hatte Glück. In der letzten Nacht war außergewöhnlich wenig passiert, so dass die Zeichnung des Mannes es auf die Titelseite schaffte. KENNEN SIE DIESEN MANN?, wurde in fetten Lettern gefragt, dann kam der Hinweis auf mehr Details im Innenteil der Zeitung.

Dort wurden das ungefähre Alter des Mannes angegeben, Körpergröße, Statur, Haare und Augenfarbe. Sie beschrieben die Kleidung, die er zur Zeit des Überfalls getragen hatte, und äußerten die Vermutung, dass der Mann auf dem örtlichen Friedhof gewesen sei, um Blumen auf das Grab einer Mavis Hall zu stellen. Auf dem Rückweg zur Bushaltestelle sei er dann überfallen worden. Den krönenden Abschluss des Artikels bildete das Detail des Beins, das ihm vor ungefähr zwanzig Jahren zertrümmert worden war, was ein starkes Hinken verursachte.

Burns und Skinner warteten einen ganzen Tag lang hoffnungsvoll am Telefon, aber es blieb stumm. Auch am nächsten und übernächsten Tag meldete sich niemand. Ihre Hoffnung schwand.

Ein Coroner's Court, ein kurzes gerichtliches Verfahren zur Untersuchung der Todesursache, wurde offiziell eröffnet und sofort vertagt. Der vorsitzende Coroner verweigerte der Gemeinde das Recht, ein anonymes Grab anzulegen. Schließlich müsse man immer noch damit rechnen, dass sich jemand melden könne.

»Ist das nicht komisch und gleichzeitig auch sehr traurig, Guv?«, fragte Skinner, als er mit Burns zum Dover-Knast zurückging. »Da lebt man in einer verdammten Großstadt wie London mit Millionen von Menschen um sich rum, doch wenn man ein zurückgezogenes Leben führt wie offensichtlich dieser Mann, weiß die Welt noch nicht einmal, dass man existiert.«

»Irgendjemand muss es wissen«, erwiderte Burns. »Irgendein Kollege oder Nachbar. Aber vermutlich sind sie gerade alle verreist. August, verdammter August.«

Zehnter Tag – Donnerstag

Der Ehrenwerte James Vansittart, seines Zeichens Kronanwalt, stand am Erkerfenster seines Amtszimmers und schaute über den Park auf die Themse hinaus. Er war zweiundfünfzig Jahre alt und einer der angesehensten und erfolgreichsten Barrister der gesamten Londoner Anwaltschaft. Bereits im bemerkenswert jungen Alter von dreiundvierzig Jahren hatte man ihn zum Queen's Counsel, zum Kronanwalt, ernannt. Das wirklich Außergewöhnliche daran aber war, dass er überhaupt erst seit achtzehn Jahren als Anwalt arbeitete. Er verdankte seinen Erfolg der Gunst des Schicksals, aber auch seinen eigenen Fähigkeiten. Als er vor zehn Jahren als Assistent eines wesentlich älteren QC gearbeitet hatte und dieser mitten in einem Verfahren erkrankt war, hatte sich Vansittart bereit erklärt, auch allein weiterzumachen. Der vorsitzende Richter war darüber äußerst erfreut gewesen, da er den Fall andernfalls hätte vertagen und wieder neu aufrollen müssen. Die Innung des älteren QC ging mit seinem Alleingang ein hohes Risiko ein, das sich jedoch mit dem triumphalen Freispruch des Angeklagten auszahlte. In der Anwaltschaft war man sich einig, dass Vansittart die Jury mit seinem forensischen Wissen und seiner Redekunst beeindruckt hatte. Dass später auftauchende Beweismittel bestätigten, dass sein Mandant tatsächlich unschuldig war, hatte ihm ebenfalls nicht geschadet.

Als sich Vansittart im folgenden Jahr beim Lord Chancellor, der damals noch der konservativen Regierung unterstand, um die Position des Kronanwalts bewarb, stieß er auf wenig Widerstand. Hilfreich war sicher auch, dass sein Vater, der Earl of Essendon, als parlamentarischer Geschäftsführer im House of Lords saß. In der Anwaltschaft und in den Clubs von St. James war man sich allgemein einig, dass der zweite Sohn von Johnny Essendon alles Notwendige für den Posten mitbrachte. Dass er auch noch klug war, wurde gern in Kauf genommen.

Vansittart wandte sich vom Fenster ab, ging zu seinem Schreibtisch und rief auf dem Haustelefon seinen Verwaltungschef an. Seit zwanzig Jahren sorgte Michael ›Mike‹ Creedy für den reibungslosen Ablauf sämtlicher Geschäfte der dreißig Innungsanwälte. Er selbst war es gewesen, der den jungen Vansittart entdeckt hatte, als dieser der Innung gerade erst beigetreten war. Schon bald hatte Creedy vorgeschlagen, ihn in den Vorstand der Innung zu berufen. Er sollte mit seiner Einschätzung des Mannes Recht behalten: Fünfzehn Jahre später war aus dem neuen Juniorpartner der Vorstandsvorsitzende der Innung geworden, der gleichzeitig als leuchtender Stern am Juristenhimmel galt. Er hatte eine charmante, begabte Frau, die auf ihrem Landsitz in Berkshire Porträts malte. Zwei Söhne in Harrow rundeten die schöne Erfolgsgeschichte ab.

Die Tür ging auf, und Mike Creedy trat in das elegante, von Bücherregalen eingerahmte Zimmer.

»Mike, Sie wissen, dass ich selten Rechtshilfefälle übernehme.«

»Das ist völlig in Ordnung, Sir.«

»Aber hin und wieder? Sagen wir, einmal im Jahr. Eine Art Pflichterfüllung, gut fürs Image?«

»Einmal im Jahr ist ein guter Schnitt, Mr. Vee. Man sollte nichts übertreiben.«

Vansittart lachte. Creedy war für die Finanzen zuständig, und obwohl dies eine sehr wohlhabende Innung war, mochte er es nicht besonders, wenn »seine« Barrister gegen geringe Bezahlung Rechtshilfefälle übernahmen. Doch jeder hatte nun mal seine Marotten, denen er nachgeben musste. Aber bitte nicht zu oft.

»Denken Sie an einen konkreten Fall?«

»Man hat mir von einem Fall in Highbury Corner berichtet. Zwei junge Männer, die einen Fußgänger überfallen und totgeschlagen haben sollen. Sie behaupten, es nicht gewesen zu sein. Möglicherweise stimmt das sogar. Die Namen lauten Price und Cornish. Könnten Sie herausfinden, wer sie verteidigt, und die Person fragen, ob ich sie anrufen darf.«

Eine Stunde später saß Lou Slade vor seinem Telefon und starrte es an, als wäre es plötzlich aus Gold und mit Diamanten besetzt.

»Vansittart?«, murmelte er vor sich hin, »dieser verdammte Scheißkerl James Vansittart?«

Dann fasste er sich wieder und rief zurück. Am anderen Ende der Leitung meldete sich Mike Creedy.

»Ja, so ist es. Nun, ich fühle mich sehr geehrt. Und ich bin, das gebe ich zu, überrascht. Ja, ich bleibe am Apparat.«

Ein paar Sekunden später war der Anruf durchgestellt und der QC selbst am Apparat.

»Mr. Slade, schön, dass Sie meinen Anruf entgegengenommen haben.«

Die Stimme war unbefangen, selbstbewusst, höflich und hatte einen vornehmen Akzent. Eton, vielleicht auch Harrow. Und das Gardekorps.

Es war ein kurzes Gespräch, doch alles Notwendige wurde geklärt. Slade zeigte sich erfreut darüber, in der Sache Krone gegen Price und Cornish mit Mr. Vansittart zusammenarbeiten zu dürfen. Ja, er habe die vollständige Akte mit sämtlichen Ermittlungsergebnissen, sie sei gerade an diesem Vormittag eingetroffen. Natürlich war er gerne bereit, zu einer ersten Strategiebesprechung mit dem neuen Barrister seiner Mandanten in den Temple zu kommen. Das Treffen wurde für zwei Uhr vereinbart.

Vansittart war genau so, wie Slade ihn sich vorgestellt hatte: weltgewandt, charmant und höflich. Er nötigte seinem Gast eine Tasse Tee aus feinstem Porzellan auf und bot ihm, als er die leicht gelbliche Verfärbung zwischen Daumen und Zeigefinger seiner rechten Hand bemerkte, eine Silberdose mit teuren Zigaretten an. Dankbar steckte Slade sich eine an. Er war ein einfacher Junge aus dem East End, und diese Scheißkerle machten ihn nervös. Vansittart warf einen Blick auf die Akte, öffnete sie aber nicht.

»Sagen Sie, Mr. Slade, was halten Sie von dem Fall? Umreißen Sie ihn mir bitte kurz.«

Slade fühlte sich natürlich geschmeichelt. Dies war sein Tag. Er begann mit dem Moment, als man ihn aus dem Dover-Knast vom Abendessen wegrief, und fasste die Ereignisse der letzten acht Tage zusammen.

»Mr. Patel scheint also die Schlüsselfigur in dieser Geschichte zu sein. Im Moment ist er der einzige Zeuge«, sagte Vansittart, nachdem er sich alles angehört hatte. »Der Rest sind Indizien und Beweismittel aus der Forensischen. Und hier steht alles drin?«

»Ja, alles steht in der Akte.«

Slade war nur eine Stunde in seinem Büro und eine weitere Stunde im Taxi geblieben, um durch die Akte des CPS zu blättern, doch die Zeit hatte gerade gereicht.

»Aber ich fürchte, die Beweismittel sind ziemlich erdrückend. Und die Mandanten haben keine anderen Alibis als einander. Sie behaupten, entweder in ihrer Wohnung geschlafen zu haben oder zusammen durch die Straßen gestrichen zu sein.«

Vansittart erhob sich und zwang Slade, die halb ausgetrunkene Teetasse abzustellen und seine Zigarette auszudrücken, damit er ebenfalls aufstehen konnte.

»Es war wirklich sehr nett von Ihnen, persönlich vorbeizukommen«, sagte Vansittart, während er Slade zur Tür begleitete. »Ich bin einfach der Ansicht, dass man am besten zusammenarbeitet, wenn man sich schon in einem frühen Stadium persönlich kennen lernt. Und ich danke Ihnen sehr für Ihren Rat.«

Er sagte, er wolle am Abend die Akte durchgehen und Slade am nächsten Tag im Büro anrufen. Slade erklärte, dass er den ganzen Vormittag bei Gericht sei, und sie einigten sich auf ein Telefongespräch um drei Uhr nachmittags.

Elfter Tag – Freitag

Der Anruf kam um Punkt drei Uhr.

»Ein interessanter Fall, Mr. Slade, finden Sie nicht? Schwierig, aber vielleicht nicht unanfechtbar.«

»Schwierig genug, wenn Mr. Patel seine Zeugenaussage aufrechterhält, Mr. Vansittart.«

»Zu genau dem Schluss bin ich auch gekommen. Sagen Sie, hatten unsere Mandanten irgendeine Erklärung für ihre Fingerabdrücke auf der Brieftasche oder die Behandlung der gebrochenen Nase drei Stunden nach der Tat?«

»Nein. Alles, was sie sagen, ist ›Weiß nicht‹ und ›Kann mich nicht erinnern‹. Besonders intelligent sind sie leider nicht.«

»Tja, was soll man da machen? Trotzdem brauchen wir vernünftige Erklärungen. Ich glaube, es ist Zeit für ein erstes Gespräch. Ich würde die beiden gern im ›Ville‹ besuchen.«

Slade staunte. Das war verdammt schnell.

»Ich fürchte, Montag bin ich den ganzen Tag bei Gericht«, erwiderte er. »Am Dienstag ist die Anhörung zur Aufrechterhaltung der Untersuchungshaft. Wir könnten uns im Verhörzimmer in der Highbury Corner mit ihnen zusammensetzen, bevor sie wieder ins ›Ville‹ gebracht werden.«

»Hmmm, ja. Ich hatte gehofft, bereits am Dienstag Einspruch erheben zu können. Mir wäre lieber, ich weiß bis dahin, auf welchem Boden ich mich bewege. Auch wenn ich es hasse, anderen das Wochenende zu verderben, würde es Ihnen morgen passen?«

Slade staunte noch mehr. Einspruch? Ihm wäre noch nicht einmal der Gedanke gekommen, dass ein erfolgreicher QC bei einer rein formalen Anhörung zur Aufrechterhaltung der Untersuchungshaft überhaupt zugegen sein würde. Sie vereinbarten, sich am nächsten Tag um zehn Uhr morgens im Gefängnis Pentonville zu treffen. Slade wollte alles mit der Gefängnisverwaltung regeln.

Zwölfter Tag – Samstag

Es schien sich um ein Missverständnis zu handeln. Mr. Vansittart war bereits um Viertel vor neun im Gefängnis. Höflich, aber bestimmt trat er dem Gefängnisbeamten an der Besucherrezeption gegenüber. Sie hätten sich um neun Uhr verabredet, nicht um zehn, und er sei ein vielbeschäftigter Mann. Sicher würde der Solicitor bald auftauchen. Nachdem er sich mit seinem Vorgesetzten besprochen hatte, bat der Beamte einen Kollegen, den Barrister ins Gesprächszimmer zu führen. Um fünf nach neun wurden die beiden Häftlinge in den Raum geführt. Sie starrten den Anwalt finster an, doch der ließ sich davon nicht beeindrucken.

»Es tut mir leid, Mr. Slade hat sich ein bisschen verspätet«, sagte er. »Doch er stößt sicher bald zu uns. In der Zwischenzeit kann ich mich schon mal vorstellen: Mein Name ist James Vansittart. Ich bin der Barrister, der Sie vor Gericht verteidigen wird. Setzen Sie sich doch.«

Der Gefängnisbeamte verließ den Raum. Beide Männer nahmen Vansittart gegenüber am Tisch Platz. Der Barrister setzte sich ebenfalls und zog ihre Akte hervor. Dann schob er eine Zigarettenschachtel und Streichhölzer über den Tisch. Beide Männer zündeten sich gierig eine Zigarette an, und Cornish ließ die Schachtel gleich in die Hosentasche gleiten. Vansittart lächelte sie freundlich an.

»Ihr beiden jungen Kerle habt euch also in Schwierigkeiten gebracht?«

Er blätterte in der Akte, wobei die beiden ihn durch den Nebel des Zigarettenrauchs beobachteten.

»Mr. Cornish...«, er blickte Harry Cornish an, den Mann mit dem strähnigen glatten Haar, »eines Ihrer Probleme ist die Brieftasche. Sie wurde offensichtlich am Sonntagmorgen von einem Mann, der seinen Hund ausführte, auf einem unbebauten Grundstück an der Mandela Road gefunden. Sie lag dicht hinter dem Zaun im Gras. Es besteht kein Zweifel daran, dass sie dem Toten gehörte, und es waren Fingerabdrücke drauf. Leider auch Ihre.«

»Weiß nich«, sagte Cornish.

»Ja, so ist das. Wenn man so viel um die Ohren hat, kann einen das Gedächtnis schon mal verlassen. Aber es muss doch eine harmlose Erklärung dafür geben. Vermutlich werden Sie mir sagen, dass Sie am Mittwochmorgen, dem Tag nach dem Überfall, durch die Mandela Road gingen, um im Café dort etwas zu essen? Und dann haben Sie plötzlich die Brieftasche im Rinnstein liegen sehen.«

Auch wenn Cornish als der Kopf des Duos galt, war er nicht wirklich klug, sondern eher verschlagen. Trotzdem glimmte es in seinen Augen auf.

»Yeah«, stimmte er zu. »So isses gewesen.«

»Wenn es das war, was Sie mir sagen wollten, werde ich es als Ihr gesetzlicher Vertreter natürlich glauben. Und Ihre Version der Ereignisse geht sicher so weiter, dass Sie neugierig waren, wie es jeder andere auch gewesen wäre, und sich gebückt haben, um die Brieftasche aufzuheben. Das erklärt Ihre Fingerabdrücke.«

»Richtig«, sagte Cornish. »Hab ich gemacht.«

»Doch die Brieftasche war leider leer? Überhaupt nichts drin? Da kommt ein Mann doch leicht auf die Idee, so ein Ding wie eine Spielkarte in die Luft und über den Zaun zu schleudern. Ohne sich noch weiter Gedanken über die Sache zu machen. Da lag sie dann auf dem Grundstück, bis ein Hund sie gefunden hat. War es so ähnlich?«

»Richtig«, sagte Cornish. Der neue Anwalt begann ihm zu gefallen. Gerissener Hund. Vansittart zog einen Stapel Kanzleipapier aus der Aktentasche und schrieb mit schneller Hand eine Aussage auf.

»So, hier habe ich Ihre Erklärungen notiert. Bitte lesen Sie es sorgfältig durch. Wenn Sie der Meinung sind, dass es sich genau so zugetragen hat, hätten wir bei Gericht ziemlich gute Chancen. Könnten Sie es dann bitte unterschreiben?«

Cornish war kein schneller Leser, doch er kritzelte seinen Namen unter das Papier.

»Kommen wir zum zweiten Problem, Mr. Price, Ihrer Nase.«

Der Verband war verschwunden, doch die Nase war immer noch rot und geschwollen.

»In meinen Unterlagen steht, Sie hätten sich die Nase im Krankenhaus an der St. Anne's Road verarzten lassen. Und zwar um fünf Uhr desselben Nachmittags, an dem der arme Mann im Paradise Way überfallen wurde. Die Anklage versucht, das ordentlich aufzublasen.«

»Hat eben wehgetan«, sagte Price.

»Gehen Sie beide ab und zu auf ein paar Bierchen aus?«

Sie nickten.

»Und waren Sie am Montag Abend einen trinken?«

Sie blickten verständnislos. Dann nickte Cornish.

»Im King's Head in der Farrow Street.«

»Sind Sie dort von anderen gesehen worden? Auch vom Barmann?«

Sie nickten wieder.

»Am Montag Abend, dem Tag vor dem Überfall?«

Nicken.

»Könnte es sein, dass Sie mir sagen wollen, Mr. Price habe vielleicht ein Gläschen zu viel getrunken? Auf dem Heimweg wollte er dann in den Rinnstein pinkeln, ist dabei über einen vorstehenden Pflasterstein gestolpert und voll mit dem Gesicht auf ein parkendes Auto gestürzt, wobei er sich die Nase so aufgeschlagen hat.«

Cornish rammte Price einen Ellbogen in die Seite.

»Du weißt doch, Mark. Genauso isses gewesen.«

»Da standen Sie also mit der kaputten Nase, die wie verrückt blutete. Also haben Sie sich das T-Shirt ausgezogen und es sich vors Gesicht gehalten, bis Sie nach Hause gekommen sind und das Bluten aufgehört hat. Und weil Sie so betrunken waren, sind Sie eingeschlafen und erst am Dienstag gegen Mittag wieder wach geworden?«

Cornish grinste.

»So isses, genau so isses, nich Mark?«

»Doch uns fehlen noch immer die fünf Stunden, bis Sie ins Krankenhaus gegangen sind. Sicher wollen Sie mir sagen, dass Sie wegen der Nase kein großes Theater machen wollten. Sie wussten ja nicht, dass sie gebrochen war. Aber als sie nicht aufhörte wehzutun, hat Ihr Kumpel Sie schließlich doch noch überredet, zum Arzt zu gehen. Deshalb sind Sie dann gegen fünf im Krankenhaus erschienen.«

Price nickte eifrig.

»Das war natürlich nach dem Mittagessen. Vielleicht haben Sie ja in irgendeinem Arbeitercafé was zu sich genommen, wo Sie von eins bis halb drei gesessen sind? Dort haben Sie eine *Sun* auf dem Tisch gefunden und die Sportseiten gelesen. Kann das sein? An den Namen des Cafés erinnern Sie sich allerdings nicht mehr, oder?«

Sie schüttelten beide die Köpfe.

»Macht nichts. In der Gegend gibt es Hunderte von solchen

Cafés. Aber in die Nähe von Meadowdene Grove sind Sie den ganzen Tag nicht gekommen?«

»Nee«, sagte Cornish. »Wir waren nur in dem Café und haben Kartoffeln mit Eiern gegessen. So bis halb drei.«

»Es war keines Ihrer Stammlokale?«

»Nee. Da sind wir zufällig reingestolpert. An den Namen erinnern wir uns nicht mehr.«

»Das klingt doch alles recht plausibel. Die Jury müsste es glauben. Solange Sie genau bei dieser Version bleiben. Verändern Sie nichts. Halten Sie die Geschichte kurz und einfach, verstanden?«

Sie nickten. Mr. Vansittart schrieb die zweite Aussage auf. Jetzt gab es auch eine Erklärung, wie Price zu der gebrochenen Nase gekommen war. Price konnte kaum lesen, unterschrieb aber trotzdem. Der Anwalt steckte beide Aussagen in den dicken Aktenordner. In dem Moment betrat ein ziemlich verwirrter Lou Slade das Zimmer. Vansittart erhob sich.

»Mein lieber Mr. Slade. Ein Missverständnis, es tut mir entsetzlich Leid. Ich war fest davon überzeugt, dass Sie neun Uhr gesagt haben. Aber keine Sorge, unsere Mandanten und ich sind schon fast fertig.«

Er wandte sich freundlich strahlend an Price und Cornish.

»Wir sehen uns am Dienstag bei Gericht wieder. Dort werden wir jedoch nicht miteinander reden können. Falls Sie mit irgendjemandem die Zelle teilen, verlieren Sie kein Wort über Ihren Fall. Manchmal sind Spitzel darunter.«

Er bot dem verärgerten Solicitor an, ihn in seinem Bentley nach Hause zu fahren. Im Auto las Slade die beiden neuen Aussagen.

»Besser«, sagte er. »Wesentlich besser. Zwei starke Verteidigungen. Komisch nur, dass sie mir nichts von all dem erzählt haben. Jetzt haben wir nur noch Patel...«

»Ach ja, Mr. Veejay Patel. Ein ehrbarer Bürger, ein aufrichtiger Mann. Vielleicht sogar so aufrichtig, dass er zugibt, sich vielleicht ein klein wenig geirrt zu haben.«

Mr. Slade hatte seine Zweifel, doch er erinnerte sich daran, dass Vansittart in dem Ruf stand, im Kreuzverhör nur noch von George Carman übertroffen zu werden. Der Tag erschien ihm plötzlich wesentlich freundlicher. Außerdem hatte der Barrister vor, am Dienstag in der Highbury Corner aufzutauchen. Unangemeldet. Das würde sicher ein paar Gemüter erregen. Slade lächelte.

Fünfzehnter Tag – Dienstag

Die Gemüter wurden tatsächlich erregt. Miss Prabani Sundaran saß an ihrem Platz an dem langen Tisch vor der Richterbank, als James Vansittart den Gerichtssaal betrat und sich ein paar Schritte von ihr entfernt auf den Platz des Verteidigers setzte. Sie musste mehrmals blinzeln. Der Barrister nickte ihr freundlich zu und lächelte.

Auf der Richterbank machte sich Mr. Jonathan Stein noch Notizen zu dem vorangegangenen Fall. Seine jahrelange Erfahrung half ihm, auch jetzt eine unbewegte Miene zu behalten. Hinter Vansittart saß Lou Slade.

»Führen Sie Price und Cornish herein!«, rief der vorstehende Gerichtsbeamte.

Die beiden Ganoven wurden in Handschellen und von Gefängnisbeamten flankiert zur Anklagebank geführt. Vansittart erhob sich.

»Euer Ehren, mein Name ist James Vansittart, und ich vertrete zusammen mit meinem Freund Mr. Louis Slade die Beschuldigten.«

Er nahm wieder Platz. Der Richter blickte ihn nachdenklich an.

»Mr. Vansittart, wir befinden uns hier in einer Anhörung zur Aufrechterhaltung der Untersuchungshaft um eine weitere Woche.«

Beinahe hätte er das Wort »nur« benutzt. Vansittart sprang wieder auf.

»So ist es, Sir.«

»Gut. Ms. Sundaran, bitte fangen Sie an.«

»Danke, Sir. In der Verhandlungssache Mark Price und Harry Cornish beantragt die Krone, die Untersuchungshaft eine weitere Woche aufrechtzuerhalten.«

Jonathan Stein blickte zu Vansittart hinüber. Er würde doch sicher nicht vorschlagen...?

»Kein Antrag auf Kaution, Sir«, sagte der Barrister.

»Gut, Ms Sundaran, stattgegeben.«

Stein fragte sich, was dies alles sollte. Da hatte sich Vansittart schon wieder erhoben.

»Die Verteidigung würde jedoch gern einen anderen Antrag stellen.«

»Bitte.«

»Die Verteidigung möchte wissen, Sir, ob es noch weitere Punkte gibt, die von der Anklage untersucht werden müssen, oder ob die Ermittlungen in dieser Strafsache abgeschlossen sind und dem Stand entsprechen, wie er sich der Verteidigung nach Akteneinsicht darstellt.«

Er setzte sich wieder und blickte Miss Sundaran an. Äußerlich bewahrte sie die Fassung, auch wenn in ihrem Magen ein Schwarm Schmetterlinge zu flattern schien. Sie war bisher immer davon ausgegangen, dass ein Verfahren seinen normalen Lauf nahm, so wie sie es im Studium gelernt hatte. Irgendjemand hatte etwas durcheinander gebracht.

D.I. Jack Burns, der hinter ihr saß, beugte sich vor und flüsterte ihr etwas ins Ohr.

»Soweit ich informiert bin, Sir, ist der Verstorbene noch nicht identifiziert worden. In dieser Hinsicht sind die Ermittlungen noch nicht abgeschlossen.«

Vansittart erhob sich erneut.

»Euer Ehren, die Verteidigung bestreitet nicht, dass ein Mann auf tragische Weise ums Leben gekommen ist. Aus diesem Grund konnte er auch nicht aussagen und auf irgendeine Weise zu diesem Strafverfahren beitragen. Der genaue Nachweis seiner Identität ist deshalb nicht mehr als Beweismittel zu werten. Die Verteidigung muss ihre Frage noch einmal wiederholen: Kann in dieser Strafsache das Hauptverfahren eröffnet werden?«

Im Gerichtssaal war es still geworden.

»Ms. Sundaran?«, fragte Stein leise.

Sie wirkte wie eine junge Pilotin, die ihren ersten Alleinflug absolvierte. Gerade war ihr Motor explodiert, und jemand stellte ihr die Frage, was sie jetzt zu tun gedenke.

»Von Seiten der Anklage halte ich die Ermittlungen für abgeschlossen, Sir.«

Vansittart hatte sich wieder erhoben.

»In diesem Fall, Herr Richter, beantrage ich, dass heute in einer Woche das Vorverfahren beendet wird. Sie kennen wie ich das Sprichwort ›Aufgeschobenes Recht ist Unrecht‹. Meine Mandanten sitzen jetzt seit zwei Wochen in Haft, und zwar für ein Verbrechen, das sie ganz entschieden abstreiten. Da Anklage und Verteidigung ihre Ermittlungen abgeschlossen haben, bitte ich, das Verfahren nicht weiter zu verzögern.«

Jonathan Stein dachte nach. Vansittart hatte sich für eine sehr riskante Strategie entschieden. Als Richter im Vorverfahren kam ihm nicht die Aufgabe zu, die Angeklagten als schuldig oder unschuldig zu verurteilen. Er musste nur entscheiden, ob ein eindeutiger Tatbestand vorlag und die Beweismittel ausreichten, um die Strafsache zum Hauptverfahren ins berühmte Old Bailey, den obersten Strafgerichtshof, zu überstellen. In der Regel trat erst dort ein Barrister auf. Wenn der große Queen's Counsel Vansittart sich herabgelassen hatte, in der Highbury Corner zu erscheinen, legte das nahe, dass er eine Einstellung des Verfahrens bewirken wollte.

»Gut, stattgegeben«, sagte er. »Heute in einer Woche.«

»Sir, die Verteidigung wird beantragen, nein, sie beantragt schon jetzt, dass die Krone zu dem Termin alle ihre Zeugen zum Kreuzverhör beibringt.«

Sie würden also eine Generalprobe haben. Wenn ein verteidigender Barrister ein Kreuzverhör durchführt, legt er alle Trümpfe der Verteidigung auf den Tisch. Normalerweise ist es die Anklage, die der Verteidigung Einblick in alle Beweismittel gewähren muss, während die Verteidigung ihre Strategie bis zum Beginn der Hauptverhandlung geheim halten kann. Die einzige Ausnahme von dieser Regel bilden überraschende, aus dem Nichts auftauchende Alibis.

»Stattgegeben. Miss Sundaran, Sie haben eine Woche, um die Zeugen vorzubereiten und vor Gericht zu bringen.«

Sechzehnter Tag – Mittwoch

Prabani Sundaran war in Panik und wandte sich mit ihren Ängsten an einen Vorgesetzten im CPS.

»Sir, ich brauche einen erfahrenen Barrister, der mich nächsten Dienstag unterstützt. Mit Vansittart kann ich es nicht aufnehmen.«

»Es wird Ihnen nichts anderes übrig bleiben, Prabani«, sagte ihr Vorgesetzter. »Die eine Hälfte meiner Mannschaft ist noch immer in Urlaub. Sie wissen ja, August. Die andere steckt bis über beide Ohren in Arbeit.«

»Aber, Sir. Vansittart wird die Zeugen der Anklage in die Mangel nehmen.«

»Hören Sie, es handelt sich nur um eine Überstellung ins Hauptverfahren. Eine reine Formsache. Vansittart hat sich für eine sehr riskante Strategie entschieden. Zu riskant. Das Gerichtsprotokoll wird uns Einsicht in die komplette Verteidigung gewähren. Das ist doch wunderbar. Ich wünschte, es wäre immer so.«

»Und was ist, wenn Mr. Stein das Verfahren einstellt?«

»Jetzt gehen Sie aber zu weit, Prabani. Bleiben Sie ruhig. Stein wird nichts dergleichen tun. Er weiß, was ein überzeugender Tatbestand ist. Wir haben die Identifizierungen durch Mr. Patel und seine absolut dichte Aussage. Wenn er dabei bleibt, wird Stein die Sache ans Bailey überstellen. Ohne Patel gäbe es überhaupt kein Verfahren. Jetzt gehen Sie, und ziehen Sie das einfach durch.«

Am Nachmittag wurde alles noch schlimmer. Der leitende Magistratsbeamte kam vorbei. Eines ihrer Verfahren sei eingestellt worden. Jetzt war der ganze Freitag frei. Ob sie ihr Verfahren auf Freitag ansetzen könne? Prabani Sundaran überlegte in Windeseile. Außer Mr. Patel und Mr. Whittaker, der Mann mit dem Hund, waren alle Zeugen von ihrer Seite Profis. Ihnen blieb nichts anderes, als sich die Zeit zu nehmen. Sie bat um eine Stunde Bedenkzeit und telefonierte herum. Um vier Uhr rief sie im Magistrat an und willigte ein.

James Vansittart wurde um fünf Uhr angerufen. Auch er willigte ein. Man informierte das Pentonville Gefängnis. Freitag, zehn Uhr morgens. Gerichtssaal Nummer eins Vorsitzender Richter Mr. Jonathan Stein.

Achtzehnter Tag – Freitag

Die Krone hatte elf Zeugen geladen, und sie begannen mit dem Constable, der als Erster am Tatort erschienen war. Er bestätigte, dass er an jenem Dienstag um kurz nach zwei mit einem Kollegen in einem geparkten Streifenwagen gesessen hatte, als ihn der Ruf aus der Zentrale erreichte. Sie wurden gebeten, zum Opfer eines Raubüberfalls zu fahren, das im Paradise Way auf der Straße lag. Vier Minuten nach dem Anruf seien sie dort gewesen. Während sein Kollege Verstärkung anforderte, habe er sich so gut wie möglich um den Mann, der auf der Straße lag, gekümmert. Innerhalb der nächsten fünf Minuten sei der Rettungswagen eingetroffen und habe das Opfer ins Krankenhaus gebracht. Weitere fünfzehn Minuten später sei ein uniformierter Inspector aufgetaucht und habe den Fall übernommen.

James Vansittart lächelte den jungen Mann an.

»Keine Fragen«, sagte er, und der erleichterte Constable ging zurück auf seinen Platz in einer der hinteren Reihen des Gerichtssaals. Der zweite Zeuge war der uniformierte Inspector. Auch er wurde von Ms Sundaran durch seine Aussage geführt. Als er fertig war, erhob sich Vansittart.

»Inspector, hatten sich zu dem Zeitpunkt, als Sie am Tatort eintrafen, bereits Zuschauer auf der Straße versammelt?«

»Ja, Sir.«

»Waren noch andere Polizeibeamte in Ihrer Begleitung?«

»Ja, Sir. Wir waren zu zehnt.«

»Haben Sie Ihre Kollegen angewiesen, jede anwesende Person zu verhören, um einen möglichen Augenzeugen des Überfalls zu finden?«

»Das habe ich, Sir.«

»Haben Sie zu dem gleichen Zweck Ihre zehn Kollegen in jedes Haus und in jede Wohnung geschickt, von der man den Tatort überblicken konnte?«

»Ja, Sir.«

»Wie viele Stunden haben Sie insgesamt damit verbracht?«

»Ich habe das Team bei Einbruch der Dämmerung zurückgerufen, gegen acht Uhr.«

»Demnach haben Ihre Männer fast sechs Stunden damit verbracht, Passanten auf der Straße anzusprechen und an Türen zu klopfen?«

»Ja, Sir.«

»Haben Ihre Männer in dieser Zeit einen Augenzeugen aufgetrieben, der entweder den Überfall gesehen hat oder zwei Männer, auf welche die Beschreibung meiner Mandanten zutrifft?«

»Nein, Sir.«

»Sie haben also nach, sagen wir, über hundert Anfragen nicht einmal die Spur eines Beweismittels gefunden, das meine Mandanten mit der Zeit und dem Ort des Verbrechens in Verbindung bringt?«

»Nein, Sir.«

»Vielen Dank, Inspector. Ich habe keine Fragen mehr.«

Als nächstes war Jack Burns an der Reihe. Seine lange Aussage begann mit dem ersten Anruf, der ihn in der Kantine erreicht hatte, und endete damit, dass Price und Cornish des Mordes angeklagt wurden. Dann erhob sich Vansittart.

»Sie haben sehr gründlich in diesem Fall ermittelt, Mr. Burns?«

»Das hoffe ich, Sir.«

»Keinen Stein auf dem anderen gelassen?«

»Das möchte ich behaupten.«

»Wie viele Beamte waren im Team der Spurensicherung?«

»Das POLSA-Team war ungefähr zwölf Mann stark.«

»Doch Sie haben keine Blutspuren von Mr. Price in der Nähe des Tatorts gefunden?«

»Nein, Sir.«

»Wir haben es also mit einer verletzten und gebrochenen Nase zu tun, aus der das Blut nur so herausquillt, ohne dass auch nur ein einziger Tropfen auf den Boden fällt?«

»Wir haben keinen gefunden, Sir.«

So leicht ließ Burns sich nicht von einem Anwalt ködern.

»Sehen Sie, Mr. Burns, mein Mandant wird behaupten, dass Sie keine Blutspuren von ihm gefunden haben, weil er sich dort nicht die Nase gebrochen hat. Er war nämlich an jenem Dienstag nicht mal in der Nähe des Tatorts. Mr. Burns, wenn...«

Statt Fragen zu stellen, hatte Vansittart eine kurze Rede gehalten. Er wusste, dass es keine Jury gab, die er damit beeindrucken konnte. Die Rede war an den Magistratsrichter Jonathan Stein gerichtet, der ihn mit unbewegter Miene anblickte und sich Notizen machte. Miss Sundaran kritzelte ebenfalls wild auf ihren Block.

»Haben die Spurensicherer beim Durchkämmen der Gegend noch nach anderen Dingen gesucht, die von den Tätern stammen könnten?«

»Ja, Sir.«
»Wie viele Müllsäcke haben sie gefüllt?«
»Zwanzig, Sir.«
»Wurden deren Inhalte mit den feinsten Staubkämmen untersucht?«
»Ja, Sir.«
»Und hat es in den zwanzig Müllsäcken irgendein Beweismittel gegeben, das meine Mandanten mit der Zeit und dem Ort des Verbrechens in Zusammenhang bringt?«
»Nein, Sir.«
»Trotzdem haben Sie bereits am Mittag des folgenden Tages aktiv nach Mr. Price und Mr. Cornish gesucht, um sie festzunehmen. Warum?«
»Weil ich an jenem Tag zwischen elf und zwölf Uhr vormittags zwei positive Identifikationen erhalten habe.«
»Ausgehend von der CRO-Fotosammlung, dem so genannten Verbrecheralbum?«
»Ja, Sir.«
»Die Identifikationen stammen von dem Lebensmittelhändler Mr. Veejay Patel?«
»Ja, Sir.«
»Sagen Sie mir, Inspector, wie viele Fotos hat sich Mr. Patel angeschaut?«

Jack Burns warf einen Blick in seine Notizen.

»Siebenundsiebzig.«
»Und warum siebenundsiebzig?«
»Weil er auf dem achtundzwanzigsten Foto eindeutig Mark Price erkannte und auf dem siebenundsiebzigsten Harry Cornish.«
»Siebenundsiebzig – ist das die exakte Zahl der jungen weißen Männer, die im Nordostquadranten Londons irgendwann einmal der Polizei aufgefallen sind?«
»Nein, Sir.«
»Ist die Zahl höher?«
»Ja, Sir.«

»Über wie viele Fotos verfügten Sie an jenem Morgen, Mr. Burns?«

»Ungefähr vierhundert.«

»Vierhundert. Und trotzdem haben Sie nach der Nummer siebenundsiebzig Schluss gemacht.«

»Die Identifikationen waren absolut eindeutig.«

»Und Mr. Patel hatte nicht die Gelegenheit, sich die übrigen dreihundertdreiundzwanzig Fotos anzuschauen?«

Eine langes Schweigen trat ein.

»Nein, Sir.«

»Detective Inspector Burns, mein Mandant Mr. Price ist, vom Hals aufwärts betrachtet, ein bulliger weißer Mann in den Mittzwanzigern mit kahl geschorenem Schädel. Wollen Sie dem Gericht weismachen, dass es unter Ihren vierhundert Fotos keines mehr gibt, das dieser Beschreibung entspricht?«

»Das kann ich nicht behaupten.«

»Ich würde vermuten, dass es mindestens zwanzig sind. Untersetzte junge Männer, die sich den Schädel kahl rasieren lassen, gibt es heutzutage wie Sand am Meer. Und trotzdem bekam Mr. Patel keine Gelegenheit, das Foto von Mr. Price mit ähnlichen Gesichtern unter den vierhundert aufgelisteten Fotos zu vergleichen?«

Schweigen.

»Sie müssen antworten, Mr. Burns«, sagte der Richter leise.

»Nein, Sir, die bekam er nicht.«

»Es hätte also irgendwo in der Liste ein Gesicht geben können, das dem von Mr. Price deutlich ähnlich sieht. Mr. Patel konnte sie jedoch nicht miteinander vergleichen, weiterblättern, wieder zurückblättern oder beide nebeneinander halten, bevor er seine Entscheidung traf.«

»Es hätte ein solches Foto geben können.«

»Vielen Dank, Mr. Burns, ich habe keine Fragen mehr.«

Das war schlecht gelaufen. Die Bemerkung, untersetzte junge Männer mit rasiertem Schädel gebe es wie Sand am Meer, hatte Eindruck bei Mr. Stein gemacht. Natürlich sah auch er fern, und der Anblick von Fußballhooligans in den Sportarenen war ihm vertraut.

Mr. Carl Bateman hielt seine Aussage absolut sachlich. Er beschrieb, wie ein bewusstloser Mann ins Royal London eingeliefert wurde, und schilderte alle Behandlungsmaßnahmen, die er vor der Operation durchführte. Doch als er fertig war, erhob sich Vansittart wieder.

»Nur eine ganz kurze Frage, Mr. Bateman. Haben Sie zu irgendeinem Zeitpunkt die rechte Faust des Mannes untersucht?«

Bateman runzelte verwundert die Stirn.

»Ja, das habe ich.«

»Direkt, als er eingeliefert wurde, oder später?«

»Später.«

»Wurden Sie darum gebeten?«

»Ja.«

»Wer hat Sie darum gebeten?«

»Detective Inspector Burns.«

»Hat Mr. Burns Sie gebeten, die Knöchel des Handrückens auf Verletzungen zu untersuchen?«

»Ja, das hat er.«

»Gab es Verletzungen?«

»Nein.«

»Wie lange arbeiten Sie schon in der Unfall-Notaufnahme?«

»Zehn Jahre.«

»Sie sind also ein erfahrener Arzt. Sicher haben Sie schon oft gesehen, welche Spuren ein Faustschlag hinterläßt – sowohl im Gesicht des Angegriffenen als auch auf der Faust selbst.«

»Ja, das habe ich.«

»Wenn jemand mit der Faust so fest zuschlägt, dass er die Nase eines wesentlich größeren Mannes zertrümmert, müsste das nicht Spuren an den Knöcheln hinterlassen?«

»Eigentlich schon.«

»Wie hoch schätzen Sie die Wahrscheinlichkeit einer solchen Verletzung ein? Achtzig Prozent?«

»Ja, das könnte so stimmen.«

»Hautabschürfungen an den Knöcheln? Blutergüsse über den feinen Knochen der Mittelhand?«

»Vermutlich eher Blutergüsse an der Mittelhand.«

»Ähnliche Verletzungen, wie man sie bei Boxern findet?«

»Ja.«

»Doch auf der rechten Faust des Mannes, der mittlerweile leider verstorben ist, haben Sie nichts dergleichen gefunden?«

»Nein.«

»Danke, Mr. Bateman.«

Carl Bateman konnte nicht wissen, dass der Hinkende gar nicht die geballte Faust benutzt hatte, sondern einen viel gefährlicheren Schlag. Er hatte den offenen Handballen mit voller Kraft aus der Taille hochschnellen lassen und seinen Angreifer unter der Nase erwischt. Wäre Price nicht kräftig wie ein Ochse und von vielen Schlägereien abgehärtet gewesen, hätte er unter dem Schlag bewusstlos zusammenbrechen müssen.

Der Neurochirurg Mr. Paul Willis machte seine Aussage und verließ den Zeugenstand wieder, ohne dass Vansittart eine Frage stellte. Dr. Melrose vom Krankenhaus in St. Anne's Road erging es anders.

»Dr. Melrose, haben Sie, als Sie zwischen fünf und halb sechs am Dienstagnachmittag vor zwei Wochen die Nase von Mr. Price untersuchten, Blutspuren in den Nasenlöchern gefunden?«

»Ja.«

»Waren sie verkrustet oder noch frisch?«

»Beides. Unten in den Nasenlöchern war das Blut bereits verkrustet, weiter oben war es noch flüssig.«

»Sie haben einen doppelten Bruch des Nasenbeins und eine seitliche Verschiebung des Knorpels diagnostiziert?«

»Ja.«

»Sie haben dann die gebrochenen Knochen wieder in die richtige Position gebracht und die Nase anschließend verpflastert, um dem natürlichen Heilungsprozess seinen Lauf zu lassen?«

»Ja, genauso war es.«

»Angenommen, der Patient hat, bevor er ins Krankenhaus gekommen ist, trotz der Schmerzen selbst versucht, seine Nase wieder gerade zu biegen. Hätte das neue Blutungen zur Folge gehabt?«

»Ja, das hätte es.«

»Wenn man so einen Versuch der Selbstbehandlung in Erwägung zieht – wie viele Stunden können Ihrer Meinung nach zwischen der Verletzung und dem Krankenhausbesuch von Mr. Price liegen?«

»Sicherlich mehrere Stunden.«

»Genauer bitte. Drei Stunden? Zehn? Oder sogar mehr?«

»Schwer zu sagen. Ganz genau lässt sich das leider nicht einschätzen.«

»Dann lassen Sie mich einen möglichen Hergang der Ereignisse schildern. Ein Mann geht am Montagabend aus, betrinkt sich im Pub ganz entsetzlich und will auf dem Heimweg in den Rinnstein urinieren. Über einen vorstehenden Pflasterstein gerät er ins Stolpern, stürzt nach vorn und schlägt sich die Nase an der Ladeklappe des Lastwagens eines Bauhandwerkers auf, der am Straßenrand parkt. Könnte die Verletzung, die Sie gesehen haben, von so einem Sturz am Vorabend stammen?«

»Möglicherweise.«

»Bitte, Mr. Melrose, ja oder nein? Wäre das möglich?«

»Ja.«

»Danke, Doktor. Ich habe keine Fragen mehr.«

Vansittart hatte sich verschlüsselt an Jonathan Stein gewandt, und seine Botschaft war laut und deutlich angekommen: Genauso lautet die Erklärung meines Mandanten, wollte er damit sagen. Wenn er dabei bleibt, wird die Anklage das nicht widerlegen können. Das wussten sie beide.

Im hinteren Teil des Gerichtssaals fluchte Jack Burns innerlich. Hätte Melrose nicht einfach darauf bestehen können, dass die Verletzung höchstens vier Stunden alt war, als er sie behandelte? Kein Mensch hätte das Gegenteil beweisen können. Zum Teufel mit diesen gewissenhaften, ehrlichen Ärzten!

Mr. Paul Finch war der Chef der Forensischen Abteilung. Er war kein Polizeibeamter, denn in der Forensischen beschäftigte man schon seit Jahren zivile Wissenschaftler.

»Sie haben eine größere Menge Kleidungsstücke aus der Wohnung der beiden Beschuldigten erhalten?«

»Ja, das habe ich.«

»Und außerdem jedes einzelne Kleidungsstück, das vom Opfer zur Zeit des Überfalls getragen wurde?«

»Ja.«

»Sie haben alles mit den modernsten Geräten untersucht, um zu überprüfen, ob sich irgendwelche Faserspuren des einen Kleiderhaufens auf dem anderen wiederfinden?«

»Ja.«

»Gab es solche Spuren?«

»Nein.«

»Sie haben außerdem ein blutdurchtränktes T-Shirt erhalten?«

»Ja.«

»Und eine Blutprobe meines Mandanten Mr. Price?«

»Ja.«

»Passten die Blutproben zueinander?«

»Ja.«

»Gab es noch andere Blutspuren auf dem T-Shirt?«

»Nein.«

»Haben Sie irgendwelche Blutproben vom Gehsteig im Paradise Way oder aus den Straßen von Meadowdene Grove erhalten?«

»Nein.«

»Haben Sie Blutproben erhalten, die an, um oder unter dem Lastwagen eines Bauhandwerkers in der Farrow Street gefunden wurden?«

Mr. Finch war jetzt völlig verwirrt. Er schaute zur Richterbank hoch, bekam von dort aber keine Hilfe. Miss Sundaran wirkte selbst völlig ratlos.

»Aus der Farrow Street? Nein?«

»Genau. Keine weiteren Fragen mehr.«

Mr. Hamilton trug seinen Autopsiebericht mit fröhlichem Selbstvertrauen vor. Die Todesursache seien schwere axonale Verletzungen am Hirnstamm infolge wiederholter schwerer Schläge auf den Schädel gewesen, wie sie zum Beispiel durch Stiefeltritte erfolgen könnten.

»Haben Sie bei der Autopsie jeden Zentimeter des Körpers untersucht?«, fragte James Vansittart.

»Natürlich.«

»Einschließlich der rechten Hand?«

Mr. Hamilton schaute in seine Notizen.

»Ich habe mir über die rechte Hand nichts notiert.«

»Weil sie nicht beschädigt war?«

»Das ist die einzige Erklärung dafür.«

»Danke, Mr. Hamilton.«

Im Unterschied zu den anderen gerichtserfahrenen Zeugen war Mr. Whittaker, der Mann mit dem Hund, ein wenig nervös und hatte sich für seinen Auftritt besonders fein angezogen. Er trug einen Blazer mit den Abzeichen der Royal Artillery. Dazu war er berechtigt, weil er in seiner Zeit beim National Service Feldwebelleutnant gewesen war.

In seinem »Club der über Sechzigjährigen« war die Nachricht, dass er in einem Mordprozess aussagen würde, mit freudiger Erregung aufgenommen worden, und der dankbare, aber verwirrte Hund Mitch hatte jede Menge Streicheleinheiten erhalten.

Miss Sundaran stellte die Fragen, und Mr. Whittaker beschrieb dem Gericht, wie er Mitch auf seinen täglichen Spaziergang am frühen Morgen kurz nach Tagesanbruch geführt hatte. Weil er befürchtete, es könne zu regnen beginnen, hatte er an jenem Tag auf dem Heimweg eine Abkürzung über das eingezäunte unbebaute Grundstück genommen, auf das er durch eine fehlende Zaunlatte gelangt war. Er erklärte, dass Mitch, der frei umherlief, mit einem Gegenstand im Maul zu ihm gekommen sei. Es sei eine Brieftasche gewesen. Er habe sich an den Aufruf in der Freitagszeitung erinnert und sie beim Polizeirevier in der Dover Street abgeliefert.

Als er mit seiner Aussage fertig war, erhob sich jemand. Es war der Mann in dem West-End-Anzug. Mr. Whittaker wusste, dass er die Schurken auf der Anklagebank vertrat. Zu seinen Zeiten hätte man solche Typen einfach gehängt und fertig. Dieser Mann war also der Feind. Allerdings lächelte er ihn ausnehmend freundlich an.

»So ein früher Sommermorgen ist doch die beste Stunde des Tages. Kühl, ruhig und kaum Menschen in den Straßen, oder?«

»Ja, das gefällt mir daran.«

»Mir auch. Ich gehe ebenfalls oft zu der Zeit mit meinem Jack Russell spazieren.«

Er lächelte wieder sehr freundlich. Vielleicht doch kein schlechter Kerl. Obwohl Mitch eine Promenadenmischung war, hatte Mr. Whittaker in seiner Zeit als Busfahrer mal einen Jack Russell besessen. Der blonde Mann war vielleicht doch ganz in Ordnung.

»Sie sind also über das unbebaute Grundstück gegangen und haben Mitch frei laufen lassen?«

»Ja.«

»Und plötzlich kommt er zu Ihnen und trägt etwas im Maul?«

»Ja.«

»Haben Sie gesehen, wo genau er es gefunden hat?«

»Nicht genau.«

»Hätte es in ungefähr zehn Meter Entfernung vom Zaun sein können?«

»Also, ich war schon ungefähr zwanzig Meter ins Grundstück gelaufen, als Mitch von hinten kam.«

»Dann hätte er die Brieftasche also auf den ersten zehn Metern nach dem Zaun aufstöbern können?«

»Ja, ich denke schon.«

»Danke, Mr. Whittaker.«

Der alte Mann staunte. Ein Gerichtsdiener führte ihn aus dem Zeugenstand. War das alles gewesen? Man brachte ihn in den hinteren Teil des Gerichtssaals, wo er einen Platz fand.

Auch für die Untersuchung von Fingerabdrücken stellt die Polizei zivile Experten ein. Mr. Clive Adams war so ein Experte.

Er beschrieb die Brieftasche, die man ihm geschickt hatte und auf der er drei verschiedene Fingerabdrücke entdeckte. Die Abdrücke des Finders, Mr. Whittaker, und die des verstorbenen Besitzers habe er entfernt. Den dritten Abdruck habe er dann eindeutig Harry Cornish zuordnen können. Mr. Vansittart erhob sich.

»Irgendwelche Verwischungen?«

»Ein paar.«

»Wie entstehen Verwischungen, Mr. Finch?«

»Zum Beispiel, wenn ein Fingerabdruck über einem anderen liegt oder ein Fingerabdruck gegen eine andere Oberfläche reibt. Solche Verwischungen können dann als Beweismittel dienen.«

»Kann so eine Reibung auch in einer Kleidungstasche erfolgen?«

»Ja.«

»Welches waren die deutlichsten Abdrücke?«

»Die von Mr. Whittaker und Mr. Cornish.«

»Und die befanden sich außen auf der Brieftasche?«

»Ja. Allerdings gab es innen auch zwei Abdrücke von Cornish.«

»Die Abdrücke von Mr. Whittaker entstanden demnach, als er die Brieftasche in Händen hielt. Es gibt keine Verwischungen, die nahelegen, dass er die Brieftasche in eine enge Tasche gesteckt hat.«

»Nein, sieht nicht so aus.«

»Die Abdrücke von Mr. Cornish entstanden auf die gleiche Weise. Blieben auch sie klar, weil die Brieftasche nachher nicht mehr gegen den Stoff einer Kleidungstasche rieb?«

»Sieht so aus.«

»Angenommen, ein Mann hat einen Raubüberfall verübt. Er öffnet die erbeutete Brieftasche, leert sie aus und steckt sie dann in die Gesäßtasche seiner Jeans. Könnte es trotzdem noch klare Fingerabdrücke auf dem äußeren Plastikmantel geben?«

»Ja, das wäre möglich.«

»Könnten der Jeansstoff, die Enge der Tasche und die Laufbewegungen nicht bewirken, dass die Abdrücke nach, sagen wir, einer halben Meile, verwischt werden?«

»Doch, das könnte der Effekt sein.«

»Wenn also unser Läufer die leere Brieftasche nach einer halben Meile mit Daumen und Zeigefinger wieder aus der Gesäßtasche zöge, um sie wegzuwerfen, würde er Ihnen dann nur diese Abdrücke von Daumen und Zeigefinger hinterlassen?«

»Ja.«

»Aber wenn ein Finder käme und viele eigene Fingerabdrücke auf der Plastikoberfläche hinterließe, würden diese die Spuren von Daumen und Zeigefinger verwischen?«

»Das ist zu vermuten.«

»In Ihrem Bericht schreiben Sie, dass es ein paar Verwischungen gab, die von frischeren Abdrücken bedeckt wurden. Sie vermuten, dass diese Verwischungen auch von einer anderen Hand stammen könnten.«

»Es waren nur Verwischungen. Die Abdrücke darunter könnten durchaus auch vom Besitzer oder von Cornish stammen.«

Hinten im Gerichtssaal drehte es Jack Burns den Magen um. Miss Verity Armitage. Sie hatte die Brieftasche aufgehoben, die im Blumengeschäft auf den Boden gefallen war.

»Mr. Adams, die Brieftasche wurde dem Verstorbenen am Dienstag vor zwei Wochen um kurz nach zwei aus der Tasche gezogen. Am Mittwoch um dieselbe Stunde oder kurz danach befand sich Mr. Cornish bereits in polizeilichem Gewahrsam. Demnach muss er innerhalb dieser vierundzwanzig Stunden seine Abdrücke auf der Brieftasche hinterlassen haben.«

»Ja.«

»Doch die Brieftasche wurde erst am Sonntagmorgen gefunden. Sie muss zwischen viereinhalb und fünfeinhalb Tage im Gras gelegen haben. Trotzdem waren die Abdrücke deutlich zu erkennen?«

»Es gab keine Spuren von Wasserschäden, Sir. Bei gutem, trockenen Wetter ist das durchaus möglich.«

»Dann können Sie uns genau sagen, ob Mr. Cornish seine Fingerabdrücke am Dienstagnachmittag oder am Mittwochmorgen auf dem Plastik hinterließ?«

»Nein, das kann ich nicht, Sir.«

»Am Mittwochmorgen schlendern zwei junge Männer die Mandela Road entlang und finden dort im Rinnstein eine Brieftasche. Neugierig geworden, was völlig normal ist, bückt sich einer von ihnen, um sie aufzuheben. Er öffnet sie und untersucht sie auf ihren Inhalt. Doch sie ist leer, es gibt weder Geld noch Papiere. Es ist nur eine billige, wertlose Brieftasche. Er schleudert sie hoch über den Zaun, der ein unbebautes Grundstück von der Mandela Road trennt. Sie fliegt ein paar Meter weit über das Grundstück und landet dann im langen Gras, wo sie liegen bleibt, bis sie am Sonntagmorgen von einem Hund entdeckt wird. Ist das plausibel?«

»Ich denke schon.«

»Ja oder nein, Mr. Finch. Würden die Abdrücke dann zu denen passen, die Sie gefunden haben?«

»Ja.«

Das war wieder eine verschlüsselte Botschaft an die Adresse von Jonathan Stein. Harry Cornish wird aussagen, dass genau das geschehen ist. Eine vollständige Erklärung dafür, wie seine Fingerabdrücke auf die Brieftasche gekommen sind. Mr. Jonathan Stein starrte nachdenklich vor sich hin und machte sich ein paar Notizen.

Jetzt blieb nur noch Mr. Veejay Patel. An seinen beiden Identifizierungen und seiner Aussage gab es absolut nichts zu rütteln. Miss Sundaran führte ihn Schritt für Schritt durch seine Zeugenaussage. Hinten im Saal entspannte Jack Burns sich wieder. Er würde seine Verurteilung bekommen. Vansittart erhob sich.

»Mr. Patel, Sie sind ein ehrlicher Mann.«

»Das hoffe ich doch.«

»Ein Mann, der, wenn er auch nur die leiseste Ahnung hätte, vielleicht einen Fehler gemacht zu haben, nicht so arrogant wäre, dies zu verheimlichen?«

»Nein, ich hoffe nicht.«

»In Ihrer Aussage haben Sie behauptet, Sie hätten Mr. Price so deutlich gesehen, weil er mit dem Gesicht zu Ihnen stand.«

»Ja. Er stand rechts von mir und dem Ladenfenster und hatte mir drei Viertel seines Gesichts zugewandt.«

»Doch er hat auch das Opfer angeblickt. Und das hatte sein Gesicht von Ihnen abgewandt. Deshalb konnten Sie ja später nicht helfen, das Gesicht des Toten zu identifizieren.«

»Ja.«

»Und Sie sagen, der zweite Täter, hinter dem Sie Mr. Cornish vermuten, hätte hinter dem Opfer gestanden. Sicher hatte er ebenfalls das Gesicht von Ihnen abgewandt?«

»Ja, warum?«

»Wie konnten Sie dann sein Gesicht erkennen?«

Mr. Patel schaute besorgt.

»Zu dem Zeitpunkt habe ich es noch nicht gesehen. Erst als sie um den Mann am Boden herumgelaufen sind und ihn getreten haben.«

»Mr. Patel, wenn Sie jemanden treten würden, der am Boden liegt, wo würden Sie dann hinschauen?«

»Natürlich auf den Mann.«

»Sie meinen, nach unten?«

»Ja.«

»Wenn Euer Ehren gestatten, Mr. Cornish, würden Sie sich bitte erheben.«

Auf der Anklagebank erhob sich Harry Cornish zusammen mit dem Gefängnisbeamten, an den er mit Handschellen gekettet war. Mr. Stein blickte verwundert, doch Vansittart zögerte nicht lange.

»Mr. Cornish, würden Sie bitte auf einen Punkt vor Ihren Füßen schauen?«

Cornish gehorchte. Sein glattes Haar fiel zu einem Vorhang, durch den von der Richterbank aus niemand mehr auf sein Gesicht blicken konnte. Ein verblüfftes Schweigen trat ein.

»Sie können sich wieder setzen, Mr. Cornish«, sagte Vansittart. Mit leiser Stimme wandte er sich erneut an den Ladenbesitzer.

»Mr. Patel, Sie haben aus einer Entfernung von etwa dreißig Metern einen dünnen Mann mit hagerem Gesicht und ohrlangem Haar gesehen. Als man Ihnen am nächsten Tag das Foto eines dünnen Mannes mit hagerem Gesicht und ohrlangem Haar zeigte, haben Sie vermutet, es müsse sich um denselben Mann handeln. Könnte es so gewesen sein?«

»Ich denke, ja«, murmelte Veejay Patel. Burns suchte vergebens den Blickkontakt zu ihm. Patel wich ihm aus. Sie haben ihn eingeschüchtert, dachte Burns. Irgendjemand hat ihn angerufen, eine ruhige Stimme mitten in der Nacht. Man hat seine Frau und seine Tochter erwähnt. Gott, nicht schon wieder.

»Jetzt zu Mr. Price. Gehen Sie manchmal ins Stadion hier in Highbury, um Arsenal spielen zu sehen, Mr. Patel?«

»Nein, Sir.«

»Aber an jenem schrecklichen Tag haben Sie auf der anderen Straßenseite einen bulligen, weißhäutigen Mann mit rasiertem Schädel gesehen, oder?«

»Ja.«

»Wenn Sie jemals nach Highbury gingen, würden Sie dort Hunderte von solchen Typen sehen. Und wenn Sie hinter die Windschutzscheiben von fünfzig Prozent der Fahrzeuge blickten, die andere Autofahrer in den Straßen von Nordlondon jeden Tag mutwillig behindern, würden Sie weitere hundert entdecken. Und wissen Sie, was alle diese jungen Männer tragen, Mr. Patel? Jeans, meistens ausgebeulte, mit Ledergürtel und einem schmutzigen T-Shirt. Das ist fast schon eine Uniform. Haben Sie jemals zuvor solche Typen gesehen?«

»Ja.«

»Überall in London?«

»Ja.«

»Oder im Fernsehen, wenn wir alle darüber beschämt sind, wie ausländische Polizisten versuchen, mit den englischen Fußballhooligans fertig zu werden?«

»Ja.«

»Mr. Patel, das Opfer kann seinen Angreifer nicht so fest geschlagen haben, wie Sie es beschreiben. Er hätte Hautabschürfungen an den Knöcheln seiner rechten Hand davontragen müssen, vermutlich sogar einen Bluterguss auf dem Handrücken. Vermutlich haben Sie gesehen, wie er seine rechte Hand hob, um vielleicht einen Schlag auf sein Gesicht abzuwehren. Könnte es so gewesen sein?«

»Ja, ich glaube, es könnte so gewesen sein.«

»Doch wenn Sie sich so irren konnten, ist es dann nicht möglich, dass Sie sich auch in dem Gesicht geirrt haben, das Sie aus dreißig Metern Entfernung gesehen haben?«

Burns grub den Kopf in die Hände. Wer immer diesen verängstigten Ladenbesitzer instruiert haben mochte, er hatte seine Sache gut gemacht. Patel machte nicht den Eindruck, als wolle er nicht mehr mit der Polizei zusammenarbeiten. Man konnte ihn keinesfalls als Zeugen der Anklage bezeichnen, der sich unerwartet als feindlich erweist. Er war nur von »völlig sicher« zu »möglicherweise« und von »bestimmt« zu »vielleicht« übergegangen. Doch »vielleicht« reichte nicht. Mit »vielleicht« ließ eine Jury sich nicht überzeugen.

Als der niedergeschlagene Mr. Patel den Zeugenstand verlassen hatte, wandte sich Miss Sundaran an Mr. Stein.

»Aufgrund der Gesamtheit der Tatsachen beantragt die Anklage die Überstellung des Verfahrens an den Crown Court. Die Anklage lautet auf Mord.«

Der Richter erhob eine Augenbraue in Richtung James Vansittart. Beide wussten, was jetzt kommen würde. Man hätte eine Nadel fallen hören können.

»Herr Richter, wir kennen beide Sinn und Bedeutung unseres Rechtssystems. Sie müssen genügend Beweismittel vor sich haben, die es einer vernünftigen Jury unter guter Führung ermöglichen, ein sicheres Urteil zu fällen. Vorausgesetzt natürlich, diese Beweismittel bleiben unwiderlegt.« Die beiden letzten Worte zog Vansittart in die Länge, um zu betonen, für wie unwahrscheinlich er dies hielt.

»Einen solchen Fall haben wir hier nicht vorliegen, Sir. Die Krone verfügte über drei ernsthafte Beweismittel: Mr. Patel, die gebrochene Nase und die Brieftasche. Mr. Patel, den wir sicher als einen ehrlichen und grundanständigen Mann bezeichnen können, ist zu der Einsicht gelangt, dass er möglicherweise zwei Männer identifiziert hat, die denen, die er an jenem Nachmittag sah, lediglich ähnlich waren.

Womit wir noch die gebrochene Nase von Mr. Price und die Fingerabdrücke von Mr. Cornish auf einer leeren, weggeworfenen Brieftasche hätten. Sir, streng genommen muss Sie das, was an einem anderen Tag in einem anderen Gericht gesagt oder nicht gesagt wird, genauso wenig interessieren wie die weitere Beweisführung der Verteidigung in diesem Fall. Doch Ihre beträchtliche Erfahrung sagt Ihnen sicher, dass auch die Behauptungen bezüglich Nase und Brieftasche noch vollständig und überzeugend widerlegt werden.

Sowohl für die gebrochene Nase als auch für die Brieftasche gibt es völlig logische Erklärungen. Ich denke, wir wissen beide, dass eine Jury in so einem Fall kein sicheres Urteil fällen kann. Deshalb beantrage ich die Einstellung des Verfahrens.«

Eine Jury, dachte Jonathan Stein, wird Ihre Mandanten frisch gewaschen und feingemacht in Hemd, Krawatte und Jackett sehen. Das Strafregister dieser beiden Totschläger wird sie jedoch niemals zu Gesicht bekommen. Sie, Vansittart, werden Ihren Freispruch erreichen und wir bei Gericht haben viel Zeit und öffentliche Gelder verschwendet.

»Nur mit größtem Bedenken stimme ich mit Mr. Vansittart überein. Das Verfahren wird eingestellt. Die Beschuldigten sind freigesprochen.« Äußerst angewidert von seinem eigenen Urteil verließ er die Richterbank.

»Bitte alle erheben!«, rief der Gerichtsbeamte ein wenig spät, da die meisten Anwesenden bereits zu den Türen eilten. Cornish und Price, die jetzt von den Handschellen befreit waren, wollten Vansittart von der Anklagebank aus die Hand schütteln, doch der ging erhobenen Hauptes an ihnen vorbei in den Flur.

Da die Aufzüge meist überfüllt sind, braucht man einige Zeit, um vom zweiten Stock ins Erdgeschoss des Gerichtsgebäudes zu gelangen, doch zufällig kam Jack Burns als Erster unten an. Er blickte düster und wütend vor sich hin.

Price und Cornish, jetzt wieder freie Bürger, stolzierten fluchend und schimpfend hinter seinem Rücken zur Tür. Burns drehte sich um. Jetzt standen sie sich im Abstand von zwanzig Metern gegenüber.

Beide Verbrecher hoben gleichzeitig die Faust mit dem ausgestreckten Mittelfinger und reckten sie dem Detective entgegen.

»Das war's dann wohl, du Schwein!«, brüllte Price. Sie stolzierten weiter auf die Highbury Road hinaus und schlugen den Weg zu ihrer Wohnung ein.

»Unangenehm«, sagte eine ruhige Stimme neben Burns. Er sah das gut frisierte blonde Haar, die gleichgültigen blauen Augen und die gelassene, selbstbewusste Haltung des Mannes. Eine Welle des Abscheus stieg in ihm hoch. Vansittart und seinesgleichen ekelten ihn an.

»Ich hoffe, Sie sind stolz auf sich, Mr. Vansittart. Die beiden haben einen harmlosen alten Mann umgebracht, das ist so sicher, wie wir hier stehen. Ihnen haben wir es zu verdanken, dass sie wieder auf freiem Fuß sind. Bis sie wieder zuschlagen.« Seine Wut kochte über, und er bemühte sich noch nicht einmal um Höflichkeit. »Himmel, machen Sie noch nicht genug Kohle damit, die Megareichen unten am Strand zu verteidigen? Warum müssen Sie sich für die paar Pfennig Rechtshilfe hier einmischen und diese beiden Tiere freikämpfen?«

In Vansittarts blauen Augen stand kein Spott, sondern eher eine Spur Mitleid. Dann geschah etwas Seltsames. Er beugte sich vor und flüsterte Burns etwas ins Ohr. Der Detective spürte den Hauch eines teuren, aber diskreten Herrenparfüms.

»Auch wenn Sie dies überrascht, Mr. Burns«, murmelte er, »es hat etwas mit dem Triumph der Gerechtigkeit zu tun.«

Dann verschwand er durch die Drehtür. Ein Bentley mit Chauffeur kam wie auf ein Stichwort vorgefahren. Vansittart warf seine Aktentasche auf den Rücksitz und stieg ein. Der Bentley rollte los und verschwand.

»Triumph meines Arsches«, zischte Burns.

Es war Mittag. Er beschloss, die zwei Meilen zum Revier zu Fuß zu gehen. Auf halbem Weg ging sein Piepser los. Es war das Revier. Burns benutzte sein Handy und rief an. Der Kollege an der Rezeption meldete sich.

»Hier ist ein alter Knabe, der mit Ihnen sprechen will. Behauptet, er habe den Verstorbenen gekannt.«

Der Mann war ein typischer Pensionär und ein typischer Londoner. Burns fand ihn in einem der Verhörzimmer, wo er stillvergnügt unter einem Schild mit der Aufschrift »Rauchen verboten« vor sich hin paffte. Er war ihm sofort sympathisch.

»Albert Clarke«, stellte er sich vor, »aber alle nennen mich Nobby.«

Burns und Nobby Clarke nahmen an einem Tisch einander gegenüber Platz. Der D.I. blätterte seinen Notizblock auf.

»Für meine Unterlagen: Vollständiger Name und Adresse?«

Als sie bei dem Stadtteil ankamen, in dem Nobby lebte, unterbrach Burns ihn.

»Willesden? Das ist ja meilenweit von hier entfernt.«

»Ich weiß, wo Willesden liegt«, sagte der Pensionär. »Ich lebe dort.«

»Der Verstorbene auch?«

»Natürlich. Daher kennen wir uns doch, nicht?«

Er gehörte zu den Cockneys, die aus jeder Aussage eine Frage machen, indem sie ein überflüssiges Wort ans Ende setzen.

»Und Sie sind den ganzen Weg gekommen, um mir etwas über ihn zu erzählen?«

»Das erschien mir nur recht und billig, wo er doch tot ist«, erwiderte Nobby. »Sie müssen die Kerle kriegen, die ihm das angetan haben, und sie einlochen.«

»Ich hatte sie«, sagte Burns. »Das Gericht hat sie gerade freigesprochen.«

Clarke war schockiert. In einer Schublade fand Burns einen Aschenbecher, und der alte Mann drückte seine Kippe aus.

»Das ist nicht richtig. Wo soll das mit diesem verdammten Land nur hingehen?«

»Sie sind bestimmt nicht der Einzige, der sich das fragt. Also, der Tote. Wie lautet sein Name?«

»Peter.«

Burns schrieb es auf.

»Peter. Und weiter?«

»Weiß nicht. Hab ihn nie gefragt.«

Burns zählte im Stillen ganz langsam bis zehn.

»Wir glauben, dass er an jenem Dienstag so weit östlich in die Stadt gekommen ist, weil er Blumen auf ein Grab des örtlichen Friedhofs stellen wollte. Seine Mum?«

»Nee. Eltern hatte er keine. Hat sie schon als Kind verloren. Ein Waisenjunge. Ist im Barnado-Heim groß geworden. Wahrscheinlich meinen Sie seine Auntie May. Sie war seine Hausmutter.«

Burns sah einen einsamen und verlassenen kleinen Jungen vor sich und eine gute Frau, die versuchte, wieder Ordnung in sein zerstörtes kleines Leben zu bringen. Sogar zwanzig Jahre nach ihrem Tod stellte er an ihrem Geburtstag noch immer Blumen auf das Grab. Diese Geste hatte ihm vor achtzehn Tagen das Leben gekostet.

»Wo haben Sie diesen Peter denn kennen gelernt?«

»Im Club.«
»Club?«
»Bei der Sozialhilfe. Wir haben dort jede Woche nebeneinander gesessen. Sie haben uns Stühle gegeben. Mir wegen meiner Arthritis, ihm wegen dem kaputten Bein.«

Burns stellte sich vor, wie sie im Sozialamt saßen und warteten, dass die Schlangen von Antragstellern kürzer wurden.

»Und während Sie da saßen und warteten, haben Sie sich unterhalten?«
»Ja, ein bisschen.«
»Und Sie haben nie nach seinem Familiennamen gefragt?«
»Nein. Er hat ja auch nie nach meinem gefragt, nicht?«
»Sie haben sich dort Ihre Rente abgeholt, oder? Und er?«
»Seine Behindertenrente. Er hat Geld gekriegt, weil er zu dreißig Prozent gehbehindert war.«
»Ah, das Bein. Hat er jemals erzählt, was damit passiert ist?«
»Klar. Er war in der Army. Bei den Fallschirmjägern. Ein Nachtsprung. Der Wind hat ihn erwischt und in eine Felsengruppe geschleudert. Der Fallschirm hat ihn eine halbe Meile durch die Steine geschleift. Bis seine Kameraden ihm helfen konnten, war von dem rechten Bein fast nichts mehr übrig.«
»War er arbeitslos?«
»Peter?« Nobby Clarke klang verächtlich. »Gott bewahre! Der hätte niemals einen Penny angenommen, der ihm nicht zustand. Er war Nachtwächter.«

Natürlich. Allein leben, allein arbeiten. Keiner, der einen vermisst meldet. Und die Firma, bei der er angestellt war, hatte sicher gerade Betriebsferien. August, verdammter August.

»Woher wussten Sie, dass er tot ist?«
»Zeitung. Sie haben's im *Standard* gebracht.«
»Das war vor neun Tagen. Warum haben Sie so lange gewartet?«
»August. Den Monat fahre ich immer zwei Wochen zu meiner Tochter auf die Isle of Wight. Bin erst gestern Abend zurückgekommen. Tut gut, wieder in den Abgasen zu sein. Die-

ser frische Seewind die ganze Zeit. Hätte mich fast umgebracht.«

Zufrieden hustend steckte er sich eine neue Zigarette an.

»Und wie kamen Sie an eine neun Tage alte Zeitung?«

»Erdäpfel.«

»Erdäpfel?«

»Kartoffeln«, sagte Nobby Clarke geduldig.

»Nobby, ich weiß, was Erdäpfel sind. Aber was haben sie mit dem Toten zu tun?«

Als Antwort griff Nobby Clarke in eine seiner Jacketttaschen und zog eine zerrissene alte Zeitung hervor. Es war die Titelseite des *Evening Standard* vor neun Tagen.

»Heute Morgen bin ich zum Gemüsehändler gegangen, um mir ein paar Erdäpfel zum Essen zu kaufen. Als ich sie zu Hause ausgewickelt habe, hat er mich vom Küchentisch angestarrt.«

Ein altmodischer Gemüsehändler, der seine Kartoffeln noch immer in Zeitungspapier einwickelte. Aus der lehmverschmierten Zeitung heraus habe der Hinkende zu ihm hochgeblickt. Auf der Rückseite, der Seite zwei, stand dann der Artikel mit weiteren Details, zu denen auch der Hinweis auf Detective Inspector Burns im Dover-Knast gehörte.

»Also bin ich sofort hergekommen, nicht?«

»Soll ich Sie heimfahren, Nobby?«

Der Alte strahlte.

»Hab schon vierzig Jahre nicht mehr in einem Polizeiauto gesessen. Allerdings«, bemerkte er großzügig, »waren es damals echte Bullen.«

Burns rief Luke Skinner und bat ihn, den Schlüssel an dem Band zu holen, den man in der Hosentasche des Toten gefunden hatte. Dann solle er mit dem Auto vorfahren.

Sie setzten Nobby Clark vor seinem Wohnheim ab, ließen sich die Adresse des zuständigen Sozialhilfeamts geben und fuhren weiter. Bei der Sozialhilfe wollten sie gerade schließen, und von den Angestellten war niemand mehr zu sprechen.

Burns zückte seinen Dienstausweis und verlangte den Abteilungsleiter.

»Ich suche einen Mann. Der Vorname ist Peter, Familienname unbekannt. Mittelgroß, mittelschwer, grauhaarig, zwischen fünfzig und fünfundfünfzig Jahre alt. Er hat stark gehinkt und sich hier seine Rente für die dreißigprozentige Gehbehinderung abgeholt. Hat immer ...« Burns blickte sich im Raum um. An der Wand standen mehrere Stühle. »... dort drüben neben Nobby Clarke gesessen. Können Sie mir weiterhelfen?«

In den Büros der Sozialhilfe wird nicht viel geplaudert, zumindest nicht zwischen den Angestellten hinter ihren Theken und Eisengittern und den Antragstellern draußen. Endlich glaubte sich eine der Sachbearbeiterinnen an einen solchen Mann erinnern zu können. Peter Benson?

Der Computer erledigte den Rest. Der Abteilungsleiter lud die Akte von Peter Benson herunter. Weil mit der Beihilfe immer wieder Betrug getrieben wurde, gab es schon seit Jahren Fotos der Berechtigten. Es war nur ein kleines Passfoto, doch es reichte.

»Adresse?«, fragte Burns und Skinner notierte sie.

»Er war schon drei Wochen nicht mehr da«, bemerkte der Beamte. »Wahrscheinlich macht er gerade Urlaub.«

»Nein, er ist tot«, sagte Burns. »Sie können die Akte schließen. Er wird nicht mehr kommen.«

»Sind Sie sicher?«, fragte der Mann. Diese Unregelmäßigkeit irritierte ihn. »Man hätte uns offiziell informieren müssen.«

»Das kann er nicht mehr«, sagte Burns. »Wie rücksichtslos von ihm.«

Mit Hilfe des Londoner Stadtplans und dem Befragen einiger Nachbarn fanden die beiden Detectives die richtige Adresse. Es war wieder ein Wohnblock, und die kleine Einzimmerwohnung befand sich im vierten Stock. Der Lift funktionierte nicht mehr, also mussten sie die Treppe hinaufsteigen. Sie schlossen die Tür auf.

Die Wohnung war schäbig, aber ordentlich. In den drei Wochen hatte sich Staub angesammelt, und auf der Fensterbank lagen ein paar tote Fliegen, doch es gab keine schimmelnden Essensreste. Auf dem Abtropfgestell neben der Spüle standen ein paar saubere Teller und Tassen.

In der Nachttischschublade fanden sie ein paar Erinnerungsstücke an die Armee und fünf Militärorden, darunter eine MM, die Military Medal für besonderen Mut in der Schlacht. Auf dem Regal standen ein paar zerlesene Taschenbücher, und an der Wand hingen ein paar Drucke. Burns blieb vor einem gerahmten Foto über dem Sofa stehen.

Es zeigte vier junge Männer, die lächelnd in die Kamera blickten. Im Hintergrund schien sich ein Streifen Wüste zu erstrecken und ein Teil einer alten Steinbefestigung. Unter dem Bild stand: »Mirbat, 1972«.

»Was ist Mirbat?«, fragte Skinner, der jetzt neben Burns stand.

»Eine Stadt. Eine Kleinstadt in Dhofar, einer östlichen Provinz von Oman auf dem untersten Teil der Arabischen Halbinsel.«

Die jungen Männer trugen Wüstenanzüge. Einer hatte eine arabische Keffiyah aus kariertem Tuch auf dem Kopf, die von zwei schwarzen Kordeln gehalten wurde. Die anderen drei trugen sandfarbene Berets mit einem Abzeichen vorn. Burns wusste, dass er mit einer Lupe in dem Abzeichen einen geflügelten Dolch mit drei Buchstaben darüber und drei kurzen Worten darunter erkennen würde.

»Woher weißt du das?«, fragte Skinner.

»Die Queen ist einmal nach Devon gekommen. Ich war an dem Tag für den königlichen Geleitschutz zuständig. In unserer Abteilung waren auch zwei Männer aus diesem Regiment. Als Geleitschutz muss man manchmal stundenlang rumstehen und warten. Wir haben alle in Erinnerungen geschwelgt, und sie haben uns von Mirbat erzählt.«

»Was war dort los?«

»Eine Schlacht. Es gab dort einen Krieg, einen geheimen

Krieg. Aus Yemen hatten sie kommunistische Terroristen über die Grenze geschleust, um den Sultan zu stürzen. Wir haben eine BATT-Einheit runtergeschickt, ein British Army Training Team. Eines Tages hat eine zweihundert bis dreihundert Mann starke Terroristengruppe die Stadt Mirbat und die dort stationierte Garnison angegriffen. Die Garnison bestand aus zehn Männern unseres Regiments und einer Gruppe von Söldnern aus der Gegend.«

»Wer hat gewonnen?«

Burns zeigte mit dem Finger auf das Foto.

»Sie haben gewonnen. Knapp. Haben zwei Männer aus der Truppe verloren und über hundert Terroristen über den Haufen geschossen, bevor die endlich aufgaben und die Flucht ergriffen.«

Drei der Männer auf dem Foto standen, während der vierte vor ihnen kniete. Eine vergessene Wüstenstadt vor vierundzwanzig Jahren. Der kniende Mann war Kavallerist, hinter ihm standen ein Feldwebel, ein Unteroffizier und ein junger Fähnrich, ein Offiziersanwärter.

Skinner beugte sich vor und tippte den hockenden Kavalleristen an.

»Das ist er, Peter Benson. Armer Kerl. Hat das alles überlebt, um sich dann in Edmonton tottrampeln zu lassen.«

Den Kavalleristen hatte Burns schon längst identifiziert. Er starrte den Fähnrich an. Das gut frisierte blonde Haar wurde von dem Beret bedeckt, und die arroganten blauen Augen waren im gleißenden Sonnenlicht zusammengekniffen. Doch dieser junge Fähnrich würde bald heimfahren, die Armee verlassen, Jura studieren und ein Vierteljahrhundert später einer der großen Anwälte seines Landes sein. Ein scharfes Atemgeräusch neben Burns verriet, dass auch Skinner begriffen hatte.

»Aber ich verstehe das nicht«, sagte der Detective Sergeant. »Sie haben seinen Kameraden totgetrampelt, und er hat alles drangesetzt, um die beiden Täter rauszuhauen.«

Burns hörte noch die Stimme mit dem vornehmen Akzent im Ohr: »Auch wenn Sie dies überrascht, Mr. Burns...«

Erst als er jetzt in die Gesichter dieser vier jungen Soldaten aus einer älteren Generation starrte, begriff Jack Burns, was der trügerisch gelassene Anwalt gemeint hatte. Er hatte nicht von der Gerechtigkeit des Old Bailey gesprochen, sondern von der des Alten Testaments.

»Guv?«, fragte der besorgte junge Mann neben ihm, »was wird passieren, wenn der Feldwebel und der Unteroffizier auf dem Bild Price und Cornish über den Weg laufen?«

»Frag lieber nicht, mein Freund. Das willst du doch nicht wirklich wissen?«

Vierundzwanzigster Tag – Donnerstag

Die Beerdigung fand auf dem Friedhof des Special Air Service Regiment in der Nähe von Hereford statt. Man bettete den Körper eines alten Soldaten zur letzten Ruhe. Es gab einen Hornisten, der ein letztes Hornsignal spielte. Eine Salve wurde über dem Grab abgefeuert. Ungefähr zwölf Personen waren anwesend, unter ihnen ein berühmter Barrister.

Am selben Abend wurden zwei Leichen aus einem See in der Nähe der Wanstead Marshes im Osten von London gefischt. Man identifizierte sie als Mr. Mark Price und Mr. Harry Cornish. Der Pathologe schrieb in seinem Bericht, dass beide Männer erdrosselt worden seien, und zwar, was äußerst ungewöhnlich schien, mit einer Klaviersaite. Die Akte zu diesem Fall wurde geöffnet, aber nie geschlossen.

Whispering Wind

Kein Weißer hat das Massaker der Männer unter General Custer vom 25. Juni 1876 am Little Bighorn überlebt. So will es seit jeher die Legende. Doch das stimmt nicht ganz, denn einen einzigen Überlebenden gab es. Es war ein vierundzwanzigjähriger Scout namens Ben Craig.

Dies ist seine Geschichte.

Der Scout mit seiner feinen Nase witterte ihn als Erster, den schwachen Geruch von brennendem Holz im Präriewind.

Er ritt an der Spitze, zwanzig Meter vor der Patrouille aus zehn Kavalleristen, die als Spähtrupp vor der Hauptkolonne das westliche Ufer des Rosebud Creek erkundeten.

Ohne sich umzudrehen, hob der Scout seine rechte Hand und brachte sein Pferd zum Stehen. Der Sergeant und die neun Soldaten hinter ihm taten es ihm gleich. Der Scout glitt von seinem Pferd und ließ es friedlich grasen, während er zu einer flachen Böschung zwischen Reitern und Creek trottete, wo er sich zu Boden fallen ließ, weiterrobbte und verborgen im hohen Gras über den Kamm spähte.

Sie hatten ihr Lager zwischen der Hügelkette und dem Ufer des Stroms aufgeschlagen, ein kleines Lager, nicht mehr als fünf Zelte, eine einzige größere Familie. Die Tipis deuteten auf Cheyenne aus dem Norden hin. Der Scout kannte sie gut. Die Tipis der Sioux waren hoch und schmal, die Zelte der Cheyenne hingegen gedrungener, hatten aber dafür eine größere Grundfläche. Die Zeltwände waren mit einfachen Darstellungen von Jagdszenen verziert, in ihrer Art ebenfalls typisch für die Cheyenne.

Der Scout schätzte, dass das Lager zwischen zwanzig und fünfundzwanzig Personen beherbergte, doch die Hälfte von ihnen – die Männer – musste auf der Jagd sein. Das erkannte er daran, dass nur sieben Ponys in der Nähe der Zelte weideten. Um ein solches Lager mit den Männern zu Pferde, Frauen und Kindern sowie gefalteten Tipis und anderem Gepäck auf

Travois zu bewegen, hätten es mindestens zwanzig sein müssen.

Er hörte, wie der Sergeant sich neben ihm bis ans Ufer robbte und den Männern hinter sich ein Zeichen gab, am Boden zu bleiben, bevor der Ärmel seiner Uniform mit den drei Winkeln neben dem Scout auftauchte.

»Was gibt's zu sehen?«, flüsterte er heiser.

Es war neun Uhr morgens und bereits sengend heiß. Drei Stunden waren sie schon unterwegs, denn General Custer brach gern früh auf. Trotzdem konnte der Scout die Whisky-Fahne des Mannes neben ihm riechen, eine billige Präriemarke, deren Gestank stärker war als das Aroma von wilden Pflaumen, Kirschen und Hundsrosen, die so üppig am Ufer wucherten, dass sie dem Rosebud Creek seinen Namen gegeben hatten.

»Fünf Zelte. Cheyenne. Im Lager sind nur Frauen und Kinder. Die Krieger sind auf dem anderen Ufer zur Jagd.«

Sergeant Braddock fragte nicht, woher der Scout das wusste, sondern nahm die Information einfach als gegeben hin. Er hustete, spuckte einen Strahl flüssigen Tabak aus und entblößte grinsend seine gelben Zähne. Der Scout glitt die Böschung hinab und stand auf.

»Wir sollten sie in Ruhe lassen. Sie sind nicht das, wonach wir suchen.«

Doch Braddock war schon drei Jahre mit der Siebten Kavallerie in der Prärie unterwegs und hatte deprimierend wenig Spaß gehabt. Ein langer und langweiliger Winter in Fort Lincoln hatte ihm zwar einen unehelichen Sohn mit einer Wäscherin und Gelegenheitshure eingebracht, doch eigentlich war er in den Wilden Westen gekommen, um Indianer zu töten, und er hatte nicht vor, sich dieses Vergnügen nehmen zu lassen.

Das Massaker dauerte nur fünf Minuten. Die zehn Reiter trabten über die Kuppe der Böschung und fielen dann sofort in gestreckten Galopp. Der Scout bestieg sein Pferd und sah angewidert von der Uferböschung aus zu.

Einer der Soldaten, ein unerfahrener Rekrut, war ein so

schlechter Reiter, dass er vom Pferd fiel. Die anderen erledigten das Gemetzel. Alle Kavallerieschwerter waren in Fort Lincoln zurückgelassen worden, sodass sie ihre Colts oder die neu ausgegebenen 73er-Springfields benutzten.

Als die Squaws, die am Lagerfeuer über ihren Kochtöpfen kauerten, die donnernden Hufe nahen hörten, versuchten sie, ihre Kinder einzusammeln und zum Fluss zu rennen. Doch es war schon zu spät. Die Reiter galoppierten durch ihre Mitte, bevor sie das Wasser erreicht hatten, wendeten dann und preschten erneut zwischen den Zelten hindurch, wobei sie alles niederschossen, was sich bewegte. Als es vorbei war und die Alten, Frauen und Kinder tot waren, stiegen sie ab und plünderten die Tipis auf der Suche nach interessanter Beute, die sie nach Hause schicken konnten. Man hörte eine Reihe weiterer Schüsse, als die Soldaten in den Zelten auf noch lebende Kinder stießen.

Der Scout ritt langsam die vierhundert Meter von der Uferböschung bis zum Lager, um das Blutbad näher zu betrachten. Als die Soldaten die Zelte niederbrannten, schien nichts und niemand mehr am Leben. Einer der Soldaten, kaum mehr als ein Junge und in diesen Dingen noch unerfahren, würgte sein Frühstück aus Dörrfleisch und Bohnen heraus und beugte sich weit aus dem Sattel, um sich nicht selbst zu besudeln. Sergeant Braddock hingegen war euphorisch. Im Lager hatte er den Federschmuck eines Kriegers gefunden und ihn neben seiner Feldflasche, die eigentlich nur Quellwasser hätte enthalten sollen, an seinem Sattel befestigt.

Der Scout zählte vierzehn Leichen, verstreut wie achtlos weggeworfene, zerbrochene Puppen. Er schüttelte den Kopf, als einer der Männer ihm eine Trophäe anbot, und ritt im Schritt an den Zelten vorbei bis zum Bach, um sein Pferd zu tränken.

Sie lag halb verborgen im Schilf, frisches Blut floss über eines ihrer nackten Beine, wo sie auf der Flucht von einer Kugel im Oberschenkel getroffen worden war. Wenn er ein wenig schneller gewesen wäre, hätte er den Kopf abgewandt und wäre zurück zu den brennenden Tipis geritten. Doch Braddock hatte ihn beobachtet, war der Richtung seines Blicks gefolgt und schloss zu ihm auf.

»Was hast du gefunden, Junge? Sieh da, noch eine von dem Pack, und sie lebt sogar noch.«

Er zog seinen Colt aus dem Halfter und legte an. Das Mädchen im Schilf wandte den Kopf und starrte mit vor Entsetzen leerem Blick zu ihnen empor. Der Scout packte das Handgelenk des Iren und drückte die Hand mit der Waffe nach oben. Braddocks derbes, vom Whisky gerötetes Gesicht verfinsterte sich.

»Lassen Sie sie leben, vielleicht weiß sie etwas«, sagte der Scout. Es war die einzige Möglichkeit. Braddock zögerte, überlegte und nickte.

»Nicht dumm, Junge. Wir bringen sie dem General als Geschenk mit.«

Er steckte seine Pistole wieder in das Halfter und machte kehrt, um nach seinen Männern zu sehen. Der Scout stieg ab und ging ins Schilf, um sich um das Mädchen zu kümmern. Es war zum Glück ein sauberer Durchschuss. Aus kurzer Entfernung abgefeuert, hatte die Kugel den Oberschenkel des fliehenden Mädchens getroffen. Es gab eine Eintritts- und eine Austrittswunde, beide klein und rund. Der Scout benutzte sein Halstuch, um die Wunde mit dem klaren Wasser des Creek auszuwaschen und dann fest zu verbinden, um die Blutung zu stillen.

Als er fertig war, sah er sie an, und sie starrte zurück. Sie hatte eine Mähne aus dichtem, rabenschwarzem Haar, das in Wellen auf ihre Schulter fiel, und große, dunkle, von Schmerzen und Angst verschleierte Augen. Nicht alle Indianersquaws waren in den Augen des weißen Mannes hübsch, doch die Cheyenne hatten von allen Stämmen die attraktivsten. Das etwa sechzehnjährige Mädchen im Schilf war von einer atemberaubenden, geradezu himmlischen Schönheit. Der Scout war vierundzwanzig und fromm erzogen und hatte nie im alttestamentarischen Sinn eine Frau gekannt. Er spürte, wie sein Herz klopfte, und musste den Blick abwenden. Er hob das Mädchen auf seine Schulter und ging zu dem verwüsteten Lager zurück.

»Setz sie auf ein Pony!«, brüllte der Sergeant und nahm erneut einen Schluck aus seiner Feldflasche. Der Scout schüttelte den Kopf.

»Travois«, sagte er, »oder sie wird sterben.«

Neben der glimmenden Asche der Tipis lagen mehrere Travois auf dem Boden. Sie bestanden aus zwei elastischen Kiefernstangen, die an einem Ende auf dem Rücken eines Ponys gekreuzt wurden, während die beiden anderen Enden weit gespreizt über den Boden schleiften und von einem Büffelfell überspannt wurden, auf dem man Lasten transportieren konnte. Das Travois war überdies eine bequeme Art zu reisen und für einen Verwundeten sehr viel schonender als der Pferdewagen des weißen Mannes, der bei jeder Bodenwelle heftig durchgeschüttelt wurde.

Der Scout fing eines der herumirrenden Ponys ein. Es waren nur noch zwei übrig, fünf hatten bereits das Weite gesucht. Das Tier scheute und bäumte sich auf, als er die baumelnden Zügel packte. Es hatte die Witterung der weißen Männer bereits aufgenommen, ein Geruch, der ein Pinto-Pony wild machen konnte. Umgekehrt waren Pferde der US-Kavallerie beinahe nicht mehr zu zügeln, wenn sie den Geruch von Prärieindianern witterten.

Der Scout hauchte sanft in die Nüstern des Tiers, bis es sich beruhigt hatte und ihn akzeptierte. Zehn Minuten später hatte er das Pony vor ein Travois gespannt und das Mädchen in eine Decke gewickelt auf das Büffelfell gebettet. Die Patrouille machte sich auf den Rückweg, um zu General Custer und dem Hauptkontingent der Siebten Kavallerie zu stoßen. Es war der 24. Juni im Jahr des Herrn 1876.

Seinen Anfang hatte der Feldzug jenes Sommers in den Ebenen im Süden Montanas mehrere Jahre zuvor genommen, als man in den heiligen Black Hills von South Dakota endlich Gold gefunden hatte. Goldsucher strömten herbei, obwohl die Black

Hills für alle Zeit den Sioux zugesprochen worden waren. Erzürnt über diesen Verrat, wie sie es sahen, antworteten die Prärieindianer mit Überfällen auf Goldsucher und Güterzüge.

Die Weißen reagierten wütend auf diese Übergriffe; Geschichten von barbarischer Grausamkeit, häufig erfunden oder maßlos übertrieben, schürten diesen Zorn, und die weißen Gemeinden wandten sich Hilfe suchend an Washington. Daraufhin kündigte die Regierung einfach den Friedensvertrag von Laramie und beschränkte die Bewegungsfreiheit der Prärieindianer auf ein paar kümmerliche Reservate, ein Bruchteil des Landes, das ihnen feierlich zuerkannt worden war. Diese Reservate lagen auf dem Gebiet von North und South Dakota.

Als Zugeständnis an die Indianer richtete Washington jedoch auch eine Zone ein, die als die »nicht abgetretenen Territorien« bekannt wurde. Es handelte sich um die traditionellen Jagdgründe der Sioux, in denen es noch immer von Büffeln und Wapitihirschen wimmelte. Ihr östlicher Rand wurde von der vertikalen Staatsgrenze von North und South Dakota markiert. Eine imaginäre Linie einhundertfünfundvierzig Meilen weiter westlich, die die Indianer nie gesehen hatten und sich nicht vorstellen konnten, sollte die Zone im Osten begrenzen. Im Norden bildeten der Yellowstone River, der durch das Land namens Montana nach North und South Dakota floss, im Süden der North Platte River in Wyoming eine natürliche Grenze. In diesem Bereich durften die Indianer zunächst jagen. Doch der Marsch des weißen Mannes gen Westen ging weiter.

1875 begannen die Sioux ihre Reservate in Dakota zu verlassen und nach Westen in die »nicht abgetretenen« Jagdgründe zu ziehen. Ende des Jahres stellte ihnen das Bureau of Indian Affairs ein Ultimatum, bis zum ersten Januar in ihre Reservate zurückzukehren.

Die Sioux und ihre Verbündeten fochten das Ultimatum nicht an, sie ignorierten es einfach. Sie jagten weiter, und als auf den Winter der Frühling folgte, erbeuteten sie ihre traditionelle Nahrung, den Büffel, den sanften Wapiti und die

Antilope. Anfang des Frühlings gab das Bureau die Angelegenheit an die Armee weiter. Ihre Aufgabe: die Sioux aufspüren, zusammentreiben und zurück in ihre Reservate in Dakota eskortieren.

Zwei Dinge wusste die Armee allerdings nicht: Wie viele Indianer sich tatsächlich von den Reservaten entfernt hatten und wo sie sich aufhielten. In der ersten Frage wurde die Armee schlicht belogen. Die Reservate wurden von Indian Agents geleitet, alle weiß und viele von ihnen Gauner.

Sie erhielten aus Washington Zuteilungen von Vieh, Mais, Mehl, Decken und Geld, um sie unter ihren Schutzbefohlenen zu verteilen. Doch viele betrogen die Indianer im großen Stil, was zu Hunger unter den Frauen und Kindern und damit zu dem Entschluss führte, wieder in die angestammten Jagdgründe zurückzukehren.

Die Indian Agents hatten noch einen weiteren Grund zu lügen. Wenn sie behaupteten, dass einhundert Prozent der Bevölkerung eines Reservats sich auch tatsächlich dort aufhielten, bekamen sie einhundert Prozent der Warenzuteilungen. Doch mit dem Rückgang dieses Prozentsatzes verringerten sich auch die Zuteilungen und damit die Gewinne der Agenten. Im Frühjahr 1876 erzählten die Agenten der Armee also, dass nur eine Hand voll Krieger vermisst wurde. Sie logen. Tausende und Abertausende fehlten, weil sie sämtlich nach Westen gezogen waren, um in den »nicht abgetretenen Territorien« zu jagen.

Was ihren Aufenthaltsort betraf, gab es nur eine Möglichkeit, ihn zu ermitteln. Man musste Truppen ins südliche Montana schicken, um sie aufzuspüren. Also entwarf man eine Strategie. Drei gemischte Kolonnen aus Infantrie und Kavallerie sollten aufgestellt werden.

General Alfred Terry würde von Fort Lincoln in North Dakota in westlicher Richtung entlang des Yellowstone River, der Nordgrenze der Jagdgründe, vorstoßen. General John Gibbon sollte von Fort Shaw in Montana nach Süden bis zum Fort

Ellis marschieren und dann weiter in östlicher Richtung am Yellowstone entlang, bis er auf Terrys in entgegengesetzter Richtung vordringende Kolonne stieß.

Von Fort Fetterman im Süden Wyomings sollte General George Crook in nördliche Richtung vorstoßen, die Quellflüsse des Crazy Woman Creek und den Tongue River überqueren und dem Tal des Bighorn folgen, bis es zu einer Vereinigung mit den beiden anderen Kolonnen kam. Irgendwo unterwegs würde einer von ihnen auf das Hauptkontingent der Sioux stoßen. Im März brachen alle drei Verbände auf.

Anfang Juni trafen sich Gibbon und Terry an der Mündung des Tongue in den Yellowstone River, ohne einen einzigen Indianer auf dem Kriegspfad gesehen zu haben. Damit wussten sie zumindest, dass die Prärieindianer sich irgendwo weiter südlich aufhalten mussten. Gibbon und Terry beschlossen, dass Gibbons Truppen umkehren und gemeinsam mit Terrys Einheiten nach Westen marschieren sollten. Und so geschah es.

Am 20. Juni erreichten die beiden Kolonnen die Mündung des Rosebud Creek in den Yellowstone River. Dort beschloss man für den Fall, dass die Indianer an diesem Flusslauf lagerten, dass die Siebte Kavallerie, die Terry von Fort Lincoln an begleitet hatte, den Verband verlassen und dem Rosebud Creek flussaufwärts bis zu den Quellflüssen folgen sollte. Dabei würde sie entweder auf Indianer oder vielleicht auch auf General Crook stoßen.

Niemand wusste, dass Crook am 17. Juni zufällig auf eine sehr große Ansammlung von Sioux und Cheyenne getroffen war und eine empfindliche Schlappe hatte einstecken müssen. Er hatte kehrtgemacht und war zurück nach Süden marschiert, wo er ungeachtet der prekären Lage fröhlich auf Rotwildjagd gegangen war. Reiter, die seine Kollegen hätten finden und warnen können, sandte er nicht aus, sodass jene nicht wussten, dass aus dem Süden keine Verstärkung zu erwarten war. Sie waren auf sich gestellt.

Am vierten Tag eines strammen Marsches durch das Tal des

Rosebud kehrte ein Spähtrupp mit einer Gefangenen zurück und meldete den Sieg über ein kleines Lager von Cheyenne.

General George Armstrong Custer, der stolz an der Spitze seiner Kavalleriekolonne ritt, hatte es eilig. Er wollte wegen einer einzigen Gefangenen nicht die gesamte Kolonne aufhalten. Er nahm Sergeant Braddocks Anwesenheit nickend zur Kenntnis und befahl ihm, bei seinem Kompanieführer Bericht zu erstatten. Informationen, über die die Squaw möglicherweise oder auch nicht verfügte, konnten warten, bis sie am Abend ihr Lager aufschlugen.

Den Rest des Tages verbrachte das Cheyenne-Mädchen auf dem Travois. Der Scout führte das Pony an den Schluss des Zuges und band es an einen der Wagen des Trosses. Da bis auf weiteres kein Späher oder Führer gebraucht wurde, blieb der Scout in der Nähe. Obwohl er noch nicht lange für die Siebte arbeitete, hatte er bereits beschlossen, dass ihm seine Tätigkeit nicht gefiel, er mochte weder seinen Kompanieführer noch den Kompaniesergeant, und den berühmten General Custer hielt er für einen aufgeblasenen Wichtigtuer. Ihm fehlte das Vokabular, es so auszudrücken, und außerdem behielt er seine Gedanken ohnehin meist für sich. Sein Name war Ben Craig.

Sein Vater, John Knox Craig, ein zäher Mann, war Anfang der 1840er Jahre aus Schottland eingewandert, nachdem ihn dort ein gieriger Gutsbesitzer von seiner kleinen Farm vertrieben hatte. Irgendwo im Osten hatte er ein Mädchen, wie er selbst schottisch-presbyterianischer Herkunft, kennen gelernt und geheiratet, und war, nachdem es in den Städten kaum Möglichkeiten für ihn gab, mit ihr ins Grenzland im Westen gezogen. 1850 hatte er den Süden Montanas erreicht und beschlossen, sein Glück als Goldwäscher in der Wildnis zu versuchen, in den Hügeln am Fuß des Pryor Range.

Damals war er einer der Ersten. Das Leben war karg und hart mit bitterkalten Wintern in einer Holzhütte am Ufer eines Flusses am Waldrand. Nur die Sommer waren idyllisch, in den Wäldern wimmelte es von Wild, in den Flüssen von Forellen, und die Prärie war ein Teppich aus wilden Blumen. 1852 hatte Jennie Craig ihren ersten und einzigen Sohn geboren. Zwei Jahre später starb eine kleine Tochter noch im Säuglingsalter.

Ben Craig war zehn, ein Kind des Waldes und der Wildnis, als seine Eltern von einem Kriegstrupp der Crow getötet wurden. Zwei Tage später hatte ein Trapper namens Donaldson den Jungen hungrig und in der Asche der niedergebrannten Hütte trauernd gefunden. Gemeinsam hatten sie John und Jennie Craig unter zwei Kreuzen am Ufer begraben. Ob Craig senior einen Vorrat an Goldstaub gesammelt hatte, würde nie jemand erfahren, weil die Krieger der Crow den gelben Puder, wenn sie ihn denn gefunden hatten, für Sand gehalten und verstreut hätten.

Donaldson war ein alter Mann, der in den Bergen Wölfen, Bibern, Bären und Füchsen Fallen stellte und die Pelze einmal im Jahr zum nächsten Handelsposten brachte. Aus Mitleid mit dem Waisenjungen nahm er den Kleinen mit und zog ihn wie seinen eigenen Sohn auf.

Unter der Aufsicht seiner Mutter hatte Ben nur ein einziges Buch gekannt, die Bibel, und sie hatte ihm lange Abschnitte daraus vorgelesen. Obwohl er kein flinker Leser und Schreiber war, hatte er kürzere Absätze aus der Frohen Botschaft, wie sie sie immer genannt hatte, im Kopf behalten. Sein Vater hatte ihm beigebracht, wie man Gold wusch, doch Donaldson machte ihn mit der Natur vertraut, zeigte ihm, wie man Vögel an ihrem Ruf erkannte, Tiere anhand ihrer Spur verfolgte, und lehrte ihn außerdem Reiten und Schießen.

Mit dem Trapper lernte er auch die Cheyenne kennen, die ebenfalls Fallen stellten und mit denen Donaldson Vorräte von den Handelsposten tauschte. Sie brachten ihm ihre Sitten und ihre Sprache bei.

Zwei Jahre vor dem Feldzug des Sommers 1876 wurde der alte Mann ein Opfer der Wildnis, in der er gelebt hatte. Als er auf einen alten Schwarzbär anlegte, verfehlte er sein Ziel, und das gereizte Tier riss und biss ihn zu Tode. Ben beerdigte seinen

Adoptivvater bei der Hütte im Wald, nahm, was er brauchte und brannte den Rest nieder.

»Wenn ich mal nicht mehr bin«, hatte der alte Donaldson immer gesagt, »nimm dir, was du brauchst. Es gehört alles dir.« Also nahm er sich das rasierklingenscharfe Bowie-Messer in seiner nach Art der Cheyenne verzierten Scheide und das 1852er-Sharps-Gewehr; die beiden Pferde, Sättel, Decken sowie Pemmikan und Dörrfleisch für den Ritt. Mehr brauchte er nicht. So kam er aus den Bergen in die Ebene und ritt weiter nach Norden in Richtung Fort Ellis.

Dort arbeitete er als Jäger, Trapper und Zureiter, als im April 1876 General Gibbon in die Gegend kam. Der General brauchte Scouts, die das Land südlich des Yellowstone kannten. Die angebotene Bezahlung war so gut, dass Ben Craig anheuerte.

Er war auch dabei, als sie am Yellowstone General Terry trafen, und ritt mit der vereinigten Kolonne zurück zur Mündung des Rosebud Creek. Hier wurde die Siebte Kavallerie abkommandiert, dem Strom in südlicher Richtung flussaufwärts zu folgen, und für diese Mission wurden Männer gesucht, die die Sprache der Cheyenne sprachen.

Custer hatte bereits mindestens zwei Sioux-sprechende Scouts. Einer war ein schwarzer Soldat namens Isaiah Dorman, der Einzige in der Siebten, der je bei den Sioux gelebt hatte. Der andere war der oberste Scout Mitch Bouyer, ein Halbblut, halb Franzose, halb Sioux. Doch obwohl die Cheyenne stets als erste Vettern und traditionelle Verbündete der Sioux gegolten hatten, sprachen die beiden Stämme verschiedene Sprachen. Craig hob die Hand und wurde von General Gibbon abkommandiert, sich der Siebten anzuschließen.

Darüber hinaus bot Gibbon Custer drei zusätzliche Kavallerieschwadronen unter Major Brisbin an, doch Custer lehnte ab. Auch die Gatling-Maschinenkanonen, die Terry ihm anbot, schlug er aus. Beim Abmarsch bestand die Siebte aus zwölf Kompanien oder Schwadronen, sechs weißen Scouts, mehr als dreißig Crow-Scouts, einer Wagenkolonne und drei Zivilisten, insgesamt sechshundertfünfundsiebzig Männer, darunter auch Hufschmiede, Schmiede und Maultiertreiber. Seine Regimentskapelle hatte Custer bei Terry zurückgelassen, sodass er seinen letzten Angriff nicht zu den Klängen seines Lieblingsmarsches »Garryowen« führen konnte. Doch als sie nun mit scheppernd gegen die Wände des Küchenwagens schlagenden Kesseln, Töpfen und Blechgeschirr flussaufwärts vorstießen, fragte Craig sich, welche Indianerhorde Custer zu überraschen hoffte. Er wusste, dass sie bei dem Lärm und den Staubsäulen, die dreitausend Hufe aufwirbelten, schon aus meilenweiter Entfernung gesehen und gehört werden konnten.

Zwischen dem Tongue River und dem Rosebud Creek hatte Craig zwei Wochen Zeit gehabt, die berühmte Siebte Kavallerie und ihren legendären Kommandeur zu beobachten, und je mehr er sah, desto mehr sank sein Mut. Er hoffte, dass sie keinen größeren kampfbereiten Verband von Sioux und Cheyenne trafen, obwohl er fürchtete, dass es so kommen könnte.

Die Kolonne ritt den ganzen Tag in südlicher Richtung am Rosebud Creek entlang, ohne weitere Indianer zu entdecken. Doch wenn der Wind von der Prärie im Westen wehte, wurden die Pferde schreckhaft, ja beinahe panisch, und Craig war sich sicher, dass sie in der Brise etwas gewittert hatten. Die brennenden Tipis konnten nicht lange unbemerkt geblieben sein. Über der Prärie war eine aufsteigende Rauchsäule meilenweit zu sehen. Das Moment der Überraschung war dahin.

Kurz nach vier Uhr nachmittags gab General Custer den Befehl, Halt zu machen und das Lager für die Nacht aufzuschlagen. Die Sonne sank am westlichen Himmel auf die unsichtbar in der Ferne liegenden Rockies zu. Die Zelte für die Offiziere waren rasch aufgeschlagen. Custer und seine Vertrauten benutzten immer das Sanitätszelt, weil es das größte und geräumigste war. Klappstühle und -tische wurden aufgestellt, die Pferde im Fluss getränkt, Essen vorbereitet, Lagerfeuer geschürt.

Das Cheyenne-Mädchen lag stumm auf dem Travois und starrte in den dunkler werdenden Himmel. Es war darauf vorbereitet zu sterben. Craig füllte eine Feldflasche mit frischem Wasser aus dem Fluss und bot ihr einen Schluck an. Sie sah ihn mit großen dunklen Augen an.

»Trink«, sagte er auf Cheyenne. Sie rührte sich nicht. Er träufelte ein wenig von der kalten Flüssigkeit auf ihren Mund. Ihre Lippen öffnete sich, und sie schluckte. Er ließ das Pemmikan neben ihr liegen.

Als die Dämmerung weiter fortgeschritten war, ritt ein Reiter der B-Kompanie auf der Suche nach ihm durch das Lager.

Als er ihn gefunden hatte, machte der Reiter kehrt, um es zu melden. Zehn Minuten später ritt Captain Acton heran, begleitet von Sergeant Braddock, einem Corporal und zwei Kavalleristen. Alle Männer stiegen ab und umringten das Travois.

Alle der Siebten zugeteilten Prärieshouts, die sechs Weißen, die kleine Gruppe von Crow sowie die etwa dreißig Arikara, die als Rees bekannt waren, bildeten eine Gruppe mit einem gemeinsamen Hintergrund. Sie alle kannten die Prärie, die Natur und das Leben.

Bevor sie sich abends zum Schlafen legten, saßen sie für gewöhnlich um ein Lagerfeuer und redeten miteinander, sprachen über die Offiziere, angefangen bei General Custer, und Kompaniechefs. Craig war überrascht gewesen, wie unbeliebt der General bei seinen Männern war. Sein jüngerer Bruder Tom Custer, der die C-Kompanie befehligte, war sehr viel beliebter. Der am meisten verhasste Mann jedoch war Captain Acton, und Craig teilte diese Antipathie. Acton war ein Karrieresoldat, Spross einer wohlhabenden Familie aus dem Osten, der sich vor zehn Jahren kurz nach dem Bürgerkrieg der Armee angeschlossen hatte und in Custers Schatten in der Siebten aufgestiegen war. Er war dünn, mit fein gemeißelten Gesichtszügen und einem brutalen Mund.

»Also, Sergeant«, sagte Acton zu Braddock, »dies ist Ihre Gefangene. Wir wollen herausfinden, was sie weiß.«

»Sprichst du die Sprache der Wilden?«, fragte er Craig. Der Scout nickte. »Ich will wissen, wer sie ist, mit welcher Gruppe sie unterwegs war und wo das Hauptkontingent der Sioux sich aufhält. Zack, zack.«

Craig beugte sich über das Mädchen auf dem Büffelfell und sprach auf Cheyenne mit ihm, wobei er Hände und Füße zu Hilfe nahm, weil die Dialekte der Prärieindianer nur einen begrenzten Wortschatz beinhalteten, sodass es erklärender Gesten bedurfte, um den Sinn deutlich zu machen.

»Sag mir deinen Namen, Mädchen. Dir wird nichts geschehen.«

»Ich heiße Wind, der leise spricht«, sagte sie. Die Kavalleristen standen lauschend um sie herum. Sie verstanden kein einziges Wort, wussten aber das Kopfschütteln des Mädchens zu deuten. Schließlich richtete Craig sich auf.

»Sie sagt, ihr Name ist Whispering Wind, Captain. Sie gehört zum Stamm der nördlichen Cheyenne, zur Familie von Tall Elk. Die Zelte, die der Sergeant heute Morgen niedergebrannt hat, gehörten ihm. In dem Dorf haben zehn Männer gelebt, darunter ihr Vater, die alle östlich des Rosebud Creek nach Wapitihirschen und Antilopen jagen.«

»Und was ist mit dem Hauptkontingent der Sioux?«

»Sie sagt, dass sie keine Sioux gesehen hat. Ihre Familie ist vom Tongue River im Süden gekommen. Sie waren mit weiteren Cheyenne zusammen, doch sie haben sich bereits vor Wochen getrennt. Tall Elk hat lieber allein gejagt.«

Captain Acton starrte auf den verbundenen Oberschenkel, beugte sich vor und drückte ihn fest mit der Hand. Das Mädchen hielt den Atem an, gab jedoch keinen Laut von sich.

»Vielleicht braucht sie ein wenig Aufmunterung«, sagte Acton. Der Sergeant grinste. Craig packte das Handgelenk des Captains und zog seine Hand weg.

»Das wird nichts bringen, Captain«, sagte er. »Sie hat mir erzählt, was sie weiß. Wenn die Sioux sich nicht im Norden aufhalten, in der Richtung, aus der wir gekommen sind, und auch nicht im Süden und Osten, müssen sie im Westen lagern. Das könnten Sie dem General sagen.«

Captain Acton schüttelte die ihn zurückhaltende Hand ab, als wäre sie verseucht. Er richtete sich auf und zückte eine silberne Sprungdeckeluhr.

»Futterzeit im Zelt des Generals«, sagte er. »Ich muss los.« Er hatte offensichtlich jedes Interesse an der Gefangenen verloren. »Wenn es ganz dunkel ist, bringen Sie sie in die Prärie und erledigen sie, Sergeant.«

»Spricht irgendwas dagegen, dass wir vorher ein bisschen Spaß mit ihr haben?«, fragte Sergeant Braddock unter zustimmendem Gelächter der übrigen Männer. Captain Acton bestieg sein Pferd.

»Es ist mir offen gesagt herzlich egal, was Sie tun.«

Er gab seinem Ross die Sporen und ritt in Richtung von General Custers Zelt am Kopf des Lagers davon. Auch die anderen stiegen auf ihre Pferde. Sergeant Braddock beugte sich mit einem lüsternen Grinsen zu Craig herab.

»Pass gut auf sie auf, Junge. Wir kommen wieder.«

Craig ging zum nächsten Verpflegungswagen, holte sich einen Teller gepökeltes Schweinefleisch, Dörrfleisch und Bohnen, machte es sich auf einer Munitionskiste bequem und aß. Er dachte an seine Mutter, die ihm fünfzehn Jahre zuvor im blassen Licht einer Talgkerze aus der Bibel vorgelesen hatte. Er dachte an seinen Vater, der Stunde um Stunde geduldig gewaschen hatte, um das schwer zu gewinnende gelbe Edelmetall aus den Gewässern zu sieben, die aus dem Prior Range talwärts strömten. Und er dachte an Donaldson, der ihn nur einmal mit dem Gürtel verprügelt hatte: als er ein gefangenes Tier grausam behandelte.

Kurz vor acht, als die Dunkelheit sich endgültig über das Lager gelegt hatte, stand er auf, gab sein Geschirr und Besteck beim Küchenwagen ab und ging zurück zu dem Travois. Ohne ein Wort zu dem Mädchen zu sagen, löste er die beiden Stangen auf dem Rücken des gescheckten Ponys und legte sie auf den Boden. Dann hob er das Mädchen hoch, setzte es auf den Rücken des Ponys, gab ihr das Strickhalfter und wies in die offene Prärie.

»Reite«, sagte er. Sie starrte ihn zwei Sekunden lang an, bis er dem Pony einen Klaps auf das Hinterteil gab. Sekunden später war es verschwunden, ein robustes, zähes, unbeschlagenes Tier, das allein seinen Weg über etliche Meilen offener Prärie finden konnte, bis es den Geruch seinesgleichen witterte. Mehrere Ree-Scouts beobachteten ihn neugierig aus knapp zwanzig Metern Entfernung.

Sie kamen um neun, und sie waren wütend. Zwei Gefreite hielten ihn fest, während Sergeant Braddock ihn am ganzen Körper schlug. Als er schließlich zusammensackte, schleiften sie ihn durch das Lager zu einem Zelt, vor dem General Custer im Licht mehrerer Petroleumlampen und umringt von einer Gruppe Offiziere an einem Tisch saß.

George Armstrong Custer ist bis heute ein Rätsel geblieben, doch es ist offensichtlich, dass der Mann zwei Gesichter hatte, ein gutes und ein schlechtes, ein helles und ein dunkles.

Wenn er sein helles Gesicht trug, konnte er fröhlich und zum Lachen aufgelegt sein, sich an jungenhaften Streichen freuen und ein angenehmer Gesellschafter sein. Er verfügte über schier unerschöpfliche Energie und ein enormes persönliches Durchhaltevermögen, stets in irgendein neues Projekt vertieft, sei es die Sammlung von Fauna und Flora der Prärie, die er an Zoos im Osten versandte, oder das Studium der Taxidermie. Trotz jahrelanger Trennung war er seiner von ihm vergötterten Frau Elizabeth unerschütterlich treu.

Nachdem er in seiner Jugend betrunken in eine unerfreuliche Episode verwickelt worden war, blieb er sein Leben lang strikter Antialkoholiker, der sogar ein Glas Wein zum Abendessen ablehnte. Er fluchte nie und verbat sich in seiner Gegenwart auch unflätiges Gerede seiner Männer.

Im vierzehn Jahre zurückliegenden Bürgerkrieg hatte er derart tollkühnen Mut und einen so tief greifenden Mangel an persönlicher Furcht gezeigt, dass er rasch vom Lieutenant zum Generalmajor aufgestiegen war, hatte dann jedoch, nur um in der geschrumpften Nachkriegsarmee weiter dienen zu dürfen, seiner Degradierung zum Oberstleutnant zugestimmt. Er war an der Spitze seiner Männer in vernichtendes Gefechtsfeuer geritten und doch nie von einer Kugel getroffen worden. Zahllose Zivilisten verehrten ihn als Helden, doch mit Ausnahme seines persönlichen Hofstaats begegneten ihm seine Männer mit Misstrauen und Abneigung.

Das lag daran, dass er auch rachsüchtig und grausam gegenüber denen sein konnte, die ihn beleidigt hatten. Obwohl er selbst stets unversehrt blieb, hatte er mehr Verluste und Verwundete zu beklagen als jeder andere Kavalleriekommandant im Krieg, was man seiner beinahe wahnwitzigen Neigung zu überstürzten Entschlüssen zuschrieb. Und Soldaten neigen nicht dazu, sich für einen Kommandanten zu erwärmen, der sie in den Tod führt.

In den Präriekriegen ließ er häufiger Soldaten auspeitschen und musste mehr Desertionen hinnehmen als jeder andere Befehlshaber im Westen. Nacht für Nacht verschwanden Fahnenflüchtige, die so genannten Schneevögel, die ersetzt werden mussten, doch Custer hatte wenig Interesse daran, die neuen Rekruten zu guten Kavalleristen auszubilden. Trotz eines langen Herbst- und Winteraufenthalts im Fort Lincoln befand sich die Siebte im Juni 1876 in einem beklagenswerten Zustand.

Custers Eitelkeit war ebenso maßlos wie sein Ehrgeiz, und er ließ keine Gelegenheit aus, sich von der Presse feiern zu lassen. Viele seiner Manierismen, sein brauner Hirschlederanzug und die wehenden rotbraunen Locken dienten diesem Zweck ebenso wie der Journalist Mark Kellogg, der die Siebte Kavallerie inzwischen auf ihrem Feldzug begleitete.

Als befehlshabender General hatte Custer jedoch zwei Fehler, die ihm und den meisten seiner Männer in den nächsten Stunden den Tod bringen sollten. Er genoss den Ruf eines großen Kämpfers gegen die Indianer und glaubte auch selbst daran. In Wahrheit hatte er acht Jahre zuvor lediglich ein Dorf der Cheyenne dem Erdboden gleichgemacht, das Lager des Häuptlings Black Kettle am Washita River in Kansas. Custer hatte die schlafenden Indianer in der Nacht umzingelt und die meisten von ihnen, Männer, Frauen und Kinder, bei Sonnenaufgang abgeschlachtet. Die Cheyenne hatten kurz zuvor einen neuen Friedensvertrag mit dem weißen Mann unterzeichnet und wähnten sich deshalb in Sicherheit.

In den dazwischen liegenden Jahren war Custer in nur vier Scharmützel mit Gruppen von indianischen Kriegern verwickelt gewesen, die insgesamt nicht einmal ein Dutzend Todesopfer gefordert hatten. Im Vergleich zu den grauenhaften Verlusten des Bürgerkriegs waren diese Zusammenstöße mit einheimischen Indianern kaum der Rede wert. Doch die Leser im Osten hungerten nach Helden, und der bemalte Wilde der Prärie gab einen dämonischen Schurken ab. Sensationsmeldungen in den Zeitungen und sein eigenes Buch *My Life on the Plains* hatten seinen Ruf als Held begründet.

Sein zweiter Fehler war, dass er auf niemanden hörte. Bei seinem Marsch entlang des Rosebud Creek hatte er einige äußerst erfahrene Scouts bei sich, schlug jedoch eine Warnung nach der anderen in den Wind. Dies war der Mann, vor den Ben Craig am Abend des 24. Juni geschleift wurde.

Sergeant Braddock erklärte, was vorgefallen war und dass es dafür auch Zeugen gebe. Custer saß in einer Runde von sechs Offizieren und musterte den Beschuldigten. Er sah einen jungen Mann, knapp eins achtzig groß, in Hirschleder gekleidet, mit lockigem, kastanienbraunem Haar und strahlend blauen Augen. Er war ganz offensichtlich ein Weißer, kein Halbblut wie einige andere Scouts, obwohl er an den Füßen statt steifer Kavalleriestiefel weiche Mokassins trug und eine Adlerfeder von einer geflochtenen Strähne an seinem Hinterkopf baumelte.

»Dies ist ein überaus schwerer Vorwurf«, sagte Custer, als der Sergeant fertig war. »Ist das wahr?«

»Ja, General.«

»Und warum hast du das getan?«

Craig berichtete von dem Verhör des Mädchens vor dem Essen und den Plänen für den späteren Abend. Custer verzog missbilligend das Gesicht.

»So etwas dulde ich nicht unter meinem Kommando, nicht einmal mit Squaws. Ist das zutreffend, Sergeant?«

In diesem Moment ging der hinter Custer sitzende Captain Acton dazwischen. Er hatte eine aalglatte, überzeugende Art. Er habe das Verhör persönlich geführt, berichtete er. Man habe sie mithilfe des Dolmetschers lediglich befragt und ihr dabei keinerlei Schmerzen zugefügt. Seine letzte Anweisung habe gelautet, dass das Mädchen die Nacht über bewacht, aber nicht angerührt werden sollte, damit der General am Morgen eine Entscheidung treffen konnte.

»Ich denke, mein Sergeant wird meine Aussage bestätigen«, schloss er.

»Jawohl, Sir, es war genauso, wie Sie sagen«, erklärte Braddock.

»Damit ist der Fall klar«, meinte Custer. »Verschärfter Arrest bis zum Kriegsgerichtsverfahren. Rufen Sie den Profos. Durch die Freilassung der Gefangenen hast du ihr die Möglichkeit gegeben, zum Hauptkontingent unserer Feinde zu stoßen und sie zu warnen. Das ist Verrat und wird mit dem Strick geahndet.«

»Sie ist nicht nach Westen geritten«, erwiderte Craig. »Sie ist nach Osten geritten, um ihre Familie zu finden oder was davon noch übrig ist.«

»Trotzdem kann sie die Feinde über unseren Aufenthaltsort informieren«, fauchte Custer.

»Die wissen sowieso, wo Sie sind, General.«

»Und woher willst du das wissen?«

»Sie haben Sie den ganzen Tag beschattet.«

Zehn Sekunden lang herrschte betroffenes Schweigen. Dann tauchte der Profos auf, ein großer, raubeiniger Veteran namens Lewis.

»Nehmen Sie diesen Mann in Verwahrung, Sergeant. Verschärfter Arrest. Wir werden morgen bei Sonnenaufgang ein kurzes Kriegsgericht abhalten und das Urteil sofort vollstrecken. Das ist alles.«

»Morgen ist der Tag des Herrn«, sagte Craig.

Custer überlegte. »Du hast Recht. An einem Sonntag werde ich niemanden hängen. Also am Montag.«

Captain William Cooke, ein kanadischer Regimentsadjutant, hatte das Verfahren mitprotokolliert und sollte die Notizen später in seiner Satteltasche verstauen.

In diesem Moment ritt Bob Jackson, einer der Scouts, in Begleitung von vier Ree-Scouts und einem Crow-Scout, vor das Zelt. Bei Sonnenuntergang waren sie ihrer Einheit voraus gewesen und deshalb später ins Lager zurückgekehrt. Jackson war halb Weißer, halb Piegan-Schwarzfuß-Indianer, und sein Bericht ließ Custer erregt aufspringen.

Kurz vor Sonnenuntergang hatten Jacksons Indianer-Scouts in der Prärie Spuren eines großen Lagers sowie kreisrunde Abdrücke von Tipis entdeckt. Die Fährte führte vom Lager nach Westen, weg vom Tal des Rosebud Creek.

Diese Nachricht erregte Custer aus zwei Gründen. Sein Befehl von General Terry lautete, dem Rosebud Creek bis zu den Quellflüssen zu folgen, bei neuer Informationslage jedoch nach eigenem Urteil zu entscheiden. Dies war eine neue Lage, und Custer hatte nun freie Hand, eine eigene Strategie und Taktik zu entwickeln und ohne Befehl von oben einen eigenen Schlachtplan zu verfolgen. Zweitens schien er endlich auf das unauffindbare Hauptkontingent der Sioux gestoßen zu sein. Zwanzig Meilen weiter westlich verlief ein weiteres Flusstal; der Little Bighorn River floss nach Norden bis zu seiner Mündung in den Bighorn und weiter in den Yellowstone.

Diesen Zusammenfluss würden die Verbände von Gibbons und Terry in zwei oder drei Tagen erreichen, um dann in südlicher Richtung dem Bighorn River zu folgen. Damit saßen die Sioux in der Falle.

»Brecht das Lager ab«, brüllte Custer, und seine Offiziere verteilten sich auf ihre Einheiten. »Wir marschieren die Nacht durch.« Er wandte sich an den Sergeant der Militärpolizei. »Behalten Sie den Gefangenen bei sich, Sergeant Lewis. An sein Pferd gefesselt. Und dicht hinter mir. Jetzt wird er sehen, was seinen Freunden geschieht.«

Sie marschierten die ganze Nacht durch. Zerklüftetes Gelände, unwegsames Terrain, aus dem Tal bergauf immer in Richtung Wasserscheide. Männer und Pferde wurden müde. Am frühen Morgen des Sonntags, des 25., erreichten sie die Wasserscheide, die höchste Kuppe zwischen zwei Tälern. Es war stockfinster, doch die Sterne funkelten hell. Ein kleines Stück jenseits der Kuppe stießen sie auf einen kleinen Bach, den Mitch Bouyer als Ashwood Creek identifizierte. Er floss nach Westen und mündete im Tal in den Little Bighorn. Diesem Bach folgte die Kolonne.

Kurz vor Anbruch der Dämmerung ließ Custer den Zug anhalten, doch es wurde kein Lager aufgeschlagen. Die erschöpften Männer mussten in freiem Gelände ausruhen und versuchten, wenigstens ein paar Minuten zu schlafen.

Craig und der Profos waren knapp fünfzig Meter hinter Custer an der Spitze der Kolonne geritten. Craig saß noch immer auf seinem Pferd, doch Sergeant Lewis hatte ihm sein Sharps-Gewehr und sein Bowie-Messer abgenommen. Craigs Knöchel waren mit Lederbändern an den Sattelgurt, seine Hände hinter dem Rücken gefesselt.

Bei der Rast kurz vor Anbruch der Dämmerung band Lewis, der zwar ein rauer und strenger, aber kein unfreundlicher Mann war, Craigs Füße los und ließ ihn absteigen. Seine Hände blieben gefesselt, doch Lewis flößte ihm ein paar Schluck Wasser aus seiner Feldflasche ein. Der anbrechende Tag würde wieder sehr heiß werden.

Zu diesem Zeitpunkt traf Custer die erste einer Reihe von törichten Entscheidungen an diesem Tage. Er zitierte den zweiten stellvertretenden Kommandanten Captain Frederick Benteen zu sich und befahl ihm, mit der H-, D- und K-Kompanie in die Badlands im Süden zu reiten, um zu erkunden, ob sich dort Indianer aufhielten. Der nur wenige Meter abseits stehende Craig hörte, wie Benteen, den er für den professionellsten Soldaten der Einheit hielt, dem Befehl widersprach. Ob es wirklich klug sei, die Einheit zu teilen, wenn vor ihnen am Ufer des Little Bighorn River eine große Ansammlung feindlicher Kräfte lagerte?

»Sie haben Ihre Befehle«, bellte Custer und wandte sich ab. Benteen zuckte die Achseln und tat wie ihm befohlen. So ritten hundertfünfzig von Custers insgesamt sechshundert Kavalleristen umfassenden Streitmacht auf eine aussichtslose Suche in die endlosen, tief zerfurchten Hügel und Täler der Badlands.

Ohne dass Craig und Sergeant Lewis das je erfahren würden, sollten Benteen und seine erschöpften Männer samt Pferden etliche Stunden später in das Flusstal zurückkehren, zu spät, um zu helfen, aber auch zu spät, um ausgelöscht zu werden. Nachdem Custer seinen Befehl erteilt hatte, ließ er das Biwak abbrechen, und die Siebte marschierte am Bach entlang weiter talwärts.

In der Dämmerung kehrten eine Reihe von Crow- und Ree-Scouts, die das Gelände erkundet hatten, zur Kolonne zurück. Unweit der Mündung des Dense Ashwood Creek in den Fluss hatten sie eine Anhöhe entdeckt, die sie, vertraut mit der Gegend, sofort erkannten. Sie war mit Kiefern bewachsen, von deren Spitze ein Kundschafter das ganze vor ihnen liegende Tal überblicken konnte.

Zwei Ree waren auf die Bäume geklettert und hatten gesehen, was sie erwartete. Als sie erfuhren, dass Custer plante weiterzumarschieren, stimmten sie ihre Totenlieder an.

Die Sonne ging auf, und der Tag wurde drückend heiß. Der vor Craig reitende General Custer zog die Jacke seines hellbraunen Hirschlederanzugs aus, rollte sie zusammen und band sie hinten an den Sattel. So ritt er in einem blauen Baumwollhemd und einem breitkrempigen Hut zum Schutz gegen die Sonne voran, bis seine Einheit die Anhöhe erreichte.

Custer erklomm den halben Hügel und versuchte mit einem Fernrohr, das vor ihm liegende Gelände zu überblicken. Sie befanden sich auf der Uferböschung des Bachs, etwa drei Meilen vor seiner Mündung in den Fluss. Als er wieder vom Hügel hinabgestiegen war und sich mit seinen verbliebenen Offizieren beriet, verbreitete sich im Lager ein Gerücht wie ein Lauffeuer: Er hatte Zelte eines Sioux-Dorfes und Rauch über Kochstellen gesehen. Mittlerweile war es später Vormittag. Jenseits des Creek und östlich des Flusses erstreckte sich eine flache Hügelkette, die die Sicht in das dahinter liegende Gelände versperrte. Trotzdem hatte Custer seine Sioux gefunden. Er wusste nicht genau, wie viele es waren, und lehnte es ab, auf die Warnungen seiner Scouts zu hören. Er entschloss sich zum Angriff, das einzig mögliche Manöver in seinem persönlichen Strategielexikon.

Der Schlachtplan, den er sich zurechtgelegt hatte, war eine Zangenbewegung. Anstatt die Südflanke der Indianer abzusichern und zu warten, bis Terry und Gibbon den Fluchtweg nach Norden abschnitten, beschloss er mit dem Rest der Siebten Kavallerie selbst zwei Backen einer Zange zu bilden.

An sein Pferd gefesselt und seines Kriegstribunals nach der Schlacht harrend, hörte Ben Craig, wie Custer seinem stellvertretenden Kommandanten Major Marcus Reno befahl, mit drei weiteren Einheiten, der A-, der M- und B-Kompanie nach Westen zu reiten. Sie sollten bis zum Fluss vorstoßen, ihn überqueren, sich nach rechts wenden und das Lager der Indianer von Süden angreifen.

Er würde eine Kompanie zur Bewachung des Trosses zurücklassen, mit seinen verbleibenden fünf Einheiten im Schutz der Hügelkette nach Norden galoppieren und die Sioux von der anderen Seite attackieren. Dann würden die Indianer zwischen Renos drei und seinen eigenen fünf Kompanien in der Falle sitzen und zerrieben werden.

Craig konnte nicht wissen, was außer Sichtweite auf der anderen Seite der flachen Hügel lag, doch er konnte das Verhalten der Crow- und Ree-Scouts beobachten. Sie wussten Bescheid und bereiteten sich auf ihren sicheren Tod vor. Was sie gesehen hatten, war die größte Konzentration von Sioux und Cheyenne an einem Ort, die es je gegeben hatte oder jemals geben würde. Sechs große Stämme waren zusammengekommen, um gemeinsam zu jagen, und lagerten jetzt am westlichen Ufer des Little Bighorn, insgesamt zwischen zehntausend und fünfzehntausend Indianer von sämtlichen Stämmen der Plains.

Craig wusste, dass ein Mann in der Stammesgesellschaft der Prärieindianer von seinem sechzehnten Lebensjahr bis Mitte, Ende dreißig als Krieger galt. Damit waren etwa ein Sechstel jedes Präriestammes Krieger. Das bedeutete, dass unten am Fluss ungefähr zweitausend Krieger versammelt waren, die bestimmt nicht geneigt waren, sich friedlich in ein Reservat zurückführen zu lassen, nachdem sie gerade erfahren hatten, dass es auf den Plains im Nordwesten von Wapitihirschen und Antilopen wimmelte.

Noch gravierender, den anderen Einheiten jedoch unbekannt, war die Tatsache, dass die Indianer eine Woche zuvor General Crook getroffen und geschlagen hatten und deshalb die Blauröcke nicht fürchteten. Und sie waren auch nicht unterwegs auf der Jagd wie die Männer von Tall Elk am Tag zuvor. Sie hatten am Abend des 24. Juni vielmehr ein großes Fest anlässlich ihres Triumphes über Crook gefeiert.

Der Grund für die einwöchige Verspätung war simpel: Die Trauerzeit für ihre eigenen Toten aus der Schlacht gegen Crook dauerte sieben Tage, sodass die Siegesfeier erst eine Woche später stattfinden konnte. Am Morgen des 25. erholten sich die Krieger also von den Tänzen des Vorabends. Sie waren nicht auf die Jagd gegangen und trugen noch immer die volle Kriegsbemalung.

Craig ahnte, dass dies kein schlafendes Dorf wie das von Black Kettle am Washita River war. Kurz nach Mittag teilte Custer seine Truppen ein letztes und verhängnisvolles Mal.

Der Scout sah Major Reno mit seinen Leuten den Bachlauf hinunter zur Flussüberquerung aufbrechen. Captain Acton, der an der Spitze der B-Kompanie ritt, warf dem Scout, den er praktisch zum Tod verurteilt hatte, einen Blick zu und lächelte schmallippig. Der hinter ihm reitende Sergeant Braddock grinste Craig höhnisch an. Binnen zwei Stunden würden beide tot sein, während sich die Reste von Renos drei Einheiten auf einem Hügel verschanzten und versuchten, die Stellung zu halten, bis Custer ihnen zur Hilfe kam. Doch Custer sollte nicht kommen, und am Ende war es General Terry, der sie zwei Tage später retten sollte.

Craig beobachtete, wie weitere hundertfünfzig Mann der schwindenden Einheiten talwärts aufbrachen. Obwohl er selbst kein Soldat war, traute er ihnen wenig zu. Dreißig Prozent von Custers Männern waren neue und nur rudimentär ausgebildete Rekruten. Einige konnten selbst ein unaufgeregtes Pferd nur mit Mühe zügeln und würden in einer Schlacht nie in der Lage sein, ihre Tiere zu kontrollieren, während andere kaum mit ihren Springfield-Gewehren umzugehen wussten.

Weitere vierzig Prozent der Soldaten hatten, auch wenn sie schon länger ihren Dienst versahen, noch nie einen Schuss auf einen Indianer abgefeuert oder waren gar einem ihrer Krieger im Scharmützel begegnet, ja, viele hatten noch nie einen Indianer gesehen, mit Ausnahme der unterwürfigen und eingeschüchterten Vertreter in den Reservaten. Craig fragte sich, wie sie auf eine heulende und bemalte Horde von Kriegern reagieren würden, die heranstürmten, um ihre Frauen und Kinder zu verteidigen. Er hatte die schlimmsten Vorahnungen – und sie sollten sich bewahrheiten. Doch da war es ohnehin längst zu spät.

Es gab einen letzten Aspekt, den zur Kenntnis zu nehmen Custer sich geweigert hatte. Im Gegensatz zu anders lautenden Gerüchten hielten die Prärieindianer das Leben heilig und sahen es keineswegs als billig an. Selbst auf dem Kriegspfad lehnten sie es ab, schwere Verluste hinzunehmen, und wenn sie zwei oder drei ihrer besten Krieger verloren hatten, traten sie für gewöhnlich den Rückzug an. Doch Custer griff ihre Eltern, Frauen und Kinder an. Schon die Ehre verbat es den Männern, den Kampf einzustellen, bis der letzte »Waschitschun« tot war. Es konnte keine Gnade geben.

Als die Staubwolke von Renos drei Kompanien über dem Bachlauf verschwunden war, befahl Custer dem Tross, an Ort und Stelle zu verweilen, bewacht von einer seiner verbliebenen fünf Einheiten. Mit den anderen Abteilungen, der E-, C-, L-, I- und F-Kompanie wandte er sich nach Norden, wo er im Schutz der Hügelkette für die Indianer unsichtbar war, aber sie auch für ihn.

Er rief den Profos zu: »Nehmen Sie den Gefangenen mit. Er soll ruhig zusehen, was seinen Freunden geschieht, wenn sie in die Hände der Siebten fallen.«

Dann wandte er sich ab und setzte sich in nördlicher Richtung in Bewegung. Die fünf Kompanien, alles in allem etwa zweihundertfünfzig Mann, formierten sich hinter ihm. Craig begriff, dass Custer die Gefahr immer noch nicht erkannte, denn er lud drei Zivilisten ein, sich anzuschließen, um dem Spaß beizuwohnen. Einer war der schmächtige, bebrillte Reporter Mark Kellogg. Was jedoch noch bezeichnender war, er hatte zwei junge Verwandte bei sich, für die er sich verantwortlich gefühlt haben muss. Einer war sein jüngster Bruder, der neunzehnjährige Boston Custer, der andere ein sechzehnjähriger Neffe namens Autie Reed.

Die Männer ritten in einer knapp eine halbe Meile langen Kolonne im Schritt zu zweit nebeneinander. Hinter Custer befand sich sein Adjutant Captain Cooke, dahinter Custers Bursche für den Tag, der Kavallerist John Martin, der auch der Regimentstrompeter war. Er hieß eigentlich Giuseppe Martino und war ein italienischer Einwanderer und Regimentstrompeter unter Garibaldi gewesen; seine Kenntnis der englischen Sprache war eher begrenzt. Sergeant Lewis und der gefesselte Ben Craig blieben etwa zehn Meter hinter Custer.

Stets unterhalb des Kammes bleibend, ritten sie in die Hügel. Wenn sie sich im Sattel umwandten, konnten sie sehen, wie Major Reno und seine Männer den Little Bighorn überquerten, um das Lager der Indianer von Süden anzugreifen. Als Custer die düsteren Mienen seiner Crow- und Ree-Scouts sah, bot er ihnen an umzukehren und zurückzureiten, was sie, ohne auf eine zweite Aufforderung zu warten, taten – und überlebten.

So ritten sie drei Meilen, bis sie schließlich die Kuppe zu ihrer Linken überquerten und endlich ins Tal hinabblicken konnten. Craig hörte den großen Sergeant, der das Zaumzeug seines Pferdes hielt, vernehmlich Luft holen und murmeln: »Heiliger Jesus.« Das gegenüberliegende Ufer des Flusses war ein einziges großes Meer von Tipis.

Selbst aus dieser Entfernung konnte Craig die Umrisse der Zelte sowie die Farben ausmachen, mit denen sie verziert waren, und daran die verschiedenen Stämme erkennen. Alles in allem waren es sechs unterschiedliche Dörfer.

Wenn die Prärieindianer auf den Plains unterwegs waren, reisten sie in Kolonnen, jeder Stamm für sich. Und wenn sie dann ihr Lager aufschlugen, siedelten sie in verschiedenen Dörfern. So erstreckte sich das gesamte Lager in einem schmalen Streifen am Fluss entlang, sechs kreisförmige Ansammlungen von Zelten, die sich bis ans Ufer und auf die andere Seite des Flusses ausdehnten.

Sie waren auf dem Weg nach Norden gewesen, als sie vor etlichen Tagen ihr Lager aufgeschlagen hatten. Die Ehre, den Trail zu erkunden, war den Northern Cheyenne zuteil geworden, sodass ihr Dorf am nördlichen Rand des Camps lag. Neben ihnen lagerten ihre engsten Verbündeten, die Oglala-Sioux. Es folgten die Sans Arc- und die Sihasapa-Sioux. Als vorletzte in südlicher Richtung hatten die Minneconjou ihre Zelte aufgeschlagen, die Südflanke und Nachhut, die zu diesem Zeitpunkt bereits von General Reno angegriffen wurde, bildete das Dorf der Hunkpapa mit ihrem Häuptling und obersten Medizinmann, dem erfahrenen Krieger Sitting Bull.

Es waren noch weitere Stämme zugegen, die bei ihren engsten Verwandten lebten, einige Santee, Brulé und Assiniboin Sioux. Was die Siebte im Sichtschutz der Hügelkette nicht sehen konnte, war, dass Major Renos Angriff auf die Südflanke und Sitting Bulls Stamm der Hunkpapa einen katastrophalen Verlauf nahm. Die Hunkpapa waren zum großen Teil zu Pferde und in voller Bewaffnung aus dem Lager gepprescht und hatten einen Gegenangriff gestartet.

Es war fast zwei Uhr nachmittags. Renos Männer wurden von den Kriegern auf ihren Ponys in der offenen Prärie problemlos und strategisch klug in die Zange genommen, von hinten angegriffen und zurück in einen Pappelhain am Ufer jenes Flusses getrieben, den sie gerade überquert hatten. Viele sprangen im Schutz der Bäume von ihren Pferden, andere hatten keine Kontrolle mehr über ihre Tiere und waren abgeworfen worden. Wieder andere hatten ihre Gewehre verloren, die die Hunkpapa erfreut einsammelten. Binnen Minuten sollten die Überlebenden auf die andere Seite des Flusses zurückgedrängt werden, wo sie auf einer Anhöhe eine sechsunddreißigstündige Belagerung überstehen mussten.

General Custer überblickte das Gelände, und Craig beobachtete den großen Indianerkämpfer aus wenigen Metern Entfernung. Im Lager konnte man Squaws und Kinder, jedoch keine Krieger ausmachen, was Custer angenehm überraschte. Craig hörte, wie er den Kompanieführern, die sich um ihn versammelt hatten, zurief: »Wir galoppieren im Verbund ins Tal, überqueren den Fluss und nehmen das Dorf im Sturm.«

Dann rief er Captain Cooke zu sich und diktierte eine Botschaft ausgerechnet an Captain Benteen, den er vor geraumer Zeit in die Wildnis geschickt hatte. Die Botschaft, die Cooke notierte, lautete: »Kommt! Großes Dorf. Schnell. Bringt Pakete.« Damit war zusätzliche Munition gemeint. Diese Nachricht gab er dem Trompeter Martino, der überleben und die Geschichte erzählen sollte.

Wie durch ein Wunder fand der Italiener tatsächlich Captain

Benteen, weil dieser kluge Offizier die aussichtslose Suche in den Badlands abgebrochen hatte, zu dem Flusslauf zurückgekehrt war und sich Reno auf dem belagerten Hügel angeschlossen hatte. Doch zu diesem Zeitpunkt war längst nicht mehr daran zu denken, zu dem dem Tod geweihten Custer vorzudringen.

Als Martino den Trail zurück hinunter ins Tal galoppierte, drehte Craig sich im Sattel um und sah ihm nach. Er beobachtete, wie vierundzwanzig Kavalleristen von Captain Yates F-Kompanie ebenfalls kehrtmachten und ohne Befehl einfach davonritten. Niemand versuchte, sie aufzuhalten. Craig blickte wieder nach vorn zu Custer. Drang denn gar nichts in seinen Dickschädel?

Der General stellte sich in die Steigbügel, hielt seinen hellbraunen Hut hoch über den Kopf und rief seinen Truppen zu: »Hurra, Jungs, wir haben sie.«

Dies waren die letzten Worte, die der davonreitende Italiener hörte und später bei seiner Befragung berichtete. Craig bemerkte, dass Custer im Alter von sechsunddreißig Jahren wie so viele Männer mit feinem rotbraunen Haar eine kahle Stelle am Hinterkopf hatte. Die Indianer hatten ihm den Spitznamen »Long Hair« gegeben, doch für den Feldzug im Sommer hatte er sich den Schopf scheren lassen. Vielleicht erkannten ihn die Oglala-Squaws deswegen nicht, als sie seine Leiche fanden, so wie die Krieger dachten, es lohnte nicht, ihn zu skalpieren.

Nach seinem Schlachtruf gab Custer seinem Pferd die Sporen und die verbliebenen zweihundertzehn Männer folgten ihm. Das vor ihnen sanft zum Fluss abfallende Gelände eignete sich für einen gestreckten Galopp. Eine halbe Meile später wandte sich Einheit für Einheit nach links, um die Uferböschung hinabzugaloppieren, den Fluss zu überqueren und anzugreifen. Doch in diesem Moment erwachte das Dorf der Cheyenne explosionsartig zum Leben.

Bemalte Krieger, zumeist mit nacktem Oberkörper, strömten zwischen den Zelten hervor wie ein Schwarm Hornissen und galoppierten, ihr schrilles »Yip yip yip!« kreischend, dem Fluss entgegen, überquerten ihn spritzend und warfen sich den fünf Kompanien am östlichen Ufer entgegen. Die Blauröcke erstarrten.

Neben Craig zügelte Sergeant Lewis sein Pferd, und der Scout hörte ihn erneut murmeln: »Heiliger Jesus.« Kaum hatten sie den Fluss überquert, warfen die Cheyenne sich von ihren Ponys und drängten zu Fuß weiter bergauf, indem sie sich in das hohe Gras fallen ließen und damit unsichtbar wurden, kurz aufstanden, ein paar Schritte liefen und sich erneut fallen ließen. Die ersten Pfeile begannen auf die Kavallerie herabzuregnen. Einer bohrte sich in die Flanke eines Pferdes, das vor Schmerz wieherte, sich aufbäumte und seinen Reiter abwarf.

»Absteigen. Pferde nach hinten.«

Der Ruf kam von Custer, und niemand brauchte eine zweite Aufforderung. Craig beobachtete, wie einige der Kavalleristen ihren 45er-Colt aus dem Halfter zogen und ihren eigenen Pferden eine Kugel in den Kopf jagten, um den Körper als Schutzschild zu benutzen. Das waren die Klügeren.

Denn auf dem gesamten Hügel gab es keine Deckung. Nachdem die Männer abgesessen hatten, wurden ein paar von jeder Abteilung abkommandiert, die Pferde zur Hügelkuppe zurückzubringen. Sergeant Lewis nahm sein und Craigs Pferd und führte sie auf den Hügelkamm, wo sie sich der Hand voll Männer anschlossen, die die wimmelnde Horde von Militärpferden in Zaum zu halten versuchten. Doch es dauerte nicht lange, bis die Pferde die Indianer witterten. Sie scheuten, bäumten sich auf und rissen ihre Halter mit sich. Lewis und Craig saßen im Sattel und beobachteten das Geschehen. Nach dem ersten Ansturm beruhigte die Schlacht sich. Doch die Indianer waren noch nicht fertig, sie begannen vielmehr, ihre Feinde zu umzingeln.

Später hieß es, die Sioux hätten Custer an jenem Tag vernichtet. Das stimmt nicht. Den Frontalangriff hatten zum größten Teil die Cheyenne übernommen. Ihre Vettern, die Oglala Sioux, hatten ihnen die Ehre abgetreten, ihr eigenes Dorf zu verteidigen, das bei einem Angriff Custers das erste Ziel gewesen wäre, und fungierten selbst nur als Hilfstruppen und sicherten die Flanken, um einen möglichen Rückzug zu verhindern. Von seinem Aussichtspunkt konnte Craig sehen, wie die Oglala links und rechts jenseits des Schlachtgetümmels durch das hohe Gras glitten. Nach zwanzig Minuten war jede Hoffnung auf einen Rückzug dahin. Die pfeifenden Kugeln und schwirrenden Pfeile schlugen immer dichter ein. Einer der Pferdeführer wurde von einem Pfeil im Hals getroffen und sank röchelnd zu Boden.

Die Indianer hatten ein paar Gewehre und sogar einige alte Flinten, aber nicht viele. Am Ende des Nachmittags würden sie ihr Waffenarsenal mit neuen Springfields und Colts beträchtlich aufgestockt haben. Sie benutzten hauptsächlich Pfeile, was für sie zwei Vorteile bot. Der Bogen ist eine stumme Waffe, der den Standpunkt des Schützen nicht verrät. An jenem Nachmittag starben zahlreiche Blauröcke mit einem Pfeil in der Brust, ohne den Gegner je gesehen zu haben. Der andere Vorteil bestand darin, dass man regelrechte Wolken aus Pfeilen hoch in den Himmel schießen konnte, sodass sie fast senkrecht auf die Kavalleristen herabfielen. Vor allem für die Pferde war die Wirkung vernichtend. Binnen einer Stunde waren ein Dutzend Rösser von herabregnenden Pfeilen getroffen worden. Sie rissen sich los und galoppierten den Trail hinunter, und die noch unversehrten Pferde folgten ihrem Beispiel. Lange bevor die Männer tot waren, waren die Pferde verschwunden und mit ihnen jede Hoffnung auf Entkommen. Panik erfasste die im Gelände kauernden Kavalleristen. Die wenigen Veteranen und Unteroffiziere verloren die Kontrolle über ihre Männer.

Das Dorf der Cheyenne gehörte Little Wolf, der jedoch zufällig nicht anwesend war. Als er eine Stunde später eintraf, wurde er allgemein für sein Fehlen verspottet, dabei hatte er den Spähtrupp angeführt, der Custer den Rosebud Creek aufwärts und über die Wasserscheide bis zum Little Bighorn River verfolgt hatte.

In seiner Abwesenheit war die Befehlsgewalt an Lame White Man, den zweitältesten Krieger der Southern Cheyenne, übergegangen. Er war Mitte dreißig und weder lahm noch weiß. Als eine Gruppe von dreißig Kavalleristen einen Ausfall in Richtung Fluss versuchte, galoppierte er allein auf sie zu, wehrte ihren Vorstoß ab und starb dabei als Held. Keiner der dreißig kämpfte sich wieder zu den Verteidigungsringen am Hang vor. Als sie sie sterben sahen, ließen ihre Kameraden auf dem Hügel alle Hoffnung fahren.

Von der Kuppe aus hörten Craig und Lewis die Gebete und das Weinen der Männer, die dem Tod ins Auge sahen. Ein Kavallerist, fast noch ein Junge, heulte wie ein Kind, brach aus dem Verteidigungsring aus, lief den Hügel hinauf und versuchte, eines der beiden letzten Pferde zu erreichen. Sekunden später durchbohrten vier Pfeile seinen Rücken, und er fiel sterbend zu Boden.

Die beiden Männer auf den Pferden waren jetzt in Schussweite, und Pfeile schwirrten ihnen nur so um die Ohren. Am Hang waren vielleicht noch fünfzig bis hundert Männer am Leben, doch mindestens die Hälfte der Kolonne war von Pfeilen oder Kugeln niedergestreckt worden. Manchmal schwang sich einer der Krieger im Streben nach persönlichem Ruhm auf ein Pferd, galoppierte tollkühn direkt in den Kugelhagel der am Boden kauernden Soldaten und entkam bei den Schießkünsten von Custers Truppe unversehrt und als Held. Und dazu ständig die schrillen Schreie.

Jeder Soldat hielt sie für Schlachtrufe, aber Craig wusste es besser. Der Schrei eines angreifenden Indianers galt nicht der Schlacht, sondern dem Tod, seinem eigenen. Damit vertraute er lediglich seine Seele der Obhut des Großen Geistes an.

Was die Siebte Kavallerie an jenem Tag jedoch wirklich zerstörte, war die Furcht der Männer, lebendig in die Hände des Gegners zu fallen und gefoltert zu werden. Jeder Soldat war mit Geschichten über die grausamen Methoden, mit denen die Indianer ihre Gefangenen ins Jenseits beförderten, eingeschüchtert worden. Dabei stimmten diese Geschichten zum größten Teil gar nicht.

Die Präriindianer hatten keine Kultur der Kriegsgefangenen und auch keinerlei Verwahrungsmöglichkeiten für sie. Doch eine gegnerische Streitmacht konnte sich ehrenvoll ergeben, wenn sie die Hälfte ihrer Männer verloren hatte, und so groß waren die Verluste Custers nach siebzig Minuten bestimmt. Wenn ein Gegner dann immer noch weiterkämpfte, wurde er in der Regel bis auf den letzten Mann vernichtet.

Wurde ein Gefangener gemacht, gab es nur zwei Gründe, ihn zu foltern. Entweder man erkannte ihn als jemand, der förmlich geschworen hatte, nie wieder gegen Indianer dieses Stammes zu kämpfen, und sein Wort gebrochen hatte. Oder er hatte feige gekämpft und war nicht einmal der Verachtung würdig. In beiden Fällen betrachtete man ihn als Mann ohne Ehre.

In der Kultur der Sioux und Cheyenne konnte tapfer und stoisch erduldeter Schmerz diese Ehre wiederherstellen. Selbst einem Lügner oder Feigling sollte diese Möglichkeit gegeben werden: durch Schmerz. Und Custer war jemand, der den Cheyenne geschworen hatte, nie wieder gegen sie zu kämpfen. Zwei Squaws jenes Stammes, die ihn unter den Gefallenen entdeckten, stießen dem Toten eiserne Ahlen ins Trommelfell. Damit er besser hören konnte. Beim nächsten Mal.

Als der Kreis der Cheyenne und Sioux sich langsam schloss, breitete sich unter den überlebenden Männern Panik aus. In jenen Tagen wurden Schlachten nie bei guter Sicht ausgetragen, weil es noch keine rauchlose Munition gab. Nach einer Stunde war der Hügel in einen Nebel aus Pulverdampf gehüllt, und aus diesem Nebel tauchten die bemalten Wilden auf. Die Phantasie lief Amok. Jahre später sollte ein englischer Dichter schreiben:

»When you're wounded and left on Afghanistan's plains
And the women come out to cut up your remains,
Why, you rolls to your rifle and blows out your brains,
And you does to your Gawd like a soldier.«

Keiner der letzten Überlebenden auf dem Hang jenes Hügels sollte lange genug leben, um je von Kipling zu hören, doch das war genau das, was sie taten. Craig hörte die ersten Pistolenschüsse, mit denen sich Verwundete die Qual der Folter ersparten. Er wandte sich an Sergeant Lewis.

Der große Sergeant starrte mit aschfahlem Gesicht vor sich hin, beide Pferde drohten außer Kontrolle zu geraten. Die Flucht zurück über den Trail war unmöglich, weil es dort von Oglala Sioux wimmelte.

»Sergeant, Sie werden mich doch nicht sterben lassen wie ein angebundenes Schwein!«, rief der Scout. Lewis zögerte, überlegte, und dann endete sein Pflichtgefühl. Er stieg ab, zückte sein Messer und schnitt die Lederbänder durch, die Craigs Füße an den Sattelgurt fesselten.

In diesem Moment passierten drei Dinge gleichzeitig. Zwei aus etwa dreißig Metern Entfernung abgefeuerte Pfeile bohrten sich in die Brust des Sergeant. Das Messer noch in der Hand, betrachtete er sie ziemlich erstaunt, bevor seine Knie nachgaben und er aufs Gesicht fiel.

In noch näherer Distanz erhob sich ein Sioux-Krieger aus dem hohen Gras, legte einen uralten Vorderlader auf Craig an und schoss. Er hatte offensichtlich zu viel Schwarzpulver für die anvisierte Reichweite benutzt, und, was noch schlimmer war, auch vergessen, den Ladestock zu entfernen. Der Verschluss explodierte mit einem ohrenbetäubenden Knall und einer Stichflamme und riss dem Mann die Hand weg. Wenn er das Gewehr von der Schulter aus abgefeuert hätte, wäre der größte Teil seines Kopfes weggepustet worden, doch er hatte nur aus der Hüfte angelegt.

Der Ladestock wurde aus dem Lauf katapultiert wie eine zitternde Harpune. Craig hatte dem Mann direkt ins Gesicht gesehen. Der Ladestock traf sein Pferd in die Brust und durchbohrte sein Herz. Als das Tier zu Boden ging, versuchte Craig sich, die Hände noch immer gefesselt, mit einem Satz aus der Schusslinie zu bringen. Er landete auf dem Rücken, schlug mit dem Kopf auf einen kleinen Fels und wurde ohnmächtig.

Zehn Minuten später war auch der letzte Soldat auf Custers Hügel tot. Der Scout war bewusstlos und erlebte deshalb das Ende nicht mit, doch als es kam, kam es mörderisch schnell. Die Sioux sollten später berichten, dass die letzten paar dutzend Überlebenden in einem Moment noch gekämpft hätten, und im nächsten Moment hätte der Große Geist sie einfach hinweggefegt. Tatsächlich hatten die meisten sich schlicht »rolled to their rifles« oder ihre Colts benutzt. Einige taten verwundeten Kameraden den Gefallen, andere sich selbst.

Als Ben Craig aufwachte, dröhnte sein Kopf von dem Sturz, und ihm war, als würde sich alles drehen. Vorsichtig öffnete er ein Auge. Er lag auf der Seite, die Hände hinter dem Rücken gefesselt, eine Wange auf die Erde gepresst. Vor seinem Gesicht bewegten sich Grashalme. Als er langsam zu sich kam, hörte er überall um sich herum weiche Ledersohlen, die sich durch das Gras bewegten, erregte Stimmen und gelegentliche Siegesschreie.

Als er wieder klar sehen konnte, erkannte er die nackten Beine und Mokassins der Sioux-Krieger, die auf der Suche nach Beute und Trophäen über den Hügel wanderten. Einer von ihnen musste bemerkt haben, dass er die Augen bewegt hatte. Triumphgeheul ertönte, und kräftige Hände rissen ihn hoch.

Er wurde von vier Kriegern mit bemalten und verzerrten Gesichtern umringt, die offenbar noch immer im Blutrausch waren. Er sah, wie ein Tomahawk erhoben wurde, um ihm damit den Schädel zu spalten. Als er so dasaß und auf den Tod wartete, fragte er sich eine Sekunde lang müßig, was ihn jenseits des Lebens erwarten mochte. Doch der Schlag blieb aus. Stattdessen sagte eine Stimme:

»Halt.«

Er blickte auf. Der Mann, der gesprochen hatte, saß gut drei Meter entfernt auf einem Pony, die untergehende Sonne rechts neben seiner Schulter, sodass nur seine Silhouette zu erkennen war.

Sein Haar war unfrisiert und fiel wie ein dunkler Umhang auf seine Schultern und seinen Rücken. Er trug weder Lanze noch Kriegsbeil, war also offensichtlich kein Cheyenne.

Das Pony, auf dem der Mann ritt, machte einen Schritt zur Seite, und die Sonne wurde von seinem Rücken verdeckt. Der Schatten des Reiters fiel auf Craigs Gesicht, sodass jener nun besser sehen konnte.

Das Pinto war nicht gescheckt wie die meisten Indianerponys, sondern von einem blassen Hellbraun, das als goldener Fuchs bekannt war. Craig hatte von diesem Pinto gehört.

Der darauf sitzende Mann war bis auf einen Lendenschurz und Mokassins nackt wie ein einfacher Krieger, strahlte jedoch die Autorität eines Häuptlings aus. Er trug keinen Schild, als würde er jeden persönlichen Schutz verachten, doch an seiner linken Hand baumelte ein Tomahawk. Er war also Sioux.

Der Tomahawk war eine furchterregende Waffe. Ein gut vierzig Zentimeter langer Griff endete in einer Gabel, in die ein glatter Stein von der Größe eines dicken Gänseeis gerammt und mit Lederbändern befestigt wurde, die beim Verknoten vollkommen durchgeweicht waren und sich dann beim Trocknen in der Sonne so fest zusammenzogen, dass der Stein sich nicht lösen konnte. Ein Schlag mit einer solchen Waffe konnte Arme, Schultern oder Rippen brechen und den menschlichen Schädel wie eine Walnuss zertrümmern. Er konnte nur im Nahkampf eingesetzt werden und galt deshalb als besonders ehrenvoll.

Als der Reiter erneut die Stimme erhob, sprach er den Dialekt der Oglala-Sioux, den der Scout verstand, weil er der Sprache der Cheyenne am ähnlichsten war.

»Warum habt ihr den Waschitschun so gefesselt?«

»Das haben wir nicht, großer Häuptling. Wir haben ihn so gefunden, gefesselt von seinen eigenen Leuten.«

Der Blick des Reiters fiel auf die Lederbänder, die noch um Craigs Knöchel geknotet waren, doch er saß schweigend und gedankenverloren da. Brust und Schultern waren mit Kreisen bemalt, die Hagelkörner darstellen sollten, und von seinem Haaransatz verlief eine einzelner gezackter schwarzer Blitz bis zu dem von einer Schusswunde gezeichneten Kinn. Andere Verzierungen trug er nicht, doch Craig kannte ihn vom Hörensagen. Er sah sich dem legendären Crazy Horse gegenüber, seit zwölf Jahren und seinem sechsundzwanzigsten Lebensjahr unangefochtener Häuptling der Oglala-Sioux, ein Mann, der für seine Furchtlosigkeit, Unergründlichkeit und Askese berühmt war.

Vom Fluss wehte eine Abendbrise über den Hügel, zerzauste das Haar des Häuptlings, strich durch das hohe Gras und blies die Feder im Haar des Scouts auf die Schulter seines Hirschlederanzugs. Crazy Horse bemerkte auch sie. Sie war ein von den Cheyenne verliehenes Zeichen der Ehre.

»Er lebt«, befahl der Anführer. »Bringt ihn zu Häuptling Sitting Bull. Er soll das Urteil sprechen.«

Die Krieger wirkten enttäuscht, sich die Gelegenheit auf so viel Beute entgehen lassen zu müssen, doch sie gehorchten. Craig wurde auf die Füße gezerrt und zum Fluss hinuntergetrieben. Auf dieser halben Meile sah er die Spuren des Massakers.

Die zweihundertzehn Männer der fünf Kompanien ohne die Scouts und Deserteure waren in bizarren Todesstellungen über den Hang verstreut. Die Indianer beraubten sie auf der Suche nach Trophäen all ihrer Kleider und führten dann je nach Stamm rituelle Verstümmelungen durch. Die Cheyenne schlitzten einem Toten die Beine auf, damit er sie nicht verfolgen konnte, die Sioux zertrümmerten mit Tomahawks Schädel und Gesichter. Andere trennten Arme, Beine und Köpfe ab.

Fünfzig Meter hangabwärts sah der Scout die Leiche von George Armstrong Custer, bis auf seine Baumwollsocken nackt und marmorweiß in der Sonne. Bis auf die durchstoßenen Trommelfelle blieb er unverstümmelt und wurde später so von Terrys Männern gefunden.

Alles wurde mitgenommen, Taschen und Satteltaschen, Gewehre und Pistolen samt einem reichen Vorrat an Munition, Brieftaschen mit Familienfotos, alles, was als Trophäe dienen konnte. Danach kamen Mützen, Stiefel und Uniformen an die Reihe. Der Hügel war voll von Kriegern und Squaws.

Am Flussufer stand eine Gruppe von Ponys. Craig wurde auf eines gehoben und durchquerte zusammen mit seinen vier Bewachern den Little Bighorn River zum westlichen Ufer. Als sie durch das Dorf der Cheyenne ritten, kamen die Frauen aus den Zelten und beschimpften den einzigen überlebenden Waschitschun, doch als sie seine Adlerfeder sahen, verstummten sie. War er ein Freund oder ein Verräter?

Die Gruppe durchmaß im Schritttempo das Lager der San Arcs und der Minneconjou, bis sie das Dorf der Hunkpapa erreichten. Das Lager befand sich in hellem Aufruhr.

Diese Krieger hatten nicht auf dem Hügel gegen Custer gekämpft, sondern Major Reno in die Flucht geschlagen. Der Major hatte sich, belagert von den Indianern, mit den Resten seiner Truppe auf einem Hügel auf der anderen Seite des Flusses verschanzt, wo Benteen und der Mauleseltross zu ihnen gestoßen waren und sie sich fragten, warum Custer ihnen nicht zur Hilfe kam.

Sihasapa-, Minneconjou- und Hunkpapa-Krieger ritten kreuz und quer durch das Lager und schwenkten Trophäen, die sie von Renos Gefallenen erbeutet hatten. Hier und da sah Craig einen blonden oder rotbraunen Skalp. Umringt von kreischenden Squaws kamen sie zu der Unterkunft des großen Medizinmanns und Richters Sitting Bull.

Craigs Oglala-Bewacher überbrachten die Botschaft von Crazy Horse, übergaben ihn dem Häuptling und ritten zurück, um auf dem Hang nach Trophäen zu suchen. Craig wurde unsanft in ein Tipi gestoßen und dann von zwei mit Messern bewaffneten Squaws bewacht.

Es war lange schon dunkel, als sie nach ihm schickten. Ein Dutzend Krieger holte ihn ab. Lagerfeuer waren entzündet worden, und in ihrem Licht boten die bemalten Krieger einen furchterregenden Anblick. Doch die Lage hatte sich beruhigt, auch wenn außer Sichtweite, eine Meile entfernt, jenseits des

Pappelhains auf dem anderen Ufer, immer noch gelegentlich Schüsse fielen, die darauf hindeuteten, dass die Sioux nach wie vor Reno und seine Männer am Steilhang attackierten.

Die Sioux hatten in der gesamten Schlacht an beiden Flanken des riesigen Lagers insgesamt dreißig Gefallene zu beklagen. Obwohl insgesamt achtzehnhundert Krieger an der Schlacht teilgenommen hatten und der Feind praktisch vernichtet worden war, betrauerte man ihren Verlust. Überall in den Lagern sangen Witwen und Mütter die Totenklage über ihren toten Männern und Söhnen und bereiteten sie auf die große Reise vor.

In der Mitte des Hunkpapa-Dorfes brannte ein Feuer höher als die anderen. Darum geschart saß ein Dutzend Stammesführer mit ihrem obersten Häuptling Sitting Bull. Er war damals gerade erst vierzig, doch er sah älter aus, sein mahagonifarbenes Gesicht wirkte im Schein der Flammen noch dunkler und war von tiefen Falten zerfurcht. Wie Crazy Horse wurde er verehrt, weil er einmal eine große Vision von der Zukunft seines Volkes und den Bisonherden in der Prärie gehabt hatte. Es war eine düstere Vision gewesen, in der der weiße Mann alle Büffel ausgerottet hatte, weswegen Sitting Bull die Waschitschun hasste. Knapp zehn Meter entfernt wurde Craig zu Boden gestoßen, sodass das Feuer die Sicht nicht versperrte. Eine Zeit lang starrten ihn alle an. Sitting Bull gab einen Befehl, den Craig nicht verstand. Ein Krieger zog sein Messer aus der Scheide und trat hinter Craig. Der wartete auf den Todesstoß.

Doch das Messer durchtrennte das Lederband, das seine Handgelenke auf dem Rücken zusammenhielt. Zum ersten Mal seit vierundzwanzig Stunden konnte er seine Hände wieder neben dem Körper halten; sie waren völlig gefühllos, bis das Blut langsam zurückfloss und er ein schmerzhaftes Brennen spürte. Doch Craig verzog keine Miene.

Sitting Bull richtete nun das Wort direkt an ihn. Er verstand ihn nicht, doch er antwortete auf Cheyenne, was aufgeregtes und überraschtes Getuschel auslöste. Dann ergriff einer der anderen Häuptlinge, Two Moon von den Cheyenne, das Wort.

»Der große Häuptling fragt dich, warum die Waschitschun dich an dein Pferd und deine Hände hinter dem Rücken gefesselt haben.«

»Ich hatte sie beleidigt.«

»War es eine schlimme Kränkung?«, wollte Two Moon auf eine Frage von Sitting Bull wissen und übernahm auch weiter die Rolle des Dolmetschers.

»Der Häuptling der Blauröcke wollte mich hängen. Morgen.«

»Was hattest du ihnen getan?«

Craig dachte nach. War es erst gestern Vormittag gewesen, als Braddock das Lager von Tall Elk zerstört hatte? Mit diesem Zwischenfall begann er und schloss mit seinem Todesurteil. Er sah, dass Two Moon bei der Erwähnung von Tall Elks Lager nickte. Er wusste es also schon. Nach jedem Satz machte er eine Pause, und Two Moon übersetzte in die Sprache der Sioux. Als er fertig war, berieten sich die Häuptlinge murmelnd. Two Moon rief einen seiner Männer.

»Reite zurück in unser Dorf und hole Tall Elk und seine Tochter her.«

Der Krieger schwang sich auf sein Pinto und ritt davon. Derweil setzte Sitting Bull seine Befragung fort.

»Warum bist du gekommen, um Krieg gegen den Roten Mann zu führen?«

»Man hat mir gesagt, dass die Sioux zurück in ihre Reservate in North und South Dakota ziehen würden. Von Morden war keine Rede, bis Long Hair verrückt geworden ist.«

Wieder berieten sich die Häuptlinge murmelnd. »Long Hair war hier?«, fragte Two Moon, und Craig begriff, dass sie gar nicht gewusst hatten, gegen wen sie kämpften.

»Er liegt auf dem Hügel am anderen Ufer. Er ist tot.«

Die Häuptlinge besprachen sich eine Weile leise, bevor Stille eintrat. Ein Stammesrat war eine ernste Sache, und es bestand kein Grund zur Eile. Nach einer halben Stunde fragte Two Moon: »Warum trägst du die weiße Adlerfeder?«

Craig erklärte es. Vor zehn Jahren hatte er sich im Alter von vierzehn einer Gruppe junger Cheyenne angeschlossen und mit ihnen gemeinsam in den Bergen gejagt. Sie besaßen alle Pfeil und Bogen bis auf Craig, der sich Donaldsons Sharps-Gewehr hatte ausleihen dürfen. Sie waren von einem alten Grizzly überrascht worden, einem übellaunigen alten Bär mit kaum einem Zahn im Maul, aber genug Kraft in den Tatzen, um einen Menschen mit einem Schlag zu töten. Der Bär war mit lautem Gebrüll aus dem Dickicht gebrochen und hatte sie angegriffen.

An dieser Stelle bat einer der Krieger, die hinter Two Moon standen, etwas sagen zu dürfen.

»Ich erinnere mich an diese Geschichte. Sie ist im Dorf meines Vetters passiert.«

An einem Lagerfeuer gibt es nichts Besseres als eine gute Geschichte. Der Krieger wurde eingeladen, die Erzählung zu beenden, und die Sioux reckten die Hälse, um Two Moons Übersetzung zu verstehen.

»Der Bär war groß wie ein Berg und rannte sehr schnell. Die Cheyenne-Jungen suchten Schutz in den Bäumen. Doch der kleine Waschitschun zielte genau und schoss. Die Kugel verfehlte das Maul des Bären und durchbohrte seine Brust. Der Bär stellte sich auf die Hinterbeine und taumelte groß wie eine Fichte weiter. Der weiße Junge lud nach. Die zweite Kugel traf in das Maul des Bären und schlug durch seine Schädeldecke. Der Bär machte noch einen Schritt und fiel dann nach vorn. Der große Kopf landete so dicht vor den Füßen des Jungen, dass Blut und Speichel auf seine Knie spritzten. Doch er bewegte sich keine Hand breit vom Fleck.

Sie schickten einen Boten ins Dorf, und die Krieger kamen mit einem Travois zurück, um den Bär zu häuten und aus dem Fell einen Schlafsack für den Vater meines Vetters anzufertigen. Dann feierten sie ein Fest und gaben dem weißen Jungen einen neuen Namen. Bärentöter-ohne-Furcht. Dazu die Adlerfeder des Jägers. So wurde es in meinem Dorf erzählt, hundert Monde bevor wir in die Reservate gebracht wurden.«

Die Häuptlinge nickten. Es war eine gute Geschichte. In diesem Moment tauchte eine Gruppe Ponys auf, hinter eines war ein Travois gespannt. Zwei Männer, die Craig nie gesehen hatte, traten ins Licht des Lagerfeuers. Ihrer Kleidung und den geflochtenen Haaren nach zu urteilen, waren sie Cheyenne.

Einer war Little Wolf, der berichtete, wie er östlich des Rosebud Creek auf der Jagd war, als er diesseits des Flusses Rauchwolken am Himmel sah. Er war umgekehrt und hatte die ermordeten Frauen und Kinder gefunden. Als er sich noch in dem niedergebrannten Lager aufhielt, waren die Blauröcke zurückgekommen, und er war ihnen Tag und Nacht gefolgt, bis sie das Tal mit dem Lager erreicht hatten. Doch zu dem großen Kampf war er zu spät erschienen.

Der andere Mann, Tall Elk, war von der Jagd zurückgekehrt, als die Hauptkolonne das zerstörte Lager schon hinter sich gelassen hatte. Und noch während er um seine ermordeten Frauen und Kinder trauerte, war seine Tochter zurückgekommen, verletzt, aber lebend. Zusammen mit neun anderen Kriegern waren sie auf der Suche nach dem Lager der Cheyenne die ganze Nacht und den folgenden Tag durchgeritten und waren unmittelbar vor der Schlacht angekommen, in der sie entschlossen mitgekämpft hatten. Er selbst habe auf Custers Hügel den Tod gesucht und fünf Waschitschun-Soldaten getötet, doch der Große Geist hatte ihn nicht zu sich gerufen.

Das Mädchen auf dem Travois wurde als Letzte gehört. Sie war blass und litt Schmerzen aufgrund ihrer Verletzung und dem langen Ritt vom Rosebud Creek, doch sie sprach klar und deutlich.

Sie berichtete von dem Massaker und dem großen weißen Mann mit den Streifen am Arm. Sie verstand seine Sprache nicht, aber sie hatte verstanden, was er ihr vor ihrem Tod antun wollte. Sie erzählte, wie der in dem Hirschlederanzug ihr Wasser und Essen gegeben und sie dann auf ein Pony gesetzt und zu ihrem Stamm zurückgeschickt hatte.

Die Häuptlinge berieten sich. Sitting Bull verkündete das Urteil, das sie gemeinsam gefällt hatten. Der Waschitschun durfte leben, konnte jedoch nicht zu seinen Leuten zurückkehren. Entweder würden diese ihn töten, oder er würde ihnen den genauen Aufenthaltsort der Sioux verraten. Man würde ihn der Obhut von Tall Elk anvertrauen, der ihn als Gefangenen oder Gast behandeln konnte. Im Frühling war er frei zu gehen oder bei den Cheyenne zu bleiben.

Die Krieger um das Lagerfeuer brummten zustimmend. Das war gerecht. Craig ritt mit Talk Elk zu dem Tipi, das man ihm zugeteilt hatte, und verbrachte die Nacht unter Bewachung zweier Krieger. Am Morgen rüstete sich das gesamte Lager zum Aufbruch. Scouts, die bei Dämmerung angekommen waren, brachten Nachricht von weiteren Blauröcken im Norden, sodass die Indianer beschlossen, nach Süden in Richtung der Bighorn Mountains zu ziehen und abzuwarten, ob die Waschitschun ihnen folgen würden.

Nachdem er Craig als Mitglied seines Clans akzeptiert hatte, zeigte Tall Elk sich großzügig. Man fand vier unverletzte Kavalleriepferde, von denen Craig sich eins aussuchen durfte. Die Armeepferde wurden von den Prärieindianern nicht besonders geschätzt. Sie zogen ihre robusten Pintos vor, weil Pferde sich nur selten an die rauen Winter der Prärie gewöhnten. Sie brauchten Heu, das die Indianer nicht sammelten, und konnten die kalte Jahreszeit im Gegensatz zu den Ponys kaum mit Flechten, Moos und Weidenrinde überstehen. Craig wählte eine zäh aussehende, schlanke rotbraune Stute und nannte sie Rosebud nach dem Ort, an dem er Whispering Wind begegnet war.

Ein guter Sattel war schnell gefunden, weil die Indianer keine benutzten, und als sein Sharps-Gewehr und sein Bowie-Messer aufgespürt wurden, bekam er sogar die zurück, wenn auch nur widerwillig. In den Satteltaschen seines toten Pferdes auf der Hügelkuppe fand er seine Sharps-Munition. Ansonsten war der Hang restlos leer geplündert. Die Indianer hatten alles genommen, was für sie brauchbar war. An dem Papier des weißen Mannes hatten sie kein Interesse, sodass einige Bögen achtlos weggeworfen durch das hohe Gras flatterten. Darunter auch Captain William Cookes Aufzeichnungen des ersten Verhörs von Craig.

Die Auflösung des Lagers dauerte den ganzen Vormittag. Die Tipis wurden abgebaut, sämtliche Gegenstände verstaut, und Frauen, Kinder und Gepäck auf zahlreiche Travois verteilt, bevor sie kurz nach Mittag aufbrachen.

Die Toten wurden in ihren Tipis aufgebahrt zurückgelassen, bemalt für die nächste Welt, eingehüllt in ihre edelsten Gewänder und mit der Federhaube geschmückt, die ihrem jeweiligen Rang entsprach. Doch all ihre Haushaltsgegenstände waren der Tradition folgend auf dem Boden verstreut worden.

Als Terrys aus dem Norden in das Tal vorstoßende Männer dies am nächsten Tag entdeckten, glaubten sie, Sioux und Cheyenne seien überstürzt und in großer Eile aufgebrochen. Doch dem war nicht so; den persönlichen Besitz eines Toten zu verstreuen, geboten die Gebräuche. Außerdem wurden die Sachen dann ohnehin geplündert.

Selbst nach diesem Zwischenfall sollten die Indianer erklären, dass sie lediglich jagen und nicht kämpfen wollten, doch Craig wusste, dass die Armee sich von dieser Niederlage erholen und auf Rache sinnen würde. Nicht sofort, aber irgendwann in naher Zukunft würden sie kommen. Das wusste auch Sitting Bulls großer Stammesrat, und nach ein paar Tagen vereinbarte man, dass sich die Stämme in kleinere Gruppen aufteilen und zerstreuen sollten. Das würde es den Blauröcken schwerer machen und die Chancen der Indianer erhöhen, den Winter in der Wildnis zu verbringen und nicht in die unter Hungersnot leidenden Reservate zurückgetrieben zu werden.

Craig ritt mit dem, was von Tall Elks Clan übrig geblieben war. Einer der zehn Krieger, die ihre Frauen am Rosebud Creek verloren hatten, war am Little Bighorn River gestorben, zwei weitere waren verletzt worden. Einer hatte eine Schnittwunde in der Hüfte, entschloss sich jedoch zu reiten. Ein anderer war aus kurzem Abstand von einer Springfield-Kugel an der Schulter getroffen worden und reiste auf einem Travois. Tall Elk und die anderen fünf würden neue Frauen finden. Um dies zu ermöglichen, hatten sie sich mit zwei anderen Großfamilien zusammengetan und bildeten nun einen Stamm von sechzig Männern, Frauen und Kindern.

Als sie von der Entscheidung der Gruppe, sich zu trennen, erfuhren, hielten sie Rat, wohin sie gehen sollten. Die meisten waren dafür, in Richtung Süden nach Wyoming zu ziehen und sich in den Bighorn Mountains zu verstecken. Auch Craig wurde nach seiner Meinung gefragt.

»Die Blauröcke werden hier entlangkommen«, sagte er und malte mit einem Stock den Bighorn River in den Sand. »Sie werden euch hier im Süden und dort im Osten suchen. Doch ich kenne eine Gegend im Westen. Sie heißt Pryor Range. Dort bin ich aufgewachsen.«

Und er erzählte ihnen von den Bergen der Pryor Range.

»Auf den unteren Hängen wimmelt es von Wild. Die Wälder sind dicht, und ihre Äste verdecken den Rauch, der von den Kochstellen aufsteigt. Die Flüsse sind voller Fische, und weiter oben gibt es auch fischreiche Seen. Dorthin kommen die Waschitschun nie.«

Der Clan war einverstanden. Am ersten Juni trennten sie sich von dem Hauptkontingent der Cheyenne, zogen, geführt von Craig, nordwestlich ins südliche Montana, und umgingen so auch die Spähtrupps, die General Terry vom Bighorn River in alle Richtungen ausgesandt hatte, die jedoch nicht so weit westlich vordrangen. Mitte Juli erreichten sie die Pryor Range Mountains, und es war so, wie Craig gesagt hatte.

Die Tipis wurden von Bäumen verdeckt und waren schon aus einer halben Meile Entfernung unsichtbar. Von einem Fels in der Nähe, der heute Crown Butte genannt wird, konnten Wachposten viele Meilen weit sehen, doch niemand näherte sich ihnen. Die Jäger brachten viel Wild und Antilopen aus den Wäldern, und die Kinder angelten fette Forellen aus den Bächen.

Whispering Wind war jung und gesund.

Die Wunde verheilte rasch, und bald lief sie wieder flink wie ein Reh. Manchmal wenn sie den Männern Essen brachte, trafen sich ihre Blicke, und sein Herz pochte wie wild. Sie ließ sich nicht anmerken, was sie empfand, und schlug die Augen nieder, wenn sie ihn dabei ertappte, wie er sie anstarrte. Er konnte nicht wissen, dass etwas in ihr zu schmelzen schien und ihre Brust schier bersten wollte, wenn er sie mit seinen dunkelblauen Augen ansah.

Im Frühherbst verliebten sie sich einfach ineinander.

Die Frauen bemerkten es sofort. Sie kehrte mit geröteten Wangen zurück, wenn sie den Männern Essen gebracht hatte, und die Brust unter ihrem Hirschlederkittel hob und senkte sich heftig. Die älteren Squaws kicherten. Ihre Mutter und ihre Tanten waren tot, sodass die Frauen alle aus anderen Familien stammten. Ihre Söhne waren unter den zwölf unverheirateten und deshalb verfügbaren Männern, und sie fragten sich, welcher von ihnen das Herz des schönen Mädchens entflammt hatte. Neckend forderten sie sie auf, es ihnen zu verraten, bevor ein anderer daherkam und sie stehlen würde, doch sie erklärte den Frauen, dass sie Unsinn redeten.

Im September fielen die Blätter, und sie verlegten das Lager weiter hinauf in die Berge, um von den Nadelbäumen abgeschirmt zu werden. Der Oktober kam, und die Nächte wurden kühl. Doch die Jagd war immer noch ergiebig, und die Ponys fraßen das letzte Gras, bevor sie sich mit Flechten, Moos und Weidenrinde begnügen mussten. Rosebud passte sich den anderen Tieren an, doch manchmal stieg Craig in die Prärie hinab und kehrte mit einem Sack frischem Gras zurück, das er mit seinem Bowie-Messer zu Büscheln geschnitten hatte.

Hätte die Mutter von Whispering Wind noch gelebt, hätte sie sich bei Tall Elk für sie einsetzen können, doch dem war nicht so, sodass sie es ihrem Vater selbst sagen musste. Sein Zorn war maßlos.

Wie konnte sie an so etwas denken? Die Waschitschun hatten ihre gesamte Familie vernichtet. Dieser Mann würde zu seinen Leuten zurückgehen, und dort war kein Platz für sie. Außerdem habe sich der Krieger, der am Little Bighorn von einer Kugel an der Schulter verletzt worden war, beinahe vollständig erholt. Die zertrümmerten Knochen waren wieder zusammengewachsen. Nicht gerade, aber ganz. Er hieß Walking Owl und war ein guter und tapferer Krieger. Mit ihm sollte sie vermählt werden. Es würde am nächsten Tag bekannt gegeben werden, und diese Entscheidung sei endgültig.

Tall Elk war beunruhigt. Es konnte sein, dass der weiße Mann genauso empfand. Ab sofort würde er ihn Tag und Nacht bewachen lassen. Er konnte nicht zu seinen Leuten zurückkehren; er wusste, wo sie ihr Lager aufgeschlagen hatten. Er musste den Winter über bleiben, aber unter Bewachung. Und so geschah es.

Craig wurde unvermittelt in das Tipi einer anderen Familie verlegt. Drei weitere unverheiratete Krieger teilten sein Zelt und blieben wachsam für den Fall, dass er versuchte, nachts zu entwischen.

Ende Oktober kam sie zu ihm. Er lag wach und dachte an sie, als eine der Zeltwände langsam mit einem Messer aufgeschlitzt wurde. Er schlüpfte behutsam hindurch. Sie stand im Mondlicht und sah zu ihm auf. Sie umarmten sich zum ersten Mal, und Leidenschaft ergriff sie.

Schließlich trat sie einen Schritt zurück und bedeutete ihm, ihr zu folgen. Sie führte ihn durch die Bäume zu einer Stelle außer Sichtweite des Lagers. Rosebud war gesattelt, ein Büffelfell hinter dem Sattel zusammengerollt. Sein Gewehr steckte in einem langen Schulterfutteral, und die Satteltaschen war prall gefüllt mit Nahrung und Munition. Daneben stand ein angebundenes Pinto-Pony. Sie küssten sich, und die Welt schien sich um sie zu drehen.

»Bring mich in deine Berge, Ben Craig«, flüsterte sie, »und mach mich zu deiner Frau.«

»Jetzt und für immer, Whispering Wind.«

Sie saßen auf, lenkten ihre Pferde lautlos durch den Wald, bis sie in Sicherheit waren, und ritten dann den Berghang hinab in Richtung Prärie. Bei Sonnenaufgang hatten sie das Vorgebirge erreicht. In der Dämmerung sah eine kleine Gruppe Crow sie aus der Ferne und wandte sich nach Norden, um auf dem Bozeman Trail Richtung Fort Ellis zu reiten.

Die Cheyenne verfolgten sie zu sechst. Sie ritten schnell, ihre Gewehre über der Schulter, Kriegsbeile im Bund und leichte Wolldecken als Sattel, und sie hatten ihre Befehle. Die Walking Owl Versprochene sollte lebend zurückgebracht werden, der Waschitschun aber sterben.

Die Gruppe der Crow ritt im gestreckten Galopp nach Norden. Einer von ihnen war im Sommer bei der Armee gewesen und wusste, dass die Blauröcke eine hohe Belohnung für den weißen Überläufer ausgesetzt hatten, genug, um sich davon viele Pferde und Handelswaren zu kaufen.

Sie sollten den Boseman Trail nie erreichen. Zwanzig Meilen südlich des Yellowstone stießen sie auf eine Patrouille von Kavalleristen, insgesamt zehn Mann unter dem Kommando eines Lieutenant. Der ehemalige Scout erklärte, was sie gesehen hatten, wobei er sich hauptsächlich in der Zeichensprache ausdrückte, doch der Lieutenant verstand ihn. Er wandte sich mit seiner Einheit sofort den Bergen im Süden zu, wobei die Crow als Führer fungierten und die Fährte der Flüchtigen aufzunehmen versuchten.

In jenem Sommer waren Nachrichten von dem Massaker an Custer und seinen Männern durch Amerika gefegt wie ein Orkan. Die Großen und Mächtigen der Nation hatten sich im Osten in Philadelphia, der Stadt der brüderlichen Liebe, versammelt, um am 4. Juli 1876 den hundertsten Jahrestag der amerikanischen Unabhängigkeit zu feiern. Die Neuigkeiten von der Grenze im Westen klangen schier unglaublich, und es wurde unverzüglich eine Untersuchung angeordnet.

Nach der Schlacht hatten General Terrys Soldaten den Todeshügel auf der Suche nach einer Erklärung für das Desaster abgesucht. Sioux und Cheyenne waren vierundzwanzig Stunden zuvor aufgebrochen, und Terry verspürte wenig Neigung, sie zu verfolgen. Die Überlebenden von Renos Einheit waren befreit worden, doch sie wussten nur, was sie gesehen hatten, bis Custer und seine Männer jenseits der Hügelkette verschwunden waren.

Auf dem Hügel selbst wurde jeder Fetzen Beweismaterial eingesammelt und aufbewahrt, während man die verwesenden Leichen eilig begrub. Unter den Gegenständen befanden sich auch mehrere Bögen Papier, darunter die Notizen von Captain Cooke.

Von den Männern, die hinter Custer gestanden hatten, als jener Ben Craig verhörte, lebte keiner mehr, doch die Aufzeichnungen des Adjutanten waren aussagekräftig genug. Die Armee brauchte einen Grund für die Katastrophe, und jetzt hatte sie einen: Die Wilden waren gewarnt worden und hatten sich gründlich vorbereitet. Der ahnungslose Custer war in einen gigantischen Hinterhalt geraten. Besser noch, die Armee hatte einen Sündenbock. Inkompetenz war als Grund inakzeptabel, Verrat nicht. Für die Ergreifung des Scouts wurde eine Belohnung von tausend Dollar ausgesetzt, tot oder lebendig.

Die Spur wurde kalt, bis die Crow den Flüchtigen Ende Oktober in Begleitung eines Indianermädchens durch die Pryor Mountains reiten sahen.

Die Pferde des Lieutenant waren über Nacht gefüttert und getränkt worden und hatten sich ausgeruht. Sie waren frisch, und er ritt im gestreckten Galopp nach Süden. Seine Karriere stand auf dem Spiel.

Kurz nach Sonnenaufgang erreichten Craig und Whispering Wind die Pryor Gap, eine schmale Senke zwischen dem Hauptgebirgszug und dem einzelnen Gipfel des West Pryor. Sie durchquerten die Senke und galoppierten durch die Ausläufer des West Pryor, bis sie in ein raues Ödland aus grasbewachsenen Hügelketten und Erosionsrinnen kamen, das sich fünfzig Meilen gen Westen erstreckte.

Craig brauchte die Sonne nicht zur Orientierung. Er konnte sein Ziel in der Ferne unter dem blauen Himmel in der Morgensonne glitzern sehen. Er war unterwegs in die Wildnis von Absaroka, in der er als Junge mit dem alten Donaldson gejagt hatte. Es war ein durch und durch unwegsames Gelände aus Wäldern und Felsplateaus, wohin nur wenige folgen konnten, und führte hinauf zum Beartooth Range.

Selbst aus dieser Entfernung konnte er die vereisten Gipfel des Thunder, Sacred, Medecine und Beartooth Mountain über dem Land ausmachen, die sich am Horizont erhoben, als würden sie über das Land wachen. In diesen Bergen konnte ein guter Mann mit einem Gewehr einer ganzen Armee trotzen. An einem Bach gönnte er den erhitzten Pferden eine Pause, doch dann drängte er weiter auf jene Gipfel zu, die das Land an den Himmel zu nageln schienen.

Zwanzig Meilen hinter ihnen folgten in gleichmäßig schnellem Trab, der die Kräfte der Ponys schonte und Meile um Meile fortgesetzt werden konnte, die sechs Krieger, den Boden nach verräterischen Spuren absuchend.

Dreißig Meilen weiter nördlich stieß der Kavallerietrupp nach Süden vor, um die Spur der Flüchtigen aufzunehmen. Gegen Mittag fanden sie sie westlich des West Pryor Peak. Die Crow Scouts zügelten plötzlich ihre Pferde und umkreisten einen Fleck von der Sonne getrockneter Erde. Sie wiesen auf die Hufspuren, dicht gefolgt von der Fährte eines unbeschlagenen Ponys. Unweit der Stelle entdeckten sie Spuren weiterer Ponys, insgesamt fünf oder sechs.

»Wir haben also Konkurrenz«, murmelte der Lieutenant. »Sei's drum.«

Er gab den Befehl, weiter nach Westen zu reiten, obwohl die Pferde langsam müde wurden. Als sie eine halbe Stunde später eine Anhöhe in der Prärie erreichten, nahm er sein Fernrohr und suchte den Horizont ab. Von den Flüchtigen war nichts zu sehen, dafür entdeckte er eine Staubwolke über sechs winzigen Gestalten auf Pintos, die in die Berge trabten.

Auch die Ponys der Cheyenne wurden müde, doch sie wussten, dass es den Rössern der Flüchtigen ebenso ergehen musste. Im Bridger Creek direkt unterhalb der modernen Siedlung Bridger tränkten die Krieger ihre Ponys und gönnten ihnen eine halbe Stunde Pause. Einer von ihnen presste sein Ohr an den Boden und hörte die trappelnden Hufe der Verfolger, sodass sie eilig aufsaßen und weiterritten. Nach einer Meile führte der Anführer die Gruppe vom Weg weg hinter eine Anhöhe, hinter der sie sich versteckte, während er selbst auf die Kuppe kletterte und Ausschau hielt.

Er sah die Kavalleristen in drei Meilen Entfernung. Da die Cheyenne weder etwas von Papieren auf einem Hügel noch von einer Belohnung für einen entflohenen Waschitschun wussten, nahmen sie an, dass die Blauröcke sie jagten, weil sie ihr Reservat verlassen hatten. Also beobachteten sie das Geschehen und warteten.

Als die Kavalleriepatrouille die Stelle erreichte, wo sich die Fährten trennten, hielt sie an, und die Crow-Scouts stiegen ab und untersuchten die Spuren. Die Cheyenne sahen, wie die Crow nach Westen wiesen, bevor der Trupp in diese Richtung aufbrach.

Die Cheyenne folgten ihnen auf einer parallelen Route. Sie beschatteten die Blauröcke, so wie Little Wolf Custer am Lauf des Rosebud Creek beschattet hatte. Doch am Nachmittag wurden sie von den Crow entdeckt.

»Cheyenne!«, rief der Crow-Scout. Der Lieutenant zuckte die Achseln.

»Egal, lass sie jagen. Wir haben unser eigene Beute.«

Die beiden Verfolgergruppen drängten bis zum Anbruch der Dunkelheit weiter. Die Crow folgten der Fährte, und die Cheyenne der Patrouille. Als die Sonne die Gipfel der Berge berührte, wussten beide Gruppen, dass ihre Pferde Ruhe brauchten. Wenn sie versuchten, weiterzureiten, würden die Tiere einfach unter ihnen zusammenbrechen. Außerdem wurde der Boden härter und die Fährte damit schwerer zu lesen. Ohne Laternen, die sie nicht bei sich hatten, würde es in der Dunkelheit schlicht unmöglich sein.

Zehn Meilen vor ihnen dachte Ben Craig das Gleiche. Rosebud war eine große kräftige Stute, doch sie hatte ihn samt Ausrüstung jetzt fünfzig Meilen über unwegsames Gelände getragen. Außerdem war Whispering Wind keine geübte Reiterin und am Ende ihrer Kräfte. Sie schlugen ihr Lager am Bear Creek auf, östlich der heutigen Siedlung Red Lodge, entfachten aus Angst, entdeckt zu werden, jedoch kein Feuer.

Mit der einbrechenden Dunkelheit sanken auch die Temperaturen. Sie rollten sich in den Büffelfellumhang, und Sekunden später war das Mädchen fest eingeschlafen. Craig schlief nicht. Das konnte er später tun. Er kroch aus dem Umhang, wickelte die rote Wolldecke um seinen Körper und wachte über das Mädchen, das er liebte.

Niemand kam, doch er war schon vor Anbruch der Dämmerung wieder auf den Beinen. Sie nahmen ein rasches Mahl aus getrocknetem Antilopenfleisch und eine Portion Maisbrot zu sich, das sie mitgenommen hatten und mit Wasser aus dem Bach hinunterspülten. Dann brachen sie auf. Auch ihre Verfolger waren bereits unterwegs, als das erste Licht des Tages ihre Spur wieder sichtbar machte. Sie lagen neun Meilen zurück und holten auf. Craig wusste, dass die Cheyenne hinter ihm her waren, weil das, was er getan hatte, unverzeihlich war. Doch von der Kavallerie hatte er keine Ahnung.

Das Land wurde immer unwegsamer, das Vorwärtskommen beschwerlicher. Craig war klar, dass ihre Verfolger näher kamen und sie einholen würden, wenn er sie nicht aufhielt, indem er die Spur verwischte. Nach zwei Stunden im Sattel erreichten die Flüchtenden den Zusammenfluss zweier Bäche. Links von ihnen stürzte sich der Rock Creek von den Bergen ins Tal, doch den hielt Craig auf dem Weg in die echte Wildnis für unpassierbar. Vor ihnen lag der West Creek, der flacher und weniger felsig war. Er stieg ab, band den Führstrick des Ponys an den Sattel des Pferdes und nahm Rosebud am Halfter.

Er führte den kleinen Konvoi zunächst schräg auf den Rock Creek zu, bevor er kehrtmachte und dem anderen Wasserlauf folgte. Das eiskalte Wasser machte seine Füße taub, doch er watete zwei Meilen über Schotter und Kies weiter, bevor er die beiden Reittiere aus dem Wasser in den dichten Wald am linken Ufer führte.

Das Land stieg jetzt steil an, und ohne die wärmende Sonne war es empfindlich kühl. Whispering Wind war in ihre Decke gehüllt und folgte im Schritttempo ohne Sattel.

Drei Meilen hinter ihnen hatte die Kavalleriepatrouille das Wasser erreicht und Halt gemacht. Die Crow wiesen darauf hin, dass die Spuren scheinbar den Rock Creek hinaufführten, und nachdem er sich mit seinem Sergeant besprochen hatte, befahl der Lieutenant, der falschen Fährte zu folgen. Als sie verschwunden waren, kamen die Cheyenne an die beiden Bäche. Sie mussten nicht durchs Wasser waten, um ihre Spur zu verwischen, doch sie entschieden sich für den richtigen Bachlauf, ritten am Ufer entlang und suchten die andere Seite nach Spuren ab, die die aus dem Bach kommenden Pferde auf dem Weg ins Gebirge hinterlassen hatten.

Nach zwei Meilen entdeckten sie im schlammigen Ufersand die Abdrücke, nach denen sie Ausschau gehalten hatten. Spritzend ritten sie durch den Bach und drangen in den dichten Wald ein.

Gegen Mittag erreichte Craig den Ort, an den er sich von seinem Jahre zurückliegenden Jagdausflug zu erinnern glaubte, eine große offene Hochebene, das Silver Run Plateau, das direkt in die Berge führte. Obwohl sie es nicht wussten, befanden sie sich mittlerweile in mehr als dreitausend Metern Höhe.

Vom Felsrand aus konnte er auf den Bachlauf hinabblicken, dem er gefolgt und dann verlassen hatte. Zu seiner Rechten erkannte er an der Gabelung der beiden Bäche mehrere Gestalten. Er hatte kein Fernrohr, doch in der dünnen Luft konnte man außergewöhnlich weit sehen. Aus einer halben Meile Abstand erkannte er, dass dies keine Cheyenne, sondern zehn Soldaten mit vier Crow-Scouts waren: die Patrouille, die am Rock Creek entlang talwärts ritt, nachdem sie ihren Irrtum bemerkt hatte. Da begriff Ben Craig, dass die Armee immer noch hinter ihm her war, weil er das Mädchen befreit hatte.

Er nahm sein Sharps-Gewehr aus der Hülle, lud eine einzige Kugel, suchte einen Fels, auf dem er den Lauf abstützen konnte, stellte das Visier auf maximale Entfernung ein und blinzelte ins Tal.

»Erschieß das Pferd«, hatte der alte Donaldson immer gesagt. »In diesem Gelände muss ein Mann ohne Pferd umkehren.«

Er zielte auf die Stirn des Offizierspferdes. Als der Knall ertönte, hallte er in den Bergen wider wie rollender Donner. Die Kugel traf das Pferd des Lieutenant an der Schulter, und es fiel samt seinem Reiter, der sich beim Sturz einen Knöchel verdrehte, um wie ein Sack.

Die Kavalleristen suchten bis auf den Sergeant, der sich hinter das niedergestreckte Pferd warf, um dem Lieutenant zu helfen, Deckung im Wald. Das Pferd war noch nicht tot. Der Sergeant erlöste es mit seiner Pistole von seinem Leiden und schleifte seinen Offizier in den Schutz der Bäume. Weitere Schüsse fielen nicht.

Die Cheyenne ließen sich auf dem Hang im Schutz des Waldes von ihren Ponys auf den Teppich aus Kiefernnadeln fallen. Vier von ihnen hatten von der Siebten erbeutete Springfields, doch sie waren wie die meisten Prärieindianer schlechte Schützen. Außerdem wussten sie, was der junge Waschitschun mit einem Sharps-Gewehr anrichten konnte und auf welche Entfernung. Sie begannen den Berg hinaufzurobben, was ihr Vorwärtskommen deutlich verlangsamte. Einer folgte mit sämtlichen Ponys.

Craig schnitt die Decke in vier Stücke und band sie um Rosebuds Hufe. Zwischen dem Hufeisen und dem felsigen Untergrund würde das Material nicht lange halten, doch es würde die Spuren auf einer Strecke von fünfhundert Metern verwischen. Anschließend ritt er im Schritt in südwestlicher Richtung über die Hochebene auf die Gipfel zu.

Das Silver Run Plateau erstreckt sich über fünf Meilen, und es gibt keine Deckung. Nach zwei Meilen sah sich Craig um und erkannte kleine Punkte, die über den Hang auf das Felsplateau kamen. Er trottete weiter. Sie konnten ihn weder treffen noch einholen. Ein paar Minuten später tauchten weitere Punkte auf: Auch die Kavalleristen hatten ihre Pferde durch den Wald geführt und nun die felsige Hochebene erreicht, jedoch eine Meile weiter östlich als die Cheyenne. Dann entdeckte er die Schlucht. Er war noch nie zuvor so hoch in den Bergen gewesen und wusste nicht, dass sie existierte.

Sie war steil und eng und hieß Lake Fork. Kiefern wuchsen an ihren Hängen, und ein eisiger Bach schlängelte sich im Tal. Craig folgte ihrem Rand auf der Suche nach einer Stelle, wo das Ufer flach genug war, um den kleinen Fluss zu überqueren, und fand sie im Schatten des Thunder Mountain, doch er hatte eine halbe Stunde verloren.

Er trieb sich und die Pferde zum Äußersten an, führte sie in die Klamm und auf der anderen Seite auf eine Felsplatte, das Hellroaring Plateau. Als er aus der Schlucht auftauchte, pfiff eine Kugel über seinen Kopf hinweg. Die Kavalleristen auf der anderen Seite der Schlucht hatten zwischen den Kiefern eine Bewegung wahrgenommen. Craigs Verzögerung hatte sie nicht nur zu ihm aufschließen lassen, sondern auch die beste Stelle für eine Überquerung gezeigt.

Vor ihm lagen drei weitere Meilen einer Hochebene unterhalb der säulenartig aufragenden Felsformationen des Mount Rearguard, in deren Labyrinth aus Felsen und Höhlen ihn nie jemand aufspüren würde. Menschen wie Tiere keuchten in der sauerstoffarmen Luft, doch er drängte immer noch weiter. Es würde bald dunkel werden, so dass er zwischen den Gipfeln und Schluchten zwischen dem Rearguard, dem Sacred und dem Beartooth Mountain verschwinden konnte. Dort oben war kein Mensch in der Lage, einer Fährte zu folgen. Jenseits des Sacred

Mountain lag die Wasserscheide, und von dort führte der Weg bergab nach Wyoming. Sie würden die feindliche Welt hinter sich lassen, heiraten, in der Wildnis wohnen und ewig leben. Als das Licht des Tages verblasste, schüttelten Ben Craig und Whispering Wind ihre Verfolger ab und ritten auf die Hänge des Mount Rearguard zu.

In der Dämmerung überquerten sie ein Felsplateau und stießen vor bis zur Schneegrenze. Dort entdeckten sie einen flachen breiten Felsvorsprung und dahinter eine tiefe Höhle. Ein paar verkümmerte Kiefern verdeckten den Eingang,

Bei Einbruch der Dunkelheit band Craig den Pferden die Vorderbeine zusammen, nachdem sie ein paar von den am Boden liegenden Kiefernnadeln gefressen hatten. Es war eisig kalt, doch sie hatten ihr Büffelfell.

Der Scout schleppte seinen Sattel und die verbliebene Decke in die Höhle, lud sein Gewehr, legte es neben sich und breitete das Büffelfell am Eingang der Höhle aus. Craig und Whispering Wind legten sich auf die eine Hälfte und deckten sich mit der anderen zu. In diesem Kokon wurde ihnen bald wieder warm. Das Mädchen begann, ihren Körper an seinen zu schmiegen.

»Ben«, flüsterte sie, »mach mich zu deiner Frau. Jetzt.«

Er schob ihren Hirschlederkittel hoch und tastete nach ihrem sich ihm entgegenreckenden Leib.

»Was ihr tut, ist falsch.«

So hoch in den Bergen war es vollkommen still, doch obwohl die Stimme alt und brüchig klang, waren ihre in Cheyenne gesprochenen Worte deutlich zu verstehen.

Craig griff blitzschnell nach seinem Gewehr und stürzte in die Kälte hinaus.

Er begriff nicht, warum er den Mann vorher nicht gesehen hatte. Er saß im Schneidersitz unter den Kiefern am Rand des Felsvorsprungs. Sein eisgraues Haar hing bis auf seine nackte Brust, sein Gesicht war faltig und zerfurcht wie eine verbrannte Walnuss. Er schien uralt und sehr heilig zu sein, ein Schamane, der auf der Suche nach Visionen an einem einsamen Ort fastete, meditierte und mit der Unendlichkeit eins zu werden suchte.

»Du hast gesprochen, heiliger Mann?« Der Scout redete ihn mit diesem Ehrentitel an, der Männer von hohem Alter und großer Weisheit vorbehalten ist. Woher er gekommen war, wusste Craig nicht, und wie er in dieser Kälte ungeschützt überleben konnte, war ihm unvorstellbar. Craig wusste nur, dass einige Geistseher imstande waren, den Naturgesetzen zu trotzen.

Er spürte, wie neben ihm Whispering Wind im Eingang der Höhle auftauchte.

»Es ist falsch in den Augen der Menschen und in den Augen von Meh-y-yah, dem Großen Geist«, sagte der alte Mann.

Der Mond war noch nicht aufgegangen, doch in der klaren und beißenden Luft funkelten die Sterne so hell, dass der breite Felsvorsprung in blasses Licht getaucht war. Craig sah das Glitzern in den alten Augen, die ihn fixierten.

»Warum, heiliger Mann?«

»Sie ist einem anderen versprochen. Ihr Zukünftiger hat tapfer gegen die Waschitschun gekämpft. Er hat viel Ehre. Er hat es nicht verdient, dass man ihn so behandelt.«

»Aber sie ist jetzt meine Frau.«

»Sie wird deine Frau sein, Mann der Berge. Aber noch nicht. So spricht der Große Geist. Sie soll zu ihrem Volk und dem ihr bestimmten Mann zurückkehren. Wenn sie das tut, werdet ihr eines Tages wiedervereint, und sie deine Frau sein und du ihr Mann. Für immer. So spricht Meh-y-yah.«

Er nahm einen Stock vom Boden und stützte sich beim Aufstehen darauf. Seine nackte Haut war dunkel und alt, und nur mit Mokassins und einem Lendenschurz bekleidet setzte die Kälte ihm zu. Er drehte sich um und folgte langsam dem Weg zwischen den Kiefern ins Tal, bis er verschwunden war.

Whispering Wind sah zu Ben Craig empor. Tränen rannen über ihre Wangen und erstarrten in der Kälte, noch bevor sie das Kinn erreichten.

»Ich muss zu meinem Volk zurückkehren. Es ist meine Bestimmung.«

Er widersprach ihr nicht. Es wäre sinnlos gewesen. Er machte ihr Pony fertig, während sie in ihre Mokassins schlüpfte und die Decke um ihren Körper wickelte. Er nahm sie ein letztes Mal in die Arme, hob sie auf den Rücken des Pferdes und gab ihr die Zügel. Wortlos führte sie das Pinto auf den Weg zurück ins Tal.

»Wind, der leise spricht!«, rief er. Sie drehte sich um.

»Wir werden zusammen sein. Eines Tages. So ist es vorausgesagt. Während das Gras wächst und die Flüsse fließen, werde ich auf dich warten.«

»Und ich auf dich, Ben Craig.«

Und dann war sie verschwunden. Craig betrachtete den Himmel, bis die Kälte unerträglich wurde. Dann führte er Rosebud in die Höhle, streute Kiefernnadeln auf den Boden, zog das Büffelfell tiefer in die Dunkelheit, rollte sich darin ein und schlief.

Der Mond ging auf. Die Krieger sahen sie über die felsige Hochebene kommen. Sie entdeckte die beiden schwach glimmenden Lagerfeuer unterhalb des Schluchtrandes, wo die Kiefern wuchsen, und hörte von dem auf der linken Seite kommend den leisen Ruf einer Eule. Dorthin lenkte sie ihr Pony.

Sie sagten nichts. Das oblag ihrem Vater Tall Elk. Doch sie hatten ihre Befehle. Der Waschitschun, der ihre Zelte entehrt hatte, musste sterben. Sie warteten auf die Dämmerung.

Um ein Uhr morgens fegten dicke Wolken über den Beartooth Range, und die Temperaturen begannen zu sinken. Die Männer um die beiden Lagerfeuer zitterten vor Kälte und wickelten ihre Decken fester um den Körper, doch das half nichts. Bald waren sie alle hellwach und warfen neues Holz ins Feuer. Doch die Temperaturen fielen weiter.

Cheyenne wie Weiße hatten im rauen Dakota überwintert und wussten, was ein harter Winter bedeutete, aber dies war erst der letzte Tag im Oktober. Zu früh. Trotzdem wurde es immer kälter. Um zwei setzte dichtes Schneetreiben ein. Im Lager der Kavallerie erhoben sich die Crow-Scout von ihrem Lager.

»Wir würden kehrtmachen«, rieten sie dem Offizier. Dessen Knöchel schmerzte, doch er wusste auch, dass die Ergreifung seiner Beute sein Leben in der Armee verändern würde.

»Es ist kalt, aber bald kommt die Dämmerung«, entgegnete er ihnen.

»Dies ist keine gewöhnliche Kälte«, sagten sie. »Dies ist die Kälte des Langen Schlafes. Dagegen schützt kein Gewand. Der Waschitschun, den du suchst, ist schon tot. Oder er wird noch vor Sonnenaufgang sterben.«

»Dann geht«, forderte der Offizier sie auf. Fährten mussten nicht mehr gelesen werden. Seine Beute saß auf dem Berg fest, den er im Mondlicht hatte schimmern sehen, bevor er unter dem Schnee versank.

Die Crow saßen auf und machten sich über das Silver Run Plateau und die Hänge auf den Weg zurück ins Tal. Beim Aufbruch stieß einer von ihnen den schrillen Schrei eines Nachtvogels aus.

Den hörten die Cheyenne und sahen sich an. Es war ein Warnruf. Auch sie löschten das Feuer, nahmen das Mädchen mit sich, bestiegen ihre Ponys und machten sich auf den Rückweg. Und die Temperatur sank noch weiter.

Die Lawine ging um vier Uhr früh ins Tal nieder. Sie kam aus den Bergen und schob eine dicke Schneedecke über das Plateau. Der nahende weiße Wall strebte zischend auf die Lake-Fork-Schlucht zu und riss alles auf ihrem Weg mit sich. Die verbliebenen Männer und Pferde waren in der Kälte liegend oder stehend festgefroren und konnten sich nicht mehr bewegen. Der Schnee deckte die Schlucht zu, bis nur noch die Spitzen der Kiefern herausragten.

Am Morgen klarte der Himmel auf, und die Sonne kehrte zurück. Soweit das Auge reichte, war die Landschaft in ein weißes Kleid gehüllt. In einer Million Löcher und Höhlen wussten die Tiere des Berges und der Wälder, dass der Winter gekommen war.

In seiner Höhle unterhalb des Gipfels drehte sich der Prärie-Scout in seinem Büffelfell um und schlief weiter.

Als er aufwachte, konnte er sich, wie es einem bisweilen ergeht, nicht mehr daran erinnern, wo er war. Im Dorf von Tall Elk? Doch er hörte keine Geräusche von Squaws, die das Morgenmahl zubereiteten. Er öffnete die Augen, blinzelte aus den Falten des Büffelfells und registrierte die rauen Wände der Höhle, und sofort war die Erinnerung wieder da. Er richtete sich auf und versuchte, den Schlaf ganz abzuschütteln.

Draußen erkannte er einen weißen, mit Pulverschnee bestäubten Felsvorsprung, der in der Sonne glitzerte. Er trat mit nacktem Oberkörper ins Freie und atmete tief die Morgenluft ein.

Rosebud war noch immer an den Vorderläufen gefesselt, hatte jedoch die Höhle verlassen und knabberte an einigen jungen Kiefern, die am Rand des Felsvorsprungs ausgetrieben hatten. Die Morgensonne stand zu seiner Rechten am Himmel, und er starrte nach Norden in die entfernten Ebenen Montanas.

Er ging bis zum Rand der Felskante, legte sich auf den Boden und spähte zum Hell-Roaring-Plateau hinunter. Über der Lake-Fork-Schlucht konnte er keinen Rauch von Lagerfeuern erkennen. Seine Verfolger schienen verschwunden zu sein.

Er kehrte in die Höhle zurück, kleidete sich an, nahm sein Bowie-Messer, und befreite Rosebud von ihren Fesseln. Sie wieherte leise und rieb ihr samtweiches Maul an seiner Schulter. Dann bemerkte er etwas Seltsames.

Die hellgrünen Schösslinge, an denen das Pferd knabberte, waren Frühlingstriebe. Er sah sich um. Die letzten zähen Kiefern, die in dieser Höhe noch wuchsen, hatten alle grüne Knospen, die sich nach der Sonne ausrichteten. Erschrocken wurde ihm bewusst, dass er wie eine Kreatur der Wildnis die bittere Kälte des Winters verschlafen hatte.

So etwas gab es, das wusste er. Der alte Donaldson hatte einst einen Trapper erwähnt, der in einer Bärenhöhle überwinterte und nicht gestorben war, sondern wie die jungen Bären an seiner Seite schlief, bis der Winter vorüber war.

In seinen Satteltaschen fand er eine letzte Portion Dörrfleisch. Es war schwer zu kauen, doch er würgte es hinunter. Zum Trinken nahm er eine Hand voll Schnee, den er zwischen seinen Handflächen zu Wasser schmelzen ließ und dann ableckte. Er war klug genug, nicht einfach Schnee zu essen.

In den Satteltaschen fand er auch seine Trappermütze aus warmem Fuchsfell, die er aufsetzte. Nachdem er Rosebud gesattelt hatte, überprüfte er sein Sharps-Gewehr und die zwanzig verbliebenen Patronen, bevor er die Waffe in ihr Futteral schob und sich zum Aufbruch rüstete. Er rollte das schwere Büffelfell zusammen, das ihm das Leben gerettet hatte, und band es ungeachtet seines Gewichts hinter den Sattel. Als die Höhle leer war, nahm er Rosebud am Halfter und begann den Abstieg zum Felsplateau.

Er wusste noch nicht, was er tun sollte, doch in den Wäldern an den unteren Hängen gab es genug Wild zum Jagen.

Er überquerte vorsichtig die erste Hochebene und hielt immer noch Ausschau nach einer Bewegung am Rand der Schlucht; vielleicht würde sogar jemand einen Schuss auf ihn abfeuern. Doch nichts geschah. Als er die Klamm erreichte, konnte er auch dort keine Spuren seiner Verfolger entdecken. Was er nicht wusste, war, dass die Crow berichtet hatten, dass alle Blauröcke im Schneesturm ums Leben gekommen waren und auch ihre Beute nicht überlebt haben konnte.

Er fand den Weg hinab in die Lake-Fork-Schlucht und auf der anderen Seite wieder hinaus. Als er das Silver-Run-Plateau überquerte, stieg die Sonne höher und stand schließlich im Winkel von dreißig Grad über dem Horizont, sodass ihm warm wurde.

Er durchquerte den Kiefernwald, bis er auf die ersten Laubbäume stieß, und schlug dort sein Lager auf. Es war Mittag. Er baute aus elastischen Ästen und einer Schnur, die er in seiner Satteltasche fand, eine Kaninchenfalle. Es dauerte eine Stunde, bis der erste arglose Nager aus seinem Bau kam. Er tötete und häutete das Tier und benutzte seine kleine Zunderbüchse, um ein Feuer zu machen, über dem er das Kaninchen briet. Das geröstete Fleisch schmeckte köstlich.

Er blieb eine Woche an diesem Platz zum Kräftesammeln. Frisches Fleisch gab es in Hülle und Fülle, in den zahlreichen Bächen wimmelte es von Forellen, und Wasser war alles, was er zum Trinken brauchte.

Am Ende der Woche beschloss er, in Richtung Prärie aufzubrechen. Er wollte bei Mondlicht reiten und sich tagsüber verstecken, bis er die Pryors erreicht hatte, wo er sich eine Hütte bauen und sich niederlassen wollte. Dann würde er sich erkundigen, wohin die Cheyenne gezogen waren, und warten, bis Whispering Wind frei war. Er hatte keinen Zweifel, dass das geschehen würde, denn so war es ihnen vorhergesagt worden.

In der achten Nacht sattelte er sein Pferd und verließ die Wälder. Er orientierte sich an den Sternen und hielt sich nordwärts. Außerdem herrschte Vollmond, der das Land in ein blasses weißes Licht tauchte. Nachdem er die erste Nacht durchgeritten war, schlug er am Tag in einem trockenen Flusslauf sein Lager auf. Er machte kein Feuer mehr, sondern aß das Fleisch, das er im Wald geräuchert hatte.

In der nächsten Nacht wandte er sich nach Osten, wo die Pryors lagen, und überquerte bald einen langen Streifen schwarzen Felsens, der sich endlos in beide Richtungen erstreckte. Kurz vor Anbruch der Dämmerung überquerte er einen zweiten und letzten Streifen. Dann erreichte er die Badlands, unwegsames Gelände, aber voller guter Verstecke.

Unterwegs sah er einmal Vieh stumm im Mondlicht stehen und fragte sich, welcher Siedler so dumm sein konnte, seine Herde unbewacht zu lassen. Die Crow würden nicht zögern, die Tiere mitzunehmen.

Am vierten Morgen seines Ritts entdeckte er das Fort. Er

hatte auf einer Anhöhe genächtigt, und bei Sonnenaufgang sah er das Fort in den Ausläufern des West Pryor Mountain. Eine Stunde lang beobachtete er das Lager, nach Lebenszeichen Ausschau haltend: die schrille Fanfare eines Signalhorns etwa, die vom Wind herübergetragen wurde, oder Rauch, der über dem Küchenhaus aufstieg. Doch er sah und hörte nichts. Als die Sonne höher stieg, legte er sich in den Schatten eines Gebüschs und schlief.

Während er sein Abendessen zu sich nahm, überlegte er, was er tun sollte. Dies war immer noch Wildnis, und ein allein reitender Mann schwebte in ständiger Gefahr. Das Fort schien neu erbaut worden zu sein, denn im letzten Herbst war es noch nicht da gewesen. Das bedeutete, dass die Armee ihre Kontrolle über das Stammesgebiet der Crow weiter ausgedehnt hatte. Noch vor einem Jahr war das nächste Fort im Osten Fort Smith am Bighorn River und im Nordwesten Fort Ellis am Bozeman Trail gewesen. Zu Letzterem konnte er nicht gehen, weil man ihn dort erkannt hätte.

Aber wenn das neue Fort nicht von der Siebten oder mit Männern aus Gibbons Einheit besetzt war, gab es niemanden, der ihn schon einmal gesehen hatte, und wenn er einen falschen Namen angab… Er sattelte Rosebud und beschloss, das neue Fort in der Nacht auszukundschaften, dabei jedoch unsichtbar zu bleiben.

Er erreichte es, als der Mond aufging. An dem Fahnenmast wehte keine Standarte irgendeiner Einheit, kein Lichtstrahl fiel aus irgendeiner Kammer, kein Geräusch drang aus den Mannschaftsquartieren. Durch die Stille kühner geworden, ritt er zum Haupttor. Darüber prangten zwei Wörter. Das erste entzifferte er als »Fort«, weil er es schon oft gesehen hatte und die Umrisse der Buchstaben kannte. Das zweite Wort war ihm unbekannt. Es begann mit einem Buchstaben, der aus zwei vertikalen Stangen bestand, die durch eine Art Querlatte verbunden waren. Das hohe Doppeltor war mit einer Kette und einem schweren Vorhängeschloss gesichert.

Er führte Rosebud an dem vier Meter hohen Palisadenwall entlang. Warum sollte die Armee ein Fort bauen und es dann nicht benutzen? War es überfallen und geplündert worden? Waren alle Insassen tot? Aber warum dann das Vorhängeschloss? Gegen Mitternacht stellte er sich auf Rosebuds Sattel und klammerte sich an den Rand der Palisaden. Sekunden später stand er auf dem Wehrgang knapp zwei Meter unterhalb der Brüstung und gut zwei Meter über dem Boden und blickte nach unten.

Er sah Offiziers- und Mannschaftsquartiere, Ställe und Küchen, Waffenkammer und Wasserpumpe, Vorratslager und Schmiede. Alles war vorhanden, aber einsam und verlassen.

Auf leisen Sohlen schlich er, das Gewehr immer im Anschlag, die Treppe hinunter und begann das Fort zu erkunden. Es war in der Tat neu, wie er an den Tischlerarbeiten und den frischen Sägeschnitten der Balken erkannte. Das Büro des Kommandanten war abgeschlossen, aber alles andere stand einladend offen. Es gab Schlafplätze für Soldaten und Reisende. Nur die Sickergrube der Latrine konnte er nicht finden, was ihm seltsam vorkam. An der rückwärtigen Mauer stand eine kleine Kapelle, daneben befand sich ein weiteres Tor, das nur von innen mit einem Balken gesichert war.

Den entfernte er, trat hinaus, ging um das Fort und führte Rosebud hinein, bevor er den Balken wieder vorschob. Er wusste, dass er nie in der Lage sein würde, ein Fort allein zu verteidigen. Wenn ein Stamm auf dem Kriegspfad angriff, würden die Krieger die Außenwälle ebenso mühelos überwinden wie er. Doch für eine Weile konnte ihm das Fort als Basis dienen, bis er herausgefunden hatte, wohin Tall Elks Stamm gezogen war.

Bei Tageslicht inspizierte er die Stallungen. Es gab Boxen für zwanzig Pferde, Zaumzeug und Futter, so viel man nur wollte, und draußen im Trog frisches Wasser. Er nahm Rosebud den Sattel ab und schrubbte sie mit einer Bürste gründlich ab, während sie einen Eimer Hafer verschlang.

In der Schmiede fand er eine Dose Fett, mit der er sein Gewehr reinigte, bis das Metall und der Holzgriff glänzten. Im Laden entdeckte er Fallen und Decken. Mit Letzteren bereitete er sich auf einer der Pritschen in der Hütte für die Besucher ein bequemes Lager. Das Einzige, was fehlte, war Nahrung, doch er fand schließlich ein Glas mit Süßigkeiten, die ihm als Abendessen dienten.

Die erste Woche verging wie im Flug. Morgens ritt er aus, stellte Fallen und jagte, nachmittags bereitete er die Felle der Tiere für den Handel vor. Er hatte reichlich frisches Fleisch und kannte mehrere Wildpflanzen, aus deren Blättern man eine nahrhafte Suppe zubereiten konnte.

In dem Laden fand er auch ein Stück Seife, das er mit zu einem Bach in der Nähe nahm, in dem er nackt badete. Das Wasser war eiskalt, aber erfrischend. Es gab Gras für sein Pferd in Hülle und Fülle. Im Speiseraum fand er Blechschalen und -teller. Er sammelte von den Bäumen gefallenes und getrocknetes Holz und kochte Wasser, das er zum Rasieren benutzte. Eines der Dinge, die er aus der Hütte des alten Donaldson mitgenommen hatte, war das scharfe Rasiermesser, das er in einem schmalen Metalletui aufbewahrte. Er war überrascht, wie leicht eine Rasur mit Seife und heißem Wasser vonstatten ging. In der Wildnis oder mit der Armee auf Feldzug hatte er gezwungenermaßen mit kaltem Wasser und ohne Seife auskommen müssen.

Aus dem Frühling wurde Frühsommer, und noch immer war kein Mensch aufgetaucht. Er begann zu grübeln, wen er fragen sollte, wohin Whispering Wind und die Cheyenne gegangen waren. Erst dann konnte er ihre Verfolgung aufnehmen. Aber er scheute davor zurück, zum Fort Smith im Osten oder Fort Ellis im Nordwesten zu reiten, weil man ihn dort bestimmt erkennen würde. Wenn er erfuhr, dass die Armee ihn noch immer hängen wollte, würde er den Namen Donaldson annehmen und hoffen, unerkannt durchzukommen.

Er hauste seit einem Monat in dem Fort, als die Besucher kamen, war jedoch zum Fallenstellen in den Bergen. Es waren acht Personen in drei langen Stahlröhren, die auf sich drehenden schwarzen Scheiben mit silberner Achse fuhren, jedoch nicht von Pferden gezogen wurden.

Einer der Männer war der Führer, die anderen sieben seine Gäste. Der Führer war Professor John Ingles, Leiter des Instituts für die Geschichte des Wilden Westen an der University of Montana in Bozeman. Sein wichtigster Gast war einer der beiden Senatoren des Staates, der sich eigens aus Washington herbemüht hatte. In seiner Begleitung befanden sich drei Abgeordnete aus dem Capitol in Helena sowie drei Beamte des Bildungsministeriums. Professor Ingles sperrte das Vorhängeschloss des Tors auf, und die hohen Gäste betraten voller Neugier das Fort.

»Senator, meine Herren, herzlich willkommen in Fort Heritage«, sagte der Professor strahlend. Er war einer jener glücklichen Männer, die uneingeschränkt begeistert von der Tätigkeit sind, mit der sie ihren Lebensunterhalt verdienen. Sein Beruf war auch seine Leidenschaft, das Studium des Alten Westens und die Aufzeichnung seiner Geschichte. Er war durchdrungen von Wissen über das Montana der alten Zeit, den Krieg der Prärie und die Stämme der amerikanischen Ureinwohner, die hier Krieg geführt und gejagt hatten. Fort Heritage war ein Traum, den er seit einem Jahrzehnt geträumt und nach hundert Ausschusssitzungen endlich verwirklicht hatte. Dieser Tag war die Krönung jener zehn Jahre.

»Dieses Fort mit Handelsposten ist eine exakte und bis ins letzte und kleinste Detail stimmige Kopie eines Militärpostens, wie er zurzeit des unsterblichen General Custer ausgesehen hätte.«

Er führte die Gruppe durch die Anlage und erklärte, wie das Projekt mit seiner ursprünglichen Bewerbung bei der Montana Historical Society und dem Cultural Trust seinen Anfang genommen hatte. Mit viel Überredungskunst hatte man Mittel aus einem stillen Kohlesteuerfonds im Cultural Trust einsetzen können.

Der Professor führte aus, dass die Ausstattung absolut originalgetreu sei, gebaut wie seinerzeit mit einheimischem Holz sowie, um die Perfektion auf die Spitze zu treiben, mit Nägeln des Originaltyps und alten Schrauben, die längst nicht mehr verwendet wurden.

Seine Begeisterung steckte nach und nach auch seine Besucher an, während er erklärte:

»Ein Aufenthalt in Fort Heritage wird für viele Kinder und Jugendliche nicht nur aus Montana, sondern bestimmt auch aus den Nachbarstaaten eine wichtige und prägende Erfahrung werden. Inzwischen haben sich sogar Reisegruppen aus Wyoming und South Dakota angemeldet.

Jenseits des Walls direkt am Rand des Crow-Reservats haben wir zwanzig Morgen Koppeln für die Pferde, auf denen wir zu der entsprechenden Jahreszeit Heu als Futter ernten. Fachleute werden das Gras auf altmodische Art mit der Sense mähen. Die Besucher können erleben, wie das Leben an der Grenze zur Wildnis vor hundert Jahren ausgesehen hat. Ich versichere Ihnen, dass diese Einrichtung einzigartig in den Vereinigten Staaten ist.«

»Das gefällt mir, das gefällt mir sehr«, sagte der Senator. »Und wie wollen Sie das Fort personell ausstatten?«

»Das ist die absolute Krönung, Senator. Dies ist kein Museum, sondern ein funktionierendes Fort aus den Siebzigerjahren des 19. Jahrhunderts. Die zur Verfügung stehenden Mittel erlauben die Beschäftigung von bis zu sechzig jungen Menschen den ganzen Sommer über, was die wichtigen Feiertage, vor allem aber die Schulferien abdeckt. Es sollen, wie gesagt, vorwiegend junge Menschen sein, die wir an verschiedenen Schauspielschulen in den großen Städten Montanas rekrutiert haben. Die Reaktion der Studenten, die einen ganzen Sommer lang arbeiten und gleichzeitig noch eine sinnvolle Aufgabe erfüllen wollen, war wirklich beeindruckend.

Wir haben unsere sechzig Freiwilligen. Ich selbst werde Major Ingles von der Zweiten Kavallerie sein, Kommandeur des Forts, und einen Sergeant, einen Corporal und acht Kavalleristen haben, alles Studenten, die gut reiten können. Die Pferde bekommen wir von großzügigen Ranchern geliehen.

Einige junge Frauen werden Köchinnen und Wäscherinnen darstellen und historische Kostüme tragen. Andere Schauspielschüler sind für die Rollen von Präriescouts, Trappern aus den Bergen und Siedlern auf dem Weg nach Westen vor der Überquerung der Rockies vorgesehen.

Wir konnten auch einen echten Schmied gewinnen, sodass die Besucher erleben können, wie man Pferde beschlägt. Ich werde in der Kapelle des Postens Gottesdienste abhalten, und wir werden die Choräle der damaligen Zeit singen. Die Mädchen haben natürlich ihren eigenen Schlafraum und eine Anstandsdame in Form meiner wissenschaftlichen Assistentin Charlotte Bevin. Soldaten und Zivilisten haben getrennte Schlafquartiere. Ich versichere Ihnen, kein Detail wurde übersehen.«

»Es muss doch irgendwelche modernen Dinge geben, ohne die die jungen Leute nicht leben können. Was ist mit der persönlichen Hygiene, frischem Obst und Gemüse«, warf ein Kongressabgeordneter aus Helena ein.

»Sie haben vollkommen Recht«, erwiderte der Professor strahlend. »Es gibt in der Tat drei Punkte, an denen wir zu Tricks greifen müssen. Erstens werde ich auf dem Posten keine geladenen Feuerwaffen dulden. Alle Pistolen und Gewehre werden Kopien sein bis auf einige wenige, aus denen man Platzpatronen abfeuern kann, und auch das nur unter Aufsicht.

»Und was die Hygiene betrifft, sehen Sie die Waffenkammer dort drüben? In den Regalen lagern nachgemachte Springfield-Gewehre, doch hinter einer falschen Wand befindet sich ein echtes Bad mit fließend heißem Wasser, Toiletten, Waschbecken und Duschen. Und die große Regentonne? Es gibt Wasser aus einer unterirdischen Leitung. Die Tonne hat auf der Rückseite einen versteckten Einstieg. Dahinter befindet sich eine gasbetriebene Tiefkühleinheit für Fleisch, Obst und Gemüse. Propangasflaschen. Aber das ist alles. Kein Strom. Nur Kerzen und Petroleumlampen.«

Sie waren vor der Tür der Schlafhütte für die Gäste angekommen. Eine der Beamten spähte hinein.

»Sieht aus, als hätten Sie einen ungebetenen Gast gehabt«, bemerkte er, und alle starrten auf die Decken auf der Pritsche in der Ecke. Nach und nach entdeckten sie die anderen Spuren. Pferdedung im Stall, die Glut eines Feuers. Der Senator lachte dröhnend.

»Offenbar können es einige Besucher gar nicht erwarten«, sagte er. »Vielleicht hat sich auch ein echter Frontier-Scout bei Ihnen eingemietet.«

Darüber lachten alle.

»Spaß beiseite, Professor, Sie haben großartige Arbeit geleistet. Ein Gewinn für unseren Staat.«

Damit verabschiedeten sie sich. Als sie abgefahren waren, verschloss der Professor das Haupttor hinter sich und grübelte immer noch über die Pritsche und den Pferdedung. Die drei Vehikel fuhren über den unbefestigten Weg zu dem langen Streifen aus schwarzem Stein, dem Highway 310, und bogen auf dem Weg zum Flughafen nach Norden Richtung Billings ab.

Zwei Stunden später kehrte Ben Craig zurück. Der erste Hinweis darauf, dass seine Einsamkeit gestört worden war, war das von innen verbarrikadierte Tor auf der Rückseite neben der Kapelle. Er wusste, dass er es nur angelehnt und mit einem Keil festgeklemmt hatte. Wer immer den Balken von innen vorgelegt hatte, hatte das Fort entweder durch das Haupttor verlassen oder war noch drin.

Craig überprüfte das große Haupttor, doch es war nach wie vor abgeschlossen. Vor dem Tor entdeckte er seltsame Spuren, die er nicht deuten konnte, wie von Wagenrädern, aber breiter und mit einem Zickzackmuster.

Das Gewehr in der Hand, stieg er über den Wall und durchsuchte das Fort, bis er nach einer Stunde überzeugt war, dass niemand mehr da war. Er öffnete das hintere Tor, ließ Rosebud herein, brachte sie in den Stall und fütterte sie, bevor er die Spuren auf dem Exerzierplatz begutachtete. Er erkannte Abdrücke von Schuhen und schweren Stiefeln, weitere Zickzackspuren, aber keine Hufabdrücke. Und vor dem Tor fand er überhaupt keine Fußspuren. Das war alles sehr seltsam.

Zwei Wochen später traf die Gruppe der ausgewählten Studenten ein. Wieder war Craig in der Wildnis und sah in den Ausläufern der Pryors nach seinen Fallen.

Es war eine ansehnliche Kolonne: drei Busse, vier Pkw mit zusätzlichen Chauffeuren, um die Fahrzeuge wieder wegzubringen, sowie zwanzig Pferde in großen silbernen Trailern. Als Pferde und Gepäck entladen waren, verließen sämtliche Fahrzeuge wieder das Fort.

Das Personal hatte bereits in Billings die passenden Kostüme angelegt. Jeder besaß nur eine Reisetasche mit Kleidung zum Wechseln sowie ein paar persönliche Habseligkeiten. Der Professor hatte alles kontrolliert und darauf bestanden, dass keinerlei »moderne« Gegenstände mit ins Fort gebracht wurden. Nichts elektrisch oder per Batterie Betriebenes durfte mitgenommen werden. Einigen war es schwer gefallen, sich von ihren Kofferradios zu trennen, doch so stand es im Vertrag. Nicht einmal ein im 20. Jahrhundert veröffentlichtes Buch war erlaubt. Professor Ingles hatte darauf bestanden, dass eine umfassende Rückverwandlung um ein Jahrhundert entscheidend sei, sowohl um der totalen Authentizität willen als auch aus psychologischen Gründen.

»Mit der Zeit werdet ihr glauben, dass ihr tatsächlich seid, wer ihr seid, Menschen, die in einer entscheidenden Phase der Geschichte Montanas an der Frontier gelebt haben«, erklärte er ihnen.

Mehrere Stunden lang erkundeten die Schauspielschüler, die sich freiwillig für den Sommerjob gemeldet hatten, weil der nicht nur besser als Kellnern, sondern auch eine lehrreiche Erfahrung war, die sich förderlich auf ihre Karriere auswirken würde, ihre neue Umgebung mit wachsender Begeisterung.

Die Kavalleristen brachten ihre Pferde in den Stall und richteten sich in den Mannschaftsquartieren ein. Zwei Pin-up-Fotos von Raquel Welch und Ursula Andress wurden aufgehängt und sofort konfisziert. Es herrschten ausgelassene Stimmung und ein Gefühl wachsender Spannung.

Die Zivilisten, der Hufschmied, die Händler, Köche, Scouts und Siedler aus dem Osten belegten die zweite große Schlafhütte. Die acht Mädchen wurden von Miss Bevin in eigene Schlafquartiere gebracht. Zwei von schweren Zugpferden gezogene weiße Planwagen trafen ein und wurden neben dem Haupttor abgestellt, wo sie eine Attraktion für zukünftige Besucher darstellen sollten.

Es war später Nachmittag, als Ben Craig eine halbe Meile entfernt Rosebud zügelte und das Fort mit wachsender Besorgnis betrachtete. Die Tore standen weit offen. Aus der Entfernung konnte er auf dem Exerzierplatz zwei weiße Planwagen sowie hin und her eilende Menschen ausmachen. Die Flagge der Union wehte am Mast neben dem Tor. Er erkannte zwei blaue Uniformen. Wochenlang hatte er darauf gewartet, jemanden fragen zu können, wohin die Cheyenne gegangen oder gebracht worden waren, doch jetzt war er sich nicht mehr so sicher.

Nachdem er eine halbe Stunde lang überlegt hatte, brach er auf. Er ritt durch das Tor, als zwei Kavalleristen es gerade schließen wollten. Sie sahen ihn neugierig an, sagten jedoch nichts. Er stieg ab und wollte Rosebud in den Stall führen. Doch auf halbem Weg wurde er aufgehalten.

Miss Charlotte Bevin war eine nette Frau, gutmütig und auf amerikanische Weise gastfreundlich, blond, aufrichtig und gesund aussehend, mit Sommersprossen auf der Nase und einem breiten Lächeln. Mit Letzterem bedachte sie Ben Craig.

»Na, hallo, junger Mann.«

Es war zu heiß, um einen Hut zu tragen, also neigte der Scout den Kopf.

»Ma'am.«

»Gehören Sie zu der Gruppe?«

Als Doktorandin und Assistentin des Professors war sie von

Beginn an an dem Projekt beteiligt gewesen und hatte an den zahlreichen Bewerbungsgesprächen für die endgültige Auswahl teilgenommen. Doch diesen jungen Mann hatte sie noch nie gesehen.

»Ich nehme an, ja, Ma'am«, sagte der Fremde.

»Das heißt, Sie wären gern dabei?«

»Ich denke schon.«

»Nun, das ist nicht ganz vorschriftsmäßig, wenn Sie nicht zum Personal gehören. Aber es wird spät, und in der Prärie können Sie die Nacht schlecht verbringen. Wir können Ihnen bis morgen eine Schlafgelegenheit anbieten. Also bringen Sie Ihr Pferd in den Stall, und ich rede mit Major Ingles. Wären Sie so nett, in einer halben Stunde in das Büro des Kommandanten zu kommen?«

Sie überquerte den Exerzierplatz und klopfte an die Tür des Kommandanten. Der Professor saß in voller Uniform am Schreibtisch und war in irgendwelche Formulare vertieft.

»Setz dich, Charlie. Haben sich die jungen Leute schon häuslich niedergelassen?«, fragte er.

»Ja, und wir haben noch einen zusätzlich bekommen.«

»Was?«

»Ein junger Mann auf einem Pferd. Anfang, Mitte zwanzig. Kam einfach aus der Prärie geritten. Sieht aus wie ein verspäteter Freiwilliger aus der Gegend. Er würde sich uns gern anschließen.«

»Ich weiß nicht, ob wir noch jemanden gebrauchen können. Wir sind komplett.«

»Nun, er hat immerhin seine eigene Ausrüstung mitgebracht. Pferd, Hirschlederanzug, ziemlich schmutzig übrigens, Sattel. Dahinter waren sogar fünf Tierfelle befestigt. Er hat sich offensichtlich Mühe gegeben.«

»Wo ist er jetzt?«

»Bringt sein Pferd in den Stall. Ich habe ihm gesagt, er soll sich in ein paar Minuten hier melden. Ich dachte, du solltest ihn dir zumindest ansehen.«

»Na gut, meinetwegen.«

Craig hatte keine Uhr. Deswegen orientierte er sich am Stand der untergehenden Sonne und war auf fünf Minuten genau pünktlich. Er klopfte und wurde hereingebeten. John Ingles hatte seine Uniformjacke zugeknöpft und saß hinter seinem Schreibtisch. Charlie Bevin stand neben ihm.

»Sie wollten mich sprechen, Major?«

Der Professor war sofort beeindruckt von der Authentizität des jungen Mannes vor ihm. In den Händen hielt er eine Fuchsfellmütze. Ein offenes, ehrlich wirkendes, haselnussbraunes Gesicht mit klaren blauen Augen. Kastanienbraunes Haar, das seit Wochen nicht mehr geschnitten worden und mit einem Lederband zu einem Pferdeschwanz gebunden war, an dem eine einzelne Adlerfeder baumelte. Der Hirschlederanzug hatte sogar die unregelmäßigen, handgefertigten Nähte, die er zuvor nur bei Originalen gesehen hatte.

»Nun denn, junger Mann, Charlie hat mir erzählt, dass Sie sich uns gern anschließen und eine Weile bleiben würden?«

»Ja, Major, das würde ich gern.«

Der Professor traf eine Entscheidung. Das Budget des Forts ließ ihm einen gewissen Spielraum für »spezielle Ausgaben«, und er hielt den jungen Mann für eine solch spezielle Ausgabe. Er griff nach einem langen Formular, nahm einen Stahlfederhalter und tauchte ihn in das Tintenfass.

»Also gut, dann brauchen wir noch ein paar Einzelheiten. Name?«

Craig zögerte. Bisher hatte es nicht den leisesten Hinweis darauf geben, dass man ihn wieder erkannt hatte, aber vielleicht klang sein Name ja vage vertraut. Andererseits war der Major dicklich und ziemlich blass. Er sah aus, als wäre er gerade erst in den Westen gekommen. Vielleicht waren die Ereignisse des vergangenen Sommers im Osten gar nicht groß berichtet worden.

»Craig, Sir. Ben Craig.«

Er wartete. Kein Anzeichen, dass der Name dem Major etwas sagte. Mit plumper Hand und in Buchhalterschrift schrieb er: Benjamin Craig.

»Adresse?«

»Verzeihung, Sir?«

»Wo leben Sie, mein Sohn. Woher kommen Sie?«

»Von da draußen, Sir.«

»Da draußen kommt erst die Prärie und dann die Wildnis.«

»Ja, Sir. Ich bin in den Bergen geboren und aufgewachsen, Major.«

»Gütiger Gott.« Der Professor hatte von Familien gehört, die in mit Teerpappe gedeckten Holzhütten in der Wildnis hausten, doch so etwas fand man normalerweise nur in den Wäldern der Rockies, in Utah, Wyoming und Idaho. Sorgfältig notierte er: »Ohne festen Wohnsitz.«

»Namen der Eltern.«

»Die sind beide tot, Sir.«

»Oh, das tut mir Leid.«

»Seit fünfzehn Jahren.«

»Und wer hat Sie aufgezogen?«

»Mr. Donaldson, Sir.«

»Ah, und der wohnt...?«

»Auch tot. Ein Bär hat ihn erwischt.«

Der Professor legte seinen Stift beiseite. Er hatte nicht von einem Todesfall nach Angriff eines Bären gehört, obwohl manche Touristen wirklich erstaunlich unvorsichtig mit ihren Picknickabfällen umgingen. Es war alles eine Frage, wie gut man die Natur kannte. Wie auch immer, der gut aussehende junge Mann hatte offensichtlich keine Familie.

»Auch keine nächsten Verwandten?«

»Sir?«

»Wen sollen wir benachrichtigen für den Fall, dass... Ihnen etwas zustößt?«

»Niemanden, Sir. Es gibt niemanden zu benachrichtigen.«

»Ich verstehe. Geburtsdatum?«

»52. Ende Dezember, glaube ich.«

»Das heißt, Sie sind jetzt fünfundzwanzig Jahre alt?«
»Jawohl, Sir.«
»In Ordnung. Sozialversicherungsnummer?«
Craig starrte ihn an. Der Professor seufzte.

»Also wirklich, mein Junge, Sie scheinen ja echt durchs Netz geschlüpft zu sein. Also gut. Unterschreiben Sie hier.«

Er drehte das Formular um, schob es über den Schreibtisch und hielt ihm den Stift hin. Craig nahm ihn. Er konnte zwar die Worte »Unterschrift des Bewerbers« nicht lesen, doch der Kasten war klar zu erkennen. Er beugte sich über das Papier und machte seine Signatur. Der Professor nahm das Formular wieder an sich und starrte ungläubig darauf.

»Mein lieber Junge, mein lieber Junge...« Er drehte das Blatt um, damit Charlie es sehen konnte. Sie betrachtete das Tintenkreuz in dem Kästchen.

»Charlie, als Lehrerin werden Sie in diesem Sommer eine kleine Sonderaufgabe haben.«

Sie grinste.

»Ja, Major, das glaube ich auch.«

Sie war fünfunddreißig, hatte eine gescheiterte Ehe hinter sich und nie Kinder gehabt. Sie fand, dass der junge Mann aus der Wildnis wie ein kleiner Junge war, naiv, unschuldig, verletzlich. Er würde ihren Schutz brauchen.

»Also gut«, sagte Professor Ingles. »Dann richten Sie sich mal ein, Ben, wenn Sie das nicht schon getan haben, und wir sehen uns dann alle beim Abendessen.«

Es war gutes Essen, fand der Scout, und reichlich. Es wurde auf emaillierten Blechtellern serviert. Er aß mit seinem Bowie-Messer, einem Löffel und einem Kanten Brot, was an seinem Tisch mehrfach verstohlenes Grinsen auslöste, das er jedoch nicht bemerkte.

Die jungen Männer, mit denen er das Schlafquartier teilte, waren freundlich. Sie schienen aus allen möglichen Gemeinden und Städten zu kommen, von denen er noch nie gehört hatte und die er irgendwo im Osten vermutete. Doch es war ein anstrengender Tag gewesen, und lesen konnte man nur bei Kerzenlicht, das jedoch rasch gelöscht wurde. Bald schliefen alle.

Ben Craig war nicht dazu erzogen worden, seinen Mitmenschen mit Neugier zu begegnen, doch ihm fiel auf, dass die jungen Männer um ihn herum in vielerlei Hinsicht seltsam waren. Sie gaben vor, Scouts, Zureiter und Fallensteller zu sein, doch sie schienen von ihrem Geschäft nur sehr wenig zu verstehen. Doch dann erinnerte er sich an die Rekruten, die Custer angeführt hatte, und daran, wie wenig sie von Pferden, Waffen und den Indianern der Prärie gewusst hatten. Er nahm an, dass sich nicht viel verändert hatte in dem Jahr, in dem er bei den Cheyenne und allein gewesen war.

Sie hatten zwei Wochen Zeit, sich einzuleben und den Tagesablauf zu proben, bevor die ersten Besuchergruppen eintrafen. Sie brachten das Fort tipptopp in Ordnung, übten ihre Pflichten und hörten die Vorlesungen, die Major Ingles meist unter freiem Himmel hielt.

Von all dem wusste Craig nichts und machte sich stattdessen bereit, wieder auf die Jagd zu gehen. Er überquerte den Exerzierplatz und strebte auf das Tor zu, als ein junger Pferdeführer namens Brad ihm nachrief.

»Was hast du denn da, Ben?« Er zeigte auf die Schafsfellhülle, die vor dem Sattel und Craigs linkem Knie hing.

»Ein Gewehr«, sagte Craig.

»Kann ich mal sehen? Ich steh voll auf Waffen.«

Behutsam zog Craig sein Sharps-Gewehr aus der Hülle und gab es dem Jungen.

»Wow, das ist ein Prachtstück. Eine echte Antiquität. Was ist das für eins?«

»Ein 52er-Sharps.«

»Das ist ja unglaublich. Ich wusste gar nicht, dass es davon Nachbauten gibt.«

Brad zielte mit dem Gewehr auf die Glocke in dem Stuhl über dem Haupttor, die alle im Gelände Arbeitenden warnen sollte, sofort ins Fort zurückzukehren, wenn heranrückende Feinde entdeckt oder gemeldet wurden. Dann drückte er ab.

»Peng«, wollte er gerade sagen, doch das Sharps-Gewehr tat es für ihn. Der Rückstoß ließ ihn nach hinten taumeln. Wenn die schwere Kugel die Glocke frontal getroffen hätte, hätte sie sie ohne Frage zertrümmert. Stattdessen prallte sie seitlich auf und trudelte pfeifend ins Nichts. Trotzdem brachte der Glockenschlag alle Aktivitäten in dem Fort zum Erliegen. Der Professor rannte aus seinem Büro.

»Was um alles in der Welt war das?«, rief er und sah Brad mit einem schweren Gewehr am Boden kauern. »Brad, was machst du da?«

Brad rappelte sich auf und erklärte es ihm. Ingles sah Craig traurig an.

»Vielleicht habe ich vergessen, das zu erwähnen, Ben, aber in diesem Fort sind Gewehre strikt verboten.«

»Keine Gewehre, Major?«

»Keine Gewehre. Jedenfalls keine echten.«

»Aber was ist mit den Sioux?«

»Mit den Sioux? Soweit ich weiß, leben sie in den Reservaten in North und South Dakota.«

»Aber, Major, sie könnten doch zurückkommen.«

Der Professor glaubte, der junge Mann wollte scherzen, und lächelte nachsichtig.

»Natürlich könnten sie zurückkommen, aber nicht in diesem Sommer, denke ich. Und bis dahin wandert das in einen verschlossenen Schrank in der Waffenkammer.«

Der vierte Tag war ein Sonntag, und das gesamte Personal versammelte sich zum Gottesdienst in der Kapelle. Es gab keinen Geistlichen, also fungierte Major Ingles als Pastor. Während der Messe stieg er auf die Kanzel und bereitete sich auf die Lesung vor. Mithilfe eines Lesezeichens schlug er die schwere Bibel an der richtigen Stelle auf.

»Das Evangelium für den heutigen Sonntag stammt aus dem Buch Jesaja, Kapitel 11, Vers sechs und Folgende. Darin spricht der Prophet über die Zeit, wenn der Friede Gottes über unsere Erde kommen wird.

Da werden die Wölfe bei den Lämmern wohnen und die Panther bei den Böcken lagern. Ein kleiner Knabe wird Kälber und junge Löwen und Mastvieh miteinander treiben.

Kühe und Bären werden zusammen weiden, dass ihre Jungen beieinander liegen, und Löwen...«

Er blätterte die Seite um, doch die beiden Pergamentbögen klebten aneinander, und er hielt inne, als der Text plötzlich keinen Sinn mehr ergab. Während er noch seiner Verwirrung Herr zu werden versuchte, ertönte aus der dritten Reihe vor ihm eine Stimme.

»Und Löwen werden Stroh fressen wie die Rinder. Und ein Säugling wird spielen am Loch der Otter, und ein entwöhntes Kind wird seine Hand stecken in die Höhle der Natter. Man wird nirgends Sünde tun noch freveln auf meinem ganzen heiligen Berge; denn das Land wird voll Erkenntnis des Herrn sein, wie das Wasser das Meer bedeckt.«

Es entstand Schweigen, während die Gemeinde die Gestalt in dem fleckigen Hirschlederanzug und der Adlerfeder an dem Zopf am Hinterkopf mit offenem Mund anstarrte. John Ingles fand die Stelle wieder und sagte: »Ja, genau. Hier endet die erste Lektion.«

»Ich verstehe diesen jungen Mann nicht«, sagte er nach dem Mittagessen in seinem Büro zu Charlie. »Er kann weder lesen noch schreiben, aber ganze Passagen aus der Bibel auswendig, die er als Kind gelernt hat. Ist er merkwürdig, oder bin ich es?«

»Mach dir keine Sorgen. Ich glaube, ich weiß, was mit ihm los ist«, sagte sie. »Er ist wirklich der Sohn eines Paars, das beschlossen hat, in der Wildnis zu leben. Als sie starben, wurde er adoptiert, inoffiziell und wahrscheinlich illegal, doch ein allein stehender, sehr viel älterer Mann hat ihn als seinen Sohn großgezogen. Das heißt, er hat in der Tat keinerlei schulische Ausbildung. Doch über drei Dinge weiß er erstaunlich gut Bescheid, über die Bibel, die ihn seine Mutter gelehrt hat, über die unberührte Natur und die Geschichte des alten Westens.«

»Woher hat er die?«

»Von dem alten Mann vermutlich. Wenn jemand vor drei Jahren mit, sagen wir, achtzig gestorben ist, wäre er noch vor Ende des letzten Jahrhunderts geboren worden. Er muss dem Jungen erzählt haben, woran er sich erinnert hat oder was Überlebende ihm aus den Tagen des Wilden Westens berichtet haben.«

»Und warum spielt der junge Mann seinen Part dann so gut? Könnte er gefährlich werden?«

»Nein«, sagte Charlie, »nichts dergleichen. Er phantasiert einfach. Er glaubt, er hätte das Recht zu jagen und Fallen zu stellen wie damals in den alten Tagen.«

»Er spielt nur eine Rolle?«

»Ja, aber tun wir das nicht alle?«

Der Professor lachte schallend und klopfte sich auf die Schenkel.

»Natürlich tun wir das alle. Nur er beherrscht die seine besonders gut.«

Sie stand auf.

»Weil er daran glaubt. Er ist der beste Schauspieler von allen. Überlass ihn ruhig mir. Ich werde dafür sorgen, dass er keinen Schaden nimmt. Zwei der Mädchen machen ihm bereits schöne Augen.«

In den Schlafquartieren fand Craig es nach wie vor seltsam, dass seine Mitbewohner sich zum Schlafengehen bis auf eine kurze Baumwollunterhose immer ganz auszogen, während er es vorzog, in seiner gewohnten knöchellangen Kombination zu schlafen. Das führte nach einer Weile zu einem Problem, und einer der jungen Männer sprach mit Charlie.

Sie fand Craig, der, nachdem er den ganzen Tag Brennholz ins Fort geschleppt hatte, jetzt mit einer langstieligen Axt die Kiefernstämme zu kleinen Scheiten für die Küche hackte.

»Ben, darf ich dich etwas fragen?«

»Gewiss, Ma'am.«

»Und nenn mich Charlie.«

»In Ordnung, Charlie, Ma'am.«

»Ben, badest du manchmal?«

»Baden?«

»Ja. Ich meine, ausziehen und den ganzen Körper waschen und nicht bloß die Hände und das Gesicht?«

»Aber sicher, Ma'am. Regelmäßig.«

»Nun, das freut mich zu hören, Ben. Wann hast du zuletzt gebadet?«

Er überlegte. Der alte Donaldson hatte ihm beigebracht, dass es notwendig war, regelmäßig zu baden, aber bei den von der Schneeschmelze eiskalten Bächen musste man es nicht gleich übertreiben.

»Ich glaube, erst letzten Monat.«

»Das habe ich vermutet. Meinst du, du könntest wieder mal baden? Jetzt?«

Zehn Minuten später traf sie ihn, als er die vollständig gesattelte Rosebud aus dem Stall führte.

»Wohin gehst du, Ben?«

»Zum Baden, Charlie, Ma'am. Wie Sie gesagt haben.«

»Aber wohin?«

»Zu dem Bach. Wohin sonst?«

Er war täglich in das hohe Gras der Prärie hinausgewandert, um sich zu erleichtern. Er hatte sich Gesicht, Hände und Arme in dem Pferdetrog gewaschen. Seine Zähne hielt er mit täglicher einstündiger Pflege mit einem ausgefransten Weidenzweig sauber, was er beim Reiten erledigen konnte.

»Binde dein Pferd an und folge mir.«

Sie ging mit ihm zu der Waffenkammer, öffnete sie mit einem Schlüssel an ihrem Gürtel und führte ihn hinein. Dort drückte sie auf einen in einem Astloch verborgenen Knopf, und die versteckte Tür ging auf. Dahinter befand sich ein weiterer Raum, der mit Waschbecken und Badewannen ausgestattet war.

Craig hatte während der zwei Jahre in Fort Ellis schon Badezuber gesehen, aber die waren aus Holzplanken, während diese Wannen aus emailliertem Eisen bestanden. Er wusste, dass man Badewannen mit ganzen Stafetten von Eimern voll heißem Wasser füllen musste, doch Charlie drehte an einer seltsamen Armatur an einem Ende der Wanne, und dampfend heißes Wasser floss heraus.

»Ben, in zwei Minuten komme ich zurück, und dann möchte ich all deine Kleider bis auf den Hirschlederanzug, der in die Reinigung muss, vor der Tür finden.

Dann möchte ich, dass du in die Wanne steigst und dich mit Seife und Bürste abschrubbst. Am ganzen Körper. Danach wäschst du dir hiermit die Haare.«

Sie gab ihm eine Flasche mit einer grünen Flüssigkeit, die nach Kiefernnadeln roch.

»Danach ziehst du dich wieder an und nimmst dafür Unterwäsche und Hemden, die du in den Regalen da drüben findest. Wenn du fertig bist, kommst du wieder raus. Okay?«

Er tat, wie ihm geheißen. Er hatte noch nie heiß gebadet und fand es durchaus angenehm, obwohl er Probleme mit der Armatur hatte und beinahe den ganzen Fußboden unter Wasser gesetzt hätte. Als er sich abgeschrubbt und die Haare gewaschen hatte, war das Wasser grau. Er fand den Stöpsel und sah zu, wie das Wasser abfloss.

Von den Regalen in der Ecke des Raums wählte er Baumwollshorts, ein weißes Unterhemd und ein warmes kariertes Flanellhemd aus, zog sich an, flocht die Adlerfeder in sein Haar und verließ das Bad. Charlie wartete auf ihn. Sie hatte einen Stuhl in die Sonne gestellt und Kamm und Schere in der Hand.

»Ich bin zwar kein Experte, aber es ist bestimmt besser als gar nichts«, sagte sie. »Setz dich.«

Sie stutzte sein kastanienbraunes Haar und ließ nur die geflochtene Strähne mit der Adlerfeder unangetastet.

»Das ist schon besser«, sagte sie, als sie fertig war. »Und du riechst wirklich gut.«

Sie stellte den Stuhl zurück in die Waffenkammer und schloss sie ab. Sie hatte ein freundliches Dankeschön erwartet, doch stattdessen sah der Scout ernst, ja beinahe traurig aus.

»Charlie, Ma'am, würden Sie mit mir spazieren gehen?«
»Selbstverständlich, Ben. Beschäftigt dich irgendwas?«

Insgeheim war sie hoch erfreut über die Gelegenheit. Vielleicht würde sie jetzt anfangen, dieses rätselhafte und fremde Geschöpf der Wildnis zu verstehen. Sie gingen durch das Tor, und er führte sie durch die Prärie zu dem Bach. Er schwieg den ganzen Weg und schien in Gedanken versunken, und sie kämpfte ihren Drang nieder, die Stille zu brechen. Der Bach lag etwa eine Meile entfernt, und sie waren zwanzig Minuten unterwegs.

Die Prärie roch nach schnittreifem Gras, und der junge Mann richtete seinen Blick auf die Pryor Range, deren Gipfel sich im Süden erhoben.

»Es ist schön, hier draußen zu sein und auf die Berge zu blicken«, sagte sie.

»Das ist mein Zuhause«, erwiderte er und verfiel erneut in Schweigen. Als sie den Bach erreicht hatten, setzte er sich ans Ufer, und sie raffte die Röcke ihres Baumwollkleids und setzte sich ihm gegenüber.

»Was ist denn los, Ben?«
»Kann ich Sie etwas fragen, Ma'am?«
»Charlie. Ja, natürlich kannst du das.«
»Sie würden mir auch bestimmt keine Lügen erzählen?«
»Keine Lügen, Ben. Nur die Wahrheit.«
»Welches Jahr haben wir?«

Sie war schockiert. Sie hatte auf etwas Enthüllendes gehofft, etwas über seine Beziehung zu den anderen jungen Leuten aus der Gruppe. Sie starrte in seine großen, tiefblauen Augen und fragte sich... sie war zehn Jahre älter als er, aber...

»Nun, es ist 1977, Ben.«

Falls sie ein beiläufiges Kopfnicken erwartete, hatte sie sich getäuscht. Der junge Mann ließ den Kopf zwischen die Knie sinken und bedeckte mit beiden Händen das Gesicht. Seine Schultern begannen zu beben.

Sie hatte erst einmal einen erwachsenen Mann weinen sehen. Er hatte neben einem Autowrack auf dem Highway zwischen Bozemann und Billings gestanden. Sie stützte sich auf die Knie und legte ihre Hände auf seine Schultern.

»Was ist denn, Ben? Was ist denn mit dem Jahr?«

Ben Craig hatte sich in seinem Leben schon manches Mal gefürchtet. Als er dem Grizzly gegenübergestanden hatte oder auf dem Hang oberhalb des Little Bighorn, aber das war nicht zu vergleichen mit der nackten Angst, die er jetzt empfand.

»Ich bin«, sagte er schließlich, »im Jahr 1852 geboren.«

Sie war nicht überrascht. Sie hatte gewusst, dass er ein Problem hatte. Sie legte ihren Arm um ihn, drückte ihn an ihre Brust und streichelte seinen Kopf.

Sie war eine moderne junge Frau, ein Kind ihrer Zeit. Sie hatte über all diese Sachen gelesen. Die halbe Jugend des Westens war von den mystischen Philosophien des Ostens fasziniert. Sie kannte die Theorie der Reinkarnation oder zumindest den Glauben daran. Sie hatte von den Déja-vu-Erlebnissen mancher Menschen und ihrer Überzeugung gelesen, dass sie vor langer Zeit schon einmal gelebt hatten.

Dies war ein Phänomen von Selbsttäuschung, das man angehen musste und von der psychiatrischen Wissenschaft auch schon in Angriff genommen wurde. Es gab Hilfe, Rat, Therapie.

»Ist schon gut, Ben«, murmelte sie, während sie ihn wie ein Kind hin und her wiegte. »Ist schon gut. Alles wird gut werden. Wenn du nur daran glaubst, wird alles gut. Du kannst den Sommer mit uns in dem Fort verbringen, wo wir alle so leben wie vor hundert Jahren. Und im Herbst kommst du mit mir nach Bozeman, und ich werde jemanden finden, der dir hilft. Du wirst wieder gesund, Ben. Vertrau mir.«

Sie zog ein Stofftaschentuch aus ihrem Ärmel und tupfte sein Gesicht ab, überwältigt von ihrem Mitgefühl für den jungen Mann aus den Bergen.

Gemeinsam gingen sie zum Fort zurück. Froh, dass ihre Unterwäsche modern war und dass für Schnittwunden, Prellungen und Krankheiten moderne Medikamente zur Verfügung standen, mit dem sicheren Wissen, dass das Billings Memorial Hospital per Hubschrauber nur ein paar Minuten entfernt lag, begann sie die langen Baumwollkleider, das schlichte Leben und den Alltag eines funktionierenden Frontierforts zu genießen. Außerdem war ihre Ahnung nun Gewissheit geworden.

Die Teilnahme an »Major« Ingles Vorlesungen war für alle verpflichtend. Wegen des warmen Spätjuniwetters hielt er sie auf dem Exerzierplatz ab, die Studenten auf Bänken vor, seine Schautafel und Bildmaterial griffbereit neben sich. Wenn er über die wahre Geschichte des alten Westens referierte, war er in seinem Element.

Nach zehn Tagen war er bei den Präriekriegern angekommen. Hinter sich hatte er großformatige Fotografien der wichtigsten Sioux-Häuptlinge aufgehängt. Ben Craig ertappte sich dabei, wie er die Vergrößerung einer Fotografie von Sitting Bull anstarrte, die allerdings erst in reiferem Alter von ihm aufgenommen worden war. Der Medizinmann der Hunkpapa hatte in Kanada Asyl gefunden, war jedoch zurückgekehrt, um sich und die Reste seines Volkes der Gnade der US-Armee auszuliefern. Das Bild auf der Staffelei war kurz vor seiner Ermordung gemacht worden.

»Doch einer der seltsamsten Indianerführer war der Oglala-Häuptling Crazy Horse«, dozierte der Professor. »Aus persönlichen Gründen hat er sich nie vom weißen Mann fotografieren lassen. Er glaubte, die Kamera würde ihm seine Seele rauben. Deshalb ist er der einzige wichtige Mann jener Zeit, von dem keine Fotografie existiert, sodass wir nie wissen werden, wie er aussah.«

Craig machte den Mund auf und wieder zu.

In einer weiteren Vorlesung beschrieb der Professor detailliert den Feldzug, der zu der Schlacht am Little Bighorn geführt hatte. So erfuhr Craig erstmals, was mit Major Reno und seinen drei Kompanien geschehen und dass Captain Benteen aus den Badlands zurückgekehrt war und sich ihnen auf dem belagerten Hügel angeschlossen hatte. Er war froh, dass die meisten von General Terry gerettet worden waren.

In der letzten Vorlesung berichtete der Professor, wie die verstreuten Gruppen von Sioux und Cheyenne 1877 zusammengetrieben und zurück in die Reservate eskortiert worden waren. Als John Ingles die Studenten zu Fragen ermunterte, hob Craig die Hand.

»Ja, Ben.« Der Professor war froh, eine Frage von dem Einzigen seiner Schüler gestellt zu bekommen, der seinen Fuß nie über die Schwelle einer Grundschule gesetzt hatte.

»Major, wurde je ein Stammeshäuptling namens Tall Elk erwähnt oder ein Krieger namens Walking Owl?«

Der Professor wirkte sichtlich nervös. In der Institutsbibliothek befanden sich genug Nachschlagewerke, um einen Lkw zu füllen, und das meiste, was darin stand, wusste er auch. Er hatte eine einfache Frage erwartet. Er ging seine Erinnerungen durch.

»Nein, ich glaube nicht, dass irgendjemand je von ihnen gehört hat, von späteren Zeitzeugen der Prärieindianer wurden sie jedenfalls nie erwähnt. Warum fragst du?«

»Ich habe sagen hören, dass Tall Elk sich von der Hauptgruppe abgespalten hat, Terrys Patrouillen ausgewichen ist und in der Pryor Range überwintert hat, Sir.«

»Nun, ich habe nie etwas Derartiges gehört. Wenn dem so war, müssen er und seine Leute im Frühjahr entdeckt worden sein. Da müsstest du in Lame Deer nachfragen, wo sich heute das Zentrum des Reservats der Northern Cheyenne befindet. Vielleicht weiß man am Dull Knife Memorial College mehr.«

Ben Craig merkte sich die Namen. Im Herbst würde er den Weg nach Lame Deer finden, wo immer das sein mochte, und fragen.

Am Wochenende kamen die ersten Besuchergruppen, und danach praktisch täglich.

Sie trafen in Bussen und Privatwagen ein, Schülergruppen mit

Lehrern oder ganze Familien. Sie parkten etwa eine halbe Meile entfernt außer Sichtweite und wurden in Planwagen zum Fort gebracht. Das war Teil von Professor Ingles' »Einstimmungsstrategie«.

Sie funktionierte. Die Kinder, und es waren vor allem Kinder, fanden die Kutschfahrt aufregend und konnten sich schon weit vor dem Tor vorstellen, dass sie wirklich Siedler im Wilden Westen waren. Aufgeregt strömten sie aus den Kutschen.

Craig war eingeteilt worden, mit Fellen zu arbeiten, die er auf Rahmen spannte und in der Sonne mit Salz bearbeitete und abkratzte, um sie zum Gerben und Färben vorzubereiten. Die Soldaten exerzierten, der Schmied bediente den Blasebalg seiner Schmiede, die Mädchen in ihren langen Baumwollkleidern wuschen in großen Holzbottichen Wäsche, während »Major« Ingles die Besuchergruppen herumführte, jede Arbeit erläuterte und erklärte, warum sie für das Leben in der Prärie wichtig war.

Zwei Studenten indianischer Abstammung posierten als freundliche Indianer, die als Fährtenleser und Führer in dem Fort lebten, für den Fall, dass eine Siedlergruppe in den Plains von einer Kriegergruppe außerhalb ihrer Reservation angegriffen wurde. Sie trugen Stoffhosen, blaue Segeltuchhemden und lange schwarze Perücken unter hohen Hüten. Hauptattraktion waren jedoch der Schmied und Ben Craig mit seinen Fellen.

»Hast du die selber gefangen?«, fragte ein Junge von einer Schule in Helena.

»Ja.«

»Hast du auch eine Lizenz?«

»Eine was?«

»Warum trägst du eine Feder im Haar, wenn du kein Indianer bist?«

»Die Cheyenne haben sie mir geschenkt.«

»Warum?«

»Weil ich einen Grizzly erlegt habe.«

»Das ist aber eine schöne Geschichte«, sagte die begleitende Lehrerin.

»Ist es nicht«, sagte der Junge. »Er ist bloß ein Schauspieler wie alle anderen.«

Bei jeder neuen Wagenladung, die eintraf, suchte Craig die Besuchergruppe nach einem Kopf mit wallendem schwarzen Haar ab, nach einem Gesicht mit zwei großen dunklen Augen. Doch sie kam nicht. Der Juli ging zu Ende, der August begann.

Craig bat darum, für drei Tage in die Wildnis reiten zu dürfen. Im ersten Morgengrauen brach er auf. In den Bergen fand er einen Hain mit Osagekirschen, nahm die vom Schmied ausgeborgte Handaxt und machte sich an die Arbeit. Nachdem er den Stab für den Bogen geschnitten und die Rinde abgeschält hatte, nahm er in Ermangelung einer Tiersehne das Garn aus dem Fort.

Die Pfeile schnitzte er aus festen, kerzengeraden jungen Eschen. Die Schwanzfedern eines allzu sorglosen Truthahns dienten als Befiederung. Am Bach fand er Feuersteine, aus denen er Pfeilspitzen anfertigte. Sowohl die Cheyenne als auch die Sioux hatten meist Pfeilspitzen aus Feuerstein oder Eisen benutzt, die in eine Spalte an der Spitze des Schafts geklemmt und mit extrem feinen Lederfäden festgeknotet wurden.

Die Pfeile mit einer Feuersteinspitze waren bei den Siedlern gefürchtet. Die eisernen Spitzen konnte man gegen den Widerhaken herausziehen, aber die aus Feuerstein brachen für gewöhnlich ab, was einen meist tödlich verlaufenden Eingriff am unbetäubten Patienten erforderlich machte. Craig schnitzte vier Pfeile. Am dritten Morgen erlegte er einen Rehbock.

Als er zurück nach Osten ritt, hing das Tier über dem Zwiesel, den Pfeil noch immer im Herzen. Er brachte seine Jagdbeute in die Küche, häutete und zerlegte das Tier und brachte dem Koch unter den Augen eines staunenden Stadtpublikums schließlich fünfzig Pfund frisches Wildbret.

»Ist irgendwas mit meinem Essen nicht in Ordnung?«, fragte der Koch.

»Nein, es ist gut. Diese Käsepastete mit den kleinen farbigen Stückchen hat mir geschmeckt.«

»Das heißt Pizza.«

»Ich dachte bloß, dass wir mal wieder frisches Fleisch vertragen könnten.«

Während der Scout sich im Pferdetrog Hände und Unterarme wusch, nahm der Koch den blutigen Pfeil und eilte zum Büro des Kommandanten.

»Wunderschöne Handwerksarbeit«, meinte Professor Ingles, nachdem er den Pfeil begutachtet hatte. »In Museen habe ich natürlich schon ähnliche Pfeile gesehen. Auch die gestreiften Schwanzfedern eines Truthahns weisen klar auf eine Handwerksarbeit der Cheyenne hin. Woher hat er den?«

»Er sagt, er hätte ihn selbst gefertigt«, erwiderte der Koch.

»Das ist unmöglich. Niemand kann Feuerstein heute noch so bearbeiten.«

»Er hat jedenfalls vier Stück davon«, erwiderte der Koch, »und der hier steckte direkt im Herzen des Tiers. Heute Abend gibt es frisches Wild.«

Sie grillten das Tier außerhalb der Palisaden und genossen das Festmahl.

Der Professor beobachtete über das Feuer hinweg, wie Craig sich mit seinem scharfen Bowie-Messer Scheiben des Fleischs von der Keule schnitt und erinnerte sich an Charlies Versicherungen. Schon möglich, doch er hatte seine Zweifel. Konnte dieser seltsame junge Mann je gefährlich werden? Ihm fiel auf, dass inzwischen schon vier Studentinnen die Aufmerksamkeit des jungen Mannes zu erregen versuchten, doch der schien mit den Gedanken stets weit weg zu sein.

Mitte des Monats überkam Ben Craig finsterste Verzweiflung. Er bemühte sich, weiter daran zu glauben, dass der Große Geist ihn nicht belogen hatte. War dem Mädchen, das er liebte, derselbe Fluch auferlegt worden wie ihm? Keiner aus der gut gelaunten Gruppe um ihn herum ahnte, dass er bereits einen Entschluss gefasst hatte. Wenn er die Liebe, derentwegen er der Bitte des Geistsehers nachgekommen war, nicht bis zum Ende des Sommers gefunden hatte, würde er zurück in die Berge gehen, um sich ihr von eigener Hand in der Geisterwelt zuzugesellen.

Eine Woche später rollten die beiden Planwagen wieder durchs Tor, und die Kutscher zügelten die erhitzten Zugpferde. Aus dem ersten Wagen strömte ein Schwarm aufgeregter kleiner Kinder. Der Scout steckte das Messer, das er an einem Stein gewetzt hatte, in die Scheide und ging auf die Neuankömmlinge zu. Eine der Grundschullehrerinnen hatte ihm den Rücken zugewandt. Eine dichte Mähne pechschwarzen Haars fiel auf ihren Rücken.

Sie drehte sich um. Es war eine Amerikanerin japanischer Abstammung mit einem runden, puppenartigen Gesicht. Der Scout wandte sich ab und ging davon. Er schäumte vor Wut. Er blieb stehen, ballte die Fäuste gen Himmel und brüllte: »Du hast mich angelogen, Meh-y-yah. Du hast mich angelogen, alter Mann. Du hast mir gesagt, ich soll warten, doch nun hast du mich in diese Wildnis geworfen, ein Außenseiter, Gott und den Menschen fremd.«

Alle auf dem Exerzierplatz blieben stehen und starrten ihn an. Vor ihm stand einer der »zahmen« Indianer, der sich ebenfalls umdrehte.

Das alte Gesicht, zerfurcht und braun wie eine verbrannte Walnuss, uralt wie die Felsen der Beartooth Range, eingerahmt von Strähnen schneeweißen Haars und bedeckt von einem hohen Hut, starrte ihn an. In den Augen des Geistsehers lag ein Ausdruck unendlicher Traurigkeit. Er schüttelte langsam den Kopf und wies dann mit dem Kopf auf einen Punkt im Rücken des jungen Scouts.

Craig drehte sich um, sah nichts und wandte sich wieder dem Indianer zu. Doch der Mann mit dem hohen Hut war sein Freund Brian Heavyshield, der ihn anstarrte, als wäre er verrückt geworden. Er wandte sich erneut dem Tor zu.

Der zweite Wagen wurde entladen. Eine Horde von Schülern drängte sich um ihre Lehrerin. Sie trug Jeans, ein kariertes Hemd und eine Baseballkappe. Sie bückte sich, um zwei streitende Kinder zu trennen, und wischte sich mit dem Ärmel ihres Hemds über die Stirn. Dabei war ihr der Schirm der Kappe im Weg, und sie nahm sie ab. Eine dichte Mähne schwarzen Haars fiel bis auf ihre Hüften. Verunsichert durch das Gefühl, dass jemand sie anstarrte, drehte sie sich zu ihm um. Sie hatte ein ovales Gesicht und zwei große dunkle Augen. Whispering Wind.

Er war unfähig, sich zu bewegen, und brachte kein Wort heraus. Er wusste, dass er etwas sagen oder auf sie zugehen sollte, irgendwas. Doch er konnte nicht, starrte sie nur an. Sie errötete verlegen, wandte den Blick ab und sammelte ihre Schutzbefohlenen für den Rundgang ein. Eine Stunde später erreichten sie, geführt von Charlie, die Ställe. Ben Craig striegelte Rosebud. Er wusste, dass sie kommen würden. Es lag an der offiziellen Route.

»Hier halten wir die Pferde«, sagte Charlie.

»Einige sind Kavallerierösser, andere gehören den Präriescouts und Fallenstellern, die entweder hier leben oder nur bei uns Station machen. Ben kümmert sich gerade um sein Pferd Rosebud. Ben ist Jäger, Fallensteller, Scout und ein Mann der Berge.«

»Ich will alle Pferde sehen«, quiekte eines der Kinder.

»Schon gut, Schatz, wir werden uns alle Pferde angucken. Aber geht nicht zu nah ran, falls sie ausschlagen«, warnte Charlie und führte die Kleinen an der Reihe der Boxen entlang. Craig und die Lehrerin blieben zurück und sahen sich an.

»Es tut mir Leid, dass ich Sie angestarrt habe, Ma'am«, sagte er. »Mein Name ist Ben Craig.«

»Hi. Ich bin Linda Pickett.« Sie streckte die Hand aus, und er nahm sie. Sie war warm und klein, so wie er sie in Erinnerung hatte.

»Darf ich Sie etwas fragen, Ma'am?«

»Nennen Sie jede Frau Ma'am?«

»Ich glaube schon. So hab ich es gelernt. Ist das schlimm?«

»Ein wenig altmodisch und förmlich. Was wollten Sie mich fragen?«

»Erinnern Sie sich an mich?«

Sie runzelte die Stirn.

»Ich glaube nicht. Sind wir uns schon einmal begegnet?«

»Vor sehr langer Zeit.«

Sie lachte. Es war das Geräusch, an das er sich erinnerte, das Lachen, das um die Lagerfeuer von Tall Elks Zelten erklungen war.

»Dann muss ich noch zu jung gewesen sein. Wo soll das denn gewesen sein?«

»Kommen Sie. Ich zeige es Ihnen.«

Er führte das verwirrte Mädchen nach draußen. Jenseits des Holzwalls erhoben sich im Süden die Gipfel der Pryor Range.

»Wissen Sie, was das ist?«

»Die Beartooth Range?«

»Nein, die liegt weiter westlich. Das sind die Pryor Mountains. Dort haben wir uns gekannt.«

»Aber ich bin nie in der Pryor Range gewesen. Als Kind haben meine Brüder mich immer zum Zelten mitgenommen, aber nie dorthin.«

Er drehte sich um und sah in das geliebte Gesicht.

»Sie sind jetzt Lehrerin?«

»Hm. Billings Junior High School. Warum?«

»Kommen Sie noch einmal hierher?«

»Ich weiß nicht. Im Lauf des Sommers sollen noch weitere Gruppen das Fort besichtigen. Vielleicht werde ich eingeteilt. Warum?«

»Ich möchte, dass Sie wiederkommen. Bitte. Ich muss Sie wiedersehen. Sagen Sie Ja.«

Miss Pickett wurde wieder rot. Sie war zu hübsch, um nicht schon häufiger von jungen Männern angesprochen worden zu sein. Normalerweise wies sie sie mit einem Lachen ab, das unmissverständlich war, ohne beleidigend zu sein. Aber dieser junge Mann war eigenartig. Er machte ihr keine Komplimente und lächelte nicht einladend. Er wirkte so ernst und naiv. Sie starrte in die offenen, kobaltblauen Augen, und etwas in ihnen berührte sie. Charlie kam mit den Kindern aus dem Stall.

»Ich weiß nicht«, sagte das Mädchen. »Ich überlege es mir.«

Eine Stunde später war sie mit ihrer Gruppe weg.

Es dauerte eine Woche, aber sie kam zurück. Eine ihrer Kolleginnen in der Schule musste an das Krankenbett eines Verwandten eilen, sodass ein Begleiterplatz frei wurde, für den sie sich freiwillig meldete. Es war ein heißer Tag, und sie trug ein schlichtes gemustertes Baumwollkleid.

Craig hatte Charlie gebeten, im Buchungsplan nachzusehen, ob eine weitere Gruppe von der Junior Highschool aus Billings erwartet wurde.

»Hast du ein Auge auf jemanden geworfen?«, fragte sie schelmisch. Sie war nicht enttäuscht, sondern begriff, dass eine Beziehung mit einem vernünftigen Mädchen seine vorsichtige Heranführung an die Realität unterstützen würde. Die Geschwindigkeit, mit der er Lesen und Schreiben lernte, freute sie. Sie hatte zwei einfache Bücher beschafft, die er Wort für Wort entziffern konnte. Im Herbst würde sie ihm irgendwo in der Stadt eine Unterkunft und einen Job als Ladengehilfe und Kellner besorgen, während sie ihre Theorie seiner Genesung weiter verfolgen konnte.

Er wartete, als die Wagen ihre Passagiere, Kinder und Lehrer, entließen.

»Wollen Sie mit mir spazieren gehen, Miss Linda.«

»Spazieren gehen? Wohin?«

»In die Prärie. Damit wir reden können.«

Sie wandte ein, dass sie auf die Kinder aufpassen müsse, doch eine ältere Kollegin zwinkerte ihr zu und flüsterte, dass sie ihrem neuen Verehrer die Zeit widmen könne, wenn sie wollte. Sie wollte.

Sie entfernten sich vom Fort und fanden einen Haufen Felsbrocken im Schatten eines Baums. Er wirkte ziemlich gehemmt.

»Wo kommst du her, Ben?«, fragte sie, als sie seine Schüchternheit bemerkte, die ihr gefiel. Er wies mit dem Kopf auf die Berge in der Ferne.

»Du bist da drüben in den Bergen aufgewachsen?« Er nickte erneut.

»Und auf welche Schule bist du gegangen?«

»Auf gar keine Schule.«

Sie versuchte das Gehörte zu verdauen. Eine Kindheit, die nur aus Jagen und Fallenstellen bestanden hatte, ohne Schule... Es war zu eigenartig.

»In den Bergen muss es doch ziemlich still sein. Kein Verkehr, keine Radios, kein Fernsehen.«

Er wusste nicht, wovon sie sprach, nahm jedoch an, dass sie Geräte meinte, die Geräusche machten, die ganz anders klangen als Blätterrauschen und Vogelgezwitscher.

»Es ist der Klang der Freiheit«, sagte er. »Sagen Sie mir, Miss Linda, haben Sie je von den Northern Cheyenne gehört?«

Sie war überrascht, jedoch auch erleichtert über den Themenwechsel.

»Natürlich. Meine Urgroßmutter mütterlicherseits war eine Cheyenne.«

Er wandte ihr den Kopf zu, seine Adlerfeder tanzte im Wind, seine dunklen Augen sahen sie eindringlich und flehend an.

»Erzählen Sie mir von ihr. Bitte.«

Linda Pickett erinnerte sich, dass ihre Großmutter ihr einmal ein altes Foto von einer runzeligen alten Frau gezeigt hatte, die ihre Mutter gewesen war. Selbst im hohen Alter deuteten die großen Augen, die feine Nase und die hohen Wangenknochen auf dem verblassten Schwarzweißfoto an, dass die alte Frau einst sehr schön gewesen war. Sie erzählte ihm, was sie wusste, was ihre mittlerweile verstorbene Großmutter ihr als kleines Mädchen erzählt hatte.

Die Squaw der Cheyenne war mit einem Krieger verheiratet gewesen und hatte mit ihm einen kleinen Sohn gehabt. Doch Mann und Sohn waren einer Choleraepidemie, die um 1880 herum in einem der Reservate gewütet hatte, zum Opfer gefallen.

Zwei Jahre später hatte ein aufrechter junger Prediger im Wilden Westen sie ungeachtet der Missbilligung der anderen Weißen zur Frau genommen. Er war von schwedischer Abstammung, groß und blond. Sie besaßen drei Töchter, deren jüngste, Miss Picketts Großmutter, 1890 geboren wurde.

Sie hatte natürlich einen Weißen geheiratet und ihm 1925 einen Sohn und zwei Töchter geboren. Mary, die Jüngere, kam 1925 zur Welt, war mit knapp zwanzig auf der Suche nach Arbeit nach Billings gekommen und hatte eine Anstellung bei der neu gegründeten Farmer's Bank gefunden.

Am Schalter neben ihr arbeitete ein ernsthafter und fleißiger Kassierer namens Michael Pickett. Die beiden hatten 1945 geheiratet. Ihr Vater war wegen seiner Kurzsichtigkeit nicht zur Armee eingezogen worden. Sie hatte vier ältere Brüder, alle groß und blond, und dann wurde 1959 sie geboren. Sie war gerade achtzehn geworden.

»Ich weiß nicht, warum, aber ich bin mit einer pechschwarzen Mähne und dunklen Augen zur Welt gekommen, ganz anders als meine Mom und mein Pa. Jetzt weißt du alles. Und du?«

Er ging nicht auf ihre Aufforderung ein.

»Haben Sie eine Narbe am rechten Bein?«

»Mein Muttermal? Woher um alles in der Welt weißt du das?«

»Darf ich es bitte sehen.«

»Warum? Es ist zu intim.«

»Bitte.«

Sie zögerte, hob dann jedoch ihren Baumwollrock und präsentierte ihm einen schlanken, goldbraunen Schenkel. Sie waren noch da. Zwei faltige Grübchen, Ein- und Austrittswunde der Kugel des Kavalleristen am Rosebud Creek. Irritiert ließ sie den Rocksaum wieder los.

»Sonst noch was?«, fragte sie sarkastisch.

»Nur noch eine Sache. Wissen Sie, was die Cheyenne-Worte Emos-est-se-haa'e bedeuten?«

»Herrgott, nein.«

»Sie bedeuten ›Wind-der-leise-spricht‹. Whispering Wind. Darf ich Sie Whispering Wind nennen.«

»Ich weiß nicht. Meinetwegen. Wenn du willst. Aber warum?«

»Weil das einmal dein Name war. Weil ich von dir geträumt habe. Weil ich auf dich gewartet habe. Weil ich dich liebe.«

Sie lief dunkelrot an und stand auf.

»Das ist doch Wahnsinn. Du weißt nichts von mir, und ich nicht von dir. Außerdem bin ich verlobt.«

Sie stapfte zurück zum Fort und redete kein Wort mehr mit ihm.

Doch sie kam wieder. Sie kämpfte mit ihrem Gewissen, sagte sich tausendmal, dass sie verrückt sei, ein Idiot, nicht ganz bei Sinnen. Dann sah sie seine klaren blauen Augen vor sich und redete sich ein, dass sie diesem liebeskranken jungen Mann sagen musste, dass es keinen Sinn hatte, sich weiter zu treffen. Zumindest sagte sie sich, dass sie das tun würde.

An einem Sonntag, eine Woche vor Ende der Ferien, nahm sie einen Touristenbus aus der Stadt und stieg am Parkplatz aus. Er schien gewusst zu haben, dass sie kam. Er wartete mit gesatteltem Pferd auf dem Exerzierplatz, wie er es jeden Tag getan hatte.

Er half ihr aufs Pferd und ritt mit ihr in die Prärie. Rosebud kannte den Weg zu dem Bach. An dem glitzernden Wasser stiegen sie ab, und er erzählte ihr, wie seine Eltern gestorben waren und dass ihn ein Mann aus den Bergen als seinen Sohn angenommen und großgezogen hatte. Er erklärte ihr, dass er, statt in der Schule Karten und Bücher zu lesen, gelernt hätte, die Fährte jedes wilden Tiers zu lesen, den Ruf jedes Vogels zu erkennen und jeden Baum beim Namen zu nennen.

Sie erklärte ihm, dass ihr Leben ganz anders war, normal und konventionell, sauber geplant. Ihr Verlobter war ein junger Mann aus einer guten und sehr wohlhabenden Familie, der ihr alles bieten konnte, was eine Frau sich nur wünschte, wie ihre Mutter immer sagte. Deshalb war es sinnlos…

Dann küsste er sie. Sie versuchte, ihn wegzustoßen, doch als ihre Lippen sich berührten, wich aller Widerstand in ihr.

Er schmeckte nicht nach Alkohol und abgestandenem Zigarettenqualm wie ihr Verlobter. Er begrapschte sie nicht am ganzen Körper. Sie roch seinen Duft: Hirschleder, Holzfeuer, Kiefern, Laubbäume.

Aufgewühlt löste sie sich aus der Umarmung und lief zum Fort zurück.

»Bleib bei mir, Whispering Wind.«

»Ich kann nicht.«

»Wir sind füreinander bestimmt. So ist es vor langer Zeit beschlossen worden.«

»Ich kann dir keine Antwort geben. Ich muss nachdenken. Das ist doch verrückt. Ich bin verlobt.«

»Sag ihm, er müsse noch warten.«

»Das ist unmöglich.«

Aus dem Tor kam ein Planwagen auf dem Weg zu dem außer Sichtweite liegenden Parkplatz. Kurz entschlossen ging sie darauf zu und kletterte hinein. Ben Craig stieg auf sein Pferd und folgte dem Wagen. Am Parkplatz verließen die Passagiere den Planwagen und bestiegen den Bus.

»Whispering Wind«, rief Ben Craig, »wirst du zurückkommen?«

»Ich kann nicht, ich werde einen anderen heiraten.«

Diverse Mütter musterten den jungen, wild aussehenden Reiter missbilligend, der das nette junge Mädchen offensichtlich belästigte. Die automatischen Türen schlossen sich mit einem Zischen, und der Fahrer ließ den Motor an.

Rosebud wieherte ängstlich und bäumte sich auf. Der Bus setzte sich in Bewegung und nahm auf der Schotterstraße zu dem asphaltierten Highway langsam Fahrt auf. Craig trieb Rosebud mit leichtem Schenkeldruck an und ritt dem Fahrzeug hinterher. Aus Trab wurde Galopp.

Die Stute war von dem Ungetüm neben sich völlig verängstigt. Sie schnaubte und wieherte. Der Fahrtwind wurde heftiger. Neben dem Bus hörten die Fahrgäste einen Ruf.

»Whispering Wind, willst du mit mir in die Berge kommen und meine Frau werden.«

Der Fahrer blickte in den Rückspiegel, sah die geblähten Nüstern und die flackernden Augen des Pferdes und drückte aufs Gaspedal. Der Bus rumpelte auf dem unebenen Boden hin und her. Mehrere besorgte Mütter kreischten und zogen ihre gut genährten Sprösslinge an sich. Linda Pickett erhob sich von ihrem Sitz und zerrte an dem Schiebefenster neben sich.

Der Bus drohte das galoppierende Pferd abzuhängen. Rosebud war vollkommen panisch, vertraute jedoch dem kräftigen Druck an ihren Flanken und dem festen Griff an ihrem Zügel. Ein dunkler Kopf tauchte an dem offenen Fenster auf, und der Fahrtwind trug ihre Antwort zu ihm.

»Ja, Ben Craig, ich will.«

Der Reiter zügelte sein Pferd und wurde bald von einer Staubwolke verschluckt.

Sie formulierte ihren Brief vorsichtig, weil sie keinen seiner Wutausbrüche provozieren wollte, wie sie ihn schon einmal erlebt hatte. Trotzdem wollte sie ihre bedauerliche Botschaft unmissverständlich klarmachen. Den vierten Entwurf schickte sie schließlich ab. Eine Woche lang blieb er ohne Reaktion. Als es dann schließlich zu einem Treffen kam, war es kurz und brutal.

Michael Pickett war eine Säule der Gemeinde, Präsident und Geschäftsführer der Farmers Bank von Billings. Er hatte kurz vor Pearl Harbor als bescheidener Kassierer angefangen und war bis zum stellvertretenden Geschäftsführer aufgestiegen. Sein Fleiß, seine Rechtgläubigkeit und Gewissenhaftigkeit waren dem Gründer und Besitzer der Bank, einem Junggesellen ohne Kinder, aufgefallen.

Beim Eintritt in den Ruhestand hatte er Michael Pickett seine Bank zum Verkauf angeboten. Er suchte jemanden, der seine

Tradition fortsetzte. Kredite wurden beschafft, und der Verkauf ging über die Bühne. Im Lauf der Zeit waren die meisten Kredite zurückgezahlt worden, doch Ende der sechziger Jahre hatte es Probleme gegeben; zu schnelles Wachstum, gekündigte Hypotheken und faule Kredite. Um Kapital zur Rettung der Bank aufzubringen, war Pickett gezwungen gewesen, Beteiligungen anzubieten. Die Krise war überwunden, die Liquidität des Instituts wiederhergestellt worden.

Eine Woche, nachdem der Brief seiner Tochter angekommen war, wurde Mr. Pickett auf die imposante Bar-T-Ranch am Ufer des Yellowstone südwestlich von Billings zu einem Treffen mit dem Vater des Verlobten nicht etwa eingeladen, sondern zitiert. Sie hatten sich seit dem Verlöbnis ihrer Kinder bereits einmal getroffen, damals jedoch im Speisesaal des Cattlemen's Club.

Der Bankier wurde in ein riesiges Büro mit polierten Holzböden und teurer Täfelung geführt, dessen Wände mit Trophäen, gerahmten Urkunden und den Köpfen von preisgekrönten Bullen dekoriert waren. Der Mann hinter dem ausladenden Schreibtisch stand nicht auf, um seinen Gast zu begrüßen. Er wies lediglich auf einen einzelnen Stuhl gegenüber dem Schreibtisch. Als sein Gast Platz genommen hatte, starrte er den Bankier wortlos an. Mr. Pickett war verunsichert. Er glaubte zu wissen, worum es ging.

Der Rancher und Großmagnat ließ sich Zeit. Er packte eine dicke Cohiba aus, zündete sie an und schob, als sie zu seiner Zufriedenheit brannte, ein einziges Blatt Papier über den Schreibtisch. Pickett nahm es und las. Es war der Brief seiner Tochter.

»Es tut mir Leid«, sagte er. »Sie hat es mir erzählt. Ich wusste, dass sie geschrieben hatte, aber ich habe den Brief nicht gelesen.«

Der Rancher beugte sich vor, hob warnend einen Finger, und unter dem Stetson, den er ständig, sogar in seinem Büro, trug, blitzten seine Augen in seinem fleischigen Gesicht wütend auf.

»Kommt nicht infrage«, sagte er. »Kommt überhaupt nicht infrage, kapiert? Kein Mädchen behandelt meinen Jungen so.«

Der Bankier zuckte die Achseln.

»Ich bin ebenso enttäuscht wie Sie«, erwiderte er. »Aber die jungen Leute... manchmal ändern sie eben ihre Meinung. Sie sind beide noch jung, vielleicht war das Ganze ein wenig überstürzt?«

»Reden Sie mit ihr. Erklären Sie ihr, dass sie einen großen Fehler gemacht hat.«

»Ich habe mit ihr geredet. Genau wie ihre Mutter. Aber sie möchte die Verlobung lösen.«

Der Rancher lehnte sich zurück, sah sich im Zimmer um und dachte, wie weit er es seit seinen Tagen als einfacher Viehtreiber gebracht hatte.

»Nicht mit meinem Jungen«, sagte er. Er nahm den Brief wieder an sich und schob einen Stapel Papiere über den Schreibtisch. »Vielleicht sollten Sie sich die mal ansehen.«

William »Big Bill« Braddock hatte es in der Tat weit gebracht. Sein Großvater war als unehelicher Sohn eines im Krieg in der Prärie gefallenen Kavalleristen in Bismarck, North Dakota, geboren worden und später in den Westen gegangen. Der Großvater hatte eine Anstellung in einem Laden angenommen, die er sein Leben lang behalten sollte, ohne aufzusteigen oder entlassen zu werden. Sein Vater war in dieselben bescheidenen Fußstapfen getreten, doch der Enkel hatte einen Job auf einer Viehranch angenommen.

Der Junge war groß und kräftig, ein geborener Rüpel, der dazu neigte, seine Meinungsverschiedenheiten mit den Fäusten auszutragen und meist zu seinen Gunsten zu entscheiden. Doch er war auch schlau. Nach dem Krieg hatte er seine Chance gewittert: Den Viehtransport, der erstklassiges Rindfleisch an Orte liefern konnte, die Hunderte von Meilen vom Zuchtort der Tiere in Montana entfernt lagen.

Er machte sich selbstständig, fing mit Lkw an, gründete später auch Schlachthöfe und Metzgereien, bis er das gesamte Gewerbe von der Ranch bis zum Grill kontrollierte. Er schuf seinen eigenen Markennamen, Big Bill's Beef, aus Freilandzucht, saftig und frisch in jedem Supermarkt. Als er zur Viehzucht zurückkehrte, das Glied, das ihm in der Kette noch fehlte, tat er dies als Boss.

Er hatte die Bar-T-Ranch vor zehn Jahren gekauft und zu einem Schmuckstück ausgebaut, die beeindruckendste Villa am Yellowstone. Seine Frau, ein schmaler Strich in der Landschaft und für das bloße Auge beinahe unsichtbar, hatte ihm einen Sohn geboren, der allerdings kaum nach dem Vater kam. Kevin war Mitte zwanzig, verwöhnt und verhätschelt und hatte furchtbare Angst vor seinem Vater. Doch Bill vergötterte seinen einzigen Spross, für ihn war ihm nichts zu gut.

Michael Pickett beendete blass und mit erschütterter Miene die Lektüre der Papiere.

»Das verstehe ich nicht«, sagte er.

»Nun, Pickett, es ist ganz einfach. Ich habe jeden Stein aufgekauft, den Sie in diesem Staat besitzen. Das heißt, ich halte jetzt die Mehrheit Ihrer Aktien. Die Bank gehört mir. Und das hat mich einen Haufen Geld gekostet. Alles wegen Ihrer Tochter. Hübsch, das muss ich ihr lassen, aber blöd. Es ist mir egal, wer dieser andere Kerl ist, den sie getroffen hat, aber Sie werden ihr sagen, sie soll ihn in die Wüste schicken.

Sie schreibt meinem Sohn einen weiteren Brief, in dem sie zugibt, dass sie einen Fehler gemacht hat. Und das Verlöbnis bleibt bestehen.«

»Aber wenn ich sie nicht überzeugen kann?«

»Dann können Sie ihr sagen, dass sie für Ihren Ruin verantwortlich ist. Ich nehme Ihnen die Bank ab, ich nehme Ihnen das Haus ab, ich nehme Ihnen alles ab, was Ihnen gehört. Sagen Sie ihr, dass Sie in diesem Bezirk nicht einmal mehr eine Tasse Kaffee auf Pump kriegen. Haben Sie mich verstanden?«

Als Michael Pickett die Ranch Richtung Highway verließ, war er ein gebrochener Mann. Er wusste, dass Braddock nicht spaßte. Er hatte Menschen, die ihm in die Quere gekommen waren, schon früher Ähnliches angetan. Er hatte darauf bestanden, dass die Hochzeitsfeierlichkeiten auf Mitte Oktober vorgezogen wurden, also in einem Monat.

Die Familienkonferenz war unerfreulich. Ihre Mutter machte ihr abwechselnd Vorwürfe und redete ihr gut zu. Was glaubte sie, was sie tat? Hatte sie überhaupt eine Ahnung, was sie angerichtet hatte? Eine Ehe mit Kevin Braddock würde ihr auf einen Schlag alles verschaffen, wofür andere ein Leben lang arbeiten mussten: Ein schönes Haus, ein großes Grundstück, um die Kinder großzuziehen, die besten Schulen, eine Position in der Gesellschaft. Wie konnte sie all das wegwerfen für eine alberne Vernarrtheit in einen arbeitslosen Schauspieler, der für die Dauer seines Sommerjobs vorgab, ein Frontierscout zu sein?

Zwei ihrer Brüder, die in der Gegend wohnten und arbeiteten, waren ebenfalls anwesend. Einer schlug vor, dass er nach Fort Heritage fahren und von Mann zu Mann mit dem unerwünschten Fremden reden könne. Beide Brüder fürchteten, ein rachsüchtiger Braddock könne dafür sorgen, dass sie ihre Stellen verloren. Einer von ihnen war bei der Staatsregierung beschäftigt, und Braddock hatte mächtige Freunde in Helena.

Ihr verstörter Vater polierte die dicken Gläser seiner Brille und sah elend aus. Am Ende war es sein Leiden, das Linda Pickett überzeugte. Sie nickte, stand auf und ging in ihr Zimmer. Diesmal schrieb sie zwei Briefe.

Der erste war an Kevin Braddock. Sie gestand, dass sie eine alberne, mädchenhafte Vernarrtheit in einen Viehtreiber aus Fort Heritage entwickelt hatte, doch das sei vorbei. Sie erklärte ihm, es sei dumm von ihr gewesen, ihm so zu schreiben, wie sie ihm geschrieben hatte, und bat um Verzeihung. Sie wünschte, dass ihr Verlöbnis bestehen bleibe, und würde sich darauf freuen, noch vor Ende Oktober seine Frau zu werden.

Ihr zweiter Brief war adressiert an Mr. Ben Craig c/o Fort Heritage, Bighorn County, Montana. Beide Briefe schickte sie am folgenden Tag ab.

Trotz seines geradezu zwanghaften Strebens nach Authentizität hatte Professor Ingles zwei Zugeständnisse an die Modernität gemacht. Obwohl es keine Telefonleitung zum Fort gab, bewahrte er in seinem Büro ein Funktelefon auf, das mit aufladbaren Cadmium-Nickel-Batterien betrieben wurde. Und es gab auch einen Postdienst.

Das Postamt von Billings hatte sich bereit erklärt, sämtliche Post an das Fort durch das größte Busunternehmen der Stadt zustellen zu lassen, das die Tasche mit ankommenden Briefen jeweils dem Fahrer der nächsten zum Fort abgehenden Tour mitgab. Vier Tage später erhielt Ben Craig den Brief.

Er versuchte ihn zu lesen, hatte jedoch Schwierigkeiten. Dank Charlies Unterricht konnte er die Großbuchstaben entziffern und auch die in Druckschrift geschriebene Kleinschrift lesen, doch die kursive Handschrift des Mädchens überforderte ihn. Er brachte Charlie den Brief, die ihn las und ihn dann voller Mitgefühl ansah.

»Es tut mir Leid, Ben. Er ist von dem Mädchen, in das du dich verguckt hast. Linda?«

»Bitte, lesen Sie ihn mir vor, Charlie.«

»Lieber Ben«, las sie, »vor zwei Wochen habe ich etwas sehr Törichtes getan. Als du mir von deinem Pferd aus zugerufen hast, habe ich dir, glaube ich, vom Bus aus geantwortet, dass wir heiraten könnten. Zu Hause erkannte ich dann, wie dumm das war.

In Wahrheit bin ich mit einem netten jungen Mann verlobt, den ich seit einigen Jahren kenne. Ich habe festgestellt, dass ich das Verlöbnis mit ihm einfach nicht lösen kann. Wir werden nächsten Monat heiraten.

Bitte wünsch mir Glück für die Zukunft, so wie ich dir Glück wünsche. Mit einem Abschiedskuss, Linda Pickett.«

Charlie faltete den Brief und gab ihn Ben Craig zurück, der gedankenverloren Richtung Berge starrte. Charlie streckte die Hand aus und legte sie auf seine.

»Es tut mir Leid, Ben. So was passiert. Schiffe, die sich im

Dunkeln begegnen. Sie hat offensichtlich auf eine mädchenhafte Art für dich geschwärmt, und das kann ich gut verstehen. Aber nun hat sie beschlossen, bei ihrem Verlobten zu bleiben.«

Craig wusste nichts von Schiffen, starrte weiter auf die Berge und fragte: »Wer ist ihr Verlobter?«

»Ich weiß es nicht. Es steht nicht im Brief.«

»Könnten Sie das rausfinden?«

»Du willst doch keinen Ärger machen, oder, Ben?«

Vor langer Zeit hatten sich einmal zwei Männer wegen Charlie gestritten. Sie hatte das damals als schmeichelhaft empfunden, aber das war lange her. Sie wollte nicht, dass ihr Schützling wegen eines jungen Dings, das dreimal ins Fort gekommen war und mit seinen Gefühlen gespielt hatte, in eine Schlägerei geriet.

»Du wirst doch nicht nach Billings reiten und einen Streit vom Zaun brechen?«

»Charlie, ich will bloß, was mir gehört, in den Augen der Menschen und des Großen Geistes. Wie es mir vor langer Zeit vorhergesagt worden ist.«

Er sprach wieder in Rätseln, also hakte sie nach.

»Aber nicht Linda Pickett?«

Er kaute auf einem Grashalm und überlegte einen Moment.

»Nein, nicht Linda Pickett.«

»Versprichst du mir das, Ben?«

»Ich verspreche es.«

»Ich werde sehen, was sich machen lässt.«

Eine Studienfreundin Charlies aus dem College in Bozeman war Journalistin geworden und arbeitete mittlerweile für die *Billings Gazette*. Sie rief sie an und bat sie, rasch im Archiv nachzusehen, ob sie die Bekanntgabe der Verlobung einer jungen Frau namens Linda Pickett finden konnte. Es dauerte nicht lang.

Vier Tage später kam per Post ein Zeitungsausschnitt aus dem Frühsommer. Mr. und Mrs. Michael Pickett und Mr. und Mrs. William Braddock gaben die Verlobung ihrer Tochter

Linda und ihres Sohnes Kevin bekannt. Charlie zog die Augenbrauen hoch und pfiff leise. Kein Wunder, dass das Mädchen ihr Verlöbnis nicht lösen wollte.

»Das muss der Sohn von Big Bill Braddock sein«, erklärte sie Craig. »Der Beefsteak-König, weißt du?«

Der Scout schüttelte den Kopf.

»Nein, natürlich kennst du den nicht«, meinte Charlie resigniert, »du jagst dir deinen Braten ja selbst. Ohne Lizenz. Nun, Ben, der Vater ist in der Tat sehr reich. Er lebt auf einem großen Grundstück nördlich von hier am Yellowstone. Kennst du den Fluss?«

Craig nickte. Er war mit General Gibbon jeden Zentimeter des Südufers abgeritten, von Fort Ellis bis zur Mündung des Tongue, weit östlich des Rosebud Creek, wo sie kehrtgemacht hatten.

»Könnten Sie herausfinden, wann die Hochzeit ist, Charlie?«
»Du weißt schon, was du mir versprochen hast?«
»Ja. Keine Linda Pickett.«
»Genau. Also was hast du vor? Eine kleine Überraschung?«
»Hm.«

Charlie telefonierte ein weiteres Mal. Der September ging zu Ende, der Oktober begann. Das Wetter blieb schön und mild. Die langfristige Vorhersage ließ auf einen echten Altweibersommer mit viel Sonne bis zum Ende des Monats hoffen.

Am 10. Oktober kam mit dem Tourbus ein Exemplar der *Billings Gazette*. Mit dem Wiederbeginn der Schule hatte der Besucherstrom deutlich nachgelassen.

In der Zeitung, die ihre Freundin geschickt hatte, entdeckte Charlie eine ganze Spalte des Gesellschaftsreporters, die sie Craig laut vorlas.

In der hektischen Prosa eines Klatschreporters wurde über die bevorstehenden Hochzeitsfeierlichkeiten von Kevin Braddock und Linda Pickett berichtet. Die Vermählung sollte am 20. Oktober in der prachtvollen Bar-T-Ranch südlich von Laurel Town stattfinden. Bei mildem Wetter würde die Zeremonie vor geladenen Gästen aus der Highsociety und der Wirtschaftselite Montanas um vierzehn Uhr in dem riesigen Garten des Anwesens abgehalten werden. Und so ging es bis zum Ende weiter. Ben Craig nickte und merkte sich alles gut.

Am nächsten Tag hielt der Kommandeur auf dem Exerzierplatz eine Rede an das versammelte Personal. Der historische Erlebnispark Fort Heritage würde für den Winter schließen, sagte er. Die Aktion sei ein überragender Erfolg gewesen, Pädagogen und Abgeordnete aus dem ganzen Staat hätten überschwänglich gratuliert.

»In den vier Tagen, bevor wir schließen, gibt es noch eine Menge zu tun«, erklärte Professor Ingles seinem jungen Team. »Gehälter und Honorare werden am vorletzten Tag ausgezahlt. Vor unserer Abreise müssen wir die Anlage aufräumen, die Ausrüstung einlagern und das Fort winterfest machen.«

Hinterher nahm Charlie Ben Craig zur Seite.

»Nun, Ben, es geht zu Ende«, sagte sie. »Wenn es vorbei ist, können wir alle wieder unsere normale Kleidung tragen. Oh, das sind vermutlich deine normalen Kleider. Nun, du kriegst ja bald ein Bündel Dollarscheine. Wir können nach Billings fahren und dir Turnschuhe, Jeans, ein paar T-Shirts und vielleicht eine dicke karierte Winterjacke kaufen.

Dann möchte ich, dass du mit mir nach Bozeman kommst. Ich finde eine nette Unterkunft für dich und mache dich mit ein paar Leuten bekannt, die dir helfen können.«

»In Ordnung, Charlie«, sagte er.

An diesem Abend klopfte er an die Tür des Professors. John Ingles saß an seinem Schreibtisch. In der Ecke brannte ein Feuer in einem bauchigen Ofen, um die Abendkühle zu mildern. Der Professor empfing seinen in Hirschleder gekleideten Besucher freundlich. Der Bursche hatte ihn mit seinen Kenntnissen von der Wildnis, vom Wilden Westen und mit der Tatsache beeindruckt, dass er immer in seiner Rolle geblieben war. Mit einem Hochschulabschluss hätte der junge Mann von ihm einen Posten an der Uni vermittelt bekommen können.

»Ben, mein Junge, was kann ich für Sie tun?«

Er erwartete, dass er einen väterlichen Rat für die Zukunft erteilen konnte.

»Haben Sie zufällig eine Landkarte, Major?«

»Eine Landkarte? Aber ja, ich glaube schon. Welches Gebiet?«

»Von der Gegend um das Fort und weiter nördlich bis zum Yellowstone, bitte, Sir.«

»Gute Idee. Immer hilfreich, seinen Standort und die Umgebung zu kennen. Hier.«

Er breitete die Karte auf dem Schreibtisch aus und erklärte. Craig hatte schon Militärkarten gesehen, doch die waren bis auf ein paar von einigen Trappern oder Scouts eingezeichnete Landmarken meist leer, während diese Karte mit Linien und Punkten übersät war.

»Hier ist das Fort am Nordhang des West Pryor Mountain. Es blickt nach Norden auf den Yellowstone und nach Süden auf die Pryor Mountains. Hier ist Billings, und das ist die Stadt, aus der ich komme, Bozeman.«

Craig folgte mit dem Finger der Linie zwischen den beiden hundert Meilen voneinander entfernt liegenden Städten.

»Der Bozeman Trail?«, fragte er.

»Genau, so wurde er früher genannt. Heute ist es natürlich ein asphaltierter Highway.«

Craig wusste nicht, was ein asphaltierter Highway war, dachte jedoch, dass es sich um die langen Streifen aus schwarzem Stein handeln könnte, die er im Mondlicht gesehen hatte. Am Südufer des Yellowstone verzeichnete die detailgenaue Karte Dutzende von kleineren Ortschaften, bei der Mündung des Clark Creek sogar ein Anwesen namens Bar-T-Ranch. Er schätzte, dass es ein wenig westlich einer Route lag, die vom Fort fünfzehn Meilen querfeldein direkt nach Norden führte. Er bedankte sich bei dem Major und gab ihm die Karte zurück.

Am Abend des 19. Oktober ging Ben Craig direkt nach dem Essen schlafen, was niemand ungewöhnlich fand. Alle jungen

Männer hatten den ganzen Tag lang sauber gemacht, Eisenteile zum Schutz gegen den Winterfrost eingefettet und die Werkzeuge in verschließbaren Schuppen verstaut. Die anderen verzogen sich gegen zehn auf ihre Pritschen und schliefen sofort ein. Niemand bemerkte, dass ihr Kollege unter seiner Decke vollständig bekleidet war.

Um Mitternacht stand er auf, setzte seine Fuchsfellmütze auf, faltete zwei Decken und schlich sich geräuschlos nach draußen. Niemand bemerkte, dass er zum Stall ging und Rosebud sattelte. Er hatte dafür gesorgt, dass sie die doppelte Ration Hafer bekommen hatte, weil sie viel Kraft brauchen würde.

Als sie fertig gesattelt war, schlich er sich in die Schmiede und nahm die Gegenstände mit, die er am Vortag entdeckt hatte: Eine Handaxt mit Gürteltasche, ein Stemmeisen und einen Bolzenschneider.

Mit dem Stemmeisen brach er die Tür der Waffenkammer auf, und der Bolzenschneider machte kurzen Prozess mit der Kette, die durch die Sicherung der Gewehre gefädelt war, alles Kopien bis auf eins. Er nahm sein 52-er Sharps wieder an sich und ging.

Er führte Rosebud zu dem kleinen Hinterausgang bei der Kapelle, entriegelte das Tor und verließ das Fort. Unter seinem Sattel lagen die beiden Decken, das Büffelfell war zusammengerollt hinter den Sattel gebunden. Das Gewehr hing in dem Futteral vor seinem linken Knie, neben dem rechten baumelte ein Fellköcher mit vier Pfeilen. Der Bogen hing über seinen Rücken. Nachdem er sein Pferd leise eine halbe Meile vom Fort weggeführt hatte, stieg er auf.

So ausgerüstet, ritt Ben Craig, Präriescout und einziger Überlebender des Massakers am Little Bighorn, aus dem Jahr des Herrn 1877 in das letzte Viertel des 20. Jahrhunderts.

Als der Mond unterging, war es seiner Schätzung nach zwei Uhr. Er konnte die zwanzig Meilen bis zur Bar-T-Ranch laufen und Rosebuds Kräfte schonen. Er entdeckte den Polarstern und hielt sich ein paar Grad westlich der von ihm vorgegebenen, nördlichen Route.

Die Prärie ging in Farmland über, und er stieß auf Pfähle, zwischen denen Drähte gespannt waren. Er benutzte den Bolzenschneider und marschierte weiter. Dabei überquerte er die Grenze zwischen dem Bighorn und dem Yellowstone County, doch davon wusste er nichts. Bei Dämmerung kam er an das Ufer des Clark Creek und folgte dem gewundenen Flusslauf nach Norden. Als die Sonne über die Kuppen der Hügel im Osten lugte, entdeckte er einen langen weißen Lattenzaun und ein Schild mit der Aufschrift: »Bar-T-Ranch. Privatgrundstück. Zutritt verboten.« Er entzifferte die Buchstaben und ging weiter, bis er eine Privatstraße entdeckte, die zum Haupttor führte.

Nach einer halben Meile konnte er das Tor sehen, dahinter ein riesiges Haus, umgeben von großen Scheunen und Stallungen. Am Tor versperrte ein gestreifter Schlagbaum die Straße. In einem Wachhäuschen brannte ein schwaches Licht. Er zog sich in den Schutz einer Baumgruppe zurück, die eine weitere halbe Meile entfernt stand, nahm Rosebud den Sattel ab und ließ sie ausruhen und grasen. Auch er selbst ruhte sich den ganzen Vormittag aus, schlief jedoch nicht, sondern blieb hellwach wie ein Tier in der Wildnis.

In Wahrheit hatte der Gesellschaftsreporter den Aufwand, den Bill Braddock zur Hochzeit seines Sohnes betreiben wollte, noch untertrieben.

Zunächst hatte Braddock senior darauf bestanden, dass die Verlobte seines Sohnes sich einer Untersuchung durch seinen Hausarzt unterzog, und das gedemütigte Mädchen hatte keine andere Wahl, als zuzustimmen. Als er den Untersuchungsbericht las, zog er die Augenbrauen hoch.

»Sie ist was?«, fragte er den Arzt, und der Mediziner sah auf die Stelle, auf die er mit seinem fleischigen Zeigefinger deutete.

»Ja, absolut zweifelsfrei. Vollkommen intacta.«

Braddock grinste anzüglich.

»Nun, da hat er Glück, der kleine Kevin. Und ansonsten?«

»Makellos. Eine sehr hübsche und gesunde junge Frau.«

Das Anwesen war von den gefragtesten Innenarchitekten, die man für Geld engagieren konnte, in ein Märchenschloss verwandelt worden. In dem riesigen Garten hatte man zwanzig Meter vor dem Lattenzaun, hinter dem sich die Prärie erstreckte, einen Altar errichtet, davor etliche Reihen bequemer Stühle für insgesamt tausend Gäste, mit einem Mittelgang, durch den das sich liebende Paar zu den Klängen von Mendelssohn schreiten würde; zuerst Kevin, begleitet von seinem Trauzeugen, gefolgt von der Braut mit ihrem vertrottelten Vater.

Das Festbuffet war auf langen Tischen hinter den Stuhlreihen aufgebaut worden; man hatte weder Kosten noch Mühen gescheut. Pyramiden von Champagnergläsern aus Stuart-Kristall warteten auf den teuersten Markenchampagner, der in Strömen fließen sollte. Braddock wollte es seinen illustren Gästen an rein gar nichts fehlen lassen.

Aus Seattle waren arktische Hummer, Krebse und Austern eingeflogen worden. Für diejenigen, die Hochprozentigeres bevorzugten, gab es kistenweise Chivas Regal. Als er am Vorabend der Hochzeit in sein Himmelbett stieg, machte Bill Braddock sich lediglich Sorgen um seinen Sohn. Der Junge war wieder betrunken gewesen und würde am Morgen eine Stunde unter der Dusche brauchen, um halbwegs auf die Beine zu kommen.

Während das junge Paar sich umzog, um zu den Flitterwochen auf einer privaten Karibikinsel aufzubrechen, wollte Braddock zur weiteren Unterhaltung seiner Gäste vor dem Garten ein Wild-West-Rodeo veranstalten. Die Show-Reiter hatte er ebenso wie das Personal der Catering-Firma gemietet. Die Einzigen, die Braddock nicht gemietet hatte, waren die Leute vom Sicherheitsdienst.

Braddock war geradezu zwanghaft um seine eigene Sicherheit besorgt und hielt sich eine regelrechte Privatarmee. Außer den drei oder vier Leibwächtern, die er ständig um sich hatte, arbeiteten die Männer als Viehtreiber auf der Ranch, waren jedoch alle geübte Schützen, hatten Nahkampferfahrung und würden jeden Befehl ausführen. Dafür wurden sie bezahlt.

Für die Hochzeit hatte er alle dreißig um das Haus postiert. Zwei besetzten das Wachhäuschen am Haupttor. Seine persönliche Leibgarde würde sich, angeführt von einem ehemaligen Elitesoldaten, in seiner Umgebung aufhalten. Die anderen fungierten als Kellner und Butler.

Den ganzen Vormittag rollte ein nicht enden wollender Strom von Limousinen und Luxusbussen, die Gäste vom Flughafen in Billings abgeholt hatten, auf das Haupttor zu, wurde kontrolliert und hereingelassen. Craig beobachtete die Parade aus seiner Deckung. Kurz nach Mittag traf der Pastor ein, gefolgt von den Musikern.

Eine weitere Kolonne mit Lieferwagen und den Rodeoreitern kam durch ein anderes Tor, das jedoch außer Sichtweite lag. Kurz nach eins begannen die Musiker ihre Instrumente zu stimmen. Craig hörte sie und sattelte sein Pferd.

Er lenkte Rosebud in die offene Prärie, ritt an dem Zaun entlang, bis das Wachhäuschen außer Sichtweite war. Dann fiel er vom Trab in den Galopp und ritt auf den Lattenzaun zu. Rosebud sah die Pfähle kommen, passte ihren Schritt an und sprang darüber. Der Scout fand sich auf einer großen Koppel wieder, etwa eine halbe Meile entfernt von den Außengebäuden der Ranch, auf der friedlich eine Herde preisgekrönter Longhorn-Rinder graste.

Am anderen Ende des Felds fand Craig ein Tor zu dem Scheunenkomplex, das er öffnete und offen stehen ließ. Als er zwischen den Scheunen hindurch auf einen gepflasterten Hof ritt, wurde er von zwei patrouillierenden Wachen angehalten.

»Du gehörst bestimmt zu der Show-Truppe?«

Craig starrte sie an und nickte.

»Da bist du hier aber falsch. Wenn du da entlang reitest, siehst du die anderen hinter dem Haus.«

Craig folgte der beschriebenen Gasse, wartete, bis die beiden Wachmänner verschwunden waren, machte kehrt und ritt in

Richtung der Musik. Den Hochzeitsmarsch konnte er nicht kennen.

Vor dem Altar stand Kevin Braddock mit seinem Trauzeugen, herausgeputzt in einem blütenweißen Frack. Er war knapp zwanzig Zentimeter kleiner als sein Vater und gut zwanzig Kilo leichter, hatte schmale Schultern und breite Hüften. Mehrere Pickel, zu denen er bei seiner fettigen Haut neigte, zierten seine Wangen, notdürftig vom Gesichtspuder seiner Mutter kaschiert.

Mrs. Pickett und die Braddocks saßen, durch den Mittelgang getrennt, in der ersten Reihe. Am Ende des Gangs tauchte nun Linda Pickett am Arm ihres Vaters auf. In dem weißen Hochzeitskleid aus Seide, das eigens von Balenciaga in Paris eingeflogen worden war, sah sie geradezu überirdisch schön aus. Ihr Gesicht war blass, und ihre Miene drückte Schicksalsergebenheit aus. Sie blickte, ohne zu lächeln, starr geradeaus.

Tausend Köpfe wandten sich um, als sie sich auf den Altar zubewegte. Hinter den Stuhlreihen für die Gäste standen dicht gedrängt Kellner und Serviererinnen und sahen ebenfalls zu. Und dahinter tauchte plötzlich ein einzelner Reiter auf.

Michael Pickett führte dem wartenden Bräutigam seine Tochter zu und nahm neben seiner Frau Platz, die sich die Augen mit einem Taschentuch abtupfte. Der Pastor hob Blick und Stimme.

»Liebe Brüder und Schwestern, wir haben uns heute hier im Angesicht des Herrn versammelt, um diesen Mann und diese Frau im heiligen Stand der Ehe zu vereinen...«, begann er, als die letzten Akkorde des Marsches verklungen waren. Falls er den Reiter sah, der ihm fünfzig Meter entfernt am anderen Ende des Mittelgangs gegenüber stand, fand er das möglicherweise seltsam, ließ sich jedoch nichts anmerken. Ein Dutzend Kellner wurden zur Seite gedrängt, als das Pferd ein paar Schritte nach vorn machte. Selbst das Dutzend Leibwächter, das am Rand des Gartens verteilt war, hatte nur Augen für das Paar.

Der Pfarrer fuhr fort: »...und so wollen wir nun zur Trauung dieser beiden schreiten.«

Mrs. Pickett schluchzte vernehmlich. Braddock blickte wütend zu ihr hinüber. Der Pfarrer war überrascht, dass auch in den Augen der Braut zwei Tränen glitzerten, die langsam über ihre Wangen kullerten. Er nahm an, dass die Freude sie überwältigt hatte.

»Wenn deshalb irgendjemand einen stichhaltigen Grund vorbringen kann, warum diese beiden nicht rechtmäßig Mann und Frau werden können, so möge er jetzt die Stimme erheben oder für immer schweigen.«

Er hob den Blick und strahlte die Versammlung an.

»Ich habe einen solchen Grund vorzubringen. Sie ist mir versprochen.«

Die Stimme war jung und kräftig und war bis in jeden Winkel des Gartens zu hören, während er sich mit seinem Pferd näherte. Kellner gingen zu Boden. Zwei Leibwächter stürzten sich auf den Reiter. Beide bekamen einen Tritt ins Gesicht und landeten zwischen den Gästen in den beiden letzten Reihen. Männer schrien, Frauen kreischten, und der Mund des Pfarrers blieb offen stehen.

Binnen Sekunden beschleunigte Rosebud von Schritt zu Trab und schließlich zu Galopp. Der Reiter hielt sie zurück, nahm die Zügel in die Linke, beugte sich herab, umfasste mit seinem rechten Arm die schlanke, seidenumhüllte Hüfte der Braut und hob das Mädchen aufs Pferd. Einen Moment lang hing sie in der Luft, dann schwang sie sich hinter ihn, warf ein Bein über das Büffelfell und klammerte sich mit beiden Armen an den Reiter.

Das Pferd preschte an der ersten Reihe vorbei, machte einen Satz über den Koppelzaun und galoppierte durch das hüfthohe Gras der Prärie davon. Auf dem Rasen hinter der Ranch herrschte derweil das absolute Chaos.

Alle Gäste waren aufgesprungen und schrien durcheinander. Die Longhorn-Herde trottete heran und zertrampelte den säuberlich gestutzten Rasen. Einer von Braddocks vier Bodyguards, der am Rand der ersten Reihe über seinen Herrn wachte, rannte an dem Pfarrer vorbei, zog eine Pistole und zielte auf das davongaloppierende Pferd. Michael Pickett schrie »Ne-e-e-e-i-n!«, stürzte sich auf den Schützen und riss seine Hand hoch. Bei dem anschließenden Handgemenge fielen drei Schüsse.

Das war sowohl für die Hochzeitsgäste als auch für die Stiere zu viel. Beide suchten in Panik das Weite. Stühle fielen um, Tabletts mit Hummer und Krebs segelten auf den Rasen. Der Bürgermeister einer Nachbargemeinde wurde in eine Champagner-Glas-Pyramide gestoßen und ging in einem teuren Scherbenregen zu Boden. Der Pfarrer suchte Schutz unter dem Altar, wo er den Bräutigam traf.

Vor der Haupteinfahrt zu dem Anwesen parkten zwei Streifenwagen des Sheriffs, besetzt mit jeweils zwei Polizisten. Sie sollten an sich nur den Verkehr regeln und waren gerade zu einem Imbiss auf die Ranch eingeladen worden. Als sie die Schüsse hörten, sahen sie sich an, warfen ihre Hamburger weg und stürmten in den Garten.

Einer von ihnen stieß mit einem flüchtenden Kellner zusammen. Er riss den Mann am Revers seines weißen Jacketts hoch.

»Was zum Teufel ist hier passiert?«, wollte er wissen. Die anderen drei starrten mit offenem Mund auf den Tumult. Ihr Kollege hörte dem Kellner zu und sagte dann zu den anderen: »Lauft zurück zum Auto und meldet dem Sheriff, dass wir ein Problem haben.«

Sheriff Paul Lewis wäre an einem Samstagnachmittag sonst nicht im Büro gewesen, doch er hatte noch Papierkram zu erledigen, den er vor Beginn der neuen Woche vom Schreibtisch haben wollte. Es war zwanzig nach zwei, als der Dienst tuende Hilfssheriff in der Tür seines Büros auftauchte.

»Es gibt ein Problem auf der Bar-T-Ranch.«

Er hatte ein Telefon in der Hand.

»Die Braddock-Hochzeit, wissen Sie? Ed ist dran. Er sagt, die Braut wäre gerade entführt worden.«

»Sie ist WAS? Stell ihn durch.«

Das rote Lämpchen leuchtete auf, und er riss den Hörer von der Gabel.

»Ed, Paul hier. Was zum Teufel redest du da?«

Er hörte zu, während sein Mann auf der Ranch berichtete. Wie alle Polizisten hasste er den Gedanken an Kidnapping. Erstens war es ein schmutziges Verbrechen, das sich normalerweise gegen die Frauen und Kinder der Reichen richtete; zweitens war es ein Bundesvergehen, was bedeutete, dass das FBI über sie kommen würde wie eine Plage. In seiner dreißigjährigen Dienstzeit im Carbon County, zehn Jahre davon als Sheriff, hatte er drei Geiselnahmen erlebt, die alle unblutig zu Ende gegangen waren, jedoch noch nie eine Entführung. Er stellte sich eine Gruppe von Gangstern mit schnellen Autos, vielleicht sogar einem Hubschrauber vor.

»Ein einzelner Reiter? Bist du übergeschnappt? Wohin ist er geritten?... über den Zaun in die offene Prärie. Okay, dann muss er da irgendwo ein Auto versteckt haben. Ich rufe Verstärkung aus den Nachbarbezirken und lasse die Hauptausfallstraßen sperren. Pass auf, Ed, du nimmst die Aussagen von jedem auf, der etwas gesehen hat; wie er reingekommen ist, was er gemacht hat, wie er das Mädchen überwältigt hat und wie er entkommen ist. Ruf mich zurück.«

Er verbrachte eine halbe Stunde am Telefon, alarmierte die Einsatzreserve und sorgte dafür, dass an den wichtigsten Highways nach Norden, Süden, Osten und Westen Kontrollen aufgestellt wurde. Die Beamten der Highway Patrol wurden angewiesen, jedes Fahrzeug und jeden Kofferraum zu überprüfen. Sie suchten nach einer schönen dunkelhaarigen Frau in einem weißen Hochzeitskleid. Es war kurz nach drei, als Ed sich aus dem Streifenwagen an der Bar-T-Ranch meldete.

»Das Ganze wird immer seltsamer, Chief. Wir haben jetzt etwa zwanzig Aussagen von Augenzeugen aufgenommen. Der Reiter ist reingekommen, weil jeder dachte, dass er zu der Wildwest-Rodeo-Show gehören würde. Er trug einen Hirschlederanzug und ritt auf einem großen kastanienbraunen Pferd. Er trug eine Trappermütze aus Fell, an seinem Hinterkopf baumelte eine Feder, und er hatte einen Bogen.«

»Einen Bogen? Was für einen Bogen denn? Von den Musikern?«

»Nein, nicht so ein Bogen, Chief. Einen mit Pfeilen. Es wird immer verrückter.«

»Das geht gar nicht mehr. Aber erzähl weiter.«

»Alle Zeugen sagen, dass das Mädchen, als er zum Altar galoppiert ist und sich zu ihr herabgebeugt hat, ihm die Arme entgegengestreckt hat. Sie meinen, die beiden schienen sich zu kennen. Sie hat jedenfalls die Arme um ihn geschlungen, als sie über den Zaun gesprungen sind. Sonst wäre sie nämlich vom Pferd gefallen und jetzt noch hier.«

Dem Sheriff fiel ein großer Stein vom Herzen. Mit ein bisschen Glück hatten sie es nicht mit einer Entführung, sondern mit einer durchgebrannten Braut zu tun. Ein Grinsen breitete sich auf seinem Gesicht aus.

»Und da sind sie sich auch alle sicher, Ed? Er hat sie nicht k.o. geschlagen, über seinen Zwiesel geworfen und beim Davonreiten gewaltsam festgehalten?«

»Offenbar nicht. Er hat natürlich einen immensen Schaden angerichtet. Die Hochzeitsfeier ist ruiniert, das Buffet weitestgehend in Scherben, der Bräutigam sauer und die Braut verschwunden.«

Das Grinsen des Sheriffs wurde breiter.

»O je, das ist aber schrecklich«, sagte er. »Wissen wir, wer er ist?«

»Schon möglich. Der Vater der Braut sagt, seine Tochter hätte sich wohl in einen dieser jungen Schauspieler verknallt, die im Fort Heritage den ganzen Sommer lang die Frontierscouts gemimt haben. Weißt du?«

Lewis wusste alles über das Fort. Seine Tochter hatte es mit seinen Enkeln besucht, und die waren begeistert gewesen.

»Wie dem auch sei, sie hat deswegen sogar ihr Verlöbnis mit Kevin Braddock gelöst. Ihr Eltern haben sie davon überzeugt, dass das verrückt war, und das Verlöbnis wurde wieder erneuert. Sie sagen, er heißt Ben Craig.«

Als der Dienst tuende Hilfssheriff sich wieder seinem Protokoll zuwandte, nahm er an, dass Sheriff Lewis als Nächstes Fort Heritage kontaktieren würde, doch Professor Ingles kam ihm zuvor. Der Hilfssheriff stellte ihn durch.

»Vielleicht ist es völlig harmlos«, begann er, »aber einer meiner jungen Mitarbeiter ist verschwunden, offensichtlich getürmt. Gestern Nacht.«

»Hat er etwas gestohlen, Professor?«

»Nein, eigentlich nicht. Er hatte sein eigenes Pferd und eigene Kleidung. Er hat aber auch ein Gewehr. Das hatte ich für die Dauer seines Aufenthalts im Fort konfisziert. Er hat die Waffenkammer aufgebrochen und es sich wieder genommen.«

»Hat er einen Waffenschein?«

»Ich glaube nicht mal, dass er überhaupt weiß, was das ist. Er ist ein netter junger Mann, aber ein bisschen wild. Er ist in der Pryor Range aufgewachsen. Seine Familie waren offenbar irgendwelche Einsiedler aus den Bergen. Er hat nie eine Schule besucht.«

»Hören Sie, Professor, das ist vielleicht eine ernste Sache. Könnte dieser junge Mann gefährlich werden?«

»Oh, ich hoffe nicht.«

»Was hat er sonst noch bei sich?«

»Nun, er hat ein Bowie-Messer, außerdem fehlen eine Handaxt und ein Cheyenne-Bogen mit vier Pfeilen, die Spitzen aus Feuerstein.«

»Er hat die Originalstücke mitgenommen?«

»Nein, er hat sie selbst angefertigt.«

Der Sheriff zählte langsam leise bis fünf.

»Es handelt sich nicht zufällig um Ben Craig?«

»Doch. Woher wussten Sie das?«

»Egal, beantworten Sie einfach meine Fragen, Professor. Hat er eine Affäre mit einer hübschen jungen Lehrerin aus Billings angefangen, die das Fort besucht hat?«

Er hörte, wie der Professor sich mit einer Person namens Charlie beriet.

»Offenbar hat er eine tiefe Zuneigung zu diesem Mädchen entwickelt. Er glaubt, dass sie seine Gefühle erwidert, aber wie ich höre, hat sie die Sache mit einem Brief beendet. Das hat er nur schwer verkraftet und sogar gefragt, wo und wann ihre Hochzeit stattfinden würde. Ich hoffe, er hat sich nicht zum Trottel gemacht.«

»Nicht unbedingt. Er hat sie sich bloß direkt vom Altar geschnappt.«

»O mein Gott.«

»Hören Sie, könnte er vom Pferd in ein Auto umsteigen?«

»Um Himmels willen, nein. Er kann gar nicht fahren. Er hat nie in einem Auto gesessen. Er wird bei seinem geliebten Pferd bleiben und in der Wildnis campieren.«

»Und wohin wird er reiten?«

»Bestimmt nach Süden, in die Pryors. Dort hat er sein ganzes Leben gejagt und Fallen gestellt.«

»Vielen Dank, Professor, Sie haben uns sehr geholfen.«

Er ließ die Straßensperren abziehen und rief den Hubschrauberpiloten von Carbon County an. Er sagte ihm, er solle sich in seinen Helikopter schwingen und so schnell wie möglich einsatzbereit melden. Dann wartete er auf den unvermeidlichen Anruf von Big Bill Braddock.

Sheriff Paul Lewis war ein guter Polizist, durch nichts aus der Ruhe zu bringen, streng, aber freundlich. Ihm war es lieber, Leuten aus der Patsche zu helfen, als sie einzusperren, doch Gesetz war Gesetz, und er zögerte nicht, es durchzusetzen.

Sein Großvater war Soldat bei der Kavallerie gewesen und in der Prärie gefallen. In Fort Lincoln hatte er eine Frau und einen kleinen Sohn hinterlassen. Die Witwe heiratete einen anderen Soldaten, der im Westen von Montana stationiert wurde. Sein Vater war in diesem Staat aufgewachsen und zweimal verheiratet gewesen. Aus der ersten Ehe, geschlossen 1900, stammten zwei Töchter. Nach dem Tod seiner Frau hatte er erneut geheiratet und im reifen Alter von fünfundvierzig Jahren 1920 seinen einzigen Sohn gezeugt.

Sheriff Lewis war jetzt achtundfünfzig und würde in zwei Jahren in Pension gehen. Für die Zeit danach hatte er gewisse Seen in Montana und Wyoming im Auge, deren Forellenbestand sich seiner persönlichen Aufmerksamkeit erfreuen würde.

Er war nicht zu der Hochzeit eingeladen worden und musste auch nicht lange rätseln, warum. Im Lauf der Jahre hatten seine Leute insgesamt viermal gegen Kevin Braddock ermittelt, immer im Zusammenhang mit Kneipenschlägereien. Die Besitzer der Läden waren jedes Mal großzügig entschädigt worden und hatten keine Anklage erhoben. Raufereien unter jungen Männern betrachtete der Sheriff vergleichsweise locker, wenn Braddock junior allerdings ein Bar-Girl zusammenschlug, das sich seinen recht seltsamen Neigungen verweigert hatte, konnte er ziemlich ungemütlich werden.

Der Sheriff hatte ihn ins Kittchen gesteckt und hätte seinerseits auf eine Anklageerhebung hingewirkt, doch das Mädchen hatte sich plötzlich daran erinnert, dass sie nur die Treppe hinuntergefallen war.

Es gab noch eine Information, die der Sheriff für sich behalten hatte. Vor drei Jahren war er von einem Freund aus Polizeischultagen von Helena City aus angerufen worden. Der Kollege berichtete, dass seine Beamten eine Razzia in einem Nachtclub durchgeführt hätten. Die Personalien aller Anwesenden waren aufgenommen worden. Einer von ihnen hieß Kevin Braddock. Wenn er irgendwelche Drogen bei sich gehabt hatte, war er sie rechtzeitig losgeworden und musste deshalb freigelassen werden. Doch der Club war eine reine Schwulenbar gewesen.

Das Telefon klingelte. Es war Mr. Valentino, Big Bill Braddocks persönlicher Anwalt.

»Vielleicht haben Sie schon gehört, was heute Nachmittag passiert ist, Sheriff. Ihre Beamten waren ja Minuten später am Tatort.«

»Ich habe gehört, dass nicht alles nach Plan gelaufen ist.«

»Kommen Sie mir bloß nicht so gönnerhaft, Sheriff Lewis. Was sich ereignet hat, war ein Fall von brutaler Entführung, und der Verbrecher muss gefasst werden.«

»Ich verstehe, Herr Anwalt. Aber ich habe hier einen Stapel Aussagen von Gästen und Bedienungspersonal vorliegen, die übereinstimmend erklären, dass die junge Dame beim Besteigen des Pferdes aktive Hilfe geleistet hat und dass sie zuvor eine Affäre mit dem jungen Reiter hatte. Das klingt mir mehr nach Durchbrennen.«

»Das ist doch Wortklauberei, Sheriff. Wenn das Mädchen das Verlöbnis hätte lösen wollen, hätte ihr das doch jederzeit frei gestanden. Das Mädchen ist gewaltsam entführt worden. Der Täter hat Mr. Braddocks Grundstück unbefugt betreten, zwei Mitarbeiter seines Personals ins Gesicht getreten und vorsätzlich beträchtlichen Sachschaden angerichtet. Mr. Braddock wird Anzeige erstatten. Fangen Sie diesen Rowdie ein, oder sollen wir es tun?«

Sheriff Lewis mochte es nicht, wenn man ihm drohte.

»Ich hoffe, Sie und Ihr Mandant haben nicht vor, die Sache selbst in die Hand zu nehmen. Das wäre äußerst unklug.«

Der Anwalt ignorierte die Gegendrohung.

»Mr. Braddock ist äußerst besorgt um die Sicherheit seiner Schwiegertochter. Er hat das Recht, nach ihr zu suchen.«

»Wurde die Trauungszeremonie zu Ende geführt?«

»Wie meinen?«

»Sind der Sohn Ihres Mandanten und Miss Pickett tatsächlich rechtmäßig verheiratet?«

»Nun...«

»In diesem Fall handelt es sich also keineswegs um die Schwiegertochter Ihres Mandanten. Es besteht vielmehr keinerlei verwandtschaftliches Verhältnis.«

»Bis auf weiteres ist sie noch immer die Verlobte des Sohnes meines Mandanten. Dann wird er eben als besorgter Bürger aktiv. Wollen Sie diesen Rowdie jetzt einfangen? Ich kann mich auch an Helena wenden.«

Sheriff Lewis seufzte. Er wusste, wie viel Einfluss Bill Braddock auf einige Abgeordnete in der Hauptstadt des Staates hatte. Doch auch davor hatte er keine Angst. Aber dieser junge Mann, Ben Craig, hatte unbestreitbar Straftaten begangen.

»Sobald wir ihn aufgespürt haben, bin ich zur Stelle«, sagte er. Als er den Hörer auflegte, dachte er, dass es vielleicht klüger wäre, wenn er die Turteltäubchen vor Braddocks bewaffneten Männern erreichte. Sein Hubschrauberpilot meldete sich. Es war fast vier Uhr, in zwei Stunden würde die Sonne untergehen.

»Jerry, ich möchte, dass du die Bar-T-Ranch ansteuerst und dann nach Süden in Richtung der Pryors fliegst. Halt nach vorn und zu beiden Seiten die Augen offen.«

»Wonach suche ich denn, Paul?«, kam die Stimme über den Äther.

»Nach einem einzelnen Reiter auf dem Weg nach Süden, wahrscheinlich in die Berge. Bei ihm im Sattel sitzt ein Mädchen in einem weißen Hochzeitskleid.«

»Willst du mich verarschen?«

»Nein. Irgendein dahergelaufener Viehtreiber hat sich die Verlobte von Bill Braddocks Sohn vom Traualtar weggeschnappt.«

»Ich glaube, der Typ ist mir schon jetzt sympathisch«, sagte der Pilot und ließ den Flugplatz von Billings hinter sich.

»Finde ihn einfach für mich, Jerry.«

»Kein Problem. Wenn er da draußen ist, kriege ich ihn. Ende.«

Fünf Minuten später schwebte er über der Bar-T-Ranch und stellte einen direkten Südkurs ein. Er hielt sich in tausend Fuß Höhe, tief genug, um einen Reiter im Gelände noch erkennen zu können, und gleichzeitig so hoch, dass er nach rechts und links zehn Meilen weit gute Sicht hatte.

Zu seiner Rechten erkannte er den Highway 310 und die Eisenbahnlinie, die nach Süden zu dem Dorf Warren und weiter über die Ebene nach Wyoming führte. Vor sich sah er die Gipfel der Pryors. Für den Fall, dass der Reiter versucht hatte, seiner Entdeckung zu entgehen, indem er sich weiter westlich auf der anderen Seite der Straße hielt, hatte Sheriff Lewis die Highway Patrol angewiesen, die 310 zu kontrollieren und links und rechts der Straße nach einem Reiter Ausschau zu halten, dessen Gestalt sich über das Präriegras erhob.

Auch Big Bill Braddock war nicht müßig gewesen. Er hatte es seinem Personal überlassen, sich mit den anarchischen Zuständen in Haus und Garten auseinander zu setzen, und sich mit seinen Sicherheitsleuten in sein Büro zurückgezogen. Braddock war auch vorher nicht als besonders leutseliger Typ bekannt gewesen, doch derart fuchsteufelswild hatten ihn seine Männer noch nie erlebt. Eine Weile saß er schweigend an seinem Schreibtisch, um ihn herum ein Dutzend Männer, die auf Befehle warteten.

»Was sollen wir machen, Boss?«, fragte einer von ihnen schließlich.

»Nachdenken«, knurrte der Rancher. »Nachdenken. Er ist allein auf einem schwer beladenen Pferd. Das heißt, sein Bewegungsradius ist eingeschränkt. Wohin kann er reiten?«

Der ehemalige Elitesoldat studierte die Karte des County an der Wand.

»Auf keinen Fall nach Norden. Da müsste er den Yellowstone überqueren. Zu tief. Also nach Süden. Zurück zu diesem nachgebauten Fort in den Hügeln?«

»Genau. Ich will zehn bewaffnete Männer. Ihr fächert euch auf eine Front von fünf Meilen auf, reitet wie der Teufel nach Süden und überholt ihn.«

Als die zehn Viehtreiber ihre Pferde gesattelt hatten, richtete er draußen noch einmal das Wort an sie: »Ihr habt eure Funkgeräte. Haltet Verbindung. Wenn ihr ihn seht, ruft Verstärkung. Wenn ihr ihn in die Enge getrieben habt, holt euch das Mädchen. Wenn er sie oder euch bedroht, wisst ihr ja, was zu tun ist. Ich denke, ihr versteht mich. Ich will das Mädchen zurück, nur sie. Und jetzt los.«

Die zehn Reiter trabten durch das Haupttor, verteilten sich und fielen in gestreckten Galopp. Der Flüchtige hatte vierzig Minuten Vorsprung, doch sein Pferd musste zwei Reiter sowie Satteltaschen, ein Gewehr und ein schweres Büffelfell tragen.

In der Ranch erstattete Anwalt Valentino Bericht.

»Der Sheriff scheint das Ganze nicht sonderlich ernst zu nehmen. Doch er wird eine Suche starten. Streifenwagen auf den Straßen und wahrscheinlich ein Hubschrauber«, sagte er.

»Er darf auf keinen Fall als Erster da sein«, bellte Braddock. »Aber ich will wissen, was für Informationen er bekommt. Max, ab in den Funkraum. Alle Polizeifunkkanäle des County müssen rund um die Uhr abgehört werden. Außerdem möchte ich meinen eigenen Helikopter da oben. Er soll diesen Nichtsnutz von einem Viehtreiber aufspüren und die Reiter zu ihm führen. Das heißt, wir brauchen mehr als einen. Charter am Flugplatz noch zwei Hubschrauber. Los, zack, zack.«

Sie alle irrten. Der Professor, der Sheriff und Braddock. Der Scout ritt nicht in die Pryors. Er wusste, dass das zu offensichtlich war.

Fünf Meilen südlich der Ranch hatte er Halt gemacht, eine der Satteldecken genommen und sie um Whispering Wind gehüllt. Sie war hellrot, verhüllte jedoch das leuchtende Weiß des Kleides. Von Hubschraubern hatte er allerdings noch nie gehört. Nach der Rast ritt er in südwestlicher Richtung weiter, wo er, wie er sich zu erinnern glaubte, im vergangenen Frühling einen langen Streifen schwarzen Steins überquert hatte.

Nach einer Meile konnte er eine Reihe von Masten erkennen, zwischen denen Drähte gespannt waren, die sich erstreckten, so weit das Auge reichte. Es waren die Telefonleitungen über der parallel zum Highway verlaufenden Burlington-Bahnlinie.

Um halb drei meldete Larry sich aus seinem schwebenden Sikorski.

»Paul, ich dachte, du hast gesagt, wir suchen einen einzelnen Reiter? Da unten ist eine ganze verdammte Armee unterwegs.«

Braddocks Verfolger, dachte der Sheriff.

»Was siehst du genau, Jerry?«

Seine Stimme wurde durch Knacken und Rauschen verzerrt.

»Ich zähle mindestens acht Reiter, die mit leichtem Gepäck in einer Linie nach Süden galoppieren. Außerdem ist noch ein Helikopter in der Luft, der über den Gebirgsausläufern unweit des nachgebauten Fort in der Luft schwebt.«

Lewis fluchte leise. Er wünschte, er würde mit in dem Hubschrauber und nicht in seinem Büro sitzen.

»Larry, wenn du die Flüchtigen irgendwo entdeckst, versuche unbedingt, zuerst zu ihnen zu gelangen, denn wenn Braddocks Gangster den Jungen als Erste erwischen, ist sein Leben keinen Pfifferling mehr wert.«

»So sieht's aus, Paul. Ich suche weiter.«

In der Ranch streckte der Leiter der Funküberwachung den Kopf in die Tür.

»Mr. Braddock, Sir, der Hubschrauber des Sheriffs ist direkt über unserer Truppe.«

»Damit haben wir Augenzeugen«, sagte Max.

»Sag meinen Jungs, sie sollen weitersuchen«, knurrte Braddock. »Um mögliche Gerichtsverfahren kümmern wir uns später.«

Als um fünf vor fünf eine Meldung einging, war Sheriff Lewis doch froh, dass er in seinem Büro geblieben war, wo er die Gesamtsituation unter Kontrolle hatte. »Ich hab sie«, rief eine aufgeregte Stimme.

»Wer da? Identifizieren Sie sich.«

»Wagen Tango eins. Auf der 310. Er hat gerade den Highway überquert und reitet nach Südwesten. Ich hab ihn kurz gesehen, bevor er hinter ein paar Bäumen verschwunden ist.«

»Wo auf der 310?«

»Vier Meilen nördlich von Bridger.«

»Bestätigen Sie, dass sich die Zielperson jetzt westlich des Highway befindet«, befahl Lewis.

»Absolut positiv, Sheriff.«

»Bleiben Sie auf dem Highway für den Fall, dass er die Straße erneut überquert.«

»Roger.«

Sheriff Lewis betrachtete die Karte an der Wand. Wenn der Reiter seinen Kurs hielt, würde er auf eine weitere Bahnlinie sowie die sehr viel größere Interstate 212 stoßen, die durch die Berge nach Park County, Wyoming führte.

Auf der Interstate fuhren zwei Wagen der Highway-Patrol-Streife. Er bat sie, ihre Patrouille weiter südlich fortzusetzen und die Augen nach einem Reiter offen zu halten, der versuchte, die Interstate von Osten nach Westen zu überqueren. Dann funkte er seinen Hubschrauberpiloten an.

»Jerry, er ist gesehen worden. Ein ganzes Stück westlich von deiner Position. Kannst du dorthin fliegen? Etwa vier Meilen nördlich von Bridger. Er ist wieder in offenem Gelände.«

»Okay, Paul, aber ich werde demnächst Probleme mit dem Sprit kriegen, und außerdem dämmert es bereits.«

Der Sheriff betrachtete erneut die Karte der winzigen Gemeinde von Bridger.

»Bei Bridger gibt es eine Landebahn. Flieg deinen Tank leer und geh dann runter. Vielleicht musst du dort übernachten. Ich sag Jenny Bescheid.«

In der Ranch war all das mitgehört worden. Max studierte die Landkarte.

»Er reitet nicht in die Pryors. Zu offensichtlich. Er ist unterwegs in die Wildnis und weiter zur Beartooth Range. Er hat wahrscheinlich vor, den Gebirgszug zu überqueren und in Wyoming unterzutauchen. Clever. Das würde ich auch machen.«

Braddocks Funker dirigierte die zehn Reiter Richtung Westen um, wo sie auf der anderen Seite des Highway weitersuchen sollten. Sie willigten ein, gaben jedoch zu bedenken, dass ihre Pferde völlig erschöpft waren, weil sie sie fünfzehn Meilen so gehetzt hatten. Außerdem wurde es dunkel.

»Wir sollten ein paar Leute mit Autos auf der Interstate postieren«, meinte Max. »Die muss er überqueren, wenn er in die Wildnis will.«

Zwei große Landrover mit jeweils vier Mann wurden losgeschickt.

Als die Interstate vor ihm auftauchte, stieg Ben Craig ab, kletterte auf einen Baum auf einer kleinen Anhöhe und betrachtete die Barriere. Sie erhob sich über die Ebene, daneben verlief ein weiteres Gleis der Burlington-Linie. Hin und wieder kam ein Wagen in nördlicher oder südlicher Richtung vorbei. Meilenweit erstreckte sich das Ödland, raues, unwegsames Gelände aus ausgetrockneten Flussläufen, Felsen und ungemähtem Präriegras, das einem Pferd bis zum Bauch reichte. Er kletterte wieder herunter und nahm die Zunderbüchse aus seiner Satteltasche.

Eine leichte Brise von Osten fachte das Feuer an, sodass es sich rasch ausbreitete und wenig später wie eine Wand von etwa einer Meile Länge auf die Straße zubewegte. Rauchwolken stiegen in den dunkler werdenden Himmel, und der Wind trieb sie schneller als das Feuer nach Westen, bis die Straße in dichten Schwaden verschwunden war.

Der Streifenwagen fünf Meilen weiter nördlich entdeckte den Rauch und fuhr nach Süden, um nachzusehen. Als der Qualm dicker und dunkler wurde, hielten die beiden Polizisten an, allerdings einen Moment zu spät, denn Sekunden später waren sie von Rauchwolken umhüllt, und es blieb ihnen nichts anderes übrig, als zurückzusetzen.

Der Sattelschlepper, der Richtung Süden nach Wyoming unterwegs war, bemühte sich nach Kräften, den Rücklichtern auszuweichen, als er sie sah. Seine Bremsen funktionierten einwandfrei, und der Truck kam rechtzeitig zum Stehen. So viel Glück hatte der Lkw hinter ihm nicht.

Sattelschlepper sind sehr gelenkig und wendig, solange sie sich nicht quer stellen. Doch genau das passierte. Der zweite Truck fuhr auf den ersten auf, beide stellten sich quer, durchbrachen den Mittelstreifen und blockierten den Highway in beiden Richtungen. Wegen der Steilhänge links und rechts der Fahrbahn war es unmöglich, das Hindernis zu umfahren.

Die Streifenpolizisten konnten über Funk noch eine Meldung durchgeben, bevor sie ihr Fahrzeug verlassen und mit den Lkw-Fahrern ein Stück die Straße hinauf flüchten mussten, um den dichten Rauchschwaden zu entkommen.

Die Meldung reichte, um mehrere Feuerwehrzüge und schwere Räumfahrzeuge Richtung Süden in Bewegung zu setzen, wo sie sich um das Chaos kümmern sollten. Es dauerte die ganze Nacht, doch bis zum Morgengrauen hatten sie den Highway wieder frei. Die entsprechenden Stellen in Wyoming wurden benachrichtigt und hielten sämtlichen Verkehr südlich der Berge auf. Nur diejenigen, die schon auf dem Highway waren, saßen die ganze Nacht fest.

In der allgemeinen Verwirrung und in den Rauchwolken unsichtbar trottete ein einzelner Reiter über den Highway und in die unwegsame Wildnis im Westen. Der Mann trug ein Halstuch als Mundschutz, das Mädchen, das hinter ihm auf dem Sattel saß, war von einer Decke geschützt.

Auf der anderen Seite des Highway stieg der Reiter ab. Die Muskeln unter dem glänzenden Schweißfilm auf Rosebuds Fell zuckten vor Anstrengung, dabei lagen noch weitere zehn Meilen durch den Wald vor ihnen. Whispering Wind rutschte auf dem Sattel nach vorn, doch sie wog nur halb so viel wie ihr Geliebter.

Die Decke glitt ihr von der Schulter, und ihr Kleid schimmerte weiß im Halbdunkel; ihr offenes Haar fiel ihr über die Schulter.

»Ben, wohin gehen wir?«

Er wies nach Süden, wo die Gipfel der Beartooth Range flammend rot in den letzten Strahlen der Sonne aufragten. Wächter über ein anderes, besseres Leben.

»Durch die Berge nach Wyoming. Dort baue ich uns eine Hütte und fische und jage für dich. Wir werden frei sein und ewig leben.«

Da lächelte sie, denn sie liebte ihn sehr, glaubte ihm und war wieder glücklich.

Braddocks Privatpilot hatte keine andere Wahl, als umzukehren. Sein Tank war fast leer und das Gelände unter ihm zu dunkel, um noch Details zu erkennen. Mit den letzten Tropfen der Reserve landete er auf der Ranch.

Die zehn Reiter trotteten auf ihren erschöpften Pferden in die kleine Gemeinde Bridger und fragten nach einer Unterkunft. Sie aßen zu Abend und bereiteten sich mit ihren Satteldecken ein Lager.

Jerry landete den Helikopter des Sheriffs auf dem kleinen Flugplatz von Bridger, wo ihm der Betreiber ein Bett für die Nacht anbot.

Auf der Ranch übernahm der ehemalige Green Beret die Planung. Zehn Mann seiner Privatarmee waren in Bridger gestrandet; acht weitere saßen ein Stück stromaufwärts wegen der Sperrung des Interstate Highway in ihren Fahrzeugen fest. Max sah Bill Braddock und die verbliebenen zwölf Männer an. Er plante einen Feldzug und war in seinem Element wie damals in Vietnam. Eine große Karte des County zierte die Wand.

»Plan eins«, sagte er, »den Pass vollkommen abriegeln. Genau hier verläuft eine tiefe Schlucht oder ein Hohlweg direkt durchs Gebirge nach Wyoming. Die Schlucht heißt Rock Creek. Der Highway verläuft parallel dazu bis zur Südseite des Gebirgszugs.

Vielleicht bleibt unser Mann in den begrasten Hügeln, um die steilen Hänge zu beiden Seiten zu meiden. Sobald der Interstate Highway wieder frei ist, müssen unsere Jungs dorthin rasen und die Straße an der Staatsgrenze im Auge behalten. Wenn er auftaucht, wissen sie, was zu tun ist.«

»Einverstanden«, knurrte Braddock. »Und was, wenn er versucht, die ganze Nacht durchzureiten?«

»Das kann er nicht, Sir. Sein Pferd muss aus dem letzten Loch pfeifen. Ich vermute, dass er die Straße überquert hat, weil er unterwegs in den Wald und weiter in die Berge ist. Wie Sie sehen, muss er durch den ganzen Custer National Forest immer bergauf bis zu einer Schlucht namens West Fork. Die muss er überqueren und von dort weiter auf diese Hochebene, das Silver-Run-Plateau. Daher Plan zwei.

Wir benutzen die beiden Hubschrauber, um über ihn hinwegzufliegen und laden unterwegs die zehn Mann in Bridger ein. Die Männer verteilen wir in Gefechtsformation über dieses Plateau. Wenn er aus dem Wald auf die felsige Hochebene kommt, wird er für die Männer, die hinter den Felsen auf dem Plateau verborgen auf ihn warten, ein leichtes Ziel sein.«

»Sofort anordnen«, befahl Braddock. »Was noch?«

»Plan drei, Sir. Der Rest von uns stößt bei Anbruch der Dunkelheit auf Pferden in den Wald vor und hetzt ihn auf die Hochebene. So oder so werden wir ihn in die Enge treiben wie Jagdwild.«

»Und wenn wir im Wald auf ihn stoßen?«

Max lächelte genussvoll.

»Nun, Sir, ich bin ein ausgebildeter Dschungelkämpfer. Und unter den Männern sind noch drei oder vier, die in Vietnam gedient haben. Ich möchte sie alle dabei haben. Wenn er versucht, sich im Wald zu verschanzen, gehört er mir.«

»Wie kriegen wir die Pferde dorthin, wenn der Highway blockiert ist?«, fragte einer der anderen.

Max fuhr mit dem Finger an einer schmalen Linie auf der Karte entlang.

»Es gibt eine kleine Nebenstraße. Sie geht fünfzehn Meilen westlich von hier vom Billings Highway ab und endet in Red Lodge, direkt am Anfang der Rock-Creek-Schlucht. Wir transportieren die Pferde über Nacht in Trailern, satteln sie beim ersten Morgengrauen und nehmen die Verfolgung auf.«

Braddock nickte.

»Noch eins, Major. Ich komme mit Ihnen, genau wie Kevin. Es wird Zeit, dass wir beide das Ende eines Mannes sehen, der mich heute gedemütigt hat.«

Sheriff Lewis hatte ebenfalls eine Karte und war zu ähnlichen

Schlüssen gekommen. Er bat bei der Stadt Red Lodge um Unterstützung, und man versprach ihm zwölf frische und bei Sonnenaufgang fertig gesattelte Pferde. Zur selben Zeit würde Jerry den Hubschrauber voll tanken und sich zum Start bereithalten.

Eine Nachfrage beim Räumungskommando auf dem Interstate Highway ergab, dass die Straße um vier Uhr morgens wieder frei sein würde. Er bat darum, dass man seine Wagen als Erste durchließ. Dann konnte er um halb fünf in Red Lodge sein.

Obwohl es ein Sonntag war, hatte er keine Mühe, Freiwillige zu finden. Polizeiarbeit in einem County voller friedfertiger Menschen konnte ziemlich ereignislos sein, aber eine echte Menschenjagd setzte für gewöhnlich genug Adrenalin frei. Neben Jerry wartete ein weiterer privater Pilot mit einem Erkundungsflugzeug in Bereitschaft, dazu zehn Mann für die Suche am Boden. Das sollte für einen Reiter genug sein. Er starrte lange und grimmig auf die Karte.

»Bitte, geh nicht in den Wald, Junge«, murmelte er. »Dort könnte es verdammt schwer werden, dich zu finden.«

Zur selben Zeit erreichten Ben Craig und Whispering Wind den Waldrand und verschwanden zwischen den Bäumen. Unter dem dichten Dach von Tannen und Kiefern war es stockduster. Nach einer halben Meile schlug Craig ein Lager auf. Er befreite die erschöpfte Rosebud von ihrer Last. Zwischen den Bäumen fand die Stute ein Rinnsal mit frischem Wasser und kräftigende Nahrung. Sie begann sich langsam zu erholen.

Der Scout zündete kein Feuer an, doch Whispering Wind brauchte auch keins. Sie rollte sich in das Büffelfell und schlief sofort ein. Craig nahm seine Axt und ging in den Wald. Sechs Stunden blieb er weg. Als er zurückkam, schlief er eine Stunde und brach dann das Lager ab. Er wusste, dass irgendwo dort oben der Bach lag, an dem er vor langer Zeit die Kavallerie und die Cheyenne abgehängt hatte. Er wollte ihn überqueren und das andere Ufer erreichen, bevor seine Verfolger in Schussweite kamen.

Rosebud war frischer, wenn auch nicht völlig erholt von den Strapazen des Vortags. Er führte sie am Halfter. Trotz der Rast verlor sie schnell an Kraft, obwohl sie bis hinauf in den Schutz der Gipfel noch viele Meilen vor sich hatten.

Er ging eine Stunde zu Fuß, wobei er sich an den Sternen orientierte, die er zwischen den Bäumen funkeln sah. Weit im Osten färbte die aufgehende Sonne den Himmel über den heiligen Black Hills von Dakota zart rosa. Er kam an die erste Schlucht auf seinem Weg, eine Runse namens West Fork.

Er wusste, dass er schon einmal hier gewesen war und es einen Weg hinüber gab, wenn er ihn nur finden könnte. Es dauerte eine Stunde. Rosebud trank von dem kühlen Wasser, bevor sie die steile Böschung des anderen Ufers erklommen, wobei die Hufe des Pferds immer wieder abrutschten.

Als sie es geschafft hatten, gönnte Craig Rosebud eine weitere Pause an einem geschützten Platz, von dem aus man die Schlucht überblicken konnte. Er wollte sehen, wie viele Verfolger es waren. Er wusste, dass sie auf frischen Pferden kommen würden, doch eines war anders. Diese Verfolger hatten seltsame Eisenkästen, die sich unter drehenden Flügeln und wie ein brunftiger Elch brüllend durch die Luft bewegten. Er hatte diese fliegenden Kisten am Tag zuvor über dem Ödland gesehen.

Das Räumkommando hielt Wort, und der Interstate Highway war kurz nach vier Uhr morgens frei. Die beiden Wagen von Sheriff Lewis wurden von einem Beamten der Highway Patrol durch die Fahrzeugschlange bis zum Anfang des Staus geschleust und fuhren zu dem fünfzehn Meilen weiter südlich gelegenen Städtchen Red Lodge.

Acht Minuten später wurden sie von zwei großen Landrovern überholt, die mit hoher Geschwindigkeit unterwegs waren.

»Sollen wir sie verfolgen?«, fragte der Fahrer des Streifenwagens.

»Lass sie fahren«, meinte der Sheriff.

Die Landrover rasten dröhnend durch die erwachende Ortschaft Red Rock weiter ins Tal zu der Stelle, wo der Interstate Highway die Rock-Creek-Schlucht streift. Die Schlucht wurde enger, die Hänge steiler. Rechts fiel die Böschung knapp zweihundert Meter fast senkrecht zu der Klamm hin ab, links erhob sich ein schroffer bewaldeter Hang. Die Haarnadelkurven wurden enger und enger.

Aus der fünften Kurve kam das führende Fahrzeug zu schnell, um noch den Kiefernstamm zu sehen, der quer über der Straße lag. Die Karosse des Landrovers schaffte es auf die Südseite, die vier Räder blieben im Norden. In dem Fahrzeug saßen fünf Personen mit zusammen zehn Beinen, von denen vier gebrochen waren. Des Weiteren gab es drei gebrochene Arme, zwei Schlüsselbeinfrakturen und eine ausgerenkte Hüfte.

Der Fahrer des zweiten Fahrzeugs musste sich rasch entscheiden: Entweder er riss das Steuer nach rechts und fiel in die Schlucht, oder er riss es nach links und raste in den Berg. Er entschied sich für links, und der Berg blieb Sieger.

Zehn Minuten später taumelte der am wenigsten verletzte Mann den Highway hinauf, um Hilfe zu holen, als der erste Sattelschlepper gerade um eine Kurve bog. Die Bremsen funktionierten nach wie vor einwandfrei. Der Truck kam rechtzeitig zum Stehen, stellte sich jedoch erneut quer, worauf sich der Anhänger wie aus stillem Protest gegen diese andauernden Demütigungen gemächlich auf die Seite legte.

Derweil war Sheriff Lewis mit seiner Truppe von sieben Hilfssheriffs in Red Lodge eingetroffen, wo sie von einem einheimischen Polizisten mit einer Reihe geliehener Pferde erwartet wurden. Außer ihm waren noch zwei Forest Ranger anwesend. Einer von ihnen breitete eine Karte auf der Kühlerhaube eines Wagens aus und deutete auf die Landmarken im Custer National Forest.

»Der Wald wird von Osten nach Westen durch diese Schlucht, den West Fork Creek, geteilt«, sagte er. »Auf dieser Seite der Schlucht gibt es Wege und Zeltplätze für Touristen im Sommer. Auf der anderen Seite beginnt die echte Wildnis. Wenn

Ihr Mann die Schlucht überquert hat, müssen wir ihm wohl oder übel folgen. Da kommt man mit Fahrzeugen nicht durch, deshalb die Pferde.«

»Wie dicht ist der Wald dort drüben?«

»Sehr dicht«, sagte der Ranger. »Bei dem milden Wetter stehen die Laubbäume noch in voller Pracht. Dann kommt ein Kiefernwald, dem folgt ein Felsplateau bis zu den Gipfeln. Kann Ihr Mann dort oben überleben?«

»Soweit ich weiß, ist er in der Wildnis geboren und aufgewachsen«, erwiderte der Sheriff seufzend.

»Kein Problem, wir haben ja die moderne Technik«, meinte der andere Ranger. »Hubschrauber, Erkundungsflugzeuge, Walkie-Talkies. Wir werden ihn schon finden.«

Die Truppe wollte die Wagen zurücklassen, als über Funk eine Meldung aus dem Büro des Sheriffs kam. Der Flugleiter des Flugplatzes in Billings Field wurde durchgestellt.

»Ich hab hier zwei Helikopter, die auf eine Starterlaubnis warten«, sagte der Mann im Kontrollturm. Er und Sheriff Lewis kannten sich seit Jahren. Sie gingen zusammen Forellen fischen, und es gibt kaum etwas, was zwei Männer stärker verbindet.

»Ich hätte ihnen die Starterlaubnis schon erteilt, aber Big Bill Braddock hat sie gechartert. Sie haben Kurs auf Bridger angemeldet. Jerry sagt, du hast da unten ein Problem. Hat das was mit der Hochzeit auf der Bar-T-Ranch zu tun? Es ist überall in den Morgennachrichten.«

»Halte sie hin. Gib mir zehn Minuten.«

»Wird erledigt.« Den wartenden Hubschrauberpiloten sagte der Flugleiter: »Starterlaubnis ausgesetzt. Wir haben ein landendes Flugzeug.«

Sheriff Lewis erinnerte sich, dass Jerry von einer Truppe bewaffneter Reiter berichtet hatte, die nach Süden unterwegs war, um den Flüchtigen zu verfolgen. Die waren fernab der Ranch von der Dunkelheit überrascht und gezwungen worden, in der offenen Prärie oder in Bridger zu übernachten. Aber warum ritten sie nicht auf frischen Pferden zurück, wenn sie zur Ranch zurückbeordert worden waren? Er bat, mit einem weiteren Freund verbunden zu werden, dem Leiter der FAA, der Bundesbehörde für Flugsicherung in Helena. Der Beamte musste geweckt werden und kam knurrend ans Telefon: »Ich hoffe bloß, es ist was Wichtiges, Paul. Ich hasse Ruhestörungen am Sonntag.«

»Ich hab ein kleines Problem mit zwei Ausreißern, die beschlossen haben, in die Wildnis von Absaroka zu fliehen. Wir werden sie mit einer Truppe Hilfssheriffs und Rangers verfolgen, um sie einzufangen. Offenbar gibt es in der Gegend aber auch ein paar besorgte Bürger, die das Ganze zu einem fröhlichen Truthahnschießen umfunktionieren wollen. Und später kommen dann garantiert die Medien. Könntest du den Luftraum über dem betroffenen Gebiet sperren?«

»Klar.«

»Am Flugplatz von Billings warten zwei Hubschrauber auf eine Starterlaubnis.«

»Wer sitzt in Billings im Tower?«

»Chip Anderson.«

»Überlass das ruhig mir.«

Zehn Minuten später rief der Kontrollturm die Helikopter.

»Tut uns Leid. Das landende Flugzeug hat abgedreht. Sie haben jetzt Starterlaubnis bis auf den von der FAA zeitweilig reservierten Luftraum.«

»Was für ein zeitweilig reservierter Luftraum?«

»Der gesamte untere Luftraum des Kontrollbezirks über der Wildnis von Absaroka.«

In Fragen des Luftraums und der Luftverkehrssicherheit war das Wort der FAA Gesetz, und die gecharterten Piloten hatten keine Lust, ihre Lizenz zu verlieren. Die Motoren wurden abgeschaltet, die Rotorblätter kamen langsam zum Stehen.

Big Bill Braddock und seine verbliebenen zehn Männer hatten Red Lodge über die von Nordwesten kommende Nebenstraße noch vor Morgengrauen erreicht. Fünf Meilen vor der

Stadt ließen sie am Waldrand die Pferde aus den Anhängern, überprüften ihre Waffen, saßen auf und ritten in den Wald.

Braddock hatte ein tragbares Funkgerät dabei und stand in ständigem Kontakt mit der Zentrale in der Ranch. Als über dem dichten Blätterdach der Morgen dämmerte, erfuhr er, dass zehn seiner Männer in Red Lodge auf Bahren von der Interstate getragen wurden, während weitere zehn ohne Starterlaubnis in Bridger festsaßen. Plan eins und zwei des Majors waren hinfällig.

»Dann schnappen wir uns den Mistkerl eben selbst«, knurrte der Rancher. Sein Sohn, der sich im Sattel sichtlich unwohl fühlte, nahm einen Schluck aus seiner Feldflasche. Die Bande verteilte sich auf einer Breite von einer viertel Meile, drang in den Wald ein und suchte den Boden nach frischen Hufspuren ab. Nach einer halben Stunde entdeckte einer von ihnen etwas: Rosebuds Hufspuren sowie Abdrücke von Mokassins. Per Funkgerät alarmierte er die anderen, und gemeinsam folgten sie der Fährte. Eine Meile hinter ihnen drang Sheriff Lewis mit seiner Truppe in das dichte Unterholz ein.

Die Ranger mit ihren scharfen Augen brauchten keine zehn Minuten.

»Wie viele Pferde hat der Mann?«, fragte einer.

»Nur das eine«, sagte Lewis.

»Wir haben hier aber nicht nur die Hufabdrücke von einem Tier«, erwiderte der Ranger. »Ich zähle mindestens die von vieren.«

»Der verdammte Blödmann«, meinte der Sheriff und rief per Funk sein Büro, um sich von dort mit der Privatvilla von Rechtsanwalt Valentino verbinden zu lassen.

»Mein Mandant macht sich allergrößte Sorgen um die Sicherheit der jungen Dame, Sheriff Lewis. Möglicherweise hat er einen Suchtrupp zusammengestellt. Ich versichere Ihnen, dass das vollkommen rechtmäßig ist.«

»Mr. Valentino, wenn diesen jungen Leuten irgendwas passiert, wenn einer von beiden getötet wird, werde ich wegen

Mordes ermitteln. Das können Sie Ihrem Mandanten ausrichten.«

Er schaltete das Funkgerät ab, bevor der Anwalt protestieren konnte.

»Paul, der Junge hat ein Mädchen entführt und ist mit einem Gewehr bewaffnet«, murmelte der dienstälteste Hilfssheriff Tom Barrow. »Sieht so aus, als könnten wir gezwungen sein, erst zu schießen und dann Fragen zu stellen.«

»Es gibt einen Haufen Zeugenaussagen, dass das Mädchen freiwillig auf das Pferd gesprungen ist«, fauchte Lewis. »Ich will wegen eines Haufens Scherben keinen jungen Menschen erschießen.«

»Und zwei Tritten ins Gesicht.«

»Schon gut, und zwei Tritten ins Gesicht.«

»Und ein Präriebrand, dessentwegen die Interstate dicht gemacht werden musste.«

»Ja, ja, ich weiß, die Liste ist ganz schön lang. Aber er ist allein da oben mit einem hübschen Mädchen, einem erschöpften Pferd und einem Gewehr aus dem Jahr 1852. Ach ja, und mit Pfeil und Bogen. Wir haben die gesamte Technik zur Verfügung, er gar keine. Also, übertreib mal nicht. Und folg weiter den Spuren.«

Ben Craig lag unsichtbar im Dickicht, als der erste Reiter die Schlucht erreichte. Aus fünfhundert Metern Entfernung konnte er die hoch aufragende Gestalt von Big Bill Braddock ausmachen, daneben seinen sehr viel kleineren Sohn, der in dem Versuch, sein wund gerittenes Hinterteil zu schonen, auf dem Sattel hin und her rutschte. Einer der Männer neben Braddock trug keine Rancherkleidung, sondern einen Tarnanzug, Militärstiefel und eine Baskenmütze.

Sie hatten nicht lange nach einem Weg die steile Böschung hinab zu dem Bach suchen müssen, genauso wenig wie nach dem Pfad, der auf der anderen Seite wieder hinaufführte. Sie waren einfach Rosebuds Spuren gefolgt, wie er es vorausgesehen hatte. Whispering Wind konnte auf ihren Seidenpumps ohnehin nicht laufen und Rosebud ihre Spuren in dem weichen Boden schlecht verbergen.

Er beobachtete ihren Abstieg zu dem sprudelnden klaren Bach, wo sie eine Pause einlegten und sich erleichtert das Gesicht benetzten.

Niemand hörte die Pfeile schwirren, keiner sah, woher sie kamen. Als sie die Magazine ihrer Gewehre auf die Bäume am gegenüberliegenden Ufer leer gefeuert hatten, war der Bogenschütze längst verschwunden. Auf leisen Sohlen und, ohne Spuren zu hinterlassen, war er durch den Wald zu seinem Pferd und seinem Mädchen geschlichen und führte sie nun weiter hinauf zu den Gipfeln.

Die Pfeile hatten ihr Ziel gefunden, waren bis auf den Knochen in weiches Fleisch gedrungen, wo ihre Spitzen aus Feuerstein abgesplittert waren. Zwei Mann lagen vor Schmerzen schreiend am Boden. Max, der Vietnam-Veteran rannte das Südufer hinauf, warf sich auf den Boden und suchte das Unterholz ab, in dem der Angreifer verschwunden war. Er sah nichts. Aber wenn der Heckenschütze noch da gewesen wäre, hätte Max' Feuerschutz die Truppe in der Schlucht abgesichert.

Braddocks Männer halfen den Verwundeten die Böschung hinauf, von der sie gekommen waren. Die Verletzten schrien den ganzen Weg.

»Wir müssen sie hier wegbringen, Boss«, sagte einer der Leibwächter. »Sie müssen ins Krankenhaus.«

»Na gut, dann lasst sie aufsitzen und gehen«, erwiderte Braddock.

»Sie können nicht aufsitzen. Sie können nicht mal laufen.«

Es gab keine andere Möglichkeit, als Äste abzuhacken und zwei provisorische Tragen zu bauen. Als das erledigt war, wurden weitere vier Mann gebraucht, um sie zu transportieren. Nachdem sie sechs Mann und eine Stunde verloren hatte, fand sich Braddocks Truppe unter dem Feuerschutz von Major Max schließlich auf dem anderen Ufer wieder zusammen. Die vier Träger machten sich auf den Rückweg durch den Wald. Sie wussten nicht, dass ein Travois viel einfacher gewesen wäre und weniger Begleiter erfordert hätte.

Der Sheriff hatte das Gewehrfeuer gehört und fürchtete bereits das Schlimmste. Doch bei dem dichten Bewuchs wäre es dumm gewesen, blindlings loszugaloppieren, womöglich direkt in die Kugeln des Gegners. Sie trafen auf die Träger mit den beiden Verletzten, die den von den Pferden getrampelten Pfad herunterkamen.

»Was zum Teufel ist passiert?«, fragte der Sheriff, und Braddocks Söldner berichteten.

»Ist er entkommen?«

»Ja. Major Max hat es ans andere Ufer geschafft, aber er war weg.«

Die Träger marschierten weiter in Richtung Zivilisation, während die Truppe des Sheriffs zur Schlucht drängte.

»Und ihr könnt aufhören zu grinsen«, fauchte der Sheriff, der mit den beiden Waldläufern vor sich langsam die Geduld verlor. »Niemand wird diesen Kampf nur mit Pfeil und Bogen gewinnen. Mein Gott, wir haben 1977.«

Die beiden Verletzten hatten bäuchlings auf ihren Tragen gelegen, einen mit Truthahnfedern geschmückten Cheyenne-Pfeil in der linken Pobacke. Rutschend, schlitternd und an den Zügeln ihrer Pferde zerrend, durchquerte die Truppe des Sheriffs den Bach und formierte sich auf der anderen Seite neu. Hier würde es keine Picknickplätze für Camper mehr geben. Dies war eine Landschaft aus der Zeit, als die Welt noch jung war.

Immerhin war Larry tausend Fuß über den Bäumen in seinem Hubschrauber unterwegs und suchte die Wildnis systematisch ab, bis er die Reitergruppen entdeckte, die den Bach überquerten. Das engte seinen Suchbereich ein. Die Flüchtigen mussten irgendwo vor ihren Verfolgern sein und jeden Moment aus dem Wald auf der Hochebene unterhalb der Gipfel auftauchen.

Aber die überlegene Technik bereitete auch Larry Probleme. Wegen des dichten Laubwerks konnte er Sheriff Lewis nicht über Walkie-Talkie empfangen. Der Sheriff konnte den Piloten zwar hören, jedoch nicht verstehen, was er sagte. Das Rauschen war zu laut, und die Worte wurden zerhackt.

Was Larry sagte, war: »Ich hab ihn. Ich hab ihn gesehen.«

Er hatte in der Tat kurz ein einzelnes Pferd mit der von einer Decke verhüllten Gestalt eines Mädchens im Sattel gesehen, das von seinem Reiter am Halfter geführt wurde. Die Flüchtigen hatten gerade eine kleine Lichtung im Wald hinter sich gelassen, als der Helikopter schräg in den Senkflug ging, um dem Piloten optimale Sicht durch das Seitenfenster zu ermöglichen. Er hatte sie einen Moment lang im Visier gehabt, bevor sie wieder unter den Bäumen verschwunden waren.

Ben Craig starrte durch das Blätterdach auf das Ungetüm, das über ihm knatterte und lärmte.

»Der Mann, der darin sitzt, wird den Jägern melden, wo du bist«, sagte Whispering Wind.

»Wie sollen sie das bei dem Lärm denn hören?«, fragte er.

»Ist doch egal, Ben. Sie haben ihre Möglichkeiten.«

Die hatte auch der Frontierscout. Er zog sein altes Sharps-Gewehr aus der Hülle und lud es mit grobkörniger Munition. Um bessere Sicht zu haben, war Larry um sechshundert Fuß nach unten auf jetzt nur noch knapp zweihundert Meter über dem Boden gegangen. Die Nase leicht nach unten geneigt, schwebte er über dem Wald auf der Suche nach einer weiteren kleinen Lichtung, die die Flüchtigen vielleicht passieren würden. Der Mann unter ihm zielte sorgfältig und feuerte.

Die schwere Ladung drang durch den Boden des Helikopters zwischen den gespreizten Schenkeln des Piloten hindurch und schlug ein sternförmiges Loch in die Kunststoffkuppel. Vom Boden aus betrachtet flog der Sikorski einen trudelnden Kreis, bevor es ihn nach oben und zur Seite riss. Erst eine Meile weiter westlich und eine Meile höher hatte sich der Hubschrauber wieder stabilisiert.

»Paul, der Mistkerl hat mich gerade durchlöchert«, brüllte Larry ins Mikrofon. Direkt durch die Haube. Ich bin hier weg.

Ich muss zurück nach Bridger und den Schaden überprüfen lassen. Wenn er die Hauptrotorwelle oder die Blattbefestigung getroffen hätte, wäre ich hinüber. Der kann mich mal. Mission abgeblasen, klar?«

Der Sheriff verstand kein Wort. Er hatte jedoch den entfernten Knall des alten Gewehrs gehört und gesehen, wie der Hubschrauber eine Ballettvorstellung gegeben hatte, bevor er Richtung Horizont abdrehte.

»Wir haben die Technik«, murmelte einer der Ranger.

»Klappe«, maulte Lewis. »Der Junge geht für Jahre in den Bau. Also immer schön weiter, Gewehr griffbereit, Augen und Ohren auf. Wir haben es hier mit einer richtigen Menschenjagd zu tun.«

Ein anderer Jäger hatte den Schuss ebenfalls gehört und war sehr viel näher, etwa eine halbe Meile. Max hatte vorgeschlagen, dass er als Späher fungieren würde.

»Er führt ein Pferd, Sir, was bedeutet, dass ich schneller bin. Er wird mich nicht kommen hören. Wenn ich sauber ziele, erwische ich ihn, auch wenn das Mädchen nur ein, zwei Meter daneben steht.«

Braddock war einverstanden. Max schlich lautlos durchs Dickicht, jeden Busch im Blick, auf die winzigste Bewegung achtend. Als er den Gewehrschuss hörte, hatte er eine klare Orientierung, eine Linie, der er eine halbe Meile und immer ein paar Meter neben der Spur folgen konnte. Er holte auf.

Vor ihm hatte Ben Craig sein Gewehr wieder in das Futteral geschoben und seinen Marsch fortgesetzt. Es war nur noch eine halbe Meile bis zum Waldrand und zu der Hochebene, die Silver-Run-Plateau hieß. Über den Bäumen sah er die Berge langsam näher rücken. Er wusste, dass er seine Verfolger aufgehalten, aber nicht endgültig abgeschüttelt hatte. Sie waren noch immer da, noch immer auf seiner Fährte.

Hoch über ihnen schrie ein Vogel in den Bäumen. Er kannte den Vogel und auch den Ruf, ein wiederholtes Tok-tok-tok, das verklang, als er wegflog. Ein anderer Vogel antwortete mit dem gleichen Ruf, einem Warnruf. Craig ließ Rosebud grasen, entfernte sich zwanzig Schritte von ihren Hufspuren und ging lautlos zwischen den Kiefern zurück.

Max huschte, den Hufspuren folgend, von Deckung zu Deckung, bis er zu der Lichtung kam; in dem Tarnanzug und mit seinem schwarz bemalten Gesicht war er im Schatten der Bäume fast unsichtbar. Er nahm die Lichtung in Augenschein und grinste, als er die matt glänzende Patronenhülse entdeckte. Was für ein dummer Trick. Er war klug genug, nicht die Deckung aufzugeben, um die Hülse näher zu untersuchen und sich dabei der Gefahr auszusetzen, dass er vom versteckten Schützen ins Visier genommen wurde. Er wusste, dass der Mann da sein musste. Der allzu offensichtliche Köder bewies es. Zentimeter für Zentimeter suchte er das Unterholz auf der anderen Seite der Lichtung ab.

Dann sah er, wie sich ein Zweig bewegte. Es war ein großer dicht belaubter Busch auf der anderen Seite der Lichtung. Eine leichte Brise strich durch die Blätter, doch immer aus einer Richtung, während sich dieser Zweig in die entgegengesetzte bewegt hatte. Als er angestrengt auf den Busch starrte, erkannte er einen verschwommenen, gelbbraunen Schatten und erinnerte sich daran, dass der Reiter am Vortag eine Fellmütze getragen hatte.

Er hatte seine bevorzugte Waffe, den M-16-Karabiner, dabei, leicht mit kurzem Lauf und absolut zuverlässig. Mit dem rechten Daumen schob er den Sicherungshebel lautlos auf Automatik und schoss. Ein halbes Magazin entleerte er in den Busch. Der hellbraune Schatten verschwand und tauchte am Boden wieder auf. Erst jetzt verließ der Major seine Deckung.

Die Cheyenne benutzten nie Tomahawks aus Stein. Sie bevorzugten Kriegsbeile mit Metallklingen, mit denen sie vom Pferd aus seitlich und nach unten zuschlagen und die sie mit großer Präzision und Geschwindigkeit werfen konnten.

Die fliegende Axt traf den Major am rechten Arm, durchtrennte den Bizeps und zertrümmerte den Knochen. Der Karabiner fiel aus seiner gefühllosen Hand. Er starrte mit aschfahlem Gesicht auf seinen Körper, zog die Axt heraus und drückte, als das Blut zu spritzen begann, seine linke Hand auf die Wunde, um die Blutung zu stillen. Dann machte er kehrt und rannte den Pfad zurück, auf dem er gekommen war.

Der Scout ließ den knapp zwanzig Meter langen Faden, mit dem er an dem Zweig gezogen hatte, fallen, holte Axt und Mütze und lief zu seinem Pferd.

Als Braddock, sein Sohn und die verbliebenen drei Männer nachkamen, fanden sie den Major schwer atmend an einen Baum gelehnt.

Sheriff Lewis hatte das Gewehrfeuer ebenfalls gehört, das zweite an diesem Tag, das jedoch ganz anders geklungen hatte als der einzelne Schuss aus dem Gewehr des Flüchtigen, und war eilig zum Tatort geritten. Der ältere der beiden Ranger sah den zertrümmerten Arm, sagte »Aderpresse« und riss seine Erste-Hilfe-Tasche auf.

Während der Ranger die tiefe Wunde verband, hörte Lewis Braddock zu, was dieser zu berichten hatte. Der Sheriff starrte den Rancher voller Verachtung an.

»Ich sollte Sie alle miteinander verhaften«, fauchte er. »Und wenn wir nicht so verdammt weit weg wären von jeder Zivilisation, würde ich das auch tun. Sie und Ihre Leute halten sich ab sofort aus der Sache raus.«

»Ich ziehe das bis zum Ende durch!«, brüllte Braddock. »Dieser Wilde hat das Mädchen meines Sohnes geraubt und drei meiner Männer schwer verletzt...«

»Die eigentlich gar nicht hätten hier sein sollen. Ich werde diesen Burschen kriegen und vor Gericht bringen, aber ich bin nicht auf Tote aus. Deshalb geben Sie mir sofort Ihre Waffen, und zwar alle.«

Mehrere Gewehrläufe richteten sich auf Braddock und seine Männer, während zwei andere Hilfssheriffs Gewehre und Handfeuerwaffen einsammelten. Der Sheriff wandte sich an den Ranger, der den Arm des Majors versorgt hatte.

»Was meinen Sie?«

»Er muss so bald wie möglich ins Krankenhaus«, erwiderte der Ranger. »Er könnte auch in Begleitung nach Red Lodge reiten, doch bis dahin sind es zwanzig beschwerliche Meilen inklusive der West-Fork-Schlucht. Ein harter Ritt, vielleicht schafft er es nicht.«

»Ein Stück weiter oben liegt das Silver-Run-Plateau. Dort sollten die Funkgeräte wieder funktionieren. Wir könnten einen Rettungshubschrauber anfordern.«

»Was schlagen Sie vor?«

»Helikopter«, meinte der Ranger. »Der Arm muss unverzüglich operiert werden, sonst wird er ihn verlieren.«

Sie ritten weiter. Auf der Lichtung fanden sie den Karabiner des Majors und die Patronenhülse. Der Ranger betrachtete beides.

»Pfeile mit Spitzen aus Feuerstein, ein fliegendes Beil, ein Büffeljägergewehr. Wer zum Teufel ist dieser Kerl, Sheriff?«

»Ich dachte, ich wüsste es«, antwortete Lewis. »Aber jetzt bin ich mir nicht mehr so sicher.«

»Er ist jedenfalls kein arbeitsloser Schauspieler«, sagte der Ranger.

Ben Craig stand am Waldrand und ließ den Blick über das schimmernde Felsplateau schweifen. Noch fünf Meilen bis zu der letzten, verborgenen Schlucht, zwei weitere über das Hellroaring-Plateau und eine letzte den Berghang hinauf. Er streichelte Rosebuds Kopf und ihre samtweiche Schnauze.

»Nur noch einmal bis zum Sonnenuntergang«, erklärte er ihr. »Noch ein Ritt, und wir sind frei.«

Er saß auf und trieb das Pferd im Trab über die Ebene, aus der Entfernung nur ein Fleck an der Felswand.

Als sie aus dem Wald kamen, funktionierten auch die Funkgeräte wieder. Sheriff Lewis stellte Kontakt zu Jerry her und erfuhr vom Schicksal des kleinen Sikorski. Jerry war zurück am Flugplatz von Billings und hatte sich einen größeren Bell Jetranger ausgeliehen.

»Komm sofort hierher, Jerry. Mach dir wegen dem Schützen keine Sorgen. Er ist mehr als eine Meile entfernt, auf jeden Fall außer Reichweite. Wir haben hier einen Verletzten. Und was ist mit dem Freiwilligen mit der Piper Cub? Sag ihm, dass ich ihn sofort brauche. Ich will, dass er über das Silver-Run-Plateau fliegt.

Das ist eine Hochebene in mindestens siebzehnhundert Metern Höhe. Sag ihm, er soll nach einem einzelnen Reiter auf dem Weg in die Berge Ausschau halten.«

Es war schon nach drei, und die Sonne wanderte nach Westen auf die Gipfel zu. Sobald sie hinter den Spirit und den Beartooth Mountain verschwand, würde es rasch dunkel werden.

Jerry war mit dem Bell als Erster vor Ort, tauchte knatternd am blauen Himmel auf und landete auf dem flachen Fels. Der Major wurde an Bord gehievt und von einem Hilfssheriff begleitet. Der Polizeipilot hob ab und bat über Funk um Landeerlaubnis auf dem Parkplatz des Billings Memorial Hospital sowie um ein bereitstehendes Team von Notärzten und Unfallchirurgen.

Die verbliebenen Reiter machten sich auf den Weg über die Hochebene.

»Ein Stück weiter gibt es eine versteckte Schlucht, von der er wahrscheinlich nichts weiß«, sagte der ranghöchste Ranger und schloss zum Sheriff auf. »Sie heißt Lake Fork und ist schmal und steil. Mit dem Pferd gibt es nur einen passierbaren Weg hindurch, und er wird eine Ewigkeit brauchen, um ihn zu finden. Wir könnten aufholen und ihn dort überwältigen.«

»Und wenn er, das Gewehr auf uns angelegt, in den Bäumen lauert? Ich möchte nicht einen oder zwei Ihrer Leute verlieren, nur um mir etwas zu beweisen.«

»Und was sollen wir dann tun?«

»Wir halten uns zurück«, antwortete Lewis. »Es gibt für ihn keinen Weg aus den Bergen, nicht mal nach Wyoming, nicht mit Luftüberwachung.«

»Es sei denn, er marschiert die ganze Nacht durch.«

»Er hat ein erschöpftes Pferd und ein Mädchen in weißen Hochzeitsschuhen bei sich. Langsam geht ihm die Puste aus, und das sollte er auch wissen. Wir behalten ihn einfach aus einer Meile Entfernung im Auge, bis das Erkundungsflugzeug kommt.«

Die winzige Gestalt immer im Blick, ritten sie weiter, bis um kurz vor vier das Erkundungsflugzeug eintraf. Der junge Pilot hatte an seinem Arbeitsplatz in Billings alarmiert werden müssen, wo er in einem Laden für Campingbedarf jobbte. Die Baumwipfel an den steilen Hängen der Lake-Fork-Schlucht kamen in Sicht.

Aus dem Funkgerät des Sheriffs ertönte knackend die Stimme des Piloten.

»Was wollen Sie wissen?«

»Vor uns befindet sich ein einzelner Reiter mit einem in eine Decke gehüllten Mädchen auf seinem Pferd. Können Sie ihn sehen?«

Die Piper Cub drehte hoch am Himmel in Richtung der Schlucht ab.

»Sicher. Unter mir ist eine enge Schlucht. Er hat gerade die Bäume an ihrem Hang erreicht.«

»Halten Sie Abstand. Er hat ein Gewehr und weiß verdammt gut damit umzugehen.«

Sie sahen, wie die Piper aufstieg und über der zwei Meilen vor ihnen liegenden Schlucht eine Schleife zog.

»Alles klar. Aber ich kann ihn immer noch sehen. Er führt das Pferd zu dem Bach hinunter.«

»Da kommt er auf der anderen Seite nicht wieder rauf«, zischte der Ranger. »Jetzt können wir aufschließen.«

Die Gruppe setzte sich in Bewegung, Braddock, sein Sohn und die verbliebenen Pistoleros mit ihren leeren Holstern folgten ihnen.

»Bleiben Sie außer Reichweite«, warnte der Sheriff erneut den Piloten. »Er kann immer noch aus der Deckung schießen, wenn Sie zu nah rankommen. Das hat er mit Larry auch gemacht.«

»Larry ist in sechshundert Fuß Höhe geflogen«, gab der Pilot zurück, »ich fliege in dreitausend mit hundertzwanzig Knoten. Er scheint übrigens den Weg aus der Schlucht gefunden zu haben. Er steigt jetzt auf das Hellroaring-Plateau.«

Der Sheriff sah den Ranger an und schnaubte verächtlich.

»Man könnte meinen, er wär schon einmal hier gewesen«, sagte der verblüffte Ranger.

»Vielleicht war er das ja auch«, knurrte der Sheriff.

»Unmöglich. Wir wissen, wer da hochgeht.«

Die Truppe erreichte den Rand der Schlucht, doch die Kiefern verdeckten den Blick auf den erschöpften Mann, der sein Pferd samt Last auf der anderen Seite aus dem Tal zerrte.

Der Ranger wusste den einzigen Weg in die Klamm hinab, aber die Hufspuren zeigten, dass auch der Verfolgte ihn kannte. Als sie die zweite Hochebene erreichten, waren die Flüchtigen erneut zu einem Punkt in der Ferne geschrumpft.

»Es wird langsam dunkel, und mein Tank ist fast leer«, meldete sich der Pilot. »Ich muss zurück.«

»Noch eine letzte Runde«, drängte der Sheriff. »Wo ist er jetzt?«

»Er hat es bis zu dem Berg geschafft. Er ist wieder abgestiegen und führt das Pferd. Sie erklimmen die Nordwand. Aber es sieht aus, als ob das Pferd schlappmachen würde. Es stolpert bei jedem Schritt. Ich vermute, bei Sonnenaufgang haben Sie ihn. Waidmannsheil, Sheriff.«

Die Piper wendete am dunkler werdenden Himmel und tuckerte zurück Richtung Billings.

»Reiten wir weiter, Boss?«, fragte einer der Hilfssheriff.

Sheriff Lewis schüttelte den Kopf. Die Luft war dünn, alle atmeten schwer, und es dämmerte rasch.

»Nicht in der Dunkelheit. Wir schlagen hier bis morgen früh ein Lager auf.«

Sie campierten oberhalb der Schlucht mit Blick auf den Berg im Süden, der im Dämmerlicht über den winzigen Punkten von Männern und Pferden auf dem Fels zu wachen schien.

Sie packten ihre warmen Schaffellmäntel aus und zogen sie über. Unter den Bäumen fanden sie trockenes Holz, aus dem sie bald ein helles, warmes Feuer entfacht hatten. Auf Vorschlag des Sheriffs nächtigten Braddock, sein Sohn und seine drei Männer einhundert Meter entfernt von ihnen.

Sie hatten nie vorgehabt, die Nacht so hoch auf einem Felsplateau zu verbringen und besaßen weder Isomatten noch Essensvorräte. An ihre Sättel gelehnt, hockten sie auf Pferdedecken ums Feuer und aßen die mitgebrachten Schokoriegel. Sheriff Lewis starrte in die Flammen.

»Was wirst du morgen tun, Paul?«, fragte Tom Barrow.

»Ich werde unbewaffnet alleine bis zum Berg gehen, eine weiße Flagge schwenken und mit dem Megafon versuchen, ihn zu überreden, dass er mit dem Mädchen von diesem Berg runterkommt.«

»Das könnte gefährlich werden. Er ist ein wilder Bursche und ziemlich unberechenbar«, meinte der Ranger.

»Er hätte heute drei Menschen töten können«, sinnierte der Sheriff, »aber er hat es nicht getan. Ihm muss klar sein, dass er das Mädchen da oben bei einer Belagerung nicht verteidigen kann. Und ich denke, dass er nicht auf einen Polizisten mit einer weißen Flagge schießen wird. Erst wird er zuhören. Einen Versuch ist es wert.«

Kälte senkte sich auf den Berg. Ziehend, zerrend, bettelnd und flehend führte Ben Craig Rosebud das letzte Stück bis zu dem Felsvorsprung vor der Höhle hinauf. Die Stute blieb mit mattem Blick und zitternden Flanken stehen, als Ben das Mädchen von ihrem Rücken hob.

Craig machte Whispering Wind ein Zeichen, die alte Bärenhöhle zu betreten, band das Büffelfell vom Sattel und breitete es für sie aus. Er nahm den Köcher mit den beiden verbliebenen Pfeilen und den von seiner Schulter hängenden Bogen und legte sie auf den Boden. Zuletzt löste er den Gurt und nahm den Sattel und die beiden Taschen ab.

Von ihrer Last befreit, machte die kastanienbraune Stute ein paar Schritte auf die verkrüppelten Bäume und die trockenen Nadeln an ihren Zweigen zu. Ihre Hinterläufe gaben nach, und sie ließ sich auf dem Boden nieder. Dann knickten ihre Vorderbeine ein, und sie rollte sich zur Seite.

Craig kniete neben ihrem Kopf, bettete ihn in seinen Schoß und streichelte ihr Maul. Bei seiner Berührung wieherte sie leise, bevor ihr Herz zu schlagen aufhörte.

Auch der junge Mann war am Ende seiner Kräfte. Zwei Tage und Nächte war er ununterbrochen auf den Beinen gewesen, hatte kaum etwas gegessen und fast hundert Meilen Weg zurückgelegt. Doch es gab noch viel zu tun, und er konnte sich keine Rast gönnen.

Er blickte von dem Felsvorsprung nach unten und sah die beiden Lagerfeuer seiner Verfolger. Er schnitt ein paar Äste und Triebe ab und entfachte an der Stelle, an welcher der alte Mann gesessen hatte, ein Feuer. Die Flammen erhellten den Felsvorsprung, die Höhle und die in weiße Seide gekleidete Gestalt des einzigen Mädchens, das er je geliebt hatte und immer lieben würde.

Er öffnete die Satteltaschen und bereitete ein Essen aus Vorräten zu, die er vom Fort mitgenommen hatte. Sie saßen nebeneinander auf dem Büffelfell und aßen das einzige Mahl, das sie je gemeinsam einnehmen würden.

Er wusste, dass die Jagd, nachdem er sein Pferd verloren hatte, beinahe vorüber war. Doch der alte Seher hatte versprochen, dass dieses Mädchen seine Frau werden würde, wie es ihm der Große Geist verheißen hatte.

Weiter unten auf der Hochebene wurde das Gespräch unter den Männern träger, bis es schließlich ganz verstummte. Sie saßen schweigend da und starrten, die Gesichter von den flackernden Flammen beleuchtet, ins Feuer.

In der dünnen Höhenluft war die Stille vollkommen. Vom Gipfel wehte ein leichter Wind, und dann hörte man ein Geräusch. Es war ein Schrei, lang und klar, der Schrei einer jungen Frau.

Doch es war kein Angstschrei, sondern der bebende, verhallende Schrei einer Frau in Ekstase.

Die Hilfssheriffs blickten sich an und senkten dann die Köpfe, und der Sheriff sah, wie ihre Schultern zuckten und bebten.

Hundert Meter entfernt erhob sich Bill Braddock vom Feuer, und seine Männer mieden geflissentlich seinen Blick. Er starrte auf den Berg, sein Gesicht eine Maske aus Hass und Wut.

Gegen Mitternacht begann die Temperatur zu fallen. Zunächst hielten die Männer das für die Nachtkühle, die wegen der Höhe und der dünnen Luft etwas beißender als gewohnt war. Sie zitterten und zogen ihre Schaffellmäntel enger um ihren Körper. Doch die Kälte drang durch das Fell und ihre Jeans, und sie rückten enger ums Feuer zusammen.

Es begann zu frieren und wurde immer kälter. Die Hilfssheriffs blickten zum Himmel und sahen dicke Wolken aufziehen, die die Sicht auf den Gipfel verdeckten. Hoch oben am Mount Rearguard konnte der Sheriff den Punkt eines einzelnen brennenden Feuers ausmachen, der jedoch bald hinter den Wolken verschwand.

Sie waren alle Männer aus Montana, an harte Winter gewöhnt, doch dafür war es Ende Oktober zu früh. Um ein Uhr nachts schätzten die Ranger die Temperatur auf minus zwanzig Grad, Tendenz fallend. Um zwei waren alle auf den Beinen und jeder Gedanke an Schlaf vergessen. Sie stampften mit den Füßen auf, um den Kreislauf in Gang zu halten, und bliesen sich in die Hände, während sie immer mehr trockene Äste ins Feuer warfen, ohne dass es dadurch wärmer wurde. Die ersten dicken Schneeflocken fielen zischend in die Flammen und nahmen ihnen die Wärme.

Der ranghöchste Ranger ging mit klappernden Zähnen zu Sheriff Lewis.

»Cal und ich meinen, dass wir uns in den Schutz des Custer Forest zurückziehen sollten«, sagte er.

»Ist es da wärmer?«, fragte der Sheriff.

»Schon möglich.«

»Was zum Teufel geht hier eigentlich vor?«

»Sie werden mich für verrückt halten, Sheriff, aber...«

»Raus mit der Sprache.«

Der Schnee wurde dichter, die Sterne waren verschwunden, und eine eisige weiße Wildnis breitete sich aus.

»An dieser Stelle grenzt das Land der Crow an das der Shoshonen. Viele Jahre vor Ankunft der Weißen haben hier Krieger gekämpft und ihr Leben gelassen. Die Indianer glauben, dass ihre Seelen noch immer in diesen Bergen hausen; sie glauben, dies sei ein magischer Ort.«

»Nette Überlieferung. Aber was hat das mit dem verdammten Wetter zu tun?«

»Ich hab ja gesagt, es klingt verrückt, doch es heißt, dass manchmal auch der Große Geist selbst hierherkäme und die Kälte des Langen Schlafes mit sich bringen würde, gegen die kein Mensch gewappnet ist. Natürlich handelt es sich lediglich um ein eigenartiges klimatisches Phänomen, aber ich denke, wir sollten zusehen, dass wir hier wegkommen. Wenn wir bleiben, sind wir bis Sonnenaufgang erfroren.«

Sheriff Lewis überlegte und nickte dann.

»Sattelt die Pferde«, befahl er. »Wir reiten zurück ins Tal. Sagt Braddock und seinen Männern Bescheid.«

Ein paar Minuten später kam der Ranger durch den Schneesturm zurück.

»Er sagt, sie wollen sich tiefer in die Schlucht zurückziehen, aber nicht weiter.«

Zitternd vor Kälte überquerten Sheriff, Hilfssheriffs und Ranger das Silver-Run-Plateau und erreichten den dichten Kiefernwald. Unter den Bäumen stieg die Temperatur wieder auf den Gefrierpunkt. Sie entzündeten weitere Feuer und überlebten.

Um halb fünf löste sich die weiße Hülle des Berges, bewegte sich wie eine lautlose Welle über die Hochebene und schob sich als weiße Wand über das Felsplateau, stürzte in die enge

Schlucht und füllte sie bis zum Rand. Auf dem Silver-Run-Plateau kam sie schließlich zum Stehen. Der Himmel begann aufzuklaren.

Zwei Stunden später stand Sheriff Paul Lewis am Waldrand und blickte nach Süden. Die Berge waren weiß. Im Osten erwachte zartrosa der neue Tag, und die Farbe des Himmels wechselte von Dunkel- zu Hellblau. Er hatte das Funkgerät die ganze Nacht dicht am Körper getragen, damit es nicht einfror.

»Jerry!«, rief er seinen Piloten. »Wir brauchen dich hier oben mit dem Jetranger, und zwar schnell. Wir hatten einen Schneesturm, und es sieht nicht gut aus... Nein, wir sind wieder am Waldrand, wo du gestern den Mann abgeholt hast. Dort wirst du uns alle finden.«

Der Hubschrauber kam aus der Richtung der aufgehenden Sonne und landete auf dem mittlerweile wieder schneefreien Felsplateau. Lewis ließ zwei Hilfssheriffs auf dem Rücksitz Platz nehmen und stieg selbst neben seinem Piloten ein.

»Geh noch mal hoch zum Gipfel.«

»Und was ist mit dem Scharfschützen?«

»Ich glaube nicht, dass der jetzt noch mal schießt. Sie können von Glück reden, wenn sie überlebt haben.«

Der Helikopter folgte dem Weg, den die Truppe am Vortag geritten war. Die Lake-Fork-Schlucht war nur noch an den Spitzen einiger Kiefern und Lerchen zu erkennen. Sie flogen zum Gipfel weiter. Der Sheriff suchte nach der Stelle, wo er im Dunkeln das Feuer gesehen hatte. Der Pilot war nervös und hielt gebührenden Abstand; er wollte keinerlei Risiko mehr eingehen.

Lewis sah den tintenschwarzen Fleck an der Bergwand als Erster, den Eingang der Höhle und davor einen Felsvorsprung, der breit genug war, um den Jetranger darauf zu landen.

»Bring ihn runter, Jerry.«

Der Pilot setzte vorsichtig zur Landung an und behielt dabei ständig die Felsen im Auge, jeden Moment damit rechnend, auf verdächtige Bewegungen, einen Mann, der auf ihn anlegte, oder die Stichflamme eines altertümlichen Vorderladers reagieren zu müssen. Nichts rührte sich. Der Hubschrauber landete auf dem Felsvorsprung, doch die Rotorblätter drehten sich für den Fall, dass eine Flucht nötig wurde, mit unverminderter Geschwindigkeit weiter.

Sheriff Lewis sprang mit gezogener Pistole aus dem Hubschrauber. Die Hilfssheriffs folgten ihm mit Gewehren und ließen sich beim Eingang der Höhle auf den Boden fallen. Nichts bewegte sich.

»Kommen Sie mit erhobenen Händen raus!«, rief Lewis. »Ihnen wird nichts geschehen.«

Er erhielt keine Antwort. Er rannte im Zickzack auf den Eingang der Höhle zu und spähte hinein.

Auf dem Boden lag nur ein Bündel. Noch immer vorsichtig ging er darauf zu. Was immer es einmal gewesen war, vermutlich ein Tierkadaver, sah verfault und vergammelt aus und wurde nur noch von Hautfäden zusammengehalten. Das eigentliche Fell war verschwunden. Er hob den Hautlappen an.

Sie lag da in ihrem weißen Hochzeitskleid, das lange Haar von Raureif überzogen, als würde sie in ihrem Brautbett schlafen. Doch als er ihre Schulter berührte, war sie kalt wie Marmor.

Ohne einen Gedanken an einen lauernden Schützen, hob der Beamte sie auf und rannte nach draußen.

»Zieht die Mäntel aus und wickelt sie darin ein«, rief er seinen Männern zu. »Bringt sie nach hinten und wärmt sie mit euren Körpern.«

Die Hilfssheriffs rissen sich ihre warmen Mäntel vom Leib und wickelten den Körper des Mädchens darin ein. Einer stieg mit der jungen Frau auf die Rückbank und begann ihre Hände und Füße zu massieren. Der Sheriff schubste den anderen Mann auf den freien Vordersitz und rief Jerry zu: »Flieg sie in die Klinik in Red Lodge. Schnell. Und benachrichtige sie vorher, dass du einen Fall von lebensgefährlicher Unterkühlung an

Bord hast. Dreh die Heizung in der Kabine bis zum Anschlag auf. Eine kleine Chance haben wir vielleicht. Und danach kommst du mich abholen.«

Er beobachtete, wie der Jetranger über das Felsplateau knatterte und weiter über den Wald davonflog. Dann inspizierte er die Höhle und den Felsvorsprung. Als er damit fertig war, setzte er sich auf einen Felsbrocken, starrte nach Norden und genoss die atemberaubende Aussicht.

In der Klinik in Red Lodge kümmerten sich ein Arzt und eine Schwester um das Mädchen, zogen ihr das Hochzeitskleid aus, massierten ihr Hände und Füße, Arme, Beine und Brustkorb. Die Hauttemperatur lag unterhalb der Erfrierungsgrenze und die Körpertemperatur weit im kritischen Bereich.

Nach zwanzig Minuten hörte der Arzt das schwache Pochen eines jungen Herzens, das ums Überleben kämpfte, und die Körpertemperatur begann langsam zu steigen.

Einmal setzte auch die Atmung aus, und der Arzt musste sie durch Mund-zu-Mund-Beatmung wieder in Gang bringen. In dem Raum herrschten Temperaturen wie in einer Sauna, und die elektrische Heizdecke um ihre unteren Gliedmaßen war auf die höchste Stufe gestellt.

Nach einer Stunde flatterte ein Augenlid, und ihre Lippen begannen sich wieder mit Blut zu füllen. Die Krankenschwester überprüfte die Körpertemperatur. Sie war aus dem kritischen Bereich und stieg stetig an. Der Herzschlag wurde regelmäßiger und kräftiger.

Eine halbe Stunde später schlug Whispering Wind ihre großen dunklen Augen auf und flüsterte: »Ben?«

Der Arzt stieß ein kurzes stummes Dankgebet an den alten Hippokrates aus.

»Luke, aber das macht nichts. Ich dachte schon, wir hätten dich verloren, Kleines.«

Der Sheriff saß auf seinem Fels und beobachtete, wie der Jetranger zurückkam. In der klaren Luft konnte er ihn schon aus großer Entfernung sehen und das Knattern seiner Rotorblätter hören. Auf dem Berg war es so friedlich. Als Jerry landete, machte Lewis dem Hilfssheriff auf dem Vordersitz ein Zeichen.

»Bringen Sie zwei Decken mit und kommen Sie her!«, rief er, als die Rotorblätter auf Leerlauf geschaltet hatten. Als der Hilfssheriff neben ihm stand, wies Sheriff Lewis auf etwas und sagte: »Nehmen Sie den auch mit.«

Der junge Mann rümpfte die Nase.

»Ah, Sheriff...«

»Tun Sie einfach, was ich sage. Er war auch einmal ein Mensch. Er verdient ein christliches Begräbnis.«

Das Skelett des Pferdes lag auf der Seite. Jeder Hautfetzen, jeder Muskel und jede Sehne waren längst verschwunden, und die Haare von Schwanz und Mähne hatten wahrscheinlich bei einem Nestbau Verwendung gefunden. Aber die vom harten Futter der Prärie abgeschliffenen Zähne saßen fest im Kiefer. Das Zaumzeug war fast zu Staub zerfallen, doch das Metallstück zwischen den Zähnen glänzte noch.

Die braunen Hufe mit ihren vier Eisen, vor langer Zeit von einem Hufschmied der Kavallerie beschlagen, waren intakt.

Das Skelett des Mannes lag ein paar Meter entfernt auf dem Rücken, als wäre er im Schlaf gestorben. Von seiner Kleidung war fast nichts mehr übrig, nur an seinen Rippen hingen Fetzen vergammelten Hirschleders. Der Hilfssheriff breitete eine Decke aus und begann sämtliche Knochen darauf zu legen. Der Sheriff wandte sich den Habseligkeiten des Reiters zu.

Wind und Wetter hatten Sattel und Bauchgurt in einen Haufen vermoderten Leders verwandelt, ebenso die Satteltaschen. Doch mittendrin glänzte eine Hand voll Patronen mit Messinghülsen, die Sheriff Lewis an sich nahm.

Des Weiteren fand er ein stark verrostetes Bowie-Messer in den Überresten einer perlenbestickten Scheide, die bei Berührung zu Staub zerfiel. Das Schaffellfutteral eines Frontiergewehrs war von Vögeln zerfetzt worden, doch das Gewehr selbst, zwar festgefroren und vom Rost der Jahrzehnte angefressen, existierte noch.

Was den Sheriff verblüffte, waren die beiden Pfeile in dem Köcher mit ihrem an beiden Enden verjüngten Schaft aus Osagekirsche und der Kerbe für die Sehne des Bogens sowie die Axt. Beides sah fast neu aus. Daneben lag die Schnalle eines Gürtels, an der noch ein Fetzen alten Leders hing, der die Zeit überdauert hatte.

Der Sheriff nahm alles, wickelte es in die zweite Decke, sah sich ein letztes Mal um, um sich zu vergewissern, dass er nichts vergessen hatte, und kletterte in den Hubschrauber. Der Hilfssheriff saß mit dem anderen Bündel hinten.

Ein letztes Mal hob der Jetranger von dem kleinen Felsvorsprung ab und flog über die beiden Hochebenen und das ausgedehnte Grün des National Forest in der Morgensonne zurück.

Sheriff Lewis blickte auf die vom Schnee erstickte Lake-Fork-Schlucht. Man würde eine Expedition losschicken, um die Leichen zu bergen, doch er wusste, dass niemand überlebt hatte. Er ließ seinen Blick über die Felsen und Bäume wandern und fragte sich, was aus dem jungen Mann geworden war, den er durch diese gnadenlose Wildnis gehetzt hatte.

Aus der Höhe von fünftausend Fuß konnte er zu seiner Rechten auf die Rock-Creek-Schlucht hinabblicken und erkennen, dass der Verkehr auf der Interstate wieder floss. Die umgestürzte Kiefer war beseitigt und die Unfallstelle geräumt worden. Sie flogen über Red Lodge, und Jerry fragte bei dem Hilfssheriff nach, der vor Ort geblieben war. Er berichtete, dass das Mädchen immer noch auf der Intensivstation lag, jedoch mittlerweile einen stabilen Kreislauf hatte.

Sie folgten dem Highway und sahen vier Meilen nördlich von Bridger Hunderte von Morgen verkohlter Prärie. Zwanzig Meilen weiter erkannten sie den gepflegten Rasen der Bar-T-Ranch und die friedlich grasende Herde preisgekrönter Longhornrinder.

Der Hubschrauber überflog den Yellowstone River und den Highway nach Westen Richtung Bozeman und ging in den

Sinkflug über. Wenig später landete er auf dem Flugplatz von Billings.

»Mensch, der du vom Weibe geboren bist, deine Zeit auf Erden ist kurz.«

Es war Ende Februar und bitterkalt auf dem kleinen Friedhof von Red Lodge. In einer entlegenen Ecke war eine Grube frisch ausgehoben worden, neben der auf zwei Querlatten ein schlichter Kiefernholzsarg stand.

Der Pfarrer hatte sich mit warmer Kleidung gegen die Kälte geschützt, die beiden Totengräber trugen Handschuhe und schlugen, während sie warteten, die ganze Zeit die Hände gegeneinander. Nur eine Person stand mit Schneestiefeln, einem Steppmantel, aber unbedecktem Kopf vor dem Grab. Eine pechschwarze Mähne fiel auf ihre Schulter.

Am anderen Ende des Friedhofs stand unter einer Eibe ein großer Mann und sah zu, kam jedoch nicht näher. Er trug einen warmen Mantel aus Schaffell, an dem an der Brust sein Amtsabzeichen prangte.

Es war ein eigenartiger Winter gewesen, sinnierte der Mann unter dem Baum. Die verwitwete Mrs. Braddock hatte eher erleichtert als verzweifelt gewirkt, war aus ihrer Lethargie erwacht und hatte den Vorstandsvorsitz von Braddock Beef Inc. übernommen. Sie hatte ihre Frisur und ihren ganzen Typ verändert, trug jetzt schicke Kleider und ging auf Partys.

Sie hatte das Mädchen, das ihr Sohn beinahe geheiratet hätte, im Krankenhaus besucht, es sympathisch gefunden und ihm mietfrei ein kleines Häuschen auf der Ranch sowie eine Anstellung als Privatsekretärin angeboten. Linda Pickett hatte beides angenommen. Per Schenkung hatte die Witwe Mr. Pickett die Aktienmehrheit über seine Bank zurückgegeben.

»Erde zu Erde, Asche zu Asche, Staub zu Staub«, sagte der Pfarrer. Zwei Schneeflocken fielen wie Blüten auf das pechschwarze Haar des Mädchens.

Die Totengräber nahmen die Seile und ließen den Sarg in das

Grab hinab. Dann traten sie ein paar Schritte zurück und warteten erneut, während sie ihre Schaufeln betrachteten, die in einem Haufen frischer Erde steckten.

Die Pathologen in Bozeman hatten sich Zeit gelassen und ihr Möglichstes getan. Sie stellten fest, dass die Knochen die eines jungen, kräftigen Mannes von knapp einem Meter achtzig waren.

Knochenbrüche oder andere Hinweise auf Verletzungen, die zu seinem Tod geführt haben konnten, stellten sie nicht fest, sodass man als Todesursache Unterkühlung vermutete.

Die Zähne des Toten hatten die Zahnmediziner fasziniert: gerade, weiß und ebenmäßig, keine Karies. Sie schätzten den jungen Mann auf Mitte bis Ende zwanzig.

Wissenschaftler hatten sich der nichtmenschlichen Funde angenommen. Radiokarbontests hatten ergeben, dass die organischen Stoffe wie Hirschleder, Leder und Fell ziemlich sicher aus den siebziger Jahren des 19. Jahrhunderts stammten.

Köcher, Pfeile und Bogen blieben ein Rätsel, denn dieselben Tests ergaben, dass alle aus jüngster Zeit stammten. Schließlich wurde als allgemein akzeptierte Lösung angenommen, dass eine Gruppe amerikanischer Ureinwohner die Höhle in jüngster Zeit besucht und ihre Trophäen für den Mann hinterlassen hatten, der dort vor langer Zeit gestorben war.

Das Bowie-Messer wurde poliert und restauriert und Professor Ingles geschenkt, der es in seinem Büro aufbewahrte. Das alte Gewehr hatte der Sheriff für sich reklamiert. Es war ebenfalls fachmännisch restauriert worden und hing jetzt an der Wand hinter seinem Schreibtisch. Er würde es behalten, wenn er in Pension ging.

»In dem sicheren Glauben an die Auferstehung und das Ewige Leben. Amen.«

Erleichtert, dass ihr Warten ein Ende hatte, brachten die Totengräber ihren Kreislauf wieder in Bewegung, indem sie begannen, Erde auf den Sarg zu schaufeln. Der Priester sprach ein paar Worte mit dem einzigen Trauergast, tätschelte ihren Arm und eilte zurück in die Wärme seines Pfarrhauses. Sie bewegte sich nicht von der Stelle.

Nach einer kurzen und wenig aufschlussreichen Aussage des Mädchens im Krankenhaus hatte man die Suche nach Craig aufgegeben. Die Presse spekulierte, der Mann müsse in der Nacht ins Tal geritten und in der Wildnis von Wyoming verschwunden sein, während er sie ihrem sicheren Tod in der Höhle überlassen hatte.

Die Totengräber schaufelten das Grab zu, errichteten rasch eine Umfriedung aus Steinen und kippten vier Säcke braunen Kies auf die Fläche.

Dann tippten sie sich, an das Mädchen gewandt, an die Pelzmützen, nahmen ihre Schaufeln und gingen. Sie blieb weiter am Grab stehen, um seine Anwesenheit und Identität wissend. Er nahm seinen Hut ab.

»Wir haben Ihren Freund nie gefunden, Miss Pickett«, sagte er.

»Nein.«

Sie hielt eine Blume in der Hand, eine einzelne langstielige Rose.

»Vermutlich finden wir ihn jetzt auch nicht mehr.«

»Nein.«

Er nahm ihr die Rose ab, trat einen Schritt vor und legte sie auf den Kies. Auf dem Grab stand ein Holzkreuz, das die guten Menschen von Red Lodge gespendet hatten. Ein einheimischer Handwerker hatte mit einem heißen Eisen einige Worte in das Holz gebrannt. Sie lauteten:

HIER RUHT
EIN PIONIER DER WILDNIS
GESTORBEN CA. 1872
IN DEN BERGEN
GOTT ALLEIN
KENNT SEINEN NAMEN

Der Mann richtete sich auf.

»Kann ich irgendetwas für Sie tun? Soll ich Sie nach Hause bringen?«

»Nein danke. Ich bin selbst mit dem Wagen hier.«

Er setzte seinen Hut wieder auf und tippte mit dem Finger an die Krempe.

»Viel Glück, Miss Pickett.«

Damit ging er zu seinem Dienstwagen mit dem Emblem des County Sheriffs, den er vor dem Friedhof geparkt hatte. Bevor er einstieg, blickte er noch einmal auf. Im Südwesten glitzerten die Gipfel der Beartooth Range in der Sonne.

Die junge Frau blieb noch ein wenig länger, bevor auch sie sich abwandte und den Friedhof verließ.

Dabei erfasste ein leichter Windstoß ihren langen Mantel und wehte ihn auseinander, sodass man die kleine Wölbung ihres Bauchs erkennen konnte.

GOLDMANN

*Das Gesamtverzeichnis aller lieferbaren Titel erhalten Sie
im Buchhandel oder direkt beim Verlag.
Nähere Informationen über unser Programm erhalten Sie auch im Internet unter:*
www.goldmann-verlag.de

★

Taschenbuch-Bestseller zu Taschenbuchpreisen
– Monat für Monat interessante und fesselnde Titel –

★

Literatur deutschsprachiger und internationaler Autoren

★

Unterhaltung, Kriminalromane, Thriller
und Historische Romane

★

Aktuelle Sachbücher, Ratgeber, Handbücher und
Nachschlagewerke

★

Bücher zu Politik, Gesellschaft, Naturwissenschaft und Umwelt

★

Das Neueste aus den Bereichen
Esoterik, Persönliches Wachstum und Ganzheitliches Heilen

★

Klassiker mit Anmerkungen, Anthologien und Lesebücher

★

Kalender und Popbiographien

★

Die ganze Welt des Taschenbuchs

★

Goldmann Verlag • Neumarkter Str. 28 • 81673 München

Bitte senden Sie mir das neue kostenlose Gesamtverzeichnis

Name: _____

Straße: _____

PLZ / Ort: _____